DEUS DE CAIM

Deus de Caim:
1ª ed. 1968, Edinova, Rio de Janeiro (RJ)
2ª ed. 2006, Gráfica Sereia, Cuiabá (MT)
3ª ed. 2010, Ed. LetraSelvagem, Taubaté (SP)

Ricardo Guilherme Dicke

DEUS DE CAIM

LetraSelvagem

Copyright © 2010 by herdeiros de Ricardo Guilherme Dicke

Direitos desta edição reservados à
Associação Cultural LetraSelvagem:
Praça Santa Cruz da Exaltação, 21 - Jd. Maria Augusta
Taubaté-SP/Brasil - CEP 12.080-540. Tel: (55) (12) 3635-3769.
E-mail: letraselvagem@letraselvagem.com.br
Site: www.letraselvagem.com.br

Diagramação: Cesar Neves Filho
Capa: James Cabral Valdana
Gravura da capa: "O Beijo", de Marcelo Frazão
Preparação e revisão: Nicodemos Sena e Marcelo Ariel

O logotipo LetraSelvagem *foi idealizado a partir de cerâmica Aruak, padrões utilizados nas bordas dos vasos, compilados por Koch-Grünberg em 1910.*

Coleção Gente Pobre
Organizador: Nicodemos Sena

Dados Internacionais de Catalogação na Publicação (CIP)
(LetraSelvagem, Taubaté, SP, Brasil)

Dicke, Ricardo Guilherme, 1936-2008.
Deus de Caim / Ricardo Guilherme Dicke. —
Taubaté, SP: LetraSelvagem, 2010.
400 p.
1000 exemplares

ISBN 978-85-61123-05-5

1. Literatura Brasileira - Romance
I . Título   CDD - B869.93

A BARBOZA MELLO, o amigo

Apresentação

O SOPRO RENOVADOR DE UM ROMANCE DESCONCERTANTE

A literatura é revanche de ordem mental contra o caos do mundo.

Jorge Luís Borges

Morto há pouco mais de um ano, Ricardo Guilherme Dicke viveu um longo e injusto ostracismo depois que deixou o Rio de Janeiro e voltou para o Mato Grosso. Apesar da distância dos holofotes, deu continuidade à sua produção ficcional com o mesmo compromisso, espírito e responsabilidade estética que caracterizaram sua relação com o mundo da arte. Sem os arruídos da imprensa hegemônica e monopolista dos grandes centros, seguiu publicando por pequenas editoras de seu estado, sem a atenção e repercussão que sua obra deveria merecer. Em Cuiabá, onde permanecia isolado e até desconhecido de grande parte dos leitores de sua terra natal, por força e culpa da criminosa negligência e do imperdoável silêncio do mercado editorial, Dicke deixou várias obras inéditas.

Um dos maiores escritores do Brasil, autor de uma obra peculiar, Dicke foi descoberto em 1967, graças ao prestigioso Prêmio Nacional Walmap, concedido a este *Deus de Caim*, que lhe deu visibilidade nacional e excelente acolhida da crítica. Publicado em 1968, em boa hora a Letra*S*elvagem o reedita.

Essa iniciativa do escritor-editor Nicodemos Sena faz

justiça não só a um grande autor, mas a uma narrativa visceral, desconcertante e repleta de recursos estilísticos e dotada de uma linguagem que se distingue da prosa vigente na ficção nacional, pelo seu viés nada ortodoxo, sem concessões a facilidades que preservem a linearidade narrativa, há muito condicionada ao literária e politicamente correto, tão comum em nosso cânone literário. Depois de *Grande Sertão: Veredas*, certamente *Deus de Caim* foi o romance que impactou a crítica, a mídia e os leitores.

Ao mergulhar na tradição de um mito bíblico, buscava o autor armas e forças para subverter e desconstruir, por via do absurdo, uma história ancestral de ódio entre os irmãos Abel e Caim, que aqui é transcriada na contenda entre os irmãos gêmeos Jônatas e Lázaro, apaixonados pela jovem Minira. Mais que um embate por um amor impossível, eis aqui o símbolo revelador da disputa de poder. E o romance se desenrola tendo como pano de fundo essa querela, e também na pele e na voz de outros tantos personagens que se entrelaçam e participam da atmosfera dessa trama ambientada numa mítica e imaginária Pasmoso, carregando as tensões e conduzindo aos mesmos dilemas existenciais que permeiam a história do Velho Testamento.

A linguagem que em *Deus de Caim* se sobrepõe de forma magistral, logo se percebe na abertura do livro – "Na rede, Lázaro. (...) O irmão na rede, morto. (...) O mundo rodando sua roda." – indicando a importância da carga semântica das palavras e a crueza com que a realidade é (re)tratada, sobrenadando nas correntes emocionais o mundo cruel e despótico de um sertão, mais psicológico que físico, como poderá perceber o leitor em todo o livro.

Nas diversas instâncias narrativas de *Deus de Caim*, primeira e terceira pessoa se alternam, assim como vida e morte se revezam, num espectro candente que coloca em cena o erotismo e as mazelas do sexo, do enfrentamento maniqueísta entre o bem e o mal, o jogo entre o sagrado e o profano, o movimento pendular entre paixão e ódio, e a oposição Eros x Tânatos.

A apropriação de realidades tão díspares explicita a contundência dos fatos. Os personagens se interpenetram, numa (in)tensa projeção de seus conflitos, numa superposição caleidoscópica de situações, que nos remetem a um romance mosaico em que da família à política, tudo é matéria e circunstância para uma dissecação magistral da anatomia dos dramas pessoais, em que Dicke projeta uma rica elaboração estética, lembrando os caminhos percorridos por um Cortázar, um Osman Lins e um Guimarães Rosa, quando se pode referir, sem dúvida, a uma arquitetura formal e numa temática plurissignificativas.

Deus de Caim surge num momento delicado da vida brasileira, quando a ruptura do Estado de Direito culminava na supressão de valores tanto éticos quanto estéticos. Paralelamente, o mundo vivia outras subversões, pelo questionamento dos costumes. As barricadas invadiam as ruas de Paris, e Woodstock representava o grito libertário de uma geração saturada dos velhos estereótipos sociais, morais, sexuais e políticos e a exigência de paz e amor contra o sentimento beligerante que, desde a Guerra Fria e com o conflito do Vietnã, dominava a consciência dos estados hegemônicos.

Nesse caldo de cultura, a produção literária surge como uma das alternativas em que o artista poderia exercitar outra revolta, a partir de uma rebelião contra os estatutos bem comportados da inteligência, da cultura e da literatura até então predominantes. Assim como o cinema novo, a poesia já havia dado o salto dialético, realizado sua ruptura por meio da reação dos concretistas, ao propor uma estética divergente, que optava pelo visual e/ou pela economia de meios para comunicar plenamente o seu universo.

Dicke entendeu, a partir de *Deus de Caim*, que as estruturas arcaicas do sentimento e da reflexão precisavam ser enfrentadas a partir de um olhar crítico e reflexivo sobre certos tabus, como o sexo, o erotismo, o incesto e o ódio familiar e, assim, enfrentar, inclusive, um momento histórico em que a sociedade experimentava uma nova ordem de pensamento e ação, um divisor de águas na história da própria humanidade.

Caudatária dessas transformações, a literatura teria um papel axial, ao ser capaz de abrir um novo flanco, desencadeando – e legitimando – uma outra leitura do mundo e que fosse tão vulcânica, que colocasse em dúvida as fórmulas narrativas domesticadas, harmônicas e homogêneas que vicejavam até ali. E uma obra que fosse um contraponto à técnica que caracterizava grande parcela da ficção brasileira surgiria com seu sopro renovador.

Assim, o projeto ficcional abarcado em *Deus de Caim* redundaria num outro modelo, ou experiência estética, em que forma e conteúdo resultassem numa relação simbiótica. Ou seja: que um seria ressonância do outro, naquilo em que as forças da natureza humana, social e política fossem capazes de influenciar o romance, com presença determinante na ampla temática tratada pelo autor. E nessa obra capital, o histórico e o sociológico não se distanciam, porque reverberam nas ações, nos sentimentos e nas con(tra)dições afetivas e nas re(l)ações dos personagens, com lastro no inconsciente coletivo, pois o autor não deixa de flertar – pois não ignorava – a pungente carga que o momento histórico impunha ao seu processo criativo.

Nesse contexto, ao projetar a construção de *Deus de Caim*, Ricardo Guilherme Dicke vai ao encontro do que afirma Alfredo Bosi, em *Literatura e Resistência* (Cia. das Letras, SP, 2002): "(...) os escritos de ficção, objeto por excelência de uma história da literatura, são individuações descontínuas do processo cultural. Enquanto individuações podem exprimir tanto reflexos (espelhamentos) como variações, diferenças, distanciamentos, problematizações, rupturas e, no limite, negações das convenções dominantes de seu tempo".

Na perspectiva dickeana, as realidades e convenções sociais e literárias recebem, então, o choque de uma avidez indisciplinada, em que se evidenciam as tensões e dilemas tanto da arte quanto dos personagens, ao propor uma leitura distinta, e até demolidora, dos seus aspectos conservadores e da relevância de seus papéis numa sociedade dominada pelas elites mais refratárias às inovações, como a interiorana, arcaizada e mítica, simbolizada por Pasmoso que, no mesmo diapasão, nos remete a Macondo de Gabriel García Márquez e à Comala de Juan Rulfo.

Deus de Caim remonta a geografia de um território arruinado por práticas sociais, morais e religiosas tão avassaladoras quanto hipócritas. Nesse ambiente em que morte e vida se rivalizam, seus personagens, como Lázaro e Jônatas, ressurgem, na concepção alegórica de Dicke, como reflexo das forças antagônicas que estão em permanente colisão, porque não conseguem superar os desejos de modernização que as novas demandas impõem e sofrem por uma atávica prisão às premissas autoritários que uma moral religiosa e burguesa conformam no plano pessoal e íntimo.

A transposição desse estágio se mostra cada vez mais onerosa para os protagonistas do drama, quando tudo parece desembocar na tragédia, tal a complexidade e o dilaceramento da própria vida, com suas relações pendulares entre céu e inferno, a repressão e desejo.

O ser fragmentado pelas suas próprias dúvidas, estiolado pelos seus fracassos afetivos, reduzido a um animal político, fragilizado e subordinado a leis que ele próprio desconhece ou reprime, entre a sombra da moralidade castradora e a avassaladora torrente dos instintos primitivos – essa é a essência dos personagens de *Deus de Caim*. O autor procura descrever e aprofundar as nuances individuais dos que, mais do que a insularidade num sertão mato-grossense, vivem seus desertos psicológicos. Retirando-lhes as máscaras, desvelando seus sofrimentos, frustrações e perdas, tirando das sombras os seus demônios e fantasmas, segue na tentativa de compreender, por meio dos acontecimentos, sejam eles líricos, épicos ou dramáticos, o sentido ou a razão de ser de cada um, e da própria vida.

Deus de Caim se converte numa escritura das paixões e desatinos humanos; é também fruto de uma catarse do autor e de seus personagens, tal o fluxo desordenado, eruptivo e fulminante com que sua narrativa, tecnicamente apurada, vai se processando. Há uma entrega do autor, de tal maneira explosiva e delirante, que tudo nos leva a pensar que Dicke parece ter escrito esse romance impulsionado por forças extraordinárias, num profundo transe estético, no qual a própria experiência intelectual e criativa do Dicke escritor, filósofo e pintor se conjugam e se interpenetram com a uterina emoção dos envolvidos, que só poderia desembocar numa linguagem sofisticada.

Nesse romance, percebem-se as características do realismo mágico ou fantástico (ou realismo maravilhoso, como conhecido no resto da América Latina). Pela via do fantástico, *Deus de Caim* se vale dos arquétipos do fantástico, do mítico, do sobrenatural e do supra-real que compõem a vida dos personagens, tomando-lhe o inverossímil como denúncia do absurdo da própria realidade.

Ao esfaquear seu irmão Lázaro, Jônatas repete o ódio de Caim e engendra toda a ação do romance. Nos vinte e um capítulos da obra, a história da família Amarante vai se desdobrando numa colcha de retalhos de situações conflituosas, que metaforizam a própria história do Brasil.

Nos diversos cenários e planos temporais e geográficos em que as ações ocorrem, oscilando entre Pasmoso e Cuiabá (onde Lázaro vai se abrigar na casa do tio Afonso, para se tratar, após ser atingido pelo irmão), a narrativa se desencadeia para reafirmar o desmoronamento desses mundos, a desagregação da moral, da religião e da política, penetrando fundo os temas universais.

Ao traçar um painel da vida rural e urbana do Mato Grosso, *Deus de Caim* desvela também as tensões sociais da época, o garroteamento da liberdade, a relação entre a civilização e a barbárie, entre o campo e a cidade, entre a descrença e a utopia, entre o imperativo da modernidade e os grilhões do atraso. É um percurso sofrido, uterino e sombrio, no qual também se constrói uma densa reflexão sobre a natureza e as ações humanas, em que estão presentes os conceitos filosóficos do autor. Aqui, Dicke dialoga com Sartre e o existencialismo, aproveitando para discutir questões fundamentais como a finitude e a morte, a expropriação do mundo pelo capital e pelo lucro (que tanto alienam os indivíduos) e a responsabilidade do ser pelo seu próprio destino e o da humanidade, que, afinal, diz respeito à própria tragédia do existir e à crise enfrentada pela sociedade, diante da fadiga das estruturas convencionais de moral e poder.

Com essa reedição, ressurge um autor demiúrgico e primordial em nossa bibliografia, cujos livros nos ajudam a refletir sobre os tormentos vividos pela civilização contemporânea, que experimenta um mal-estar pós-moderno.

São Paulo, 10 de janeiro de 2010.

RONALDO CAGIANO
Escritor e crítico

Prefácio da Primeira Edição

DO SEXO E DA MORTE EM DICKE

Lá das bandas de Mato Grosso chega-nos agora esse estranho romancista, esse narrador sem peias, talvez ligado ao sentimento do absurdo que abala a estrutura da ficção de hoje. Eu estaria inclinado a ver, em Ricardo Guilherme Dicke, um executor marcusiano em matéria de literatura, principalmente ao surgir, como surge, numa lufada lúcida de incoerência aparente, nas letras brasileiras. Para Herbert Marcuse toda simples oposição é bem-comportada e pertence, tanto quanto a situação a que se opõe, ao contexto a que ambas pertencem. Acha ele que, diante da irracionalidade da sociedade industrial contemporânea, a única atitude certa é a de provocar a desordem nessa sociedade e contribuir, com isso, para que ela caia. A fim de atingir esse propósito, não poderá pessoa alguma assumir gesto que signifique aceitação. E oposição seria aceitação.

Vale a pena que se analise a afirmativa de Marcuse de que oposição é aceitação. O opor-se alguém a uma situação quer dizer concordância com o esquema geral em que ela se insere, embora discordância quanto a medidas particulares tomadas pelos que dirigem as coisas. Um partido político de oposição pertence ao mesmo contexto da situação a que ele se opõe.

Veja-se que, no Brasil como em qualquer outro país de tradições semelhantes, o líder da oposição no parlamento tem direito a carro oficial, motorista, gasolina, gabinete separado, da mesma forma que o líder do Governo. Aí, como em tudo o mais, a oposição aceita o poder a que ela se contrapõe. Sob esse aspecto, é insustentável a tese de partidos revolucionários legalmente registrados por um governo democrático.

E ela é insustentável, não do ponto de vista da democracia, que costuma adorar situações como esta, mas do ângulo dos que são revolucionários. Em todas as agitações havidas nas ruas de Paris durante a Primavera de 1968 as lideranças dos estudantes, com Daniel Cohn-Bendit à frente, revelavam seu propósito consciente de fazer, não oposição, mas desordem.

Suponhamos que os estudantes tivessem então fundado um partido. Todo o contexto político-partidário da França teria respirado com alívio: enfim, estavam eles, os estudantes, enquadrados no contexto. Fazendo apenas desordem, os estudantes fugiram à aceitação e desprezaram o diálogo que, para Marcuse, teria sido rendição.

De acordo com as ideias de Marcuse, os operários de Paris, os homens que trabalhavam no comércio, a classe média – todos eram defensores da situação tal como se apresentava, desde que se lhe mudassem alguns detalhes. Um aumento de ordenado, o direito de dias de férias – e tudo voltaria ao normal. Já para os marcusistas, não. O importante era forçar a desordem até que o poder caísse. Não foi à-toa que os operários da indústria de automóveis da França impediram a entrada de estudantes em suas fábricas: estavam, no fundo, compreendendo que os estudantes se opunham ao operariado com a mesma veemência com que tentavam combater o governo.

Tendo Marcuse criado toda uma filosofia de vida,

podem suas ideias servir de base também a análises de caráter literário. Tanto quanto o estruturalismo de Lévy-Strauss, com a vantagem de que há, no marcusismo, uma dinâmica mais de acordo com a obra de arte. Qual seria, marcusianamente, a posição de Ricardo Guilherme Dicke na literatura brasileira de agora? A de alguém que tentasse destruir a situação literária? Até certo ponto, sim. Que ele não é bem-comportado, qualquer leitor verá logo nas primeiras palavras de *Deus de Caim*. O romancista não se submete a um estado definido de nossa ficção. Faz o que lhe dá na cabeça, ou nos dedos, que seu estilo parece ter sido criado e desenvolvido pelos dedos. As descrições surgem em haustos como se o narrador tivesse pressa de chegar a um ponto determinado, e sentisse que os dedos lhe doíam no esforço de trabalhar as palavras. Esse caráter digital de seu manuseio da linguagem é de uma absoluta liberdade. Daí, o poder Ricardo Guilherme Dicke opor-se, mais fundamente do que o normal, às correntes da ficção brasileira do momento. Ele não se enquadra nem se deixa enquadrar. Não quer ser apenas mais um ficcionista no meio de muitos, integrado num ambiente geral de conformismo e de seguimento das rotinas. Para Marcuse, a sociedade industrial asfixia o homem, tira-lhe a liberdade (cria uma razoável e confortável falta de liberdade) e provoca um atalho para a morte. Como vencer essa morte, esse espírito de morte intrinsecamente ligado à sociedade industrial? Apelando para Eros, para as forças eróticas de que os jovens são, naturalmente, depositários. É também com o erotismo que Dicke procura contar para se arremeter, quixoteticamente (para usar um de seus neologismos), contra a mesmice da literatura brasileira contemporânea.

As armas desse ficcionista não são apenas as da espontaneidade e as do absurdo, mas também as de uma tradição cultural que ele mistura e manda, numa aceitação, sim, do que o antecedeu, contudo aceitação que subverte o que aceita, que tenta lançar uma aparente desordem no que até ele chegara ordenado. A tradição é bíblica e clássica, e tanto Abel como Caim e Lázaro ingressam no mundo escuro que Ricardo Dicke levanta. Caim mata, Abel morre, Lázaro ressuscita, cada um é um símbolo e, mais do que isso, é uma criação material, direta, independente do tecido às vezes frágil do símbolo. Além disso, Bach, Beethoven, Vivaldi, Nietzsche, escritores, figuras da caminhada do homem, todos participam da subversão literária do novo romancista.

Lidando com toda uma simbologia a que ele dá um sopro vital fora do comum, Dicke não deixa coisa alguma de fora. Seu enredo é de vida primitiva, com personagens que, revelando uma existencialidade mato-grossense, estão no ar, soltos e livres, não comprometidos com uma possivelmente falsa matogrossidade, humana e literariamente disponíveis. O narrador de *Deus de Caim* atinge esse plano porque nele o meio se impõe, a linguagem determina tudo, é no domínio manual da língua que ele faz repousar a força do que tem a dizer. Às vezes segue o sistema de substantivo, ponto; ou substantivo, particípio passado, ponto; ou substantivo, gerúndio, substantivo, ponto. Tudo direto e claro. Claro e forte. Leiam-se as primeiras palavras do romance e lá está: "Na rede Lázaro. Zumbidos. O irmão morto na rede. O mundo rodeando sua roda...", mas Dicke não se prende a isso, não está interessado em erguer uma nova rotina: vai em frente e alonga suas frases quando acha que esse alongamento será mais significativo do que a anterior curteza. Como seus personagens se misturam sem causar confusão ao escorrer da história, os ângulos da narrativa também mudam sem que o leitor perceba que tudo se transformou. É a primeira pessoa e não é, é terceira e não é, numa boa loucura de narração em que avulta uma completa comunicabilidade. Ricardo Guilherme Dicke se comunica facilmente com o leitor, rompe com tranquilidade as defesas de quem penetra em seu mundo. Dentro em breve, o homem de fora está cercado de outra mundologia, as realidades violentas e subversivas da narração de Dicke o envolvem com toda a rapidez, e, tendo obtido esse efeito com um manuseio de dedos, cria uma visão e consegue um tipo de narração visual de que, no cinema, Luís Buñuel, Fellini e Nélson Pereira dos Santos (pelo menos o Nélson de *Fome de Amor*) são bons exemplos.

Há temas recorrentes em Ricardo Guilherme Dicke: os do sexo e da morte são os mais evidentes. E aí vemos outra vez a dualidade marcusiana, o erotismo servindo de afirmação de vida e de proteção contra a morte. Tanto no estilo puramente vocabular, como no modo de enfileirar acontecimentos e sensações, Dicke me parece às vezes um Céline. Também seu modo de lidar com o tema da morte é celiniano, mas sem que haja uma influência do escritor francês sobre o autor de *Deus de Caim*. Um romancista norte-americano, Jay Friedman, fala nessa permeabilidade temática e linguística das não-influências que, contudo, estão no ar. Louis-Ferdinand Céline morreu em 1951 e seus dois livros mais importantes – *Morte a Prestações* e *Viagem ao Fundo da Noite* – se transformaram em bíblia para muita gente. O tradutor norte-americano de *Morte a Prestações* afirma, em introdução que escreveu para esse romance: "Para nós, Céline era O Autor que havia escrito O Livro. Não nos sentaríamos à mesa com uma pessoa que não o houvesse lido. Que teríamos para dizer a um bárbaro?". Conta Friedman que, tendo publicado um romance em 1962, começou a ler opiniões de críticos que diziam coisas assim: "Poderia ele ter escrito um parágrafo se não tivesse havido Céline?" ou "O Sr. Friedman, naturalmente, digeriu muito bem o seu Céline." Contudo, a verdade era que Friedman não havia lido Céline. Quando o fez, deu razão aos críticos. O estilo e os temas de Céline andavam no ar e outros escritores os pegavam sem precisar de leitura.

Em que se parece Dicke, o brasileiro, com Céline, o francês? Em primeiro lugar, o estilo dos dois tem pontos de contato; depois, os temas; e a loucura geral que envolve os assuntos e os personagens dos dois escritores; e o sexo, sexo sujo e sexo limpo, antes de tudo veemente, violento, antimorte, atirando-se contra Tânatos e às vezes, por isso mesmo, chegando muito perto da morte. A antecipação da morte, que constitui uma das bases da literatura celiniana, é também parte integrante do mundo de Dicke. O homem comum costuma chamar de absurdo tudo o que fica perto demais da morte. Há quem deteste entrar em cemitério. Há quem nunca viu uma pessoa morta. O escritor, sal da terra, torna-se o contrário disso, pelo menos quando é um escritor do tipo de Céline, e transforma sua linguagem em experimento da morte, em depuração do sexo. Veja-se que tudo é linguagem. A obra de arte só existe por causa do meio de que se utiliza. De boas intenções andam cheios os paraísos e as obras literárias. O melhor dos temas dará o pior dos romances (assim como o pior dos romances pode dar o melhor dos filmes, quando a linguagem deste, com o mesmo assunto daquele, é mais linguagem do que a que fora usada no livro). Em Dicke, a linguagem não se perde. Ela é o sexo e a morte que o autor deseja mostrar e cujo espírito o leva a escrever. Mas não é o espírito que torna sua obra uma novidade em literatura. É sua linguagem, é a maneira como ele se apossa de um punhado de realidades e constrói um livro. Já se disse que Céline usou uma "linguagem de ódio". Não poderia, para ele, haver outra linguagem. Até certo ponto, de ódio é também a linguagem de Dicke, contudo de amor também, não o romântico, o de puro sentimento, mas o erótico, o da loucura de Eros que, felizmente, o mais civilizado dos homens e a mais industrial das sociedades ainda são capazes de ter.

No final do julgamento do Prêmio Nacional Walmap de 1967, os julgadores – Guimarães Rosa, Jorge Amado e o autor destas linhas – discutimos os dois romances com que Ricardo Guilherme Dicke se apresentara ao concurso: *Deus de Caim* e *Décima Segunda Missa*. Ambos muito bons. O primeiro nos pareceu mais bem realizado. Rosa falou de sua força envolvente, de sua impetuosidade vocabular. Jorge Amado realçou sua narrativa, sua coragem de narrar sem recursos falsamente literários. Ficamos, os três, certos de que ali estava um romancista de tipo novo, um homem capaz de abalar a nossa ficção. O prêmio dado pelo Walmap a *Deus de Caim*, de Ricardo Guilherme Dicke, vinha, assim, sob o signo da novidade. Ao ver agora esse romance posto em livro, ao escrever este prefácio para a Edinova, uma editora que põe a renovação no nome que usa, ao entregar o que escrevi a Hugo de Lyra Novaes, o editor, sinto que a iniciativa dos prêmios Walmap e o entusiasmo de José Luis de Magalhães Lins estão promovendo algumas clareiras na confusão literária do Brasil. Que às vezes revelar um romancista como Dicke é, para um país, mais importante do que decênios de planificação.

Rio de Janeiro, 19 de junho de 1968.

ANTONIO OLINTO
Escritor e crítico,
da Academia Brasileira de Letras

Prefácio da Segunda Edição

VAZIO E SILÊNCIO NO LABIRINTO

O que seria então o significado do termo "Deus de Caim" além de um Deus com o qual não se deve contar apesar da sua existência, pois ele é aquele que despreza sua criatura. E para alguns, como os "Cainitas", seita do século II, um demiurgo que odeia o Deus supremo, bom e amigo dos homens, um inimigo do gênio humano.

Este termo que dá título ao livro expressa um conceito que perpassa toda a narrativa sendo intensamente discutido, a ideia de que somos responsáveis pelos nossos atos e de seus efeitos, pois se existe um Deus ele nos despreza ou ignora não sendo um irradiador de sentido para a vida, só o homem gera o significado da sua própria existência, mas como qualquer filho-neto Caim se ressente desse desprezo, sabendo que a vida tão sem transcendência poderia ser outra.

O verdadeiro castigo de Caim é a percepção de que vivemos numa terra devastada, o sagrado está perdido, e a percepção mítica de que a queda será irreversível sendo também o arquétipo do migrante, do homem que é obrigado a mudar de lugar devido às suas condições de existência, mas devendo vagar sem proteção, sem pacto com Deus, dependente apenas de si. Resta-nos tentar criar um pequeno paraíso na realização de nossos desejos ou aceitarmos o fato de que estamos condenados a viver.

Dentro do campo semântico que o livro estabelece nos seus jogos de sentido podemos pensar também a figura dessa divindade como signo da reificação humana imposta pelas novas relações sociais geradas dentro da modernidade, tendo como motor o desenvolvimento do projeto capitalista na Amazônia. O "Deus de Caim" seria então, não o diabo, mas um deus às avessas, um deus do caos e da destruição, quem sabe, o próprio capitalismo.

Ricardo Guilherme Dicke em seu romance nos permite entender o sentimento de desencanto que permeou a esquerda pós-1964, perplexa diante de si mesma, surpresa por sua incapacidade de reação falando de um mundo em que a ruína e a morte se aproximam, rondam com faro agudo, com suas garras de silêncio e ninguém pode ficar indiferente à modernização que se estabelece. Os personagens Lázaro e Jônatas são justamente alegorias dessa escolha ou pela modernização ou pela tradição. Por isso é importante mostrar a tensão que Dicke consegue estabelecer entre um mundo que é ameaçado pelo capital com suas inovações sociais e outro que afirma estas transformações, o choque entre esses dois campos de poder complementares, mas antagônicos. A impressão que se tem é que o autor quis dar voz, à sua maneira, a esse silêncio que penetra e dissolve as tradições, esse silêncio que faz desaparecer os vencidos.

A literatura produzida entre 1964 e 1968 no Brasil foi uma maneira de agir e reagir contra o regime ditatorial imposto pelos militares, não que essa atitude fosse eficaz politicamente, mas, permitiu que a angústia e sufocamento, ou esperança, que sentiram os intelectuais daquele tempo chegassem até nós plantando sementes de dúvida em nosso coração sobre essa democracia construída sem real ruptura com as forças conservadoras que engendraram o golpe de

1964. Esteticamente, foi um período de muita experimentação para o romance brasileiro que tentava comunicar esse emparedamento entre a modernidade e a tradição em que vivemos ainda hoje.

Constituindo-se como o primeiro esboço de uma crítica radical aos membros da oligarquia mato-grossense. O romance acaba formando um rico mosaico das contradições presentes não só em Mato Grosso, como no Brasil daquela época, sendo por isso, em relação à literatura brasileira, um romance da crise brasileira ocorrida em 1960, pois ele trata da morte da sociedade rural, patriarcal, e entre a redenção utópica e a resignação trágica pensa criticamente o avanço do capitalismo moderno, estranhando a perversidade de uma razão instrumental que esvazia de sentido a experiência humana.

Essa narrativa de um mundo caótico, em que a existência perdeu seu significado e Deus existe apenas como ausência, um vazio no centro de um labirinto sem saída; povoado de seres prontos a nos lançar no abismo trágico do absurdo, não restringe seu alcance crítico à década de 1960, mas nos acerta hoje feito um choque elétrico para nos despertar dessa catalepsia que a todos nós, bando de Lázaros, cega e paralisa. A publicação do livro *Deus de Caim* de Ricardo Guilherme Dicke, em 1968, foi um ato de coragem e de real contraposição ao provincianismo das letras mato-grossenses do período; sua força expressiva e atualidade exigiam essa reedição.

Cuiabá, 24 de agosto de 2006.

JULIANO MORENO KERSUL DE CARVALHO
Mestre em história pela UFMT
Universidade Federal do Mato Grosso

DEUS DE CAIM

I

Na rede Lázaro. Zumbidos. O irmão morto na rede. O mundo rodeando sua roda indiferente. As moscas voavam lentas e pousavam na cara dele. Não se importava, Lázaro morto, narinas paradas. Todos os telégrafos diziam: Lázaro morreu e vai ser enterrado. Para sempre. Antigamente, diziam, havia a ressurreição. Agora não. Agora a sombra que abandona este reino de sombras, caminha para sempre só, num outro reino de sombras ainda mais solitárias. Só, como um rei perdido, só, sem reinado, na essência redonda da morte. Tão fácil, morrer. Como acontecera que guiara aquele ferro frio nas entranhas de outro filho, o mais querido de sua mãe? Lázaro, morrer e ser enterrado. Agora, se entristecia a pensar. Homem morto. Rato morto. Um cheiro de figos maduros incendiava-lhe as narinas, forte, penetrante, morcegos andavam de dia? Andavam ficando diurnos, comendo os frutos da figueira. Lembrou-se de quando morrera a mãe. Fora o mesmo. Ficara assim cinco dias e assim mesmo, sem caixão, na rede, sem nada, aquele fedor decomposto – coitada, a mãe, que fizera para terminar com um cheiro daqueles? Qualquer cachorro morto, ao sol, no meio da estrada, fedia do mesmo jeito. Pois, agora, dois anos se passaram que ela estava morta, respiração da morte no fundo da terra. O velho se fora primeiro, quando ainda não nascera. Nunca soubera como foram o velório, o enterro. Devia ter sido chato, como sempre. Até ele mesmo, que se precavesse, ia ser assim também, não pensasse grandezas. No enterro da mãe, as amigas da velha vieram de dez léguas por redor. Era conhecida. Neste, só ele cuidava o morto. Seu irmão Lázaro. No fundo não se assustava. Sabia o que era a morte. Viviam dentro dela, respirando vida, mas tudo era estar-se para morrer, nada mais. Tinha de ser. E quem o soubera? Pé da serra do Juradeus, por perto de Cuiabá. Nem sertão, nem arrabalde. Mais ou menos. Viviam da vendinha que lhes deixara, mambembe, uma merda, o pai. O vizinho mais próximo era longe. E todo fim de semana ir à vila do Pasmoso, comprar mantimentos e voltar com o jeguinho carregado, o estirão queimando as alpercatas como fogo. Era uma vidinha até que agradada. Tão manso. Dava pra imaginar. Imaginar no quê? Qualquer coisa, ora bosta, mandar o irmão pros quintos, por exemplo. Mas era doloroso. Doloroso, o diabo. Mas sem remédio. Como um buraco. Depois que se caiu, está caído. Dane-se.

A tarde começava a cair. Sebo se esfregava em suas pernas procurando carinho. Que andava adivinhando esse gato?

Era um gato muito velho, de três patas, diziam que do tempo do pai. Jônatas não lhe fazia caso. Olhava de olhos semifechados, por entre os fios compridos de cabelos escorridos na cara, a paisagem familiar que anoitecia no retângulo da porta de tábuas mal formadas. Brilhava debilmente à última luz a cerca de taquaras da pequena horta. Um pé de maracujá trepava pelo esteio da varanda: frutas como enormes melões pendiam entre as folhas. Ou porque a terra batida refletia o céu ou porque emitia uma claridade muito própria nessas horas, o terreiro de barro estava claro como banhado de luar. Jônatas olhava procurando a alma de Lázaro, entre as nuvens que corriam como um rio de roxos e vermelhos, além do recorte das árvores que se limitavam com o céu. A figueira enorme parecia um guarda-chuvas ou um cogumelo e tapava uma parte do céu. Mamoeiras se esparsavam no terreno. Inúteis. Qualquer dia as poria abaixo. Mamonas lhe chamaram a infância.

Ele e Lázaro se banhavam sob uma corredeira de espumas brancas, ambos guris. No alto do barranco, frei Oswaldo, gordo e vermelho como um Papai Noel, de pé, lendo seu breviário. De repente gritava na sua língua enrolada: Hei, meninos, famos que chá está ficando tarde.

– Um pouquinho mais, frei Oswaldo – pediam. Ele, bondoso, assentia e voltava ao livro. – Zô mais um pouquinhas.

A água caía de uns dois metros de alto, larga e pesada, num jato branco desparramando pérolas e ouros, gotas de todas as cores, sobre as pedras negras e escorregadias. Estava longe, longe como o irmão. A morte dele? Não sabia direito. Quando fora, ontem, hoje? Uma briga por acaso, por nada. Lázaro lhe dera um sopapo, ele vira sangue, sacara da faca e se arremessara sobre o irmão. Giraram como doidos, agarrados, dentro de casa, derrubando coisas, depois saíram rolando encrespados como gafanhotos, por entre os arbustos, no mato, e durou um tempo infindável. Ao fim, quando se deu de si, o irmão, no chão estendido, olhos no céu, imóvel, possessão da morte, a faca pingando. Deu-lhe um poder, uma gana absurda de vingá-lo, uma ânsia. Apoderou-se do próprio pensamento que vagava sem direção. Ficou um tempo, a faca coçando, apoiada sobre o peito, pronto para a última determinação. Esperou o Diabo – que viesse ajudá-lo, guiar-lhe a mão mais uma vez. Mas o Diabo não vinha, estava ocupado em coisas importantes.

Lázaro de Amarante estava de comprido na rede, uma rede velha, surrada, suja, e esta sendo menor que ele, deixava-lhe no ar os pés descalços e as mãos lhe caíam em ângulo com o corpo. Uma toalha tapava-lhe dos joelhos ao peito. Sua cabeça se dobrava e interrogava o anoitecimento.

Jônatas não se movia. Nada se movia, comungando com ele. Só o céu se mudava de azul cerúleo em cobalto. Um que outro morcego varava a casa de janela a janela. Um rumor de cavalgada surgiu no silêncio e foi aumentando aos poucos até desaparecer de novo. Mas ouvia alguém que entrava pela porteira da cerca e ali parar. Um morcego chiou no escuro da outra sala. Ruídos de passos. Esporas que chinchinavam no chão de barro duro. Rodeou o terreiro e entrou sem bater, no pequeno alpendre que dava para a porta. Ao pé desta parou e descobriu-se, saudando. Sem mover-se Jônatas olhou-o indiferente. O Cardeal tinha vindo em má hora. Que adiantava que o chamasse de Cardeal? Ou de Grego ou do que fosse? Ao diabo sua fama de milagreiro. Não era desta terra. Nunca se ouvira um jargão desses, baiano, turco, o cão. Diziam até que era cigano, mas ele dizia que não. Já explicara que era chiprense, cipriota, grego, não sei que mais. Que era dum lugar lá pros infernos, Europa e tal e coisa. Ninguém entendia. Só Cirilo Serra, o doutor maranhense, se dava com ele. E este idiota morto na rede.

O Grego era gigantesco, feito um combaru, um moinho

de pedra. E mais a cabeleira enrolada pela nuca, as barbas negras, hirsutas. As alpercatas de pneu, calças arregaçadas, a camisa de fora abotoada até o pomo de Adão, mangas compridas, o fungar, os olhos pretos, o cachimbão, um ser de lenda esquecida. Muito amigo de Lázaro. Com gente assim andava o irmão.

— Salve, amigo Jônatas.

Silêncio de Jônatas.

— Que aconteceu? Que faz nosso amigo Lázaro? Diria que dorme como um morto.

— Sim, está dormindo.

— Estranho o seu sono. Não sussurra.

— Está dormindo.

— Estás seguro? Parece a morte.

— Sim, Lázaro dorme.

— A ver. (Aproxima-se do cadáver e levanta a toalha que o cobre.) Por que não me mandaste chamar, Jônatas? Eu poderia salvá-lo. Agora parece que já é tarde demais. Ouvi algo do Cel. Vitorino e vim direto.

— Ele dorme.

Faz silêncio. Ouvem-se os morcegos que chiam. O Grego, davam-no por um misto de filósofo maluco e curandeiro meio profeta. Enviado às avessas de João, o Batista, de quem dizia ser emissário, só que bocaiudo, gritão, ateu, ridor, o diabo devia ser seu guia.

— Mas, Jônatas, como aconteceu isso? Lembra-te da nossa amizade? Lázaro não está de cara boa. Conta-me que sou teu amigo. Sabe que fui eu quem curou Dona Maria do José do Bingo, o saco rendido do Cabo Saturnino, o diabo que estava no corpo de Nhô Bonifácio Oló, lembra-te, né?

— Ele dorme, Cardeal.

— Estou vendo que foi violência. Um corte de faca. Que foi? Lázaro bebeu? Ou alguma mulher?

Silêncio de Jônatas.

— Que horas foi?

— Hoje mesmo.

— Conta-me como foi. Conte comigo. Tu me conheces.

— Ele dorme, não vês, Cardeal?

— Parece morto. Provável que não de todo. Sei essas coisas de morto. Vejamos. (Abaixa-se junto dele, ausculta-o, toca-o, move-o, como entendido.)

— Sim, ele dorme. Sinto que respira.

— Ele dorme, mas de outra maneira.

— De que maneira, homem? Só há uma maneira de dormir.

— Ele dorme estando morto.

— Ele está vivo, Jônatas. Toque neste lugar.

Jônatas levantou-se do mocho pausadamente, lançando os cabelos para trás, os ossos estalando, tocou o lugar que o Grego lhe indicara. Efetivamente, sentiu o coração e a respiração do irmão. Vivia. Fixou-se demoradamente no Grego, num olhar entre desafio e descrença. O irmão vivia.

II

Era madrugada quando Minira despertou no seu primeiro sono. A lua entrando na janela desenhava um quadrado em sua cama. Fazia frio mas descobriu de si o cobertor. Todos dormiam. Um silêncio imenso reinava. Nenhum cão ladrava, nenhum galo cantava aquela noite. Sequer os grilos, sequer os curiangus, nenhum bicho existia. Na janela, a lua, pequenina, misteriosa, cantava. A vila do Pasmoso mergulhada na morte do silêncio adoecia. Um estômago morto a revolvia. Minira teve medo sentindo-se tão só na noite. Quando todos dormem está-se à mercê de algo que se desconhece. Esse mistério se denuncia numa mancha no compacto do silêncio, que aos poucos se transforma em monstro e invade os pensamentos e penetra nos sonhos, como um tóxico que se respira, o letargo que sai duma planta venenosa. A lua pareceu-lhe primeiro o rosto de Lázaro que lhe sorria no céu sem nuvens e depois o rosto de Jônatas, sério, sem sorrisos. Viu quando Lázaro desceu com seu rosto de lua e entrando no remanso da penumbra do seu quarto, afastando as cortinas, e prendeu-se ao seu corpo. Suas carnes eram macias como a lua. Deixou-o que a desnudasse lentamente sob o raio lunar, que parecia papel de lírios, com cheiro de suor de homem.

Carícias de suas mãos tocando, vinham dos pés até os cabelos em arrepios. Vaga luxúria de virgem. Ao colar do seu corpo, na aproximação áspera e suave, sentiu-o viril e aferrou-se, sem surpreender-se e sem constrangimentos a desvesti-lo por sua vez, explorando primeira vez a parte de um homem.

Curiosos de pecar, descobriram-se mútuas adorações, ingênua predestinação, inocência do diabo, lascívias, jogos. Eram virgens. Lázaro sentia inchar-se, o prolongamento raro, vertiginoso, cheio de cócegas de dentro, formigamentos, o suor fedendo, a baba da boca, o ventre chupando, os cabelinhos das axilas de Minira crescendo, enrolando, chuçando.

Sentira sempre aquilo. Só que agora não era solidão de sempre. A inclinação a levava. Adivinhavam agilidades insólitas para coisas que não sabiam e frescores sem palavras lhes invadiam os centros da vida. Naqueles momentos as mínimas coisas eram boas. Até respirar era bom. Delicioso. Dobrar as pernas era pra Minira ganhar carícias. Nunca nas solidões ânsias assim seriam gozos. Agora era só estender, alçar as mãos, corrê-las — encontraria o que queria — novos cumes, fronteiras, pensamentos. O ardor lhes comunicava uma sabedoria imensa. Minira quase desfaleceu. As entranhas se lhe queimavam. Contava os buraquinhos de luz nos vãos das telhas. O arfar do homem era uma música que ecoava nela como o vento numa gruta. Os seios de Minira doíam, cresciam, latiam nas mãos dele. E o torso se lhe tremia como se um fogo corresse sob sua epiderme. Um pudor de sonho, cheio de audácia. Que era o pudor e que era a audácia? Que era o sonho? Uma coisa pingava dentro dela, pingando, pingando, morna, azeitosa, viscosa, leitosa, lenta goteira – eram pingos de pensamento, pingos de esperma? A sabedoria se diluía. Pesadas as ancas dela, pesadas para dezesseis anos de uma mulher, densos os peitos, densos, doces, tanta inocência, as pernas roliças enroladas nele, macias, longas, polvos multiplicantes, a ternura do ventre louco, maduro e verde, fruto frutificando em mordidas, ninho que esperava, e esperava, como um prêmio imaginário.

A lua entornava num raio branco através da janela, que indicia justamente sobre o ventre de Minira. A lua via lá do alto, só aquele quadrado branco, em que se destacava uma mão aberta sobre um minúsculo triângulo negro incrustado num torso em que as partes pareciam incompletas pelo corte da sombra, um torso grego sem pernas e sem cabeça, de membros comidos pela escuridão. Depois Selene reparou que o torso se multiplicava em dois, que se transformavam de novo em um e outra vez em dois, e em crescente cadência, até que algo se deu e um final muito calmo repercutiu na órbita lunar.

Um reflexo de silêncio. Deu de si, a lua desaparecera e a madrugada se lembrava dos galos cantando. Minira procurou com as mãos correndo em sobressalto e o leito estava vazio. O quadrado diminuía. Fazia frio. Com a madrugada escurecia. Puxou o cobertor sobre si e dormiu o terceiro sono daquela noite. A lua ria com cara de Jônatas. Primeira vez que ele ria. Lázaro dissolveu-se em nuvens no fundo do sono sem sonho.

III

Era o Coronel Vitorino do Espírito Santo o delegado da jurisdição da vila do Pasmoso. Velho orgulhoso, de bigodes que pareciam asas dum pássaro brabo, magro, alto, quixotético. Quando havia uma questão importante não dormia. Demorava às vezes semanas inteiras. Desta há já quase meio ano que não dormia. Devia ser importantíssimo. Mais que o moto perpétuo ou o zepelim. Há tempos umas vacas do Salvador rebentaram o cercado de Chico Bóia e fizeram o diabo em quase um hectare de laranjeirinhas e milho recém-plantado. Quando o Chico deu pelo caso, já era tarde, acabaram com tudo. Mas veio e soltou uns mastins danados como cérberos que estraçalharam as vacas pela metade. Com uns peões acabaram de matar a tiros os animais, cinco, e os carnearam ali mesmo, salgaram e pronto, estava feito o troço. O dono das vacas, Salvador Julião, reuniu uns negros brabos e invadiu o terreno do Chico e fez uma mortandade na criação, inclusive os cães, só que deixaram tudo pros urubus. Estavam nesse pé as coisas. Cada qual aguardando o outro e duma hora pra outra ia acontecer o demônio.

Mas não era isso que fazia o delegado ter insônia. Há uma semana uma mulher meio velha atravessando um bibocal, à noitinha, havia sido agarrada, levada não sei pra onde e violentada por três indivíduos. Abandonaram-na no meio do mato e ela foi queixar-se ao Cel. Vitorino sem saber dar-lhe particularidades dos assaltantes. A opinião do velho foi de que a velha gostara da coisa e se fazia a ingênua. Mas não era isto tampouco o que o fazia perder o sono. Ainda outro dia seu Antônio Cearense estava dependurado na beira do poço, fazendo reparos na boca deste, quando a corda arrebentou e o homem foi ter à água, caindo de 15 metros. Não se afogou, mas quebrou a perna e ficou três horas na água gritando, até que seu filho Joaquim apareceu vindo da roça e o acudiu. O pior era que o velho fora queixar-se ao delegado, assegurando que era o próprio filho o sabotador da corda, por não poder esperar a hora da herança. Ainda não era o que lhe fazia perder as noites. Havia Dona Sextina, que tinha uma pensão na vila, uma viúva corpulenta e vigorosa, que sempre que podia mandava convidá-lo para comer uns lados de cabrito com quiabo, manjar por que era louco. O velho, porém, sempre recusava. Sabia que ali havia pata de gato. A boa da Dona Sextina estava querendo pescá-lo e ele não era mais guri de calças curtas. Tinha coisas mais urgentes. Não era isso que lhe fazia insone. Aquela velhota gorda, não teria ainda cinquenta anos e no seu caso podia considerá-la ainda própria para uso. Ouvira falar de dois ou três caixeiros-viajantes com os quais a velha tivera uns casos. Mas absolutamente, não era por nada disso. Até ele tinha seus casos. Ninguém dizia, por exemplo, que ele, com toda sua autoridade, se ausentava de vez em quando, e suas saídas tomavam um rumo bastante suspeito para os que o conhecem. Contavam à boca quiúsa, imaginem, que ele, além de adorar cabritos assados, adorava bodes vivos, bodinhos, vamos dizer. Era lá

deus de caim

assim. Só Dona Rita sabia dos seus sofrimentos. Bem que eram sofrimentos. Hemorroidas, tinha o velho. E se aquilo era que lhe fazia correr por dentro as coisas que originaram sua anormalidade ou o contrário, ninguém o podia dizer. O certo é que aquele troço lhe doía e excitava ao mesmo tempo, que ele caminhava dum modo tão esquisito que conferia cunhos de veras às besteiras que cochichavam dele. Sua perturbação provinha pois de coisas muito diferentes.

O Cel. Vitorino estava refestelado à varanda de sua casa, nesta tarde de domingo, apreciando a fresca, e pensava cofiando os bigodes abertos prontos para o voo, sob seu nariz.

Pasmoso como sempre mergulhada na sua calma habitual. Via-se dali a velha ponte de madeira preta que atravessava o rio Vermelho.

Não era muito velho o coronel. Seria velho, não fosse aquele ímpeto do corpo, que à primeira vista podia confundir-se com esbeltez. Tinha entretanto uma elegância que lhe diminuía a idade. Velhos eram compadre Silva, o Ponciano, o Simão do armazém, o Raposo já de Quebra Pote, o Antônio Peru, gente assim era velha. Ele não. Seus bigodes estavam brancos, seus cabelos canosos, mas ele se sentia de vinte anos. Lera o jornal de Cuiabá, que lhe traziam todos os domingos, afora o Diario Oficial do Estado, que chegava um montão atrasado, todo fim de mês. Nada de importante lá da Capital.

Uma bebedeira que acabara feia lá dos lados do Sangrador – dois malucos bêbados com certeza, se cortaram numa briga, a ponto de restarem meio cegos, sem nariz, com as orelhas em fiapos, e, ainda por cima, ninguém sabe como acabaram castrando-se um ao outro.

Um juiz se demitira. A polícia degolou um sujeito parecido com um conhecido malfeitor das redondezas. Ora, essa não! Quando que esses idiotas aprenderiam as coisas? Gente que deve dar o melhor exemplo, fazendo horripilâncias desse quilate. E o povo, que haveria de pensar de tais coisas?

O Cel. Vitorino balançando a preguiçosa, esfregando a bunda dum modo esquisito no assento, enchia o cachimbo de fumo. Depois acendeu-o e de olhos perdidos na ponte, perseguia um pensamento fugindo no ar. O que era que preocupava tanto ao honrado delegado de Pasmoso? Ah, se soubessem o que ele via ali naquele ponto em que seus olhos se haviam fixado. Que será que é? Que o velho homem da lei recordava dos tempos mais pra trás, uma vez que foi noivo e quase casou, só não casou porque a noiva, muito digna, não sei o que descobriu de desabonador e não quis arcar com o casamento? Estará lembrando suspiros, beijos, encantamentos? E por que haverá de ser, por força do amor, o que faz o velho sonhar de olhos abertos, balançando a preguiçosa e enviando para o céu nuvens do seu cachimbo, como mensagens de índios sioux?

Não poderá ser outra coisa? Não, não pode ser outra coisa. Outra coisa não faz a natureza neste tempo. É primavera. Pondo atenção no que se olha e no que se vê, é isso: o amor dos pássaros, dos peixes, dos bichos, das flores, e até capaz, das pedras.

No centro do pátio um casal de bois, se acometem num coito bárbaro, uma doidaria de correr e levantar pó, corcovas e patas arrancando grama, o resfôlego que chegava até ele, as nuvens de poeira. Uns pássaros gritalhões num voo baixo e calmo, picando-se e mordendo-se uns aos outros, voluptuosamente. Nesta hora da tarde, que faz o mundo que não seja aquilo que é primavera profundamente?

Em qualquer casinha destas, silenciosa, à beira da estrada, estar-se-á amando, ou há pouco se haverá feito ou daqui a pouco far-se-á. As brisas o fazem. Não sentes o balsâmico, o doce, o leve do ar? As brisas se consomem de prazer. As grandes touças, as moitas espessas, os verdes ramos que se chocam, fazem o amor. Suas flores se amam num amor tão profundo que os perfumes subsistem. Ouve o ruído dos pássaros e imagina a primavera dos peixes, sob as águas. Coronel Vitorino! O velho delegado balança a cadeira preguiçosa e envia blocos de fumo azul para o alto como um pele-vermelha mandando sinais com sua fogueira. De repente esfrega furiosa e curiosamente o traseiro, vem mais à beira, e coça, coça, coça com a mão. Desesperado. Por que inventara o diabo isso? A boca se lhe babava, o cachimbo se torcia... E coça, coça.

Lá de dentro sai sua velha criada com uma bandeja de guaraná e biscoitinhos de milho feitos por ela. Dizem que é a melhor doceira de Pasmoso, essa Dona Rita do Alenque, dizem que nasceu na África e que tem 100 anos de idade. Disque, disque, é o dizer do povo.

– Dona Rita, hoje é domingo, a senhora devia descansar.

– Que nada, dotô. Quem que ia cuidá do sinhô? Se precisá di mais é só chamá.

E desaparece. Com satisfação, o delegado bebe aos pouquinhos o guaraná, sem tirar os olhos da ponte. Pensa na estória que o barbeiro lhe arranjou outro dia. Seria verdade? Nem se lembra mais. Esse corno do Figueirão é um mentiroso de marca maior. Qual barbeiro que não o é? Não lhe contara aquela de que sua falecida mulher, Dona Helena, lhe aparecera uma noite e passaram uma noite de núpcias? Começa a puxar pela memória algo que se recusa a ser lembrado. Vai reconstituindo a tal estória do Figueirão. Confuso e misterioso é. O barbeiro tem jeito para inventar contos. Como foi mesmo o negócio?

Teria o Figueirão uns 15 anos ou mais naquele tempo. Era a época dos Fords bigodudos que andavam a um máximo de 30km a hora. Seu pai que era, segundo ele, juiz de direito, tinha lá um auto desses e ele tinha uma curiosidade doida pela máquina. Quando podia se metia dentro dela, mexendo e remexendo. Nesse vaivém já tinha aprendido a guiá-la. Numa dessas, um dia em que o pai se ausentara, o rapaz entrara no carro e saíra estrada a fora. Conseguiu chegar com alguma dificuldade à estrada, e dali para diante seria mais difícil. Era tempo das águas e a estrada estava cheia de charcos. Figueirão ia se desviando dos buracos maiores e deliciando quando a estrada estava boa. Estava no melhor da festa quando de repente o céu nublou, as árvores tremeram e caiu um temporal dos diabos. Estava sob uma mataria compacta e negra. Ir adiante era loucura. Os faróis não iam a um metro. E o pior começou quando na estrada em declive formou-se uma verdadeira torrente que fez desaparecer as rodas. Não teve outro jeito. Fechou-se dentro do auto, desceu os vidros e esperou arriar-se a tormenta. Veio a noite e a chuva aumentava. Estava longe de casa e não sabia direito a direção. Escurecia. O rumor crescia e parecia-lhe haver-se metido na boca ou no ventre de algum monstro sem precedente.

Não soube quando esqueceu e dormiu profundamente

no assento do carro. Despertou-se com estranhas cócegas por todo o corpo e misteriosas perturbações táteis que não sabia de onde vinham. Firmou os olhos para ver mas nada via. Tudo escuro ou eram óculos de treva? Mas os beijos, os abraços, as carícias continuavam. Coisas doces, macias como dedos feitos de uma espécie de música, corriam por sua pele, pelas suas partes, mãos de gente, sábias, frescas, quentes. Figueirão perdia a respiração, eram vertigens fugazes, miragens no negror da noite, um desmaio prestes a invadi-lo que nunca chegava, um louco elevador que descia e subia com o jogo de um tóxico embriagante. Estava para gritar – para, para, não posso! Abria a boca, mas a voz não saía, o som morria, deixava-se, tudo se deixava, tudo era a tendência ao abandono, um tântalo tão morno e tão fresco. Sentia em si lábios sôfregos que o oprimiam, mãos e pernas que o aprisionavam, algo como um ventre como uma sanguessuga esforçando-se para reter suas coisas, um aroma indefinível, folhas de eucalipto, rosas abertas. Era homem ou mulher? Às vezes parecia homem, porque descobria algo estranho e rude como um ardor de ereção, rara força ameaçando-o, outras vezes essa mesma força virava orifício, sucção. Estava alucinado? Desconfiava que havia algo sem palavras que parecia libertar-se ou perder-se em si, não sabia – algo como inocência. Aquela coisa lisa e escorregadia como uma mulher ensaboada – como uma mulher, sim, pois seus seios eram redondos e vibravam no escuro, pois entre suas pernas havia algo, espinhoso e breve que o apertava – ele sabia, era um pecado. Doía-lhe, mas iria até ao fim. Era bom. Acaso não começava a sonhar com aquelas coisas? Não dera conta há pouco daquela água rara que crescia dentro de si e que saía com os pecados? Era aquilo mesmo.

Dentro de qual livro de estudo escondera aquela folha arrancada de revista? Uma mulher em pose erótica, vestindo um pedacinho de pano? Clara Bow adivinharia essas coisas? Claro que sim. Como que não ia saber? Por que aqueles olhos de cobiça para os pósteros, olhar de monstro de prazer, com aquelas carnes expostas? Aquelas carnes adultas e cheias de tremeliques? Mil tremeliques. Um milhão de tremeliques. Claro que Clara Bow sabia que sua efígie haveria de perambular por privadas e banheiros, assistindo a um milhão de masturbadores, aquela boca vermelha, aqueles seios saltando para fora, o sexo tremelicando no pano e no papel, aquelas pernas em atitude de receber o macho, tudo aquilo, claro que Clara Bow sabia. Era o destino desses papeluchos – bilhões de espermatozoides perdidos, mil filhos atirados, manchas e manchas de esperma liquefazendo-se no liquidificador invisível da máscara de Clara Bow. Uma boca a babar, veias arrebentadas, a vergonha lívida do ato sozinho, Clara Bow em efígie contra mil membros anônimos. Não há julgamentos em efígie? Execuções em efígie? Há também tais atos em efígie. Clara Bow, estúpida, estaria enjoada, nauseada dos homens.

Na escuridão, não seria ela? Se era ela por que escolheria um guri daqueles, esquilo de Onan, para aquela coisa? Não sei, mas depois disso o barbeiro iria pensar para sempre que a mulher daquela noite fora Clara Bow. O que ele nunca desconfiou foi que poderia ter sido Príapo.

Juraria que não fora sonho. Dormira, sim, quando a chuva cortou-lhe o passeio. Depois, entretanto, por que, afinal, se encontrara naquele lugar, com cara de pateta? Onde estavam suas roupas? Naquela escuridão seria capaz de enlouquecer. Sentia frio. E um úmido lhe subia as narinas. Gritou chamando. Nada de resposta. Gritou de novo mais forte. Nada. Caminhava sobre um fofo como areia. Tateava com as mãos, arcado sobre si. De súbito bateu em algo como parede. Barro úmido. Era um silêncio que crescia de longe como um mistério.

E ela? Nem sinal. Veremos. Isso não pode acabar assim, tão sem graça. Não, não pode ser. Seus olhos estavam ali, ardia-lhe um negócio no corpo. Foi tateando no muro. E aquela escuridão? Caíra num buraco? Fora raptado? Ao longe viu uma luzinha. Caminhou para lá. Daí a pouco chegava ao fim de uma caverna de imensa boca negra. Ali perto corria um riacho. Parara a chuva. Pelos cálculos amanhecia. Ninguém. Reconheceu o lugar. Era a gruta do Vermelho, que ia sair no Portão do Inferno. Diziam que era assombrada. Nunca ia crer que os fantasmas se divertiam assim. No caso, o fantasma de Clara Bow. Foi, tomou um banho rápido no riacho e subiu a rampa que levava à entrada onde deixara o carro, atrás da gruta. O carro estava enterrado na lama até as orelhas. Deu com as roupas num bolo, no assento do carro. Vestiu-se. Foi um caso sério tirar o carro daquele atoleiro. Ao cabo, após muito esforço o conseguiu, pegou a estrada e chegou em casa. Inventou uma desculpa mirabolante ao velho, houve um rebuliço – coisas do arco-da-velha. Depois disso achou que o velho andava sempre espiando-o com uns rabos de olhos de lobo desconfiado. E a verdade era o que estava imaginando. Ele nunca iria saber o sabor que tem Clara Bow, dentro duma gruta, no frio da madrugada. Mas nada mais dissera, porque a qualquer um se lhe pode acontecer de ficar retido numa estrada qualquer, por causa de alguma coisa, uma tempestade dos diabos, uma mulher faminta e noturna, no caso. O que não gostou o velho foi de o filho sair sem pedir. Enfim era um guri e tinha de acostumar-se a obedecer e saber pedir. Mais do que nunca gostou de Clara Bow.

O Cel. Vitorino tornou a relembrar estórias saídas da imaginação do barbeiro mentiroso e de Jonas, o fiscal. Lembrou um conto deste último, que não era lá tão mentiroso assim. A estória do Eclipse. Como era mesmo? Êta cara mentiroso esse barbeiro de merda! Foi lembrando.
– Olhou em volta. Quanta gente por atender! Essa porcaria de eleições! Só para abusar da paciência do povo. Vê como vinham eles, humildes, de longe, os filhos em roda, outros dependurados na cintura como macacos, nos ombros e nos braços, alguns chorando, a roupa amarrotada da viagem, das brutas filas ao sol, mas vinham, com uma esperança fugidia nos olhos, porque vinham votar. Vinham também a ver coisas novas da cidade, e por um dia deixavam tudo, a casa, a roça, a vizinhança, a colheita por fazer, o arroz, o milho secando e se mandavam para as luzes da capital. Alguns ainda se davam por felizes, em agarrar uma boleia de caminhão – gentileza de candidato às vésperas, depois, babau! Talvez algum dia, quem sabe, algum desses polpudos senhores se dignasse dar-lhes um bom dia! Outros tinham de curtir esperar, fila disto, fila daquilo, afora as filas dos papéis, das fichas, dos carimbos. Eles bem o sabiam, essa pobre gente. Sabiam em quem votavam. Mas de que adiantava? Se era para sofrer, sofria. A vida inteira isso ia de repetir-se, esse sofrimento sempre inteiro, uma coisa só. Uma senhora com começo de papo, pele de peixe frito, gorda, ao lado dum rapaz vestido de caipira, espigado, magro, jeito de tísico, aguardava a sua vez. Queria saber

em quem votar. Que não sabia o nome de nenhum candidato, que viera de Mimoso, tão longe, o Sr. sabe, né? Desta vez parece que mudou tudo, eu não entendo nada. Será que vai ser como no tempo de Getúlio, grande homem, verdade, grande presidente, o Sr. não acha? Um coração de São Francisco, auxílio dos pobres, todas as estradas, as escolas, as melhores coisas do povo, foi ele quem fez, o Sr. não acha? Só que agora eu não sei não como é que vai ser. Duma coisa eu me lembro muito bem. Eu nunca soube que o Dr. Getúlio fosse militar, o Sr. me disculpe, eu não entendo lá muito dessas coisas. Não sei o que vem a ser um marechal, segundo já ouvi falar por aí, mas acho que posso imaginar. Getúlio não era marechal, não senhor, era bom demais com o povo, pena que morreu. Quando morreu nosso presidentinho, coitadinho, foi um luto de Deus, eu não acreditei. Como? Pessoa tão boa. Não podia ser, mas foi verdade. Suicidaram ele. Mas agora, diga-me o Sr. que sabe essas coisas, que entende muito melhor, o Sr. disculpe a minha tagarelice, mas não acha que estou dizendo a verdade, como é que um marechal vai poder ajudar o povo, meu Deus?

Explicou as coisas, nervoso. Procurava paciência no fundo dos seus labirintos. O voto é vinculado, minha Sr^a. Vinculado quer dizer a Sr^a tem de votar nos candidatos para deputado federal e estadual no mesmo partido. Como a Sr^a sabe, há dois partidos. Procure ver qual deles vai com sua simpatia. Eu de minha parte lhe posso indicar o MDB*. Aceita? É o melhor deles. É do povo, como dizem. Eu também não entendo lá muito dessas coisas como a Sr^a pode pensar. Estou aqui só como mesário. Quando se aca-

---

* MDB - Movimento Democrático Brasileiro, agremiação político-partidária que abrigava em suas fileiras a oposição democrática à Ditadura Militar implantada no Brasil em 1964 (N. do E.)

barem as eleições estou longe daqui.

Ia dizendo, trouxe as fichas. Explicava à mulher. Esta fazia perguntas enroladas, falava do Dr. Vargas. Enfim, mais ou menos entendendo o assunto entrou na cabine. Veio o seguinte da fila, o rapagote tísico. Queria as mesmas explicações. Depois um senhor calvo, respeitável, de guarda-chuva. Queria uma lista dos candidatos. Há uma na cabine, explicou. Depois um casal com uma penca de filhotes. Depois, outro. E outro. Quantos ainda, barbaridade!

Aquilo era uma zoeira que deixava tonto. De vez em quando olhava de soslaio a Rita. Corria os olhos pelas pernas bonitas, pelos quadris ondulantes que movia ao andar, dengosamente de cá para lá. Estavam ambos como mesários, do lado de dentro do balcão da 18ª seção. Será que ia dar certo? Essa velharada com seus assuntos bestas lhe misturara tudo na cabeça. Não atinava com o que planejara com tanto cuidado. Confiava em que chegasse a anunciada escuridão que lera nos jornais. O eclipse. Quando viera, dois dias antes, ao receber a nomeação, informar-se sobre as instruções aos mesários, reparara nela. Aquela ondulação morria dentro dele como um eco. Associou-a ao eclipse. Passou o dia inteiro pensando. A treva invadiria de repente tudo, as ruas, as praças, encheria as casas, os menos informados se abismariam de susto. O jornal dizia que nesse dia haveria o eclipse. Logo nesse dia? Sim, sem mais nem menos. Era Deus que queria gerar confusão nos desígnios dos marechais que escrevinham as leis ou eram os marechais que queriam ocultar no manto negro do tal eclipse os trabalhos do voto marulhando dentro do povo? Não lera tudo. Passara de raspão e lera o cabeçalho de relance, na banca de jornais, na rua. Era claro, não? Para que mais? Diziam até que era perigoso naquelas duas horas fixar a vista no sol, quando a lua o cobrisse. Podia ficar cego quem o fitasse de vista descoberta. Davam instruções. Que se usasse um vidro esfumaçado ou um negativo de filme. Até óculos especiais puseram à venda. Caravanas de peritos se deslocavam para posições estratégicas, vindas de diversos países. Astrônomos espreitavam o céu. Olhou o relógio – ainda não eram as dez horas. Começaria a 10:50h, dizia o jornal. Quase uma hora para refazer os planos e ver se estava tudo em ordem. O x do problema era, pensava – como levá-la ao andar de cima, convencê-la dentro dessas 2 horas de treva, de entrar no quartinho do zelador, como fazerem, sem levantar suspeitas, para se encontrarem os dois a sós, lá em cima? Repassava as coisas. A imaginação se abria e via como num filme, tudo escurecer de repente, o silêncio que desceria, os carros que estacionariam ou que para prosseguir teriam que usar suas luzes, as pessoas que fugiriam para suas casas, um vago terror de apocalipse. Rita, por alguma coisa qualquer, estaria no quarto às escuras, ele seguindo-a sorrateiramente, entraria depois, sem fazer ruído, fechava a porta e nhoc! – Chapeuzinho Vermelho iria explicar ao Sr. Lobo por que tinha os seios tão excitantes, as pernas tão bonitas, as cadeiras tão balouçantes, aquela coisa tão chamativa que ela exalava como um perfume. Ah, isso ela ia ter que explicar! Tudinho! Tinha trazido até um rolo de esparadrapos, um frasco de éter, um chumaço de algodão. O zelador dormia num sofazinho vermelho. Anotara tudo. Era perto da privada. Para fazer alguma necessidade, havia que subir a escada em caracol e passar pelo quarto dele. Era um acaso feliz o homem deixá-la fechada só de trinco, sem chave. Era óbvio, não havia ladrões. Quando chegara, se certificou da coisa. Com pretexto de ir ao banheiro, subiu e entreabrindo a porta, olhou. Ninguém. O sofá com seu vermelho inglês, pálido, parecia aguardar e dizer: Traze-a contigo, estou ansioso. Sou o paraíso. Sou macio como um sonho. Vamos, não tenhas medo. Ela é boazinha.

Olhava-a e mordia os lábios. Atendia a gente que se encompridava na fila, parecia uma cobra movendo as curvas. A todo instante, olhava o relógio. Rememorava. Vira-a pela primeira vez quando fora à sua seção. Ela era funcionária de lá. Mostrou-se tão gentil com ele, tratava-o com uma cortesia tão quente, algo tão ardente que aquele sorriso inicial gravou-se-lhe na memória, nas paredes do sonho, como um bordado. Ela não adivinhava, pelo menos assim parecia. Não lhe viera pedir, há pouco, sobre se podia atender este senhor: Por favor, Sr. Jonas, ele está com gente mal na família e tem de pegar ônibus neste instantinho para Coxipó. – Como não, Rita. E ato contínuo, pôs-se a atendê-lo. Sua vozinha de mel ficara ressoando dentro dele. Veio-lhe à mente, a esposa, Rosa, estaria lá em casa atarefada, fazendo comida para o almoço. A filhinha Maria estaria dormindo. Coitadinha, 3 anos. E a tosse, à noite, que não a deixou dormir.

Olhou a Ritinha, sentada, de pernas cruzadas, balançando na cadeira, escrevendo. Essa moda de agora. Roupa de praia era essa minissaia. Via-lhe as redondezas, os joelhos, as coxas, o brilho branco, e adivinhava os segredos mais adentro, que bubuiavam, quase à mostra. Vinha dela um calafrio ardente, feito de sensações quase táteis. Comunicava-lhe um exasperamento quase sexual. Ela tão esquecidinha, indiferente. Ou fingia? Não pode ser. Os

deus de caim

cabelos lhe caíam no rosto e só via o branco dos braços, as carnes arredondadas, desabotoadas da pressão no modo de estar sentada, os joelhos, com as rótulas como pires, remexendo sob o balanceio, as pernas longas, roliças, cheias, e brilhando por sobre as meias cor de pele, toda aquela carne cintilando, apertada no tecido, parecia um relógio fazendo tique-taque-tique-taque... Já não podia. Olhou de novo para certificar-se de algo. Abotoou os olhos, querendo fazê-los de lince. Sim, agora viu. Mais ao fundo, na penumbra morna, as ligas brancas e vermelhas, rodeando a carne espessa das coxas. Engoliu uma tora de saliva que lhe formara na boca. Voltou à papelada. Um velhote queria saber se era para votar também em presidente. – Não, não: O Sr. não sabe que já houve a eleição indireta para presidente, agora é apenas em senador e deputado, federal e estadual? Continuou explicando, explicando. Os ossos da fronte latejavam. Uma vaga vermelha corre-lhe pelos olhos, ao fechá-los. Pensou – é o sangue das pálpebras que o avermelha... Olhou o relógio – 10 horas. O tempo corria. Por que isso de eclipse? Os astros dando voltas e voltas, perfazendo suas órbitas, desde há mil milênios. A lua voando entre a terra e o sol, por duas horas impediria que se visse o sol e se iluminaria o máximo com sua proximidade. Como aquilo será com essa ardência? As crateras, os velhos vulcões, os minerais, capaz que ardam, torram-se, e no seu interior coisas estranhas se passem, coisas que nunca saberemos... Fazia calor. Um suor forte e fedorento se exalava da pele de toda aquela gente. Aquilo não era hora e ocasião para estar-se atendendo filas de gente de cara aborrecida, para estar-se preenchendo montões insípidos de papelada eleitoral, para estar informando sobre essa gente que se candidata, gente de merda, que engordava, engordava às custas dos miseráveis, daqueles miseráveis, que os caminhões dos políticos despejavam aos magotes e chegavam sujos, suados, cansados, sem direção, um brilho apenas de esperança ou de ódio no olhar, fazendo filas, filas, filas, filas, enormes, intermináveis, que não se acabavam mais, ao sol... Não, aquilo não era ocasião de estar ali, dentro daquela roupa áspera que pegava ao corpo com o suor, respirando aquele ar de cansaço que mil narizes golfavam no ar. Aquilo era tempo de estar sozinho, sobre a areia sedosa, ao lado da adorável Ritinha, à sombra duma grande e frondosa árvore, ao vento da beira do rio Coxipó, ouvindo-o correr como se ouve uma ária de Bach, mansamente, mansamente, manancial de frescor, recolhendo ideias, repensando coisas boas. Só os dois sozinhos, no branco repousante da praia, talvez nus como os nudistas da Ilha do Sol ou do Levante, de vez em quando um enlaçamento, um beijo, a junção dos corpos, o êxtase e o empíreo, o corpo de marfim claro de Ritinha... Olhou de novo para ela. Escrevia despreocupada. Olhou o relógio. 11 horas e nada. Nada da treva ir balançando o mundo, como o Juízo Final. Pensou — talvez demore um pouco. Nada como um pouco de atraso para validar as coisas brasileiras. A atmosfera, a ciência dos astros e dos céus talvez se estivessem devidamente preparando para a estranha noite em pleno meio-dia. Lhe diria que o chefe a chamava lá em cima. Ela ia, ele a seguiria. De algum modo lhe faria entrar no quarto do zelador. Enfim eram duas horas para enrolar o assunto e saber aguardar. Olhou para o claro da rua. O mesmo de antes. A luz era igual. O jornal, será que dissera as coisas certas? Ia atendendo a gente, com um nó na garganta, os nervos tinindo. A voz de Ritinha queimava-lhe a espinha, e a cada hora parece que se ia tornando mais rouca, mais sensual, mais feminina. Uma pontinha de ironia. Algo zombava dele. As filas cresciam. Já se enjoara de explicar, explicar sempre as mesmas coisas. Parecia um disco repetente. Se lhe semelhava que as mesmas caras ao sair dali voltavam e entravam de novo no fim das mesmas filas, num monótono rodízio. Estava sentindo-se saturado. As mesmas caras vinham até chegar a ele, voltavam, vinham, voltam, e assim até ao infinito. Olhava o relógio. Nada do céu apagar-se. Foi ficando doente. Já eram doze horas. O tempo foi passando. Chegou uma hora. Nada. Acabava o falado eclipse. Enfim, não pôde, não aguentou mais. Uma coisa se lhe embrulhava ferozmente nas tripas, parecia haver tomado café podre. Suava em jorros. Subiu correndo a escada e já instalado na privada, e enquanto prosseguia em sua coacção irresistível – mui natural, não? – ia meditando: Ao sair daqui agarro todos os jornaleiros e cosmógrafos que encontre no caminho e lhes torço os pescoços. Junto todos os jornais que noticiaram essas mentiras e faço uma fogueira maior que as da Inquisição! Fico pior que Torquemada! O Cel. Vitorino rindo da estória soltou um flato. Pensara que a estivesse imaginando, mas não, lia no jornal. O cronista, um tal Nísio Morim, de Cuiabá. Pensara que fora invenção do Jonas, o fiscal. Confundira as coisas. O Jonas no caso era invenção do tal Morim.

    De pouco em pouco ficou recordando, borboletas do lazer voavam por cima dele. Estava tão abismado na fundura de seus sonhos, que não viu chegar à varanda uma visita. Despertou-se, ao ouvir que alguém o chamava. Era o velho Antônio Cruz, que morava lá dos lados da serra do Juradeus, na vizinhança do pessoal de Lázaro de Amarante, um velho cascarento, seco. Foi dizendo que houvera um caso de morte naquelas bandas. Passava na beirada de não sei que córrego e notou uns trancos e golpes e marradas de gente brigando pelo mato. Chegou mais por perto e inda chegou de ver Jônatas de Amarante sentado sobre o seu irmão e enchendo-o de facadas. A esta hora estaria morto o pobre. Não sabia porquê de nada. Contava o que vira. E o que vira fora a faca brilhando no ar e o sangue brotando do vulto no chão.

O Cel. Vitorino acordou de vez.

– Está o senhor seguro do que viu? O Jônatas de Amarante? Claro que o conhecia, sim. Não era o rapaz que morava com o irmão gêmeo, no pé da serra, e que de vez em quando vinha à vila comprar mantimentos no armazém do seu Simão, o pai de Minira? Mas vira quem era a vítima? Não se enganava? Olhe, seu Cruz, estas coisas são muito sérias. O que o Sr. está falando tem de ser verdade. Não se brinca com a lei. Vira mesmo a cara de Lázaro? Estava seguro de que eram os dois irmãos os que brigavam? Ou não seriam dois bois brabos? Estava são, sem beber, seu Antônio?

– Chá, seu delegado. Com estes olhos que a terra vai comer os vi. Eram os dois irmãos, sim, os filhos de Dionísio de Amarante. Vi o rolo de faca morrendo no mar e entrando nos peito do moço.

Minutos depois, acompanhado do Cabo Saturnino Assunção, um preto de beiços rosados, do destacamento da vila, o Cel. Vitorino rumou em direção ao pé da serra, onde moravam os dois irmãos. Chegaram em duas horas, os cavalos a trote manso, e foram cortando o silêncio e a solidão que cercava a casinha dos irmãos. Ao Delegado lhe fazia sempre mal andar a cavalo, visto o tormento das hemorroidas. Queixava-se no caminho lastimando ao seu ajudante-de-ordens, o qual se assegurava que isso não era nada, que havia no mundo coisas muito piores... Chegando ao alpendre, rodeando a venda, apearam-se e entraram em silêncio. Não se via ninguém. Olharam por uma abertura da parede e viram lá dentro Jônatas, sentado no chão, encostado à parede e ao lado deste, na rede, meio inclinado, meio sentado, o vulto de Lázaro, que conversavam. Prestou atenção ao que diziam. Este último falava:

— Tu devias lembrar de mamãe, Jônatas.

— Eu sei, Lázaro, eu sei. Bem sabes no quanto penso nela. Mas, morreu. Que vou fazer? A gente tende a esquecer os que morrem. Ainda acha que o que aconteceu foi de propósito? Sinceramente, Lázaro...

— Será que ficarei bom?

— Ora, claro. Já estás bom. Sim, estou de acordo que foi o diabo que atentou, mas eu queria saber duma coisa — por que fingiste todo esse tempo? Isso não se faz com ninguém, muito menos com um irmão.

— Não, muito não foi fingir. Realmente, eu sentia algo como a morte, mas não podia dizer se era o sono ou a morte. Nestas horas últimas o mundo não existiu. Vês? Aqui está o corte. (Mostra a barriga com um corte.) Foi o Grego quem me salvou. Já te perdoei, irmão.

— Estava resolvido a ir contigo.

— Ir comigo? Aonde, irmão?

— À morte, Lázaro. Como iria viver com essa coisa? Mas descansa. Não podes esforçar-te. O Grego é um grande homem, tem partes com Deus. Ele virá à noitinha de novo para fazer uns curativos. Tu deves descansar bastante para sarar o mais cedo possível. Pense em que isso tudo não foi nada.

— Mas dize-me uma coisa, irmão. Estás seguro de que ninguém mais sabe do que nos aconteceu? Só o Grego?

— Quanto a isso, Lázaro, estou bem certo. Ninguém mais sabe. Em todo o caso, me parece que na hora da briga um vulto por perto reparava.

— Quem será?

— Não tenho ideia. Em todo caso e só parecença.

— Agora sei que é delicado, mas é preciso dizer. Dói-me a ferida. Bom, como dizer? Inda bem que somos irmãos. Sabes de quem falo. Foi por causa dela. Tu, claro, dirás que me esqueça. Mas não posso. Se vamos continuar juntos como irmãos, precisamos saber. E Minira?

Lá fora o Cel. Vitorino e o cabo Saturnino escutavam em silêncio, sem fazer ruído. Ouviam a conversa dos dois.

— Lázaro, ouve o que te digo. Minira não é para nós. Por causa dessa menina já houve o que houve. Nós somos irmãos, Lázaro. É coisa difícil de pensar, inda por cima, gêmeos. Penso o mesmo que tu e tu o mesmo que eu, lembra-se de todo esse tempo passado, em que críamos descobrir essas coisas de ser gêmeos e etc? E do que mamãe dizia? Lázaro, nós somos irmãos. Eu te amo porque és meu irmão. Mas vamos falar sério. Sei que ela era tua namorada. Tu sabes que eu bebi no dia da briga. Sabes que eu... Oh não, meu irmão, devemos achar um modo. Deves esquecer Minira, Lázaro.

— Fácil pensar. Bem, vou ver se durmo. Dói-me. Pensa, irmão.

Depois disso, virou-se na rede e cerrou os olhos com o

rosto voltado para o outro lado. Os dois lá fora ouviam algo e não sabiam se soluçava ou não. O esforço lhe enfraquecera. Jônatas foi à cozinha escura preparar um chá para o irmão. O delegado não se animava a entrar. Queria ouvir mais. Após pensar um momento, fez um movimento de cabeça ao cabo, deram meia-volta, voltaram às montarias, e com precauções para não fazer ruído, retomaram a caminhada de retorno, em meio ao entardecer que nevava penumbras pelo campo deserto nos lados da estrada.

Jônatas sabia que alguém estivera esgueirando-se atrás da parede. Pensara que fora o Grego, o qual, por uma ou outra razão, resolvera não entrar. Lázaro antes de dormir imaginara vultos coleando em volta da casa. Tudo arredondeou-se em mistério e sono.

O delegado e o ajudante seguiam na estrada. De longe em longe, algum boi mugia. Falava ao cabo que vinha num burro um pouco atrás:

— Isso que assististe, ninguém deve saber, Saturnino.

— Minha boca é um túmulo, comandante.

— Passe o que passar, ai de ti se transpirar qualquer coisa.

— Sou garantia, chefe.

Só isso que disseram toda a viagem. Três horas depois um vulto a cavalo chegava em meio à noite à porteira da solitária casa do pé da serra. Depois de atar a montaria a um mourão de entrada, bateu chamando. Demorou um pouco e uma luzinha fez-se ao longe e veio caminhando na direção.

Jônatas conheceu João Dorá, rapazinho do povoado, filho de Melcíades Dorá, que lhe entregou um embrulho.

— Que mandaram para o Sr., seu Jônatas.

– De parte de quê, João?

– Não sei, não senhor. Meu pai me deu o recado, dizendo que era da parte de um desconhecido. Só sei que devia ser entregue hoje mesmo.

Despediu-se, montou de novo a cavalo e partiu. Quando cavalo e cavaleiro sumiram, Jônatas abriu o envoltório de papel e a surpresa franziu-lhe a testa. Eram frascos de remédio, ataduras, gazes. Junto a isto uma grande garrafa de mel e um queijo fresco.

Enquanto isto, ao fresco da noite, com os olhos fixos na estrela D'alva, o Cel. Vitorino, à janela, pensava.

IV

Era meio-dia. Fazia um grande silêncio. Vai chover. No céu se preparava o trabalho das águas. Quando assim decorre uma hora de véspera das tormentas a premonição invade os seres. Parece que vai haver coisas milagrosas, mas é apenas uma chuva que virá. Há um silêncio agonioso que antecede, porém, às chuvas. Sem saber, os homens rezam aos poderes da natureza, como nos ritos antes do Tempo, impressionados por esse silêncio que sentem e não sabem. Nos campos, nos terreiros, nas roças, os bichos se enervam. Os homens se abrigam. Os insetos se recolhem. A tempestade desemboca e combina cinzas no céu. As espessas mangueiras tremem. Nuvens se formam como imensos miolos – que pensam esses miolos? No terreiro, João Coró termina uma cadeira. Ultima os últimos entrelaçamentos de urumbamba. Canta um galo. Um galo de rabo em curva, vermelho, azul, verde. Um canto prolongado que se ouve a léguas. Outro galo canta noutra tonalidade, e outro e mais outro. João Coró para um pouco o trabalho, suspira fundo, dá uma olhada ao céu, ergue os braços, alisa os cabelos e grita para ninguém:

– Eeeee – iah! Tá amanheceno, xente!

– Mas não está amanhecendo não. Está ficando cinzento, tarde parecida às madrugadas. Os metais do meio-dia estão embaçados. Meio-dia. Está sozinho no terreiro, à sombra do mangueirão de manga-borbão, cheio de flores de setembro. A tormenta vem aí, forte como o diabo solto. Como um grande ventre cheio de intestinos que roncam por arte de todos os empanturrares, a extensão do céu ruge e muge à boca-quiúsa de roncos eletrizados. Canta o galo. E outro. E outro. Silêncio de novo, grosso e pesado. Corre vagando um esporear de relâmpago, amaciando-se lentamente, quando a quando. Regouga um tossir pelos trovões repercutindo, marcheteando. João Coró não quer sair dali onde daqui a pouco cairá a grande chuva dos cajus. Quer benzer-se com a primeira gota desta chuva abençoada. Alguém o chama pelo nome. É Minira, a filha do Simão do armazém pegado. Faz sinais para que venha junto à cerca. Aproxima-se:

— O Joãozinho não está aí, seu João?

— Sim, está. Espere um pouquinho. Já vou chamá-lo lá dentro. Mas, espere, é pra recado, né? E com esse chuvão que vem aí, minha filha?

— Ah, quá, seu João, não vê que inda vai demorar pra vir? Da outra vez não demorou nada.

— Pra ir lá no Amarante? Chi, menina, tu é louca. Não vê que é três horas de viagem?

— Que nada, seu João. Montado no Filozinho vai numa hora.

— Bom, bom, vamos ver se ele quer. Que digo que ele vai ganhar de ir?

— Duzentos cruzeiros. E inda uma sacola de caramelos daqueles que ele gosta.

João Coró desaparece. Daí a pouco volta trazendo o menino. Falam, discutem. Minira e Joãozinho. Depois o guri assente, e no jegue em pelo, só com o freio de corda, trota em direção à venda dos Amarante, levando o recado da moça para Lázaro. Em duas horas vai, em três vem. Minira está doida de aguardamento. A chuva dissipou-se e não chegou a cair. Mas o céu continuou turvo. Entardece. Quando chega, o filho de João Coró conta como se deu a audiência. – Lázaro não estava. Estava apenas o irmão, mas ele é parecido com Lázaro, não são a mesma coisa, ora bolas? Ou ser gêmeos não quer dizer nada?

– Jônatas disque vai entregar o bilhete pro irmão quando este chegar. Disque foi a Oito Pilão e volta mais de noitinha. E inda mandou dizer que na falta do irmão ele é a mesma coisa, tem o mesmo coração, que está sofrendo, que nunca te esquece nem vai te esquecer, que não pode viver assim, e que um dia vai voar em cima de sua cabeça, quando você estiver dormindo, virado passarinho. Ele disse mais coisas, mas não é preciso, acho que você já sabe.

Desincumbido do trabalho, Joãozinho foi-se, recebido o prêmio. Minira ficou com o rosto afundado no punho, de olhos duros, perguntando coisas que a noite não dizia, junto à cerca da venda. Anoitecia. Às vezes, quando o ar estava eletrizado, em noites frias assim, o vento longínquo trazia desde a capital, sons de sinos das igrejas bimbalhando, e aquilo lhe dava medo. Parecia que só ela os estaria ouvindo, e se não eram sinos, eram vozes e violinos de pequeninos fantasmas gracejantes que pairavam no ar. Essa noite ouvia distintamente os sons distantes que vinham da cidade e quando os ouvia, lhe parecia não ser bons presságios. Tinha para si já de experiência que quando os escutava algo acontecia.

Pejado de nuvens, o céu rumorejava. Preparava-se

demoradamente. Deveria ser grande, já que tanto preparativo. De fato, foi só chegar o menino com o recado, o céu começou a pingar, mais forte, mais forte, e caiu o temporal.

 Entrou para dentro de casa e escondeu-se na cama, como a defender-se de algo. Embrulhada na coberta, ouvia a violência das águas no telhado e na noite. Devia haver granizo. O pai estaria no armazém, a mãe fazia a comida e ouvia-a ralhar com Serena, na obscuridade do quarto. Vinha o rumor de uma sanfona entrecortado pelos estrondos da chuva. Serena e Belina estavam com a mãe na cozinha. Pensava nelas. Nada tinham a ver com Lázaro, mas pensava nelas. Uma mais velha que ela e a outra mais moça. A primeira, sabia que sentia as mesmas coisas que ela – aquele sangue que deitavam suas partes, de tempo a tempo, misturado ao indefinido rasgante de um desejo – ela tinha disso também. A outra tinha doze anos, ainda não vira desses mistérios. Mas estava perto. Serena tinha vinte e dois anos e nas brincadeiras e confidências haviam tantas vezes trocado esses segredos de mulheres. E com o ruído da chuva envolvendo a alma, a casa e o mundo, mesclou-se o sonho e a lembrança. Vagamente tinha medo de algo que como um perfume volteava no ar. Estava no início do ciclo sanguíneo, desde que Joãozinho Coró voltara com a resposta. Entre sonho e recordação, pôs-se a lembrar. Veio um dia em que ambas se banhavam entre umas pedras altas do rio Vermelho, ela e Serena. Principiaram brincando, falavam de homens. A irmã estava excitada. Parecia que havia passado a noite com a lua na cara. Dizia das coisas dos homens, perguntava dos segredos que eles tinham nas noites, em que os perseguiam desejos de mulheres. Serena, com a água pelo peito, lhe falava dessas coisas, a ela que era mais nova, a irmã devia saber ela própria melhor, era mais velha – e apertava os bicos dos seios intumescidos com as mãos em concha, com um ardor estranho e histérico, que a fez amedrontar-se. Minira tinha quinze anos àquele tempo, sabia muito bem o que significava aquilo, mas não queria ouvi-la. Lembra-se que pensar naquelas coisas íntimas dava-lhe um certo asco. Serena ria, dava gritinhos, gargalhava, o sol batendo-lhe nos dentes e nas gotas entre os cabelos como pérolas, tomava-a de repente entre os braços, apertava-a, roçava-se nela, abraçava-a de certo modo, que ela, constrangida, fazia esforços para não demonstrá-lo e magoá-la. Aquele dia ela estava com as coisas do sangue, sabia que devia cuidar-se, mas fora ali a império da irmã. Lavaram umas quantas peças de roupas à beira do rio e depois se meteram na água. Ela não queria, mas fora para satisfazê-la. Depois, cansadas, se estiraram na areia. Minira fechara os olhos e o sol mesmo pelas pálpebras cerradas entrava e avermelhava-se em manchas e pontos através da pele da vista. O calor a deixava tonta e o fluxo menstrual a fazia inda mais sonolenta abrasando-a numa pesada entorpecência de pedra, como se fosse aos poucos sendo envolvida por pegajosas membranas elásticas de sombras estuporadas. Estava assim quando sentiu sobre os lábios a pressão de outros lábios que a beijavam, com uma doçura rara que viesse de distâncias infinitas. Não se moveu para nada, apenas correspondeu ao beijo, sentindo que um calafrio magnético corria em raízes como uma mensagem telepática por seus membros, pondo uma ânsia de tonalidade esquisita entre as ânsias de sua agonia orgânica.

– Minha irmã, minha querida irmã... dizia Serena,

dobrada e enlaçada nela – queimando-a de beijos –, eu te amo, meu amor. Sempre te amei, te adorei, minha querida Minira. Diga-me que você me adora, meu amorzinho.

Minira deixava-se beijar e acariciar, sem abrir os olhos. Depois Serena deitou-se sobre ela, suas pernas entre as pernas dela, os ventres colados, a respiração ofegante, os quatro seios como quatro esferas eréteis que criavam novas leis de atração esfregando-se e inventando-se, os púbis com suas carnes concentradas, como duas cabeças de cisnes negros cavalgando-se prodigiosamente, vertiginosamente, minutos que voavam como séculos. Vagamente pensava em Lázaro e queria que fosse ele quem estivesse ali, não a irmã a que se lhe havia dado fazer-se de homem. Tivessem línguas e dentes aqueles lábios sexuais, seria funesto. Tinham apenas paredes fibrosas e barbas ásperas, um queimor que vinha das ganas de atrito e erosão, um abismo, um gorgolejar como uma garganta, aquelas bocas de lábios para outros idiomas, por onde saía o sangue, o feto e a urina, por onde entrava a raiz do homem, o prazer do homem, a saliva do homem. Houve algo durante esses pensamentos, em que Minira sentiu que virava a foz dum rio, jorrando deltas e pedúnculos em vermelhos coagulados, em que se lhe fluía em torrentes o sangue negro, armazenado em si, represado de seu pedágio à natureza. Doeu, doeu, um alfinete que descia do sol transpassando-lhe o coração, dor de ferro em brasa. Tudo se enovelou e perdeu num redemoinho. O sonho lhe transbordava em fontes. Demorou para aclarar-se. Nos veios de carmim que riscavam-lhe os olhos, voltaram as ideias. Por que entre mulher e mulher é negado o verdadeiro prazer que existe entre o homem e a mulher? E entre homem e homem, idem? Era uma coisa falha aquilo, entre ela e Serena. Mas Serena, quantas vezes não lhe dissera que muito mais doce é a própria mulher? Não, Serena não era anormal, era só meio doida, nada mais. Tinha um pouco de açúcar a mais. Ela, Minira, a compreendia muito bem. Se Deus deixava e fazia duas mulheres encontrar-se daquela forma era porque era permitido, ora!

Desde pequenina pensava – por que as mulheres não têm o mesmo que tem o homem? Se ela não sabia o que era o homem? Aí estava Lázaro para testemunhar. E Casimiro que fora seu primeiro namorado. Casimiro, filho do Salvador, o fazendeiro de Altão. Coitado, morrera de sarampo. E aquele... oh! Horrível. Poderei contar aquela cena? Sim, nada do que é humano me tolhe.

Lembra-se bem, como hoje. Era o bobo Jacó. Ela teria uns quinze anos, já sentia os seios endurecer-se, já se lhe vinham as emanações menstruais, sim era já mulher. Mas aquilo se lhe gravou no espírito, como um símbolo da bestialidade da natureza. Ela tinha ido aquela tarde banhar-se no rio naquele mesmo lugar com Belina, a irmãzinha menor. Como era muito natural, banhou-se nua. Quando se preparava para voltar deu com o monstro. Jacó era um bobo do povoado, corcunda, cambaio, braços compridos como um gorila, mulatão baixote e grosso, papudo, vesgo, cara grotesca de lábios de pneumático, onde pendia sempre um fio de baba como teias de aranha, mudo e surdo, estava sentado nu, encostado a uma pedra imensa, bem à vista, ao sol, como um bicho raro, um aracnídeo gigante, com as pernas abertas, manipulava um monstruoso membro, cogumelo com elefantíase, que tinha as proporções de uma terceira perna, indo quase até os joelhos, grosso como um tornozelo. Jacó ria e urrava mostrando uma boca de gengivas sem dentes, roxas como as dos cães, por onde escorria uma saliva espessa como azeite e marfinosa como líquido seminal, lubrificando-lhe os movimentos. Os olhos palpebrosos, remelentos, um muco branco escorrendo-lhe do nariz bovino, grunhia ao sol. Quando a menina parou em sua frente, paralisada de pavor, o bobo estrugiu em regougos de fera e fez menção de levantar-se, entre espasmos estrídulos e guturais, movendo-se como um orangotango bêbado. Minira primeiro não soube o que fazer de imediato, tomada de surpresa insólita, depois subitamente lhe veio o entendimento como um raio e ela agarrou as roupas e a irmãzinha que chorava, sem se dar conta de que estava completamente nua e disparou a correr pela beirada da praia que se estreitava entre os pedrouços da margem. Depois duma carreira desabalada e chorando ela também, como uma louca, já nas imediações da casa, pôde verificar com calma que não era seguida e vestir a roupa em si e na irmãzinha. Belina talvez não se lembre do caso, teria naquela época uns sete anos, mas ela, Minira, se lembra muito bem, como se fosse hoje mesmo – aquele homem-animal, nem Filó, o jegue do seu João Coró, quando chegava a primavera. Sem embargo, se perguntava, no fundo, onde há verdadeira obscenidade nisso? Nunca se esqueceria dessa cena – o bobo salivando sobre aquela coisa ereta, ao sol, inchado, doente, triste, algo como um sofrimento que lhe doía na alma. Jacó estivera olhando ao seu banho, tão inocentes, ela e a irmã. Só de pensar lhe vinha um mal-estar. Será que uma mulher como Serena gostaria de ter uma coisa monstruosa daquelas machucando-lhe as entranhas, rasgando-lhe as carnes? Capaz que sim, ela era de outro estofo. Sabia bem, Serena era uma mulher normal, mas tinha lá seus desejos de troços monstruosos. Depois se revolvia na cama, pensava. Olhou em torno. Serena dormia ou fingia ao lado dela, com suas partes abertas ao sol. Gozara e dormia. Ela também estava com suas coisas ao sol, mas não gozara, nem dormia. Um calor indecente lhe ruminava no sexo sujo de sangue, as coxas, manchadas, os pelos gordurentos. Não gozara. Antes algo a revoltava, mas não ousava protestar. O sol punha fagulhas louras entre os pelos da irmã. Ela era a mesma coisa. Nela o sol dava também do mesmo modo. Ela dormia com um pano no rosto. E se aparecesse subitamente Jacó? Estremeceu ao pensar, mas algo havia que a fez arrepiar-se. Por um momento desejou que o bobo aparecesse com seu membro de jumento e a rasgasse de alto a baixo, até que todo o sangue que tivesse no corpo se escoasse pela abertura. Mas Jacó, contavam, havia morrido há tempos, lá em cima da serra, onde morava. Diziam que uma sucuri o abocanhara, e um corpo despedaçado e inidentificável que aparecera por lá foi dado como sendo o dele. O caso é que ninguém o via há muito tempo e já se tinham esquecido dele. Manchara-se também a roupa sobre a qual se deitara na areia e o sangue negro coagulado havia desenhado o vulto de um grande falo. Perseguem-me – pensou. Nisto notou um movimento nos arbustos do outro lado do rio e um rosto se vislumbrou entre as folhas, desaparecendo depois. Foi um relance não mais, mas ela reconheceu o rosto de Bruno, filho de Hermes da Ponte, compadre do pai. Bruno que bebia aos sábados na venda e às vezes saía arrastado, um rapaz que a beijava com os olhos, mas que ela sentia antipático e sem-vergonha. Cobriu-se com a roupa e estendeu outra sobre o corpo da irmã que ressonava, pernas abertas ao sol.

Já ia longe a noite quando Minira despertou-se. Chovia ainda. Desperta, se lembrava dos sonhos. Desde quando vinham esses cismares?

Havia Bruno, havia Felipe, filho de Chico Bóia. Havia Jônatas, irmão de Lázaro. Lembrou-se uma coisa de nada. Servia uma vez, na venda do pai, a um freguês, quando teve sua atenção despertada por alguém lá fora, que conversava com seu Fidêncio, o velhote avô dos guris de em frente. Notou-lhe os gestos da conversação no ar. Era Jônatas, o moço da venda do combaru, como o chamavam. Não sabia por que não gostava dele e sim do irmão, que raramente passava por ali. Conhecia-o desde pequena. Sem querer perguntou-se o porquê dessa curiosidade por Jônatas. Sempre estava por ali. De vez em quando tomava uns goles. Entrava muitas vezes na venda, conversando com a gente. Não sabia sequer os nomes dos dois irmãos, mas via na fisionomia de Jônatas, escondida a parecença com Lázaro. Por isso o espiava. E este notava e quem sabe o que pensaria. Nada tinha a ver com ele. Sem saber por que o olhava em furtadelas. Por que seria? Ultimamente, Lázaro andava sumido. Vira-o três ou quatro vezes, a caminho da roça do pai, ao passar em frente ao combaru. Quando havia sido aquilo? Nem se lembrava mais. Dizia que era assombrado aquele combaru. Que às suas raízes aflorantes vinham ter, altas e escuras horas da noite, caitetus com a serra do espinhaço em fogo, e mais de um garantia ter enxergado com "estes olhos que a terra há de comer", uma galinha choca penada com os respectivos pintainhos penados, cacarejando pavorosamente e arrepiando-se toda em volta do combaru, numa perdida meia-noite. A vendinha deles pegada ao grande rancho com plantações e terrenos em volta que se perdiam de vista, ao pé da serra do Juradeus, lá nos fins de Pasmoso em frente ao combaruzão, ninho de murucututus e coiteiro de cobras, sob cuja sombra passava a estrada real, percorrida pela gente que por ali passava e parava para comprar miudezas e conversar um dedo de prosa fiada, beber um pouco e depois rumar lá pelos lados da Lagoa Seca e em volta do rio Vermelho. Lembrou-se a vez em que Jônatas entrou de cara resolvida, com revólver à cintura e pediu-lhe pinga. O temor que tivera. Jônatas a olhava sempre como se a quisesse morder com os olhos. O tremor incontido apossou-se dela e a garrafa que inclinava sobre o copinho deixou transbordar, molhando-lhe os dedos pois que ele segurava o copo. Lambeu-os e depois, sempre sem afastar os olhos dela, levou o copo à boca secando-o num gole só.

Voltou a pensar em Lázaro. Para lá dos atoleiros do varador, dentro da chuva. Oh! Coisa doce que lhe invadia as entranhas, o frio bom que a envolvia quando encontrava os seus olhos! Viu seus olhos por um momento, olhando-a nos olhos. Um frescor corria-lhe pelo corpo. Dessas coisas nascia o amor. Um silêncio subsistia no rumor do aguaceiro que caía lavando a vila sob o tempo. Fazia frio. Que sonhos! Que lembranças! Sentiu-se molhada, as pernas pegajosas, a roupa de baixo encharcada, o cheiro do seu sangue coagulado. A cabeça dolorida, um calor, uma febre, tinha medo de endoidecer. Ao seu lado ressonavam. Já era tarde. Não vira a hora em que se acostaram a dormir. Serena dormia ao seu lado. Como da vez em que sonhara. O sonho é real, o real é sonho. Todos dormiam. De repente no rumor da chuva ouviu um nítido assobio. Depois outro.

Era Lázaro.

Abriu a janela sem fazer ruído, ajoelhada na cama, sem despertar a irmã. Lá fora estava negro e a chuva se adensava num pó branco dançando entre as águas. Como a janela era baixa, passou uma perna e depois a outra. Encostou a folha da janela e atentou o ouvido. Outro silvo. Vinha dali debaixo do telheiro do galpão aberto, ao fundo do quintal, do outro lado, onde se guardavam as charretes, o arado, utensílios da lavoura, os arreios, algum cereal envolto em lonas. Correu para lá na chuva e chegou molhada. A água estava gelada, tremia de frio. Um vulto correu para ela, envolto na sombra – era ele, Lázaro, conforme havia combinado, Lázaro, o salvador! – foi ao seu encontro de braços abertos, no escuro e abraçando-o, sentiu-se apertada entre dois braços fortes como troncos de árvores, de encontro a um corpo quente e másculo, que lhe trituravam as costelas e a cintura. Achou raro aquele Lázaro tão robusto à primeira sensação, mas acreditou que era a emoção. Cresceu-lhe um júbilo intenso por adentro, ao ver-se apertada por aqueles braços queridos. Sem falar, sentia-se cheia, impregnada de seu hálito, seu calor.

– Meu amor, quantos dias! Estava ficando doente de tua demora!

– Oh minha querida!

– Beija-me, Lázaro, beija-me, arranca-me a alma num beijo. E inclinando a cabeça, recebeu nos lábios o beijo do amado. No meio do beijo uma surpresa tomou conta do seu coração, pontilhando a continuação muito vaga da primeira sensação do amplexo inicial. Aquela não era a boca de Lázaro. Um saibo de recordação a Lazaro e um saibo à estranheza.

Levantou os olhos e separou-se dele, assustada, sem vê-lo no escuro.

— Como ousas? Quem és tu, miserável?

— Lázaro morreu, amada Minira. Morreu e vim substituí-lo. Sou melhor que ele, muito melhor. Tu nunca desconfias? Tu conheces muito bem a Jônatas. Eu te amo muito mais que aquele tolo e te posso dar muito mais.

Em silêncio, com a mão sobre a boca, Minira fitava titubeante aquele vulto na escuridão, que a enganara.

— Verdade, meu amor. Eu te amo. Nem imaginas o quanto tenho sofrido por tua causa, com tudo isto. Nunca podia imaginá-los, a tu e a ele amando-se, enquanto eu, que te quero mais que ele, fique de lado. Oh, não posso, Minira, meu amor. Não és capaz de imaginar o que acontece dentro do meu coração? Por ti sou capaz de matar e de ressuscitar. Sou capaz de tudo para tê-la.

— Assassino! Que fizeste com Lázaro? Que fez ele para ti, para que praticasses esse crime horroroso?

Minira soluçava baixinho, agarrada à estaca do centro do galpão. Jônatas acercou-se dela e tentou abraçá-la de novo, ela como um tigre defendeu-se dele, atacou-lhe o rosto com as unhas e escapou-se a correr rumo à casa, sob a chuva, mas Jônatas correu em seu encalço e alcançou-a num salto, derrubando-a sob o seu peso.

— Deixa-me, animal, assassino. Me dás nojo.

— Não irás escapar-te assim, menina. Depois de tudo o que passei, não é justo, não senhora.

E num charco se debatiam. Rasgou-lhe a roupa, deixando-a com os seios nus. Ela se defendia ferozmente, mas o homem era mais forte e Minira fraquejava. Não queria despertar o pessoal da casa, mas quando viu que as intenções dele subiam para brutais, que a intenção dele era mais que visível e ela não ia poder com ele, gritou alto, chamando socorro. Jônatas deu-lhe um violento bofetão que a estonteou e fê-la tombar exânime. Brutalmente rasgou-lhe a calcinha aos puxões. Ia consumar a violência, quando um estampido reboou e Jônatas sentiu-se ferido nas costas. Caiu, mas levantou-se, e num breve lampejo de raciocínio disparou correndo, pulou a cerca e desapareceu na escuridão chuvosa. Com uma lanterna numa das mãos e uma espingarda na outra, Simão Domingues, o pai de Minira, correu a perseguir o vulto. Deu ainda dois disparos ao léu. A mãe e as irmãs levaram-na para dentro, molhada e suja, maltratada como um farrapo enlameado. Daí a meia hora voltava o pai de Minira. Não pudera encontrar o desgraçado, desaparecera lá nas pedras do rio. Mas isso não ficaria assim. Com o rumor apareceu gente das vizinhanças. O Cel. Vitorino veio saber o que acontecera, alguém o acordara no meio do sono, contando disparates. Ninguém podia explicar quem era o assaltante de Minira. Ninguém tinha visto o intruso a não ser ela e o pai, mas este vira-o insuficientemente, de costas. A pobre menina devia saber, mas ela estava estuporada, desmaiada. Haviam-na trocado de roupas, lavado com água tíbia o corpo e as machucaduras tratadas com remédios à mão. Secaram-lhe os cabelos e a puseram na cama, protegida, enrolada em cobertas. Dera-lhe febre e ela delirava. O susto fora forte. A mãe, de olhos trágicos, indagava do porquê, ao pai. Simão dizia que não acontecera nada a ela. Estava salva, graças a Deus. Não fossem os gritos não se despertaria no meio da noite e posto a correr o desconhecido. Aliás, não estava bem certo se ouvira-lhe os gritos com aquele zoar de chuva. Algo o despertara e pronto. Chegara a tempo.

— A estas horas deve já estar longe, mas leva uma bala no cangote, disse — logo iremos saber daqui, quem foi que amanheceu com as costas pipocadas. Mal e mal lhe reparei na hora dum relâmpago. Pareceu-me alto e forte. Mas francamente, não imagino quem poderá ser. Ai dele se algo suceder à minha querida filhinha. Melhor que se enforque como Judas.

Simão era homem de idade, tendendo para gordo, com o basto bigode negro caindo sobre os lábios *a la* Nietzsche. Encheu o pente da espingarda e colocou-a sobre a mesa. Depois meteu um revólver à cinta e olhando o delegado, disse: — Agora em diante, eu sou meu mesmo delegado. Ai de quem se meter. Agora em diante que vai ser o diabo se o tal não chegou a morrer por aí. Vai querer vingar-se, se sarar-se desse balaço. Tenho de me precaver. Eu que nunca tive inimigo...

O delegado assentia com a cabeça.

— Temos de saber tudo pela menina, quando ela reanimar-se — disse —, e olhem, ela se está reanimando, me parece.

De fato, Minira se despertava do choque. Ao seu lado, assentadas na cama, Serena e Belina acariciavam seus cabelos, olhando-a com ternura. O pai veio perto. Perguntou-lhe acerca. A menina, ainda tonta, por alguma razão mentiu, dizendo que não sabia quem era o homem, que não dera para reconhecê-lo naquela escuridão com a chuva.

Já amanhecia, os galos cantavam, quando os vizinhos se foram dispersando fazendo comentários. O delegado, desanimado com o resultado da acareação sem objeto, despediu-se não sem antes discordar da determinação manifestada pelo pai de Minira de retornar à sua busca.

— Não ia sair boa coisa. Podiam encontrar-se e algo ia sair de novo. Já bastava o que havia de saldo. A menina doente e em choque. Que aguardasse. Ele ia dar as buscas de praxe. Deixasse tudo nas mãos da lei. A mãe de Minira também não queria que o marido fosse por aí.

— O sujeito num caso desses deve estar desesperado, com uma bala dentro do corpo. Se você passa na mira dele é um homem morto, com a raiva que ele deve estar. Você já tem bastante experiência da vida para saber essas coisas, sem precisar de conselhos de mulher, Simão.

O Cel. Vitorino foi-se embora, assegurando que tudo faria para resolver o estranho caso. E com isso chegou a manhã. Ninguém sabia, ninguém vira, ninguém podia dizer nada. Mas estavam indignados. Então que suas filhas estavam entregues ao léu de um acaso desses? O sossego de Pasmoso se ia acabando. Ia mal a vida. Amanhecia tristemente aquele dia de chuva.

V

A vendinha dos irmãos do Pasmoso permaneceu fechada por todos esses dias. Não se via movimento. Parecia mesmo que se havia fechado de uma vez. Unicamente dali saía e entrava o Grego, com sua barbaça negra e sua alta figura mal vestida. Souberam que Jônatas de Amarante havia desaparecido do lugar, nunca mais o viram naquelas bandas. Associaram a ocasião da agressão sofrida pela filha de Simão, com a ocasião do seu desaparecimento, e com o tempo acabaram por ter uma desconfiança leve, de que fora ele o homem que naquela noite de chuva agredira e tentara violentar a menina. Ademais, desaparecer assim, sem mais nem menos, no vento, é suspeitoso. Mas vamos a ver o que sucedera aquela tormentosa noite na solitária casinha dos dois irmãos, no pé da serra. Jônatas, ao preparar o remédio para o irmão, decidira livrar-se dele definitivamente. Odiava-o como Caim a Abel, porque o objeto do seu amor, Minira, amava mais as hecatombes e os holocautos armados por Lázaro que por ele. Resolvera matá-lo por um impulso instantâneo do próprio coração mau. Da primeira vez, quando da briga em que o ferira, sinceramente, não pensava em matá-lo, em sério, e depois lhe nascera na alma uma proliferação de remorsos ao lembrar-se de suas vidas em comum, o irmão que crescera junto dele e dos outros, e da mãe que tanto o amava. Sim, – e aqui o demônio se infiltrava – porque a mãe demonstrava mais carinho por aquele filho que ela considerava caçula só porque nascera 1 hora mais tarde que ele, e não por ele, que era o mais forte, o mais destemido, o mais trabalhador? Sentiu isso desde pequeno, como um fogo na alma. Era sincero, não podia continuar vivendo com o irmão a mesma vida de antes. Não fora tão bom esse tempo de antes? Eles não tinham mais parentes, a não ser o irmão Rubim, o mais velho, que estava preso na cadeia lá na Capital, há uns dois anos, e o tio rico que a mãe sempre lhe falava, mas desconhecido, nunca lhe vira, mal lhe sabia o nome, tio Afonso, avarento como o diabo, nada mais sabia dele. Bebera aquele dia até à irracionalidade. Tinham na venda em estoque final apenas meia dúzia de garrafas de pinga. Ele já secara duas garrafas inteirinhas e quando Lázaro o recriminara gravemente por isto, proibindo-o de beber mais, se enfurecera e levara esse fato como pretexto para acender o estopim da revanche que pretendia tirar do irmão. Que diabo, um irmão daqueles, um bezerrinho fedendo leite, sujo ainda da mãe, não contente em ser o preferido daquela puta, ainda vinha com reproches por cima dele? Verdade, eram gêmeos, mãe os parira juntos, mas ele sempre e sempre se considerara mais velho que Lázaro. Para ele, aquela uma hora de adiantado no nascimento, de 60 míseros minutos, eram anos. Anos de muitos e muitos sem fins de minutos, privilégio de progenitura, para ele tempo imenso, descomunal de diferença. Idoso de uma horinha a mais para o cabrito do irmão, porém, ele, idoso de força nos troncos dos braços e dois peitos, para ele, Jônatas, hora de anos e anos, força de coragem e destemor, força de século. Tempo não valiava, macheza de homem, isto sim, era documento. Que dissera o canalhinha – que não bebesse mais, que podia adoentar-se, que não podiam acabar com o retalho da venda, que precisavam desse saldo para ir à vila renovar as prateleiras? Que merda lhe saía agora? Acaso esse baboso sabia dessas coisas mais do que ele? Não via que ele era mais forte, mais macho, mais homem, bolas? Ia lhe mostrar. Ele tinha lá suas sabenças, podia saber ler e escrever melhor do que ele, ele até que reconhecia isso, podia lá gostar dos seus livrinhos, pois que andava metido lendo um montão dessas porcarias, podia ser diferente dele, que mal sabia arranhar uma viola destemperada – não, ele não dava para isso, não era lá dessas coisas, nada disso com ele – só fazia coisa de homem – derrubava à unha qualquer garrote brabo mexerido que fosse, e no cangapé não havia negro bom de braço que dançava na frente dele sem dar com as fuças no ranho do chão. O outro eram aquelas baboseiras de livros, aqueles sentimentozinhos de andar lembrando os freis do colégio agrícola, aquela cara de lambida pela mãe – ele era aquilo, aquela força de tronco de aroeira que quebrava meio metro empilhado de telhas dum soco só. Não era melhor do que estudar pra cego de esquina arranhando viola ou como Cirilo Serra, de saber metade duma coisa e outra metade ignorar? E vinha depois com aquela arrogância dissimulada na fala miúda, dizer-lhe, explicar a ele, Jônatas, o que ele devia fazer? Ora, não era lá muita coisa? Tinha vinte anos, o guri vinte também. Mas uma hora para ele era grande, grande diferença. Que pensasse nisso bem.

Parecia-lhe um tempão os dois anos que faziam que as portas da cadeia lá na cidade se tinham fechado atrás do irmão Rubim. Às vezes mesmo, lhe acontecia querer lembrar de sua cara e não podia. Não lhe vinha. Tal como quando se está apaixonado e o rosto da amada se escapa e não há jeito de encontrá-la. Só tendo um retrato. No caso era o irmão. Gostava mais de Rubim que de Lázaro. Rubim era homem de verdade, que não se amedava de dano nenhum. Não se importava nada de acabar assim. Nunca me pegarão. Sou forte. E esperto. Além disso, havia a velha conta entre ele e Lázaro, agravando as relações. Doía-lhe o rosto redondo de Minira recebendo os beijos do irmão, os seios empinados de Minira toqueteados pelas mãos de Lázaro, as ancas que ao caminhar tremiam encostadas no corpo dele, as pernas de moça da cidade servindo de gozo para aquele tolo. Aquela moça era um feitiço. Os olhos dela ferviam de qualquer coisa muito doce, um amor que andava ali boiando como flores caídas na torrente dum rio. Que achara Minira nesse guri descascado? Por que as mulheres são tão burras, escolhendo essas imitações de gente, em vez de escolher homens como ele mesmo, assim com aquela couraça de peito, aquela carnaria de tronco, aqueles braços de ferro, aquela força de cavalo? Depois ele não era feio, absolutamente. Comparando, comparando, pois, pensam que em Pasmoso não chegam as revistas da cidade? Pois sim, chegam, e ele se parecia com aqueles sujeitinhos bem vestidos que apareciam fazendo poses de veados, dentro de suas folhas. Só que ele não suportava aquilo. Pensando nisso havia algo que ele não entendia na cara do delegado. Parecido. O velho parecia andar querendo coisa com ele. Só não entendia o assunto quem era torto de ideia. Mas Deus me livre disso. Posso ser tudo, menos isso. O Cel. Vitorino que ande com seus amigos barbeiros e congêneres, que todo o mundo falava, à boca baixa. Dizia das revistas da capital, com os grã-finos dentro. Pois por que não o aproveitavam para artista de cinema? Garantia que iam gostar de sua cara máscula onde a barba começava a azular e o olhar se aprofundava negro e firme, de verdadeiro homem. E Minira ia gostar dum bostinha com cara de seminarista, como esse trouxa do seu irmão! Pois ia fazer um muito bom favor para ela – ir tirá-la do caminho desse sujeito, e absolutamente, isso de haverem saído do mesmo ventre materno não era lá nenhum impedimento não senhor. Mas, reconhece, não sabe por que não queria que as coisas se precipitassem da maneira como lamentosamente havia sucedido. Até que sossegara e agradecera ao Grego pelo que ele fizera. Mas ele sabia, o Cardeal não fizera nada de mais, simplesmente, ele Jônatas havia enchido as tripas de pinga e nesse estado depois da briga, não havia visto nada, pensando como estava, que Lázaro morrera irremediavelmente. Nunca lhe acudiria, vendo-o na obscuridade do quarto, duro e inanimado, dentro da rede, que o irmão ainda vivia. Era um caso de choque, de catalepsia, de não sei o quê. Ele o enterraria assim mesmo, se não fosse o Grego. Esperava amanhecer, para fazê-lo. Mas o burro foi inventar de ressuscitá-lo. Com a ajuda do Cardeal, esse idiota metido a Cristo. Não me interessa saber o que Cristo fez ou não fez, ele deve ter feito muita coisa segundo aquele besta de saia, que era o frei Oswaldo, deve ter lambido muita boceta boa com aquela história de abençoar, não sei, o caso é que o Grego pode ter feito um bem para o imbecil do meu irmão, mas para mim fez foi um mal. Na verdade a briga começou quando avancei para ele e ele foi pondo aquelas mãos por cima de mim com aquela cara de cabrito iluminado. Mandei ao diabo as irmandades e dei-lhe um canhão nas ventas. Ele caiu e levantou-se sangrando, espantado. Corajoso o guri, correu para mim com os braços abertos, não sei o que ia fazer, pulei sobre ele e saímos rebolando e revirando pelo caminho, até cair rolando pelo terreiro na redondez da mata. O guri, imagina, acertou-me uma no estômago, aí sim, me enfureci deveras, por inteiro, lembrei-me da faca que me acompanha, saquei-a e não me lembro mais de nada. Só sei que depois, devo ter caído ali mesmo e dormido de bêbado que estava. Entardecia quando acordei e vi-o como morto, com um corte na barriga. Levei-o para dentro e coloquei-o na rede. Naquela hora arrependi-me sério, quis até matar-me, mas depois chegou o Cardeal com sua mania de despertar os mortos. Deve ter sido ele também quem mandou o embrulho, com aquelas asneiras, pensando que a gente está passando fome. Bem, o Grego é boa pessoa, só que se parece muito com os modos de frei Oswaldo. Não me queixo dele. Curamos juntos o menino e deixamos ele quase bom quando o Grego se foi. De noite, com a coisa da bebedeira fazendo andanças pelo corpo, a cabeça ardendo e zanzando em labaredas, sem sono, com pressentimentos do demônio, sentei-me lá fora e me pus a lembrar e a pensar coisas. Lembrei tanta coisa e pensei tantos tratos, que não sei aonde cheguei. O que sei é que resolvi deitar um remedinho de plantas no chá dele, um timbozinho desses de folhas roxas, pra matar peixes. Assim ele deixava Minira em paz. Posso até rememorar o que rememorei aquela noite – lembrei-me a longínqua noite em que éramos já meio rapazinhos e saímos a passear pelo campo, à procura de uma vaca fugida ambos montados. Tínhamos doze ou treze anos não sei. Reviramos todo o brejo à procura da vaca fujona e nada. Já era de tardezinha e ainda procurávamos. Afinal cansados, apeamos e nos sentamos à sombra de um grande combaru. Estávamos assim, conversando não sei de quê quando, súbito, Lázaro deu um pulo num movimento brusco, movendo algo saracoteante nas mãos. Era uma jararacuçu, dessas negras, das brabas. Uma mordida e era a morte. O mesmo que pular daquele avião que nesse mesmo instante cortava o céu, por cima de nossas cabeças. Ele a segurava, uma das mãos a cabeça e a outra o dorso, o rabo batendo-lhe no peito como um remo. Contorcia-se furiosamente, e como era grande, quase dois metros, havia o perigo da bicha dar uma rabanada mais forte e escapar-se das mãos. Aí é que estava o perigo. Essa cobra desafia qualquer coisa, nada teme, nada lhe faz acobardar-se, e enfurecida, enfrenta qualquer diabo de cabeça erguida. Lázaro segurava-a firme, a mão descrevendo os movimentos dela e então lhe disse para estender a mão com a cabeça o mais longe que podia, e tirando o revólver do velho, com o qual eu sempre andava quando ia por aí, encostei o cano no bico da cabeçorra da bicha e disparei. Essa parte da cabeça tomou então a forma de uma meia-lua pelo recorte da bala de calibre grande e a jararacuçu, dando um enorme sacudidão, caiu ao chão, e em arrancada e aos pulos, em sinuosos e rápidos esses sem direção, desapareceu sob o capinzal circundante do brejo. Depois quando já pensávamos ir embora, ouvimos como que gemidos de gente ali por perto. O capinzal ali adiante se movia. Fomos ver o que era. Eu era corajoso, mas Lázaro relutava em acompanhar-me. É medroso o sujeito, não pode ser do meu sangue. A curiosidade é mais forte que os guris de 12 anos.

Estávamos armados para o caso de acabar de matar a cobra. O negócio era muito grande para ser a bicha, entretanto. Chegamos perto e os gemidos melhor se ouviam. Antes de chegar vimos que era gente – o que seria? Pela sombra seriam dois ou três. Com precauções infinitas chegamos mais próximo e, por entre os fios de capim, vimos o mais insólito dos quadros – era o barbeiro Figueirão, um pai de família já maduro, com as calças arriadas, deitado de bruços sobre um outro homem, muito conhecido, o Cel. Vitorino, que também de calças descidas, se agarrava gemendo aos tufos de capim. Identificamos o terceiro como o cabo Saturnino, sentado, ao lado, observando o filme. Esperaria tudo, tudo podia ser, mas essa não! Estaria esperando a sua vez o cabo beiçudo? Percebemos do que se tratava. O barbeiro, baixote e grosso, cara quadrada, o pescoço curto e olhos astutos, fungava por cima do velho coronel, que esgarabatava o chão e se agarrava ao capim. O outro se servia dele como de mulher. Víamos por detrás as coisas e abaixamos para ver melhor. Um cilindro ia e vinha mecanicamente, na confluência traseira das magras e peludas coxas do militar. Era algo cômico. Aqueles pés ameiados e ensapatados, embicando-se no chão, com aquele saco de batatas por cima, era cômico. Saímos dali quietos, de olhos baixos, com vontades de rir, mas sem rir, e quando nos vimos longe disparamos de rir até ficar rubros. Montamos e tocamos de volta pra casa. Contei à mãe, ela disse que era uma vergonha eu andar espionando os outros, que não devia meter-me nessas coisas, isso era uma vergonha, não devia nem sequer contar o que havia visto, que devia respeitar os mais velhos. Não achei mamãe com razão dessa vez. Bom, contei ao Juca, ao Militão e eles espalharam por aí. Eu não tinha simpatia nenhuma pelos três sem-vergonhas do brejo. Ademais, desceram muito em minha opinião. E opinião de guri, por mais guri que seja, é sempre coisa séria. Vai água abaixo qualquer coisa nesse sentido, quando não deixa de ser verdade, algo assim acontecido ante às retinas de um guri. O caso é que toda gente já andava sabendo dessas coisas, isso não chegou a ser novidade. Corria corrente. Mas serviu para abrir mais os olhos e entender o mundo. Nunca mais me esqueci e esses três velhotes lúbricos ficaram sendo para mim símbolos do que havia de pior, não importa se já era mau o meu coração. Isso não foi grande coisa para mostrar nossas relações, de irmãos em pequenos, eu e Lázaro. Mil coisas, mil passatempos, mil tramas, mil entrelaçamentos nos ligam, que é impossível contar muita coisa. Estou só lembrando quando meu irmão inda era de minha confiança, inda era meu amigo. Algumas destas vezes não mostram nada de mais ou de menos entre nós. Estou só lembrando, sem compromisso de raiva, nem nada, como se eu fosse escrever minha história. Sei que sou meio ruim, mas afinal gente ruim também tem coisas que não são inteiramente ruins para contar, diabruras diferentes pra lembrar. Não faz mal nenhum lembrar. Outra vez foi o caso duma briga feia em que nós três tomamos parte. Não faz muito tempo. Rubim tinha um amigo no povoado com quem se encontrava sempre e juntos faziam farras memoráveis. Nessas ocasiões não sei por que o acompanhamos. Fomos à choupana do Cristo Preto, que era o nome do homem. Era um negro taludo e imenso, que vivia rindo e zombando de tudo. Era de profissão pedreiro, carpinteiro e não sei o que mais. Lembro-me que Cristo Preto tinha uma tatuagem no braço que reproduzia uma pica com os colhões e em redor escrito – Vá pra puta que o pariu, filho duma puta – com esses braços levantava casas e fazia móveis para os outros, camas e mesas, cadeiras e armários. Era um negrão turbulento e temido, cuja boca era mais suja que uma cloaca. Essa noite Cristo Preto estava com os cornos revirados e com uma lua de fel pelas tripas e pelo fígado. Tudo o que dizia era de puta-mãe-do-diabo-que-o-fodeu para baixo. Rubim já estava acostumado com ele, mas eu e Lázaro nos assustamos com a bossa arrebitada do negro. Esse dia estava lá outro sujeito, um negrinho miúdo que tocava viola, e que ele chamava de Cabeça, talvez por lhe faltar de ombros o que tinha de cabeça. Começou com não sei quê que lhe disse o tal Cabeça que o gorila meteu a manaça em cima do pobre desparramando-o com viola e tudo pelo chão. Devia estar com umas lambuzas de cachaças pois mandou tudo, inclusive nós, para o negócio da tatuagem. Rubim não gostou, e não sei porque se era que já tinha lá algum antigo ressentimento ou por que outra causa, o fato foi que se encrespou, não disse nada – meu irmão era um bruto homenzarrão também, maior que eu um pouco e muito mais forte, juntou nas mãos e levantou por cima da cabeça o gigantesco pote cheio até a boca de água que estava escorado num canto sobre um tripé e desabou aquilo sobre a cabeça de Cristo Preto. Foi uma inundação que parecia tromba d'água. Pra quê? O negro não viu nada, ficou cego de raiva. Desarmou uma mesa e arrancando uma de suas pernas com uns pregos imensos e pedaços torcidos de tábua, avançou com aquilo contra Rubim. Mas no avançar bateu com a clava no lampião pendurado no teto e ficou tudo no escuro. Naquela treva ouviu-se um pipocar de tiros, resfolegares, pancadarias, o diabo. Durou bem meia hora aquela misteriosa bagunça no escuro. Quando fez-se de novo luz, Cristo Preto estava ensanguentado no chão com as mãos encadeando o pescoço dum soldado do destacamento. O soldado estava morto entre os dedos hirtos do negro. Havia dois soldados derreados, dormindo, pelo chão. Nós estávamos ilesos. Só eu que tinha a mão esfolada e um arranhão no nariz. Como entraram ali aqueles três soldados intrometidos? Um deles matou o Cristo Preto. Um morrera em suas mãos de ferro e outros dois desacordados com ferimentos feios. Pelo chão, revólveres e sabres. O negrinho Cabeça ria matreiro. Depois soubemos que fora ele quem matara o negro. Resolvemos fazer algo. Havia um monte de cordas no outro quarto, utensílios de trabalhos de Cristo Preto. Devíamos apressar-nos, que agora mesmo chegaria o Cel. Vitorino. Com esses tiros, iriam saber que algo sucedera. Amarramos mortos e desacordados num bolo só e os deixamos suspensos do teto, recolhemos o botim de armas que sobrava no chão, e quando os soldados começaram a dar sinais de vida, sacudindo-se, safamo-nos. Para dizer a verdade aqueles soldados frouxos, famintos e mal-vestidos, que havia no destacamento de Pasmoso – uma subalimentada meia-dúzia de párias, piores que os próprios bandidos, um cabo e o Cel. Vitorino – não botavam banca em nossa frente, não senhor, a família Amarante, melhor De Amarante, exijo o De. Crescemos respeitados, bem haja de saber-se. E muito. E bem. Se encontrávamos um deles por aí, saíam de fininho, escorregadios, esquecidos de coisas esquecidas nalgum lugar que voltavam a buscar. Esqueciam tudo o que lhes acontecia de mau. Já entre o delegado e nós que havia um mútuo e espontâneo, tranquilo respeito, algo como um razonamento de parte a parte.

Aqueles soldadinhos rotos serviam mais para dizer havia pairando, simbolicamente sobre a vila, alguma representação de poder, não sei se de poder ou de ordem, que emanava não sei de onde, algum poder fictício ou vagamente real, diminuindo, estreitando, acabando-se num rastrilho de peido, que impunha lá os seus respeitos... lá com suas negras... para os piolhos de suas fardas... Por mim, nunca se me deu imaginar que mereciam algo mais que... desprezo. Gente mais pobre, mais inculta, mais desgraçada que eu – falando de verdade eu não sou nada –, mas para que serve? Para lixo. E essa réstia de poder e autoridade, que deles por força atuaria sobre os pobres de espírito, que por força deles de algum modo deveria advir, de que outro poder emanaria? Já sei que seu superior ali era o Cel. Vitorino, mas e sobre e além desse pobre invertido, que poder adviria? O poder dele emanava de quem? Dos marechais grã-finos, babando champanhe lá das capitais do país, verdade? Deve ser. Tudo tem sua causa e essa também deve ter. Que reflexo emanavam eles, esses marechais! Imaginem a lua emanando o seu gracioso reflexo numa superfície cristalina de água dum rio! Agora imaginem o reflexo do poder maior no poder destes pobres coitados! Desde o mais miserável frangalho humano em forma de soldado até o que se dizia o último em questões de autoridade, todos não passavam de uns pederastas sujos, porcos, ladrões, sem-vergonhas, de alma de trapo, de alma de merda, mesquinhas ratazanas roendo o queijo da Pátria, o queijo podre sob as cinco estrelas do Cruzeiro do Sul. Se o poder desses grandes graus de autoridade, ou o que se convencionou chamar-se assim, emana para esses humildes soldadinhos, rastejantes, famintos e maltrapilhos – eles todos, a escala inteira merece meu respeito? Sou quase um bandido, não tenho dúvida, não posso falar muita coisa em contra, mas convenhamos, digamos, um homem honesto, que ganha a vida com o suor do seu rosto, semeando o campo, de sol a sol, esse homem honesto que Diógenes procurava, que é infinitamente superior a essas convenções inúteis, a esses sanguessugas da Pátria, ele não terá todo o direito, ao menos o direito de dizer o que digo contra essa raça larvar? Nada representam para mim, os fardados. Falemos do que passou aquela noite. Estava lembrando coisas ao pé do fogão. Não queria fazer nada contra o meu irmão, mas tive que fazer. Uma força mais forte. Algo que eu não podia deixar de fazer. Os fardados matam sem motivo. Eu, por amor. Digam o que digam. Que sou ruim mesmo. Vou contar para que entendam. Gente inteligente meia palavra basta. Assim meio livro quer dizer um. Se eu deixasse como estava Lázaro me acabaria matando primeiro. Sei o que é o sangue de nossa gente. Meu pai teve várias mortes no lombo. Até minha mãe, que rezava seu rosário, matou gente. Conta que uma vez o velho teve uma diferença com um baiano de malquerença e este o teria matado à traição, não fosse a presença de espírito de mamãe, que agarrou um machado e rachou a cabeça dele. Ficou no lugar. Foi um tombo só. Nada passou a ela depois – foi legítima defesa. A velha ficou famosa. O tio Jairo, irmão da mãe, também teve seus casos. Morreu matado, mas matou em vida muita gente. Prazer dele era matar mata-cachorro. Tinha uma coleção de orelhas em casa, igual que os jagunços do Nordeste. Tinha fortes amizades e isso o protegeu. Meu irmão Rubim também, apesar de novo, já fez muita coisa de ruim, por aí, mas acho que vai sair logo da cadeia. Há gente mexendo no seu processo. Asneira isso de processo. Matou, matou, devia ficar livre por aí, continuar tirando gente besta do mundo. Porque tudo quando morre, é porque é gente besta. Isso só pra constar. No Pasmoso somos gente muito boa. Afiada. Dobra, enverga, mas não quebra. Falemos de Lázaro. O bichinho é brabo, é gêmeo, está doente, mas quando sarar, sinceramente, receio dele qualquer coisa. O menino é melhor que eu na pontaria. Como poderemos viver como antes, Minira atravessada no meio, os dois sozinhos, aqui neste fim do mundo? O pior é a menina – como é que vai ser com ela? Conformar-se, não é possível. Não sou de conformar-se. Não sou de acreditar no palavrório arrotado de frei Oswaldo. Lá na Escola Agrícola São Vicente, ele nos ensinou a plantar e cuidar de plantas, nos ensinou a rezar e o diabo, tudo aquilo, etc... mas não nos ensinou a aguentar essas coisas que queimam a gente como lacraia aqui por dentro remexendo no peito. Aquela noite chegou o guri de João Coró com um recado de Minira pro boiota do Lázaro e eu planejei um negócio pra ficar com a menina. Ela nasceu pra mim. Pensei raptá-la. O recado dizia que ela esperaria três assobios dele lá no telheiro do fundo de sua casa. Escondi um cavalo, lá do outro lado do rio, pra levar a menina. Pus uma misturazinha mortal no remédio de Lázaro, preparei os negócios, pro que desse e viesse, e rapei no pé. Pensava em levá-la pro meu lote de terreno que tenho lá pros lados de Vão do Candimba. Ali há uma choça meio desconfortável, mas a gente arrumando melhora. Dá um ótimo recanto pro amor. E a terra é grande. Tudo com cana, abacaxi, melancia, tudo. Ou procurar tio Afonso, irmão do pai, que é doutor e rico, mora na capital, grande homem, cheio do dinheiro, bem que pode abrir os braços pra este seu sobrinho pobre. Tem fama de avarento e ruim, nós nunca tivemos muita familiaridade com ele, há tanto tempo que o pai morreu, capaz ele nem se lembre de nós... Mas sabendo remar, vou na canoa dele, queira o velho ou não queira. Por algo ele é tio.

VI

Nicephoros Aristóteles Plathos Solomos Theoklytos, caminhando pela estreita vereda que levava à venda dos irmãos De Amarante. Havia pensado bastante no que podia ser no caso de Lázaro. Era amigo deles havia muito tempo. Via algo de místico naquela gente violenta, trágica e de silêncios grandes como as pausas do tempo. Gostava de gente assim, sobre os quais paira aquela nuvem misteriosa, invisível, aquela auréola que distingue as pessoas de sangue e alma bravias, onde o perigo da vida e o destemor e o drama se mesclam, numa poesia de sombra e mistério. Era um pouco longe a venda do amigo. Em duas horas chegaria. O Cardeal era forte e gostava de caminhar. Deixara a venda às seis horas rumo ao seu rancho, lá no outro lado do Imbruiô, na beira do rio, comera, arrumara, umas coisas e já estava de volta. Precisava de velar pelo amigo. Lá pela meia-noite estaria retornando. Chovia como uma maldição. Mãos nos bolsos, embornal de couro pendurado no ombro, o chapéu baixado nos olhos, chupando o cachimbo, caminhava na estrada enlamaçada, rapidamente o Grego, e pensava. Que coisa misteriosa Lázaro não querer dizer o que lhe aconteceu pra mim, que sou seu melhor amigo, mais amigo ainda do que o próprio irmão. Esse Jônatas não me engana não. Esse rapaz é uma víbora, uma fera, um ser perigoso. Acabará mal, cedo ou tarde, muito mal. Leio isso, quando o vejo, nos seus olhos. Vivendo ao lado desse verdadeiro anjo que é Lázaro. Como podem dar-se duas naturezas assim? Tanta diferença entre eles. Lázaro não me engana. Há algo de grave profundamente em tudo isso. Deve ser por causa de Minira. Mas dizer que caiu lá de cima do galinheiro e furou-se assim – isso é mentira. A verdade ele não me quer dizer. Mas haverei de saber o que houve. Preciso mesmo saber o que há no meio de tudo isso, é quase uma obrigação minha, visto nossa amizade. É um dever de amigo. Nunca tive amizade nenhuma assim, nem na Grécia.

Pensava na infância, na mocidade, em antes dos trinta e três anos atuais. Sentia-se satisfeito com a vida nesta idade do Cristo. Pensava na Creta, onde nascera, o rumorio dos homens que iam e vinham do mar, a existência nebulosa daquele período, até quando lhe morrera o pai, também marinheiro, e ele fora viver com um tio, plantador de uvas em Chipre. O pai queria vê-lo padre, e o tio fê-lo entrar num convento, lembrando o desejo do irmão, e ali Nicéforo permaneceu oito ou nove anos, o bastante para perceber que não nascera para passar a vida rezando. Ao sair de lá, já era homem feito, e levava uma grande e rara formação. Culto, inclinado à filosofia, místico sem ser religioso, com um par de anos mais estaria ordenado. Decidindo-se foi a Atenas estudar Medicina, mas logo deixou-a e voltando à sua aldeia por um tempo foi professor de crianças. Aborreceu-se também e depois de pensar e vagar um pouco ao léu, por Alexandria, Ásia Menor, Arábia, Marrocos, arbitrou seguir para a América. Percorrendo o Brasil, estacou em Mato Grosso, mais precisamente no Pasmoso, imediações de Cuiabá. Exercia atividades de agrimensor e parecia-lhe afinal ter achado o que buscava. Já morava ali uma meia dúzia de anos. Tinha sua terra, sua casa e todos eram seus amigos. Gostavam dele por ser hábil em tudo o que fazia. Servia de médico no Pasmoso, de advogado, de engenheiro, conselheiro, tudo. Só que o tinham na conta de algo meio doido, diziam que tinha um não sei quê de feiticeiro, e isto se dava à sua índole pensativa e sombria. Era um filósofo puro e dizia jurando ser descendente direto de Platão. No nome tão comprido tinha o nome de Dyonisyos Solomos, o poeta nacional da Grécia e o de Platão. Devia ser tudo isso, filósofo puro, alma de artista e de poeta. Nisto se lhe descobria este ar insólito. Já o haviam visto, por exemplo, deixado estar, estático, encostado a algum tronco caído, no meio da mata ou à beira da estrada, solitário, murmurando coisas que pareciam cabalas ou rezas. Uma vez o Vicente do Brejo deu com ele, à noite, recitando em plena estrada, solitário, no meio do mato, poemas numa língua estranha que ressonava como as palavras do vento e das águas. Vinha vindo na solidão da mata quando deu com ele. Olhou para cima, para baixo, para os lados, e nada de espectadores – nem sequer pássaros ou peixes, como acontecia com São Francisco ou Santo Antônio, que ao menos tinham um público. Continuava discursando naquela língua dos diabos, que só estes entendiam. Movia os braços e o corpo, tantas gravidades tinha e tantas inflexões na voz, que ao pobre Vicente impressionou tanto aquela rara eloquência solitária e tanto lhe pareceu aquilo belo e atraente, e sem embargo desobjetivado e fora dos planos, como a própria língua dos pássaros ou dos peixes, que foi direto à vila, o primeiro a contar como maravilhas, a quantas gentes e amigos via, que todos se boquiabriam e respeitavam e achavam aquilo um fato de exceção. Só ele sabia que o que recitava eram Ésquilo, Sófocles e Eurípides, esquecido de que onde estava não era o palco de estudantes do seminário na ilha de Afrodite, mas uma erma estrada que ia dos desertos do Imbruiô até Pasmoso, nos ermos, nas raias do sertão dos diabos, longe do mundo.

Uma vez quando lhe indagaram o que era aquilo, ele se recolheu e contou. Era a história de Édipo-Rei, e o outro, após ouvi-lo contá-la toda, lhe respondeu que pois não, conhecia o cara, só que não se chamava Édipo não, era o Nhô Amâncio, lá na capital. E contou – Nhô Amâncio era cego de nascença e era bonzinho da cabeça, quando cometeu o negócio que os homens dali contavam olhando pro chão e as mulheres com a mão tapando a boca. Fora abandonado pela mãe no nascer e chegando à idade viril, meteu-se com uma mulher, vivendo com ela um bocado de tempo, e tendo ao cabo duas filhas. Nisto chega não sei de onde o marido dela e no meio da questão o cego acaba por matá-lo. Desesperado foge pro garimpo e por lá fica um tempão de vinte anos, conhecendo nesse ínterim outra mulher inda moça. Amasia-se com ela fazendo-lhe um filho, mas deixando-a logo por outra, também, mocinha, irmã da anterior, dando-lhe também um rebento. Ia tudo bem com o terceiro amor, quando vem a conhecer um velhinho conterrâneo seu de quem fica grande amigo. É uma estória de muitas coincidências. Aliás, parece que quanto mais a coincidência é coincidência, mais a verdade é verdade, quando a coincidência é verdade, é mais terrível. Quando porém Nhô Amâncio conta como matou o finado

Alexandrino, o marido de sua primeira amante Maria Joana, o velhote, que não era outro senão irmão do próprio Alexandrino, cai dos céus. Nem Satanás cairia de tão alto. Por mais que não possa ser, tudo se provou por si mesmo. Foi o inferno do velhote, Nhô Rufino explicar-lhe que era seu tio, e o homem que matara, seu próprio pai. O pior inda está por contar. Sabem quem eram a segunda e a terceira amantes de Nhô Amâncio? Nada menos que Teresa e Beleza, próprias filhas que ele fizera em união com sua mãe. Assim ele teve por mulheres a mãe e as duas filhas. E Nhô Amâncio que já era cego e não precisava fazer como o rei de Tebas, se enlouqueceu. Dizem que a mãe e avó de suas próprias filhas Maria Joana, subiu no alto do morro do Papagaio onde não se morava ninguém e suicidou-se lá em cima, de fome e sede. Acharam seu corpo, em três dias virado esqueleto, sentado num banco de pedra existente lá em cima na crista do morro e no seu colo havia um ninho de cobras. As moças, bonitas, ainda, uma fugiu no trem da Bolívia e ninguém mais viu falar dela e a outra faz parte do acervo dum bordel na capital. Os guris se criam num asilo de enjeitados lá também, e o velho Nhô Rufino, lá no garimpo, dizem que ficou mudo, perdeu a fé de tudo e vive sem querer amizade com ninguém.

Recordava os pensamentos ou pensava recordações, o Cardeal, quando ia essa noite rumo do rancho dos irmãos Amarante. Se fosse padre, estaria lá na ilha venusina respirando o ar tépido fragmentado em olores de mar, mulheres e melões maduros. Ou uma cela de convento milenário no topo de algum alcantilado, copiando textos de Bizâncio ou meditando a longa filosofia cristã dos patriarcas de

Constantinopla; mas é um aventureiro de corpo e alma um poeta que ama as viagens, este que palmilha o caminho noturno e chuvoso de um capão mato-grossense. Nomes lhe correm pela memória – Patras, Mistra, Kipris, Klemoutsi, Kavalissa, Nicosia, Kavala, Lahaina, Karitena... Chove e ele vai sem lanterna, sem nada, confiando nas pernas, na vereda solitária. Tantas vezes fizera este mesmo trajeto, que ele nada tinha para oferecer-lhe de novo e de mistério. Pensou ainda muitas coisas – Lázaro e Jônatas. O primeiro necessitava de sua ajuda. Não fora ele, o Grego, seu amigo morreria como um inseto que se pisa e que se limpa do caminho. Chegou às onze horas e a chuva cobria num véu de névoa a casa. Tudo quieto. Dir-se-ia que um morto pensava na morte e pairava o seu fúnebre pensamento como uma levitação nas cordas verticais da chuva. Foi entrando e tirando o poncho encharcado. Acendeu a candeia. Lázaro na rede dormia profundamente. O menos avisado o daria por morto. Auscultou-o – o coração batia. A palidez o cobria. Parecia o Lázaro de Cristo. Aliviou-se. Houvera um momento antes um quê de pressentimento. Nem sinal de Jônatas. Sentou-se esperando. Nisto sua atenção concentrou-se num copo cheio duma água de estranha coloração sobre a mesa. Cheirou-o, olhou-o à luz, agitou-o e o conteúdo tornou-se vermelhecente. Não havia dúvida. Aquele líquido estava envenenado. Será que Lázaro o tomara? Não podia ser! Para que estava ali então? Para que objetivo? Coisa do irmão. Tudo convergia – Jônatas era uma víbora. Não se pode permitir que isto continue deste modo. Mas por que tudo isto? Oh! Primeiro foi a barriga rasgada à faca, agora esta trampa de morte.

Como pode existir um ódio assim, tão horrível entre irmãos? Que fizera de tão grave aquele rapazinho de rosto inocente, que ali dormia, ressonando, desprotegido no meio da noite? Que lhe fizera Lázaro, o pobre Lázaro, de tão odioso para merecer este ódio do próprio irmão? Foi lá fora e jogou a água. Depois lavou o copo e colocou-o na mesa, vazio. Depois veio assentar-se de novo, aguardando. Não tirava os olhos deles. Minira será a única causa? Perguntas sem resposta que se esvaem como fumo. Na meia luz fraca, cofia as barbas negras, olhando-o sempre, e cogita, escutando a chuva fustigando as matas em redor, lá fora. Às vezes Lázaro se agita, move-se na rede, balbucia palavras entrecortadas, suspira fundamente e outra vez deixa-se estar, imóvel. Sebo, o velho gato de três pernas, de um salto sobe à mesa e se acerca para junto do Grego. Quer que lhe acariciem, mas o Cardeal está diferente dos outros dias. Está meditabundo, alheio, triste. O gato parece adivinhar e se põe em sua costumeira posição de esfinge, dardejando o Cardeal com seus olhos de verde-azul onde o fogo do candil cintila refletido. Chiam mosquitos. Violinam no escuro, pelos cantos, em bandos, verdadeiras orquestras, em redor das cavas dos ouvidos, picam impiedosamente. Nicéforo fica olhando o sono de Lázaro. Antes de Lázaro despertar-se leva a mão e passa os dedos pelos sedosos bigodes do gato. Este aperta os olhos, e neles fica só uma fagulhazinha iridescente, oriental, no escuro, uma pontinha de ternura estreitando-se dentro deles. Não queria despertá-lo, deixá-lo que descanse, o pobre Lázaro, que repouse bastante, logo ficará bom, a saúde o iluminará como um sol, o sol virá e brilhará sobre o úmido, o frio e o escuro.

Não esperou muito porque o rapaz moveu-se um pouco, tossiu, engasgou-se e abriu os olhos espantado, dando com o Grego que o velava. Olhou-o por uns momentos, reconhecendo-o, depois sorriu. O Cardeal perguntou-lhe como passara.

— Bom, respondeu Lázaro, muito melhor que os dias anteriores.

Nada lhe disse ou perguntou o Grego acerca do copo. Sabia melhor que ele, para que perguntar-lhe? Começou a limpar-lhe e a mudar-lhe os curativos. Lázaro contou um pesadelo que tivera durante o sono.

— Parecia-me que estava no fundo de um profundo poço. Cavava, cavava, sem medo. Retumbam as marteladas do formão penetrando na rocha dura. Quando olha para o alto vê um circulozinho do tamanho dum grão de milho. As paredes ocadas de barro amolecido de chuva, tremem, tremem. Mas estranhamente não existe medo em seu coração. Sabe que é perigoso naquela fundura o ecoar das pancadas. Mas, continua a cavar interminavelmente, sem saber aonde irá parar. A certos momentos, parece prestes a desabar, como um gigantesco túmulo, o imenso cilindro do poço. Parece que as paredes se tornam dobras e ondas trêmulas. Chove lá por cima. Relampeja. Troveja. Quando olha para o alto, semelha-se-lhe não estar no fundo de um poço, mas o contrário. Parece estar à boca deste, olhando um ponto redondo e claro de águas, a água é entretanto o céu nebuloso e ele está na terra do fundo do poço, olhando para cima. Até em sonhos se filosofa. Vai cavando até que dá num algo de metal. Descobre-o e nota que é um enorme caixão mortuário de ferro. Com todas as forças abre as suas pesadas tampas e aos seus olhos se oferecem Minira ali deitada, morta e ao seu lado, Jônatas, vivo, que dá um salto, e sem dar-lhe tempo, escarva com habilidade extraordinária um túnel no barro, uma caverna horizontal, com as mãos, e vai por ele como um tatu varando a terra. Lázaro segue-o pela estreita abertura que Jônatas vai abrindo, até que de repente, este se escorrega por um invisível desaparecedouro. Lázaro chega perto. É como uma janelinha para um abismo. Olha para baixo e vê Jônatas, lá embaixo, com as costas espetadas no agudo de uma longa estalactite. O punhal de vidro da pedra entrou-lhe pela espinha, varou-lhe o corpo e saiu no peito. O irmão está em pleno ar, fincado, e parece, com os quatro membros abertos, uma aranha atravessada por uma linha no espaço. Os olhos dele fixam os do irmão. Pedem compaixão. Com mil precauções, então, Lázaro descende pelo íngreme muro, como um alpinista e após mil obstáculos, chega ao solo e põe-se a subir pela base da estalactite, onde está Jônatas. Galga até o ponto de início da agulha que prendeu o irmão e ali tenta subir por ela, mas escorrega sempre, como num pau-de-sebo. O corpo do irmão está ali, um metro além da extremidade de sua mão. Mas num tântalo só de sonhos, vezes sem conta dá o impulso e vezes sem conta desliza de volta. Presa de indecisão, dá gritos, a chamar alguém. Parece-lhe que chama por alguém chamada Minira. Os ecos ricocheteiam pelas pontas, pelos agudos da elevação. Nisto o corpo do irmão se desprende e escorrega para baixo, dando ao chão, pela linha do longo punhal de cristal, com o peito vazado, de onde se derrama não sangue, mas estranhamente água. Como tirá-lo dali? Urge cortar esta estalactite ou espedaçar o corpo do irmão, para livrá-lo. Começa a trabalhar no granito, a quebrar a solidez do punhal que aflora do corpo do irmão. Ecoam as marteladas. Está neste labor agachado, sob a chuva, quando sente macios braços que o enlaçam pelas costas, beijando-lhe a nuca e as orelhas. Volta-se e dá com Minira, belíssima, num vestido de luxo, como ele nunca sonhara. A felicidade é tanta que se empolgam e se fundem os dois em abraços e beijos. Esquecem-se do irmão morto e amam-se como que lentamente sob a chuva. Quando se lembram e olham, nada de Jônatas. Em torno à estalactite, onde jazia, só um círculo, agora de sangue. Desaparecera. Surpreendem-se e saem a procurá-lo. – Deve estar em algum lugar – diz Minira. – Sim, onde ele deve estar, é lá no alto – responde Lázaro. Voltam a descer a base da estalactite e a subir a parede até a janelinha por onde haviam saído. Atravessam o túnel e vão dar no fundo do poço. Lá está o caixão de ferro. Novos esforços. Levantam a tampa e lá está Jônatas dormindo, como se nada tivesse acontecido. Só que nas mãos tem duas argolas de ferro do tamanho de um prato. Olham direito e descobrem um gato branco dentro do caixão, dormindo também. Parecia que Sebo se houvera metido num pote de cal. Em redor do pescoço uma fita roxa e nesta em letras brancas escrito o nome de Minira. A moça que acompanha a Lázaro dá um grito lancinante que ensurdece até às pedras. O morto abre os olhos, com o grito... e nesse ponto, Lázaro abre também os seus despertando, e dá com o Grego, sentado, velando. Nicéforo ouve-o em silêncio. Sebo sobre a mesa, parece que vigia à luz, enrodilhado, os olhos vagamente fechados, o pequeno focinho fazendo um oito. Ainda bem que está sem a faixa roxa com o nome de Minira. Compreende que Lázaro tinha lá suas desconfianças do irmão, e este sonho o dizia claramente. Sim, ele sabia coisas acerca de Jônatas e Minira, mas não contava nada disso. Bem, são conjecturas. Confidências desse tipo ele não podia ousar pedir. Talvez algum dia ele resolvesse contá-las. Ou simplesmente, expansivo como era, Lázaro o fosse revelando aos poucos, no velado de suas palavras. Sim, era o que ia ser.

Iria absorver e decifrar tudo o que ele dissesse nos sonhos e nas conversas.

Contou-lhe Lázaro que lhe doía o lugar. O Cardeal já acabara de limpar-lhe e pensar-lhe o ferimento e agora conversava, dizendo-lhe de esquecer esse sonho, que tivesse paciência com Jônatas, ele era humano, afinal teria arrependimento, dor, angústia, fatalmente. Não se fere, não se tenta eliminar ninguém, e muito menos a um irmão, sem ter-se algum sofrimento supremo no coração. Depois Lázaro perguntou do remédio que havia no copo. Queria tomá-lo.

– Ah, atirei-o lá fora, estava com uma barata dentro.

– E meu irmão, aonde haverá ido?

– Quem poderá sabê-lo? Com este tempo e a esta hora da noite, ninguém poderá prever aonde anda.

Essa noite decidiu-se o Grego a passá-la em companhia do rapaz, a pedido dele, e também por ele mesmo, pronto para alguma coisa – podia acontecer qualquer havença, os tempos estavam cheios de insólito, pairava um pressentimento na sua mente e no ar.

Além disso, como deixar sozinho um rapaz ferido, sem

parentes e sem cuidado, além de seu muito amigo, e mais que isso, à má estrela de um irmão como aquele a que a pobre mãe tivera a desdita de dar a vida? Armou uma rede ao lado dele, deitou-se e acendendo o cachimbo, contou-lhe estórias da Grécia e da África árabe, enquanto esperava que viesse o sono. Era já meia-noite e só se ouvia além de sua voz o som das águas da chuva que prosseguia dentro da noite.

VII

O relógio de parede pausadamente deu seis horas. Cada pancada soou na pequena sala como se fosse um elo que se prendesse a um outro elo na eternidade. Isidoro de Amarante suspirou despertando-se. Cochilara. Fechou o livro que esquecera aberto sobre as pernas. — "Aída abandonara o pai cego para acompanhar aquele malandro, seu sedutor." Bah! Que melodrama de mau gosto! Só podia ser de *fin de siècle*, o autor! – pensou. Lera aqui e ali, imaginando o propósito de lascívia de certas páginas, mas o resto do livro era intragável. Cerrou de novo os olhos sem desejar pensar em nada. Mas vieram-lhe as palavras, iguais umas às outras, como carneirinhos negros do rebanho do sono. Um, dois, três, quatro, cinco, seis... As palavras vinham... Om, Om, Om. Que bonzo as inventara? Buda... Ah Buda. Os camelos para se abaixarem também obedeciam a determinadas inflexões dos cameleiros do deserto... Om, Om, Om... Quantos ohms correriam nos fios elétricos lá fora? Quem foi Ohm? Ah, om, om, om... Zen Budismo. Pintura sumi. Jackson Pollock.

Do sobrado vinha um som baixo de piano. Não dera a princípio. Ela tocava. Seria uma concertista se fosse mais perseverante. Amava ouvi-la tocar. Estudava e já estava longe nos estudos musicais, quando se casara com ela. Muito jovem ainda. Viu-a, ou melhor, revia o retrato dela sobre o consolo da sala de entrada, sorrindo feliz. Tomou-se de ternura. Ele também tocava. Principiara, em rapaz, no violino, depois clarinete no colégio, depois piano, sem aprofundar-se em nada. Mas como invejava quem tocasse bem algum instrumento! Como invejava quem ao menos soubesse ler música! O modo como gostava da Música, dava entretanto para avaliar o que ouvisse, fora violino ou piano, fosse Yehudi Menuhim, fosse o clarinetista da banda do exército, fosse Arthur Rubinstein. Agora não tocava mais. Esforçava-se muito. Doía-lhe a espinha e resultava incômodo, em sua cadeira de rodas, correr e dominar as mãos, o teclado preto e branco. De olhos cerrados, com as mãos sobre o livro aberto nos joelhos, ouvia Rosa tocar. Muitas vezes a ouvira antigamente tocar Schumann. Havia muito tempo que não a ouvia. Agora ela se lembrara do apaixonado de Clara Wiesendonck, e melancolicamente executava as Rêveries. Baixinho, mui baixinho, como se fosse só para ela.

Robert Schumann – quando mais ou menos? –, uns cem anos talvez faz, enamorado, escrevera aquela música em que a tristeza e a alegria se mesclavam, em que não se adivinhava a parte de melancolia ou a parte de jovialidade, mas um ser entrelaçado e único, sereno, cordial, e magoado, à vez. Àquela hora da tarde Schumann, em outro tempo, tocaria a sós, afundando em sua loucura.

Schumann era um romântico. Que é ser um romântico? Ninguém sabe.

Àquela hora da tarde – reminiscências costumavam vir cercá-lo, como as sereias de Cila e Caribdes, e o ameaçavam submergir. E por sobre tudo docemente o murmúrio do piano. Se Ulisses tapasse os ouvidos, as sereias cantariam dentro dele. As Loreleis de Schumann volteavam como libélulas.

A sala onde estava se invadia de penumbra. Quando Isidoro não ficava por ali, geralmente difícil de descer na cadeira, de rodas, só ajudado por Maria ou Leão, estava nos seus aposentos, lá em cima, de onde vinham agora os sons do piano em que sua esposa Rosa tocava.

Lá em cima era o seu santuário, com seus livros, revistas antigas, os discos. A eletrola, o altar onde se perdia a ouvir música dias e dias seguidos, sem querer saber do tempo e do que submergia com ele. Seu busto às vezes aparecia na sacada, ou nas janelas, e sabiam que estava dentro de sua música, dentro dos seus livros. Quando o irmão Carlos estava em casa, ajudava-o a descer as escadarias. Verdade que tinha o tronco, metade do corpo forte como nos tempos do exército. Tinha bastante músculos para não se deixar rolar escadas abaixo, mas não confiava em se bastando algo em falso, um engano de nada e rolaria como uma pedra numa encosta. Rosa, antigamente, era quem o auxiliava subir e descer. Depois foi modificando, agora raramente se ouvia a sua voz na casa. Isidoro sabia de suas partes com Hipólito, um figurão que frequentava as festas que os irmãos promoviam. Preferia não ter que pedir a ninguém. Quase sempre, agora, era Leão, o mordomo. Maria, era mulher, coisa fraca. Alma e corpo. Uma vez quase rolara com ele lá de cima. Leão era velho, mas era homem. Forte ainda. Nunca permitira que um criado se ocupasse só desse mister – faze-lo subir e descer as escadas. Claro que podia até cinco ou seis, só para tal coisa. Mas não queria. Um dia ainda desafiaria essa escada de merda. Se não arrebentasse os ossos

deus de caim

arrebentaria os degraus a machadadas.

No mais, era calmo, muito calmo, Isidoro de Amarante. Sempre fora assim calmo. Diferente desse louco de Carlos que parecia viver com o diabo no corpo. Há três dias viera do Rio. Que fora fazer? Atrás duma cabareteira, uma loura de circo, que arranjara em suas voltas. E as festas que metia na casa... Os amigos que tinha, os diabos do sangue, as mulheres em que se coçava. Não lhe importava absolutameme nada disso. Nada tinha com ninguém, nem com os irmãos. Muito menos com os irmãos. Só Cecília entrava em suas cogitações, só Cecília o fazia sociável, punha uma colherzinha de açúcar na sua misantropia. Detestava, porém, tudo quanto o pusesse em contato com gente, especialmente tudo quanto o obrigasse a pedir ajuda no empurra-empurra daquela maldita cadeira de rodas.

Uma sala pequena, acolhedora, com duas janelas, com sacada que dava para a rua e uma que dava para um dos lados escurecidos de folhagens do jardim que cercava a casa. Tinha forração caprichada de madeira negra, mogno e jacarandá, belos lustres, tapetes caros, quinquilharias, quadros. As janelas neste momento achavam-se fechadas. Havia ali também um piano, em que costumava tocar a cunhada, quando vinha, e se sentia inspirada. Sobre o piano montes de velhas partituras e métodos de aprendizagem, que outrora pertenceram a Rosa, quando solteira e dava aulas de piano. A sala dava para uma outra sala bem grande, onde costumavam fazer suas festas os malucos irmãos, que por sua vez se abria para uma grande varanda, circundada de folhagens. Havia um corredor que se comunicava com as salas, que por sua vez se comunicava também com outros quartos dos irmãos, as dependências diversas da casa. Isto sem contar o sobrado, de onde vinham nesse momento os sons de piano, que Rosa tocava, a sala onde havia outro instrumento, vizinho do seu santuário, separado dos locais de festas da casa, pela escadaria, para Isidoro, uma mui convincente separação. Se descia cá embaixo meia dúzia de vezes por ano, era muitíssimo. Dizia a Cecília que só desceria realmente, normalmente, verdadeiramente, o dia em que as pernas se lhe obedecessem. Um grande labor – subir ou descer aquela escadaria. Tinham de tirá-lo da cadeira com todo o cuidado, e subi-lo primeiro. Depois, então subiam separadamente a cadeira e completava-se lá em cima o binômio desmembrado. Para descer o mesmo trabalho. Isso era lá vida, fosse ele Rothschild ou Falstaff, ou Isidoro? Não, não era. Passava Leão. Aproveitou e pediu-lhe que o subisse. Em dois minutos estava lá em cima. Foi para o quarto. Encostou-se à janela. Os sons do piano continuavam. Rosa estava inspiradíssima. Muitos beijos, muitas fodas com Hipólito. Não gostava de pensar nisso, mas era obrigado. No fundo, pouco lhe importava se Rosa gozasse mais que ele ou o contrário. Hipólito devia ser bárbaro, já que o escolhera. Nos tempos dele, ele também fora bárbaro. O casamento para essas coisas servia – para averiguar as respectivas forças sexuais. Especialmente as extrarrespectivas forças. Ouvia-a tocar na outra sala. Agora o som vinha mais dilatado, apesar de que ela corresse as mãos pelas teclas, baixo, baixinho, como se fosse só para ela.

    Deixa ver, quem toca melhor – Rosa ou Cecília? Rosa toca sem se esquecer de que foi professora de piano, toca com um sentimento como de querer, mesmo sem querê-lo, ensinar. Como dizer? Algo daquela profundidade professoral que quer impressionar com sua sabedoria, algo severo, sim, algo de gélido, isso mesmo. Quando, por exemplo, outro dia, numa dessas noitadas de palhaços, em que vagavam aí embaixo a turma de sempre, uns idiotas que se dizem apreciadores de tudo, até de arte, devo conhecer alguns deles, Cecília me tem falado neles, o Dr. Polli, o Dr. Schneider, os Macedo, o grande escritor Bocari, o pintor não sei o quê, Rosa tocou para eles. Estavam todos meio bêbados, como sempre, que diabo iam apreciar de Mozart? O salzburguense acaso compôs suas músicas para borrachos? Se Franz Hals fosse músico capaz que sim. Ou se Mozart houvesse nascido em Schippelshausen. Ou se fosse amigo do Barão de Münchhausen. Bem como dizia, Rosa essa noite tocou Mozart, uma sonata encantadora e ingênua, fresca como um gole de água numa fonte da montanha, fresca como uma descoberta súbita entre jovens verdes de abril de um gracioso jardim. Lindo, lindo tocou. Mas, por debaixo, a áurea professoranda, o frior estranho a Amadeus. Sim, isso é o que ela era, fria. Mozart estava apenas bem tocado. Sob Mozart havia o frio que ele já havia descoberto desde o noivado, prolongando-se no breve período em que a teve de pernas entreabertas para ele, na cama. Ele a ouvira lá de cima, em sua insônia crônica, madrugada longa. Dava-lhe tristeza pensar em Rosa fria. Fria para Hipólito. Que pensaria dele o rapaz? Não lhe interessava. Cecília ao contrário toca com calor. Sente-se-lhe o calor inato quando toca. Certo que tinha as falhas técnicas que Rosa nunca poderia ter. Não era mestra de piano. Tocava para perfumar a fantasia. Para embalar o seu mundo. Talvez o mundo de Isidoro, lá em cima, sempre com sua cara de Lord Byron triste, naquela cadeira de rodas, que já era um membro do seu corpo, como o centauro com suas partes de homem e de cavalo à vez.

Não fora ela mesma, Rosa, quem lhe ensinara, desde o abc, tudo o que de raro e difícil, a que ela se aventurava a tocar? Tinha os defeitos de aluna, mas igual tinha uma calidez que se comunicava como a própria aproximação do fogo. Vieram-lhe à mente as maravilhas, as doçuras que Isaac Albéniz pôs magicamente em sua "Evocación de Granada", que Cecília tocava como uma pitonisa em transe, nas trípodes de Delfos. Via-a, com o torso ereto sobre a banqueta, os dedos brincando no teclado, com os óculos negros que lhe davam um ar de vaga sabedoria ingênua, na ponta do nariz. Admirava-lhe o corpo em pensamento. Quando estava engolfada na musicalidade, por onde andariam as sensações do seu corpo? A pressão do torso, o modo de sentar-se na banqueta, o peso dos quadris, deviam dar-lhe um envolvimento de bela mulher, não imaginava como, nunca a vira sentada ao piano, depois do acidente. E antigamente ela era uma simples menina, sem aqueles grandes joelhos, aquela redondez de ancas fortes, sem aqueles óculos negros, aquela cabeleira enrolada em tufos na nuca, como um envoltório misterioso e negro. Fascinava-o a cor da pele de Cecília – uma cor indefinível, um branco muito claro, mas moreno, latino, como um leite onde uma gota apenas de chocolate houvesse caído. Já admirara a mesma pele em Rosa. Depois a voz. A voz dela era um instrumento de música especialíssimo aos seus ouvidos. Nenhum acento das ondas do mar, quando se tornam femininas à luz do luar ou às carícias do vento, a reproduziria. Se houvesse uma correspondência entre graduações de diversas coisas poéticas, a voz de Cecília seria mais doce para os seus ouvidos que para os olhos o deslizar quase sem movimento no céu baixo de verão de uma suave gaivota. E aquele sentimento que nascia nele. Maior que tudo, que os instrumentos de música, a magia barroca, o voo do pássaro, os jardins abandonados, a poesia de Verlaine, o chorar duma criança.

Cecília tocava com sentimento. Que raro mistério, este de poder ensinar-se tudo, menos o que já vem inato, o calor da alma, o dom de fazer esquecer as misérias da vida, ou o dom mesmo de aprofundá-las mais, fazendo-as ver num telescópio! Cecília era o que Rosa não era – inata profundamente. Pareceu-lhe que as Rêveries de Schumann, que vinham da sala tocadas por sua mulher, se mesclavam em alguma parte do seu ser com a Evocación de Granada de Albéniz que Cecília tocava lá nalgum céu particular. Uma misteriosa Cecília tocava nas nuvens de sua memória. Uma Rosa real tocava na sala vizinha.

Havia na sala quase o mesmo em decoração fina que na sala de baixo de onde Isidoro viera, só que aqui era o santuário de um homem de sensibilidade, um homem que vivia de mastigar dia a dia, hora a hora, lentamente, a própria grande e indivisível dor. Mesas com rendados mantéis de Bruxelas. Três grandes armários de talha antiga, atulhados de coleções de livros, vários séculos de literatura, fileiras de tomos de Pintura, dicionários, mapas, enciclopédias. Através do vidro, encostado nas lombas de uns volumes, avultava uma foto sombria da máscara mortuária de Beethoven. Parecia-lhe ter uma secreta associação de nervos e caracteres com o holandês genial de Bonn. Sobre a estante junto à janela pilhas de revistas e sobre estas uma esfera armilar posta a esmo. Às três janelas, as cortinas cor-de-rosa com desenhos de flores vermelhas que a penumbra escurecia e esmaciava, diluídas na sombra, como flores mortas que eram, moviam-se de vez em quando pela brisa do jardim, perfumada de rosas verdadeiras. Às paredes três quadros e um tapete – um representava um grupo de mulheres ocupadas em trabalho de cerâmica, um quadro que ele às vezes achava meio bobo, não sabia quem o pusera ali, assinado por uma pintora, irmã do Governador do Estado, outro, uma rara paisagem de Segall, que ele gostava muito, especialmente as vacas, cujos focinhos se mesclavam numa luz de baba ou numa baba de luz entre azul-celeste e vermelho-inglês, o terceiro, era uma mulher nua com cobras enroladas no corpo, andando num caminho dentro duma floresta cheia de verdes hiantes, obra dele mesmo, de há uns dois anos, que um pintor seu amigo, uma vez em visita em Cuiabá, vira e admirara muito; ele, entretanto, não gostava, achava meio à Douanier Rousseau. O tapete era o mais puro Lurçat, um galo flamejante, que despertaria até os mortos com seu canto de bico ofídico, que Jesus Cristo iria convocar quando fizesse o censo no dia dos últimos mortos. Agora ele não pintava mais, aquilo fora coisa da juventude. Aliás, a pintura não o satisfazia, nem ele mesmo pintando, nem vendo a pintura dos outros. Nem a poesia. Tudo aquilo era demais de ínfimo comparado com a coisa sem fronteiras que se ia propagando em ondas, depois dos espaços conhecidos por nós, de Vega a Orion, depois dos risquinhos nos mapas cósmicos, da estrela do Bode Afundado à Constelação do Penteio de Maria Joana, a Louca, Rainha da Transcancânia. Em boca de gente se abisma um céu. O dente cariado de Vitória, a italiana, se dissolvem os cafundós de Mato Grosso e do Brasil.

Não fazia nada mais a não ser ler. De quando em quando escrevia alguma poesia, mas a parte maior morria dentro dele com as proteínas que o corpo parado solicitava. Dava no mesmo que se perder, se as publicasse. Que Shakespeare se interessaria pelas baboseiras que escrevia? Pensava de vez em quando em bostas enormes boiando na privada, lá dentro da boca branca. As bostas que tanto lhe davam o trabalho imenso para obrá-las, o esforço insano para não desparramar-se no assoalho, para não esfolar as pernas mambembes, para não quebrar algum braço, não espedaçar a cara britânica.

Tanto faz, se eu me encontrar com Goethe nalguma esquina e este, afoitamente, pedir-me para ler minhas poesias. De vez em quando faço alguma, sim. Como esta que escrevi anteontem, quando me arrastava por aí pelo quarto como um morto vivo, vendo a miséria da tarde derreter-se em iodo, em pus, pelo céu, nos arrotos crepusculares de Deus. Deixa ver. Tenho um livrinho negro onde anoto meus pensamentos. Sim, está aqui. É a última. Aproveitemos Cecília que toca em minha cabeça o seu Albéniz, isto é, aproveitemos Rosa, que ao lado toca Schumann. Vamos lá. Sem título.

Quero ferir-te.
Sem mãos nem olhos.
Nem gestos nem sombras.
Nem veneno nem sangue.
Nem bala nem punhal.
Nem palavra nem pensamento.
Sem nada, nem nada.
Mas quero ferir-te.

O demônio me esporeia a cabeça como um gigante sem pauta. Cecília anda no ar como os cordeiros de Chagall.
Total. Ele nunca seria celebrado como artista nenhum, o mais eram coisas e pensamentos perdidos. Nem sequer um astrônomo seria. A cidade da qual sentia a vaga da respiração carbonada e sulfotárica, às vezes lhe afigurava como um gigantesco sapo sentado à janela, montando guarda aos seus pensamentos. Poe tinha o seu corvo. Os discípulos de Jesus tinham Jesus. Ele tinha aquele sapo de olhos azuis. Dois diamantes azuis, que às vezes o trespassavam com punhais de música, sem sair sangue, como as virgens de madeira, como as matronas arrancadas às árvores, chiando, grunhindo como porcas, à sua aproximação. Quando era rapaz sua mente tergiversara por muitos caminhos. Hoje um poço ressoava dentro dele, e só se acalmava quando Mozart lhe aparecia, dentro dum halo luminoso, uma coroa de espinhos à cabeça, as mãos perfuradas, falando-lhe de São Francisco de Assis. Oh os tempos das procuras, dos estudos, do corpo são, do futebol sem ideias a não ser fazer o gol, o gol, o gol. Agora a cadeira de rodas, que ele podia mover para frente ou para trás, para os lados, para a cama, para janela, para perto da eletrola, para perto dos bojudos armários, para chegar junto à escada, escutar a voz de Cecília, lá embaixo, contando alguma estória de sacristão a Eduardinho Verret, e companhia limitada e etcétera.
A família era imensamente rica, ele não tinha por que preocupar-se. Se quisesse estava na mesma hora em Camberra ou Sidney. A mente em sossego, a saúde sem par, o ideal puro, a rosa em sua roseira, Isidoro isidorando, o seu poço cheio de couros de tigres, de alto a baixo

mataborrados de poemas, o seu poço rumorejando, tanto fazia. A vida abastada, o sexo apagado como uma lâmpada queimada, não se acende mais. Acabou, acabou. – Ze a zenhor quizer podo tentar um operazon, mas é sumomente arrrrriscato. Pateta de doutor. Diretamente chegado de Zürich. Nunca mais aquela coisa se altearia eletrizada, num cilindramento histribriombonesco, para perfumar qualquer mulher que fosse. Era uma lâmpada morta.

Hoje, que lhe restava? Aquela cadeira de rodas, pesada, monótona, aquela vida que se arrastava como uma lesma, um percevejo.

A penumbra que chegava enegrecia os vidros e emaciava as superfícies brilhantes da sala. No soalho brilhante de parquetina viu refletirem-se aros delgados de sua cadeira, rastros de suas rodas, nenhum rastro de seus pés. No vidro do armário viu seu rosto que o brilho devolvia. Os olhos jovens, brilhantes, o nariz direito e comprido, os cabelos negros, penteados para trás, fios brancos nas têmporas, a boca com o lábio superior fino e o inferior espesso, as leves rugas que desciam desde as pálpebras e escorriam até os cantos da boca, a boca amarga, o pescoço branco, fino, o queixo redondo, pequeno, o azul da barba que crescia multimilimetral. Achou-se elegante, jovem, belo. Outras vezes não podia evitar – era aquele achar-se velho, carcomido, curvado, enrugado, meio morto, o inferno. Sempre olhando-se no vidro, mostrou-se os dentes, a língua, fez uma careta, ao lembrar-se de um colega, um jornalista que lhe dissera ser irmão gêmeo do Byron. Estava acabado, era a verdade. Que destino podia oferecer-lhe aquela cadeira de rodas?

Ela tinha que ser o seu destino. Nada podia fazer de

melhor senão resignar-se. Entretanto, à ideia de resignar-se, uma revolta surda comia-lhe os nervos, andava em ondas pela barriga. Como conformar-se, como? Há já quatro anos, a última vez em que fora ao Rio, visitara um famoso especialista que de viagem ali ficara alguns dias, em conferências médicas, e este lhe dissera que nenhuma cura era possível, a não ser o tempo, a única coisa que podia remediá-lo. Dera porém esperanças, de de repente vir-lhe uma cura completa, espontaneamente. – A isto não dera detalhes, não se podia prever quando nem como, só que a cura era possível, sim, mas havia de ser algum dia de súbito, espontânea, como o despertar-se de um trauma, de uma coma. Era aguardar ou esquecer-se. Lembrou-se da cena – o laboratório do médico, móveis brancos, objetos brilhantes de limpos, largo, com uma ponta que dava para uma peça onde se achava instalado um aparelho imenso de raios X e janelas de persianas brancas que se abriam para grandes perspectivas de alturas e horizontes. Lá embaixo, se adivinhava o formigamento de pedestres e carros. Oito andares. Tudo brilhante. O doutor, alemão ou austríaco, com uma cara vermelha e uma calva geral, falava comendo e silvando as palavras. Após aborrecer-se de examiná-lo, tiradas as radiografias, feitos os diagnósticos, disse-lhe, acercando-se muito do seu rosto e respingando-o de perdigotos. – Senhorr, sua caso é terrífel. Non pote mais tem currra. Seus espinhas descolato de um feiz. Priciça temps para esperrar sua ressoltaments. Non se sapes. Necessits temps. Ou entom nunco mais. Mas secunta minhas parrecer, a temps pote ainda recolocarr o seu espinha no lucar. E nesse teor e nesse estilo falou e falou explicando e mesmo em tom de se escusando. Como sua explica-

deus de caim

ção necessitava de termos técnicos, e sua língua mal dava para o comum, fácil é imaginar como conseguiu ele dar-se por entender. Depois dessa entrevista com o famoso Dr. Helmuth Hoffstteter, docente da Faculdade de Medicina de Zürich, membro de diversos conselhos médicos, etc. Isidoro perdeu todas as esperanças. O resto era silêncio – parodiava Hamlet. O resto da vida é esta cadeira que não pode saltar, nem subir ou descer escadas, que não pode tocar violino nem piano, que só pode rodar, rodar e assim mesmo com a ajuda de alguém pela imensa casa sombria.

A casa de Isidoro de Amarante era um palacete enorme e bem parecido, "uma das melhores residências e das mais lindas da Cidade Verde" – segundo o cronista social dominical de "Folha Mato-grossense", o mui apreciado e lido Jacyntho Barcellos, num estilo entre rústico e normando, rodeada por um grande jardim. Um pouco afastado do centro da cidade, ficava entretanto numa rua que dava para a estrada real rumo de Campo Grande e cidades do Sul, transitada por toda sorte de veículos que iam e vinham. Por ali era também o passo para Coxipó, o balneário elegante dos cuiabanos, sobre o rio Coxipó, e aos domingos era um ir e vir de carros neuróticos que bem atestava a novel importância da nova via aberta ao movimento. Porque a rua fora há bem pouco tempo antes pouco frequentada, em virtude de que anteriormente a estrada principal era outra que passava por uma outra rua paralela, um pouco maior. Na outra margem da rua, um pouco mais abaixo, mas bem à vista, se diria que se achava bem em frente, ficava um hotel, o Alvorada Hotel, que recém havia sido construído ali.

Era um edifício cor de tijolos de quatro andares, quadro

regular que tapava boa parte da vista da cidade que se desenrolava para quem estivesse lá no sobrado e olhasse, procurando descobrir um descortino mais amplo da cidade, um edifício imenso cheio de janelas, cujos interiores se cambiavam todos os dias e todos os dias se avistavam caras novas. O hotel tinha uma espécie de grande pátio cimentado cercado de muros onde se instalara uma bomba de gasolina. Embaixo do hotel, uma de suas partes era um concorrido restaurante. O local regurgitava, pois, de movimento, gente e veículos de todas as classes, sucedendo-se numa mutação interminável. No início da rua, se via o antigo e espaçoso prédio da Santa Casa de Misericórdia, e em frente desta, na esquina de outra rua, ficava o Seminário, e vizinho deste, numa elevaçãozinha, a Igreja do Seminário, obra belíssima em estilo gótico, a maior preciosidade arquitetônica da cidade, com suas finas agulhas cor de verde vessie, apontando para o céu. O Seminário era cercado de eucaliptos verde-esmeralda e parecido a um desses recantos bucólicos da Florença do tempo de Dante. Aliás, aquele local era um cruzamento de três ruas e alguém que postasse no seu centro de confluências podia arbitrar por seis direções diferentes. A casa de Isidoro era de dois andares e ocupava um pequeno quarteirão, cercado por um verdadeiro bosque, o jardim circundado de grades, com dois portões de ferro, um dando para a frente e o outro para os fundos. Tinha embaixo uma grande entrada em varanda e *hall*, com muitos vasos de flores raras e o jardim que a cercava era ladeado por altas grades, e emurado por uma alta formação de folhagens convenientemente cortadas, com uma fonte dotada de um repuxo luminoso, coisa trazida de Viena e uma espécie de caramanchão-coreto, onde de vez em quando se reuniam os amigos para ouvir e oferecer declamações e pequenos concertos. Aquilo ultimamente andava meio abandonado e há muito não se ouviam concertos ao ar livre. Só as arruaças dos amigos de Carlos e Sílvia, irmãos de Isidoro, com seus discos malucos e suas bebedeiras, na varanda. Dois carros, uma limusine preta e brilhante e uma camioneta vermelha, pareciam dois gatos dormindo na garagem à esquerda do *hall*. Por toda parte, flores e lâmpadas armadas. Os serões que organizavam os De Amarante antigamente eram célebres pelo Estado inteiro. Na última recepção que houve, uns três anos atrás, receberam um poeta chileno, com recomendações de Gabriela Mistral e Pablo Neruda, e houve concertos e recitais, e até Isidoro reuniu-se à turma. No Rio tinham também uma grande mansão senhorial que permanecia sempre fechada, sem ninguém, que só se abria quando ia em viagem para lá o Sr. Afonso, o pai de Isidoro. O velho Afonso possuía meia dúzia de fazendas pelo Estado de Mato Grosso e Goiás e muita terra virgem, rica em madeira e garimpos. Ia a cada três anos a Paris, e etcétera, mudar de ares e de mulheres, e vinha com uma bagagem imensa, carregado de champagne e vinhos raros. O velho vivia numa casa de campo, misto de granja e fazenda, nos subúrbios da cidade, sozinho, devido ao seu gênio irascível, segundo as opiniões de Isidoro. Mas não era má pessoa, quando estava no seu elemento, isto é, quando estava bebido. Agora, sem a bebida, era macambúzio como um bode velho. Atualmente vivia com a amante, uma balzaquiana que se apaixonara dele e que esperava confiantemente em um casamento bem à antiga. Tivera seis filhos: – Cristiano, o mais velho, que morrera afogado numa das praias de

Copacabana, perto de formar-se em Engenharia, Marina, que era casada e morava na Capital, com a família, marido e dois filhos, Sílvia, que organizava grandes festas e morava com Isidoro, o dito Isidoro, casado com Rosa, sem filhos, Carlos que estudava um ano e no outro descansava e Irene, a caçula. Morta a mãe de seus filhos, o velho Afonso nunca mais se casara, vivendo de amantes, bebedeiras e jogo de azar, que lhe comia boa porção dos rendimentos que lhe vinham das meias praças dos garimpos, dos arrendamentos de terrenos, aluguéis de casas, etc. Permanecera viúvo, para não dar o que falar, dizia. Amenizava a velhice com essas três coisas, seguindo o exemplo de Salomão, o sábio, seu autor de cabeceira. Trocava de amante como de baforadas do seu cachimbo. Basilissa Karam, a madura ex-dançarina armênia que fazia atualmente as honras da casa do Sr. Afonso, tinha 38 anos e era um forte tempero caucasiano bem adequado ao temperamento do velho.

Afonso de Amarante amontoara, ao longo dos seus 65 anos bem vividos e vigorosos, uma invejável fortuna, que consubstanciava qualquer vaidade dos seus filhos, vida a fora. Era de gênio refinado e duro. Caladão e em permanente estado de mau-humor, segundo as circunstâncias. Quando vinha a Cuiabá, isto é, quando metia a cabeça adentro da cidade propriamente dita, porque vivia à beira dela, num subúrbio, numa linda casa meio à de campo e granja, ficava na casa do filho, onde era quase certo haver, como sempre havia, recepções e festanças, bem regadas e dosadas de comilanças, cousa que muito o divertia, porque geralmente perdia o mau-humor e ficava bom como um boi, com a mutação de temperamento. Gostava particularmente de bons vinhos estrangeiros, especialmente franceses, que o faziam lembrar de noitadas no Place Vendôme, onde possuía apartamento, e para ele não fosse francês não era elogiável. Mulheres tinham que ser francesas, como Mlle Clotty, que antecedera Mlle Basilissa, a misteriosa armênia, e como Mme Xavier, que antecedera Mlle Clotty. Agora o amor crescia com a Mme Karam, alta e alva, parecida a um ícone bizantino. Ela vivera muito em Paris. Vinhos para arrancar-lhe qualquer coisa além de um ah, surpreendente! – tinham de ser franceses. Roupas, naturalmente, gaulesas. Comidas, expressões idiomáticas, gostos, tudo tinha de ser francês, para o óbvio Monsieur Afonso.

Sigamos o entardecer na casa de Isidoro. A noite se prepara para emprestar sua sombra às coisas deste lado do mundo. Isidoro, na já quase penumbra da sala, pensa ou parece pensar, com o livro aberto sobre os joelhos, na sua cadeira de rodas, e os que passam pela rua, espichando o pescoço, por alguma sofrível fenda das folhagens e por entre as grades da armação em volta da casa, se quiserem, verão o vulto solitário do seu vulto pensativo... Os carros passam disparados pela rua. Através das arabescadas grades cercadas de flores se prepara mais uma noite para os Amarantes da cidade.

Fica um pouco longe da via pública, mas com algum esforço, se o descobre, a fitar um ponto, mistura de real e de imaginário, um ponto que só para Isidoro tem significação – uma rosa sozinha se balança do lado de fora da janela da sala em que está.

Ainda há pouco, quando era mais forte a luz do dia que se foi, Isidoro reparou nessa rosa – uma rosa imensa, rubra, dum vermelho quase animal, que não se podia olhar sem doer, nem tocar sem queimar, uma rosa quase mística, e que não podia haver no mundo, um vermelho intenso, picante, atroz, uma rosa de fogo, de carne, de partículas solares, uma rosa tão bela e tão personalizada que parecia haver brotado de um coração enterrado. Nunca descobriria outra assim e parecia um presságio. A roseira subia abotoando-se nos planos da parede e desabrochara em todo o seu corpo de galhos e folhas unicamente aquela rosa misteriosa. Não a vira antes ali, nem anteontem, nem ontem, não soubera dos seus enigmáticos ciclos de crescimento, não atinava por que etapas passara nem a assistira em botão, nem quando rosa adolescente, nem em seu último lucilar antes de ser a formosura natural e total, em todo o seu esplendor que era neste momento e em que se transformava agora. Como aparecera aquela rosa na roseira? Nem sequer pela própria roseira, ele dera, antes... Tanto e tanto que olhava por aquela janela. Chegara mesmo umas quantas vezes pertinho dela por seus vaivéns pela sala. Agora a descobrira. Ao entardecer. Na sua máxima beleza. Uma rosa que seria eterna, se... Mas, não. Desapareceria depois que a olhassem, depois que a descobrissem.

Isidoro a fitava de perto, como se fita a uma mulher amada. Pensou em Santo Antônio: se ouvis numa caminhada pelo deserto o canto do pardal, logo perde este a serenidade. Isto bem que se podia dizer desta rosa. Depois que a olhei com mais atenção, logo perdeu sua anterior serenidade. Agora está quieta, recolhida em si, nos meandros da própria respiração, ensimesmada em suas vivências que brotam das raízes, no contato com a terra, no amor com que os deuses a sustêm. Depois, aproximou as narinas, cheirou-a longamente, e lhe disse baixinho: – Rosa, rosa, de onde vieste tu, rosa?

Agora o que se seguiria era o seu lento principiar do desaparecimento. Desapareceria depois que a olhassem, depois que a descobrissem. Pobre rosa. Teria isso algum secreto significado, seria algum abracadabra oculto? Oh! Que diabo de secreto iria ter numa rosa apenas carnal e radiosa que ali se abrira em todo o seu fulgor, em toda a sua majestade? Estendesse a mão pela janela e a colheria, sem permeios. Aí está ela, inteira, intacta, integral, exata, como um teorema de Euclides. Uma unidade pessoal do universo sem fim, formado de unidades.

Na sala ao lado, sem ter-se como nem por, se silenciara a música de Schumann. Calara-se o piano. Dir-se-ia que tinha inveja da adoração. Tudo era silêncio. Apenas da rua vinham os ruídos urbanos. Do hotel mais próximo subiam não se sabe que rumores de carros que engrenavam e vozes longínquas que a distância abafava. Uma voz de moleque gritava nomes de jornais – o "Diário de Notícias", "Folha de São Paulo", "O Estado"... Ao passar por ali deixaria um número.

Isidoro esquecera-se da rosa e mirava por uma formal associação de ideias, o retrato de Rosa, quando do seu casamento, sobre uma mesinha baixa, entre os sofás. – Será que vai demorar essa janta? Logo hoje que me está subindo uma fome dos infernos pernas arriba, pensava. Olhava o retrato, perto de si, ainda visível na penumbra. – Rosa. Rosa Angélica, se chamava, era o seu nome. Lindo nome para uma mulher, Rosa Angélica. Além de ser rosa, é angélica.

Mas parece que gosta mais de Schumann e de Hipólito que de mim. Bem, afinal, nada neste mundo pode impedi-lo. É melhor que um desses sebosos, empastados, algum vigarista que lhe chupe o dinheirinho, desses que existem às centenas por aí, de olho à espreita... Se os há! Hum! Às carradas! Mas, sinceramente dão-me ganas de... Maldição! Esse filho da puta de Hipólito, aproveitador. Miserável! Estraçalhador da honra alheia! Nem segredos fazem mais os dois pombinhos! Enfim que se fodam! São adultos, casados, arrumados na vida. Cada qual com o seu papo. Se já não existe algum, ia dizendo, que saiba da minha enfermidade, até quando vou pensar nisso? Claro que sabe de tudo e inclusive de minha impossibilidade de tudo no amor. Só beijar sei, e assim mesmo muito mal. Ah, deixemo-nos de asneiras. Não me fica nada bem ter ciúmes. Mas pensemos bem. Sinto qualquer coisa como um oceano Atlântico entre nós, como um espaço entre Mercúrio e Plutão entre nós. Rosa com sua juventude. Trinta anos é juventude, e que juventude! Pobre moça! Trinta anos! Trinta anos! Verdade que tenho trinta e cinco, mas que me adianta? Poderia ter dezoito que seria o mesmo nesta trinta mil vezes maldita cadeira de rodas! O Tempo! Que dia? Que dia? Que dia? Quanta tenha sessenta anas seus spinhos se sarrrrarrrá... Ah pateta de doutor! Que farei aos sessenta anos! Quero sarar-me agora. Jesus Cristo bendito te rogo, venha! Venha, Grande Deus! Venha! Que farei aos sessenta anos? Comprarei um caixão de defunto e assentarei dentro dele, e como o Santo Estilista ali ficarei até a morte me endurecer esta espinha infernal, sobre a ponta de uma coluna a duzentos metros de altura, onde passam os aviões e os pássaros.

    Assim pensava quando ouviu um leve ruído atrás de si e, voltando a cabeça, deu com Cecília, assentada num sofá, no escuro, atrás de si. A noite viera e escurecera a sala, mas ele divisou e adivinhou sua presença como um ímã, dentro da penumbra no canto da sala. Quem sabe que o ouviu a resmungar! Então era ela quem tocava Schumann e não sua mulher Rosa. Devia ter prestado maior atenção.

— Rosa o chama para o jantar, Isidoro — disse-lhe calmamente na sombra, enquanto se levantava e saía.

— Estavas aí? Me andas espreitando, menina?

— Capaz, Isidoro, capaz.

Deixando o quarto e seus pensamentos abandonados, rodando penosamente com as mãos as rodas de sua cadeira, Isidoro se encaminhou sobre os tapetes macios, rumo ao começo da escadaria. Vinha subindo Leão para ajudá-lo a descer. Cecília passou por ele, e Isidoro seguiu-a com a vista, balançando os quadris como um perigo, escadarias abaixo.

VIII

Entre chiados de estática a sonata de Webern. Lembrava-me o pai que dizia não gostar. Nem Hindemith, nem Schoenberg. Por que então gostava de máquinas modernas? O mundo estava cheio delas. Todo este mundo era um negócio moderno. Tudo. Até as mulheres do Rosário. Uma noite, antes do advento da paralisia, aquele tempo que já era moderno, sem bebida, sem nada, num quarto à beira do rio, Valencia, a espanhola (que disse chamar-se Valencia e conhecer García Lorca), garantiu que era moderna também – mas suas coisas eram de uma palpável beleza comum – igual qualquer beleza erótica que enchesse essas revistas de mulheres nuas – a cintura vesporina, os peitos tácteis e a alta bunda redonda, teoria perfeita de um círculo mais ou menos perfeito. Verdade, era bela nua à luz, bela nua à sombra. E moderna como eternamente modernas eram Eva e Vênus. Assegurou-me na primeira noite que aquela era uma "noche de cuatro lunas y un solo árbol", na segunda nada disse, mas, na terceira, afirmou que "en la punta de una aguja está mi amor girando". Que tempestades se cruzavam no céu? Quantas mil frentes havia, quentes, frias, mornas, o diabo? E que tormentas catalisadoras de sismógrafos se aproximavam para submergir todas as radiolas do mundo? Por minha rua correria um rio ali deixado por dez chuvas consecutivas e contíguas, onde todos os rádios da cidade iriam boiando acompanhando a torrente até que esta fosse despejar-se – e o natural era o rio Cuiabá – e este, é natural, iria ter ao rio Paraguai, e este por sua vez ao Rio da Prata. Cheguei a pensar em ver minha radiola boiando nas águas rio-platenses do Oceano Atlântico. Se agarrasse o Gulf Stream iria confortar os selvagens da Nova Zembla e do Spitzbergen. E teria vontade de ver Anton von Webern tocando ali sobre as águas. Alguém como Chopin talvez imaginasse sua música rodeando algum dia as recordações impudicas de Valencia González, que teve um sossegado *rendez-vous* de janelas abertas para aquele rio mato-grossense, em que nas noites quentes entravam o rumor das águas caminhantes e o cheiro luminoso da lua – mas Webern? Webern? Quem era? Um pobre alemão meio doido ou um gênio? Inventor de uma espécie de música, numa peça muito curta que tinha questões com atonalidade e dodecafonismo, mas que nada tinha a ver com esta dor-desgosto que sinto como uma canseira derretendo-se e espraiando-se por meus brancos ossos humanos. Até onde iria esta dor? Resumo de que era para doer tanto? Ontem ainda, li nos jornais a coisa russa jogada na lua. Haendel fez música aquática para as gerações futuras, Dvorak povoou os rios boêmios de sereias. Se eu fosse escafandrista procuraria os lagos de Sibelius. Meu rádio não poderia estar entre Montevidéu e Buenos Aires, sobre a água tocando Webern? Divertindo os náufragos do Graff Spee? Piamente acreditei que Valencia González era moderna. Depois desse tempo passado, lembrá-la, é uma recordação fantasma. Quem viu como eu duas coisas: Valencita González olhando-se nos espelhos dos meus olhos e a Vênus com o espelho de Velásquez não pode descrer que a primeira fora a transmigração e a metempsicose almal e carnal da segunda, e que o tempo não seja um círculo cujos extremos desafiam as leis da impenetrabilidade. Não era dor, não era nada lembrar essa mulher de sangue árabe – como não, era dor sim, o passado, tudo aquilo, não era dor, não era pesar – era um desgosto manso, lerdo, morto, um desgosto sem palavras, quase um não-desgosto, mas um desgosto sim, imenso, doloroso, apaixonado, cheio de punhais e de algodões.

Isidoro de Amarante desligou o rádio. Escutara a campainha lá debaixo da porta chamando. Não lhe dá atenção. Apenas escutara. Daí a pouco, Maria, a empregada, chega dizendo que é um rapaz que quer falar com o Sr. Afonso ou com ele, Isidoro.

– Pois fá-lo subir, menina.

Ela torna a descer e vem desta vez acompanhada de um rapaz alto, forte, vestido miseravelmente, queimado de sol, de ampla cabeleira negra que lhe veda metade da cara, molhado de chuva, de rosto contraído, Jônatas.

Isidoro cumprimenta-o e oferece-lhe assento. Ele se apresenta. É filho de Dionísio de Amarante, lá de Pasmoso, seu falecido tio, se ele não se lembra. Quer ver tio Afonso. Isidoro lhe explica como vive o velho, nas aforas da cidade, mas ele certamente não quererá ser molestado, não haverá querer saber de sobrinhos, sabe como ele é, um velhote temperamental, pior que o finado tio Dionísio, saiu aos De Amarante, intratável, refratário, difícil. Pede-lhe que lhe conte o que deseja, talvez ele mesmo resolva o caso, afinal era filho do velho, eram primos. E desculpou-se pelo longo trato entre as famílias, de se conduzirem assim por todo esse tempo, quase como desconhecidos, ignorados, que era culpa do pai, nunca quisera nada com ninguém, muito menos com os parentes, cresceram sem saber quase da existência dos parentes lá de Pasmoso. Não houve o tio Nicácio também já falecido que morreu levando ódio pelo pai, Jairo, tio-cunhado, também morto, o mesmo?

Jônatas contou uma estória de perseguições lá na povoação e ele se vira obrigado a sair de lá até que melhorassem as coisas.

– Oh, sim, a casa é grande demais, sempre haverá um cômodo para um parente menos favorecido, basta ser parente, não pense o primo que... – prontificou-se Isidoro, como que se escusando informalmente. Continua fazendo perguntas sobre os parentes – não eram três os filhos de tio Dionísio? Como ia o gêmeo, Lázaro, estampa dele? – Ia bem, a venda ia boa, tudo bom. De Rubim, ele já sabia, lera nos jornais, que se metera num caso escabroso, se apaixonara por uma velhota de setenta anos – como foi isso mesmo? –, sim, verdade, matara um rival jovem como ele, que tinha vinte e cinco anos e estava na prisão. Foi uma morte horrível. Contavam com detalhes grotescos. Degolou-o como se degola uma galinha, depois de castrá-lo e cortar-lhe o nariz e as orelhas – esse Rubim é um demônio hein? – Verdade que parece que estava prestes a sair ou será que o processo está correndo? Podia ajudá-lo nisso, tenho boas relações. Mas não entendo – como pôde apaixonar-se por uma bruxa de setenta anos? Verdade que tinha setenta anos? Sim, certo, certíssimo. Tão verdade como o papa ser celibatário, ou a rainha Juliana ser rainha da Holanda. E era uma velha adunca, viscosa, cor de peixe frito e leite seco, ruguenta, horripilante – mas aconteceu –

dois jovens na flor da idade se endoideceram por causa dela e um matou o outro horrivelmente. Curioso. E essa velha vive ainda? Sim, está lá no Adôbo Seco, ou Oito Pilão, não sei bem, dizem que com um terceiro rapaz. Só pode ser feiticeira a tal velha. Que tem mais a oferecer de atrativos a um jovem? A um só jovem, bem não, mas sim a três, fora os que não estão na mira, um dos quais foi oficialmente morto em disputa e outro está pensando nisso.

– Curioso, muito curioso, também eu quisera conhecê-la.

– Sim, a Calixta, que é o nome dela, terá um meio de oferecer aos seus amantes aquilo que eles deixaram de ver e ambicionar em outras mulheres mais dotadas – que as há aos montes por aí, e qual será esse meio? Haverá inventado algum infalível filtro mágico.

Conversaram de muitas coisas os dois primos, rememorando fatos das próprias famílias distanciadas pelo espaço, pelo tempo e pela classe. Já se acercavam as oito horas da noite e Isidoro já se olvidara do jantar, quando Jônatas, que denotava extremo cansaço e mal-estar, curvou-se na cadeira de repente e tombou pesadamente no assoalho, ali quedando inânime. Isidoro, alarmado, movimentou sua cadeira de rodas para junto do rapaz caído de bruços e só aí notou-lhe uma mancha de sangue enorme em suas costas sob a camisa empapada. Gritou chamando gente. Vieram Maria, Leão, o mordomo e Rosa. Explicou a Rosa quem era e mandou a Leão pô-lo sobre um sofá e telefonar chamando um médico da família. Maria trouxe álcool e fazia-o respirá-lo. Sofreria muito o rapaz, por haver chegado a desmaiar. Tiraram-lhe a camisa e se lhes apareceu nas costas à altura da omoplata direita uma ferida feia, rombuda, como se por ali houvesse saído o projetil e não entrado.

deus de caim

— Parece arma de fogo — fez Leão, olhando de perto.

— Que haverá feito? — indagou para si mesmo Isidoro — não creio muito no que me disse, mas é dever meu cuidar dele. É meu primo, o coitado. O velho não gostaria disso, o poria fora a patadas, se fosse por ele, mas não tenho pelo que preocupar-me por isso. O rapaz está grave.

Esperavam o doutor. Jônatas continuava desmaiado. A casa estava em silêncio. Cecília havia ido para casa. Isidoro ordenou que preparassem o quarto dele, no andar de baixo, dos fundos, um cômodo grande, bem mobiliado, que dava para a amplidão do jardim e mandou que levassem para lá a maleta que Jônatas havia deixado embaixo. Em pouco chegou o doutor e após examinar o ferido confirmou o ferimento a bala, mas superficial, sem gravidade, precisava entretanto cuidados. Isidoro explicou-lhe certas coisas em voz baixa e o doutor preparou-se para operá-lo ali mesmo. Havia trazido os instrumentos e iniciou o trabalho sob as vistas de Leão, Maria e Isidoro. Quando terminou a operação, levaram-no para seu novo aposento, o doutor conversou um pouco com Isidoro, depois despediu-se e se foi. Já era tarde, quase meia-noite, e Isidoro, que não dormia cedo, recolheu-se ao seu santuário-gabinete, a continuar um ensaio sobre a música de Albinoni que escrevia. E a chuva e o silêncio desceram e envolveram a casa. Só se via a luzinha do quarto de Isidoro no segundo andar. No seu cômodo, Jônatas, inconsciente sob o efeito do clorofórmio, dormia pesadamente.

IX

Lázaro se impressionara profundamente com a história de Prometeu que o Grego acabara de contar-lhe. Sobretudo quando este lhe dissera que o mundo necessitava de novos Prometeus e novos Cristos. – Cristos não digo, mas Prometeus, sim, e não muitos. Um que seja mesmo Prometeu, para descobrir o mundo – dentro da justiça cega, modificar o modo de ditar as leis no mundo. Que não apareceu nenhum segundo Prometeu. Apareceram Cristo, Buda, Fleming, Einstein, Beethoven, Marx, Michelângelo, mas eles não eram Prometeus, eram titãs com destinos de Prometeus, sem que esses destinos chegassem plenamente a cumprir-se. Que quer dizer isso de dotar leis no mundo? Difícil explicá-lo. As leis já existiram nos tempos primitivos, leis elementares, mas basicamente permanecem as mesmas no que têm de essencial. Só mudaram os aparatos de proteção a essas leis. É preciso revogar essas leis, chegar a outras leis impressentidas dos homens, longínquas, que só a vida e as necessidades da alma conhecem. Por que abandonei o mundo e meti-me aqui? Por quê? Por que não posso com minha consciência sã submeter-me a nenhuma lei criada pelos homens. Afigura-te os juízes de Rouault, o pintor. Estão nos mesmos planos dos seus palhaços e prostitutas. Nesse mundo, eu submeter-me? Oh não. Juízes repelentes, asquerosos, de alma exterior no mesmo nível de suas cores e aparências nauseabundas. Não conheces Rouault mas não tem importância, eu conheço e para mim já é muito. Por que meti-me aqui? Como se aqui não houvessem os mesmos aparatos das chamadas civilizações modernas? Os há, sim, mas rudimentares. Prefiro-as a esse grau máximo a que chegaram nas grandes cidades. Porque não posso em consciência sã submeter-me às leis que dizem respeito às coisas chamadas civilizadas, modernas, vão palavrório, quando Plutão está tão longe. Aqui, bem sei, há vestígios dessas leis. Uma lei que se faz representar por um velho sem-vergonha como o Cel. Vitorino, uma lei nestes termos não é lei natural. O que não se imponha com naturalidade não tem o menor cunho de lei. Não quer dizer que os pecados que se atribuem ao delegado sejam pecados. Escondendo esses pecados, como se fossem coisa feia, é que procede-se mal e os pecados se tornam pecados. Aliás, pecado é uma palavra sem cheiro e sem cor. Quando se escondem as coisas surgem as luzes do crime. Se houvesse o amor total de todos os modos, por exemplo, às claras, só para falar do amor, por exemplo, que é o manancial dos crimes civis e particulares, que se fizesse o amor sem preconceito nenhum, não haveriam as frustrações. O Prometeu necessário traria uma novidade animal a esta idade tão artificial, que dizem civilizada, humana, mas que não tem nome. Se se pudessem a nudez do corpo e da alma, o olvido das antigas algemas dos preconceitos, a pura e prima volúpia poderosamente animal, por que não dizê-lo? – reaver a límpida inocência dos animais (somos animais...), a vida do homem seria mais longa e mais bela e mais cheia de belas recordações. Especialmente, boas recordações.

Sabe lá o que é ter na vida apenas boas recordações? É tudo, simplesmente. Se todas nossas naturezas tendem àquilo que sentimos e que inibimos e amordaçamos, por que não lutar para uma nova reformulação de todas essas leis idiotas e absurdas que nos acorrentam e que a galeria dos séculos sedimentou em nossa volta, na praia das almas? Quem é que no fundo não deseja, por exemplo, fazer o que mais tenha vontade de fazer, e fazê-lo impunemente? Se a gente tem impulsos criminosos, que mal há nisso? Que não se diga – aquele homem sodomizou com outrem – e isso seja condenação; que não se diga – aquela mulher fornicou com homem que não é seu companheiro; que não se diga – aquele homem matou ou roubou – e isso seja palavra de censura – não. O dia em que a luz brilhar de novo para todos, não haverá crimes, podem estar certos. E os crimes que houver serão simplesmente experiências da natureza, mas não serão crimes, porque esta palavra não existirá mais. Algo dentro do mundo tende para esta total libertação. Além dos ínfimos problemas de política dos países, para além das disputas de capitalismo e comunismo, para além do que chamamos de religiões, atrofias do homem, está a filosofia natural. Claro que nossa inteligência nos diferencia dos irracionais, mas é exatamente por isso que devemos procurar tornar a vida mais fácil e leve, sem todo esse peso multimilenar do pecado com suas respectivas leis – isto dizia o Grego ao espantado rapaz, que quieto em sua rede ouvia de olhos semicerrados, sem entender muito bem.

Pela janela aberta o ruído intermitente da chuva dava o ar de sua graça. O Grego bicava tempo a tempo o seu cachimbo e sua rede rangia na penumbra. Lázaro era dócil e de temperamento sossegado, ouvia e arguia sobre o que lhe parecia obscuro. Não guardava rancores de ninguém, e se às vezes pensava no irmão que quisera matá-lo, se entristecia momentaneamente e se esquecia logo. Não tinha, aparentemente, o tão falado rancor típico de sua família. Aquela noite era todo ouvidos à conversa do Cardeal. Respeitava-o profundamente, pois sabia que fora padre ou quase padre e tantas coisas mais sabia e explanava com clareza e sabedoria. Mas agora parecia um bêbado arrotando futriquices num balcão de venda. Falava um monte de línguas e era sábio em qualquer assunto. Por ele aprendera a admirar as histórias dos antigos, filosofias e religiões diferentes, as ciências. Ele não era tão desilustrado assim, somava a tudo o que aprendia de Nicéforo, os quatro anos que passara estudando com os padres franciscanos do Colégio Agrícola, onde a mãe o mandara em criança junto com Jônatas. Guardara a melhor lembrança das aulas e só não seguira os estudos para chegar a agrônomo pela morte do velho. Outras vezes já ouvira o Grego referir-se a essa estranha teoria do novo Prometeu, haviam discutido tantas questões que sua opinião se reforçara e seu parecer se enrobustecera adquirindo nesse curso segurança e sensibilidade. Entendia o que o Grego queria dizer, certos pontos os achava razoáveis, mas outros, absolutamente, lhe pareciam asneiras. – É admissível – perguntou ele uma hora –, que cheguemos um dia em que alguém enterre uma faca na barriga do seu próximo e esse ato, mesmo que não seja punido, não queira dizer nada, não tenha significado e não lhe pese de alguma forma na consciência?

– Primeiro, lembremos que toda pessoa tem o direito à vida, não é? Mas de onde lhe advém esse direito? Da Bíblia... E tirá-la, é claro, equivale a tirar um direito fundamental que constitui, desde o tempo de Moisés, violação à lei. Justamente, a lei, que é? Algo que o homem fez para defender-se. O problema é este – chegar-se a um plano utópico em que não haja necessidade de leis e necessariamente todos os preconceitos se tornarão cinza inútil, relegada aos museus da morte e das coisas extintas. Imagine o que é não existir nem poeira desses preconceitos de agora que tanto nos martirizaram, imagine uma idade futura e ideal, em que todas estas aspirações e inibições que jazem em nós sufocados, reprimidos e inexprimidos, aliadas à técnica elevada à perfeição, o que não seria! Por enquanto só algo mui longínquo disto se delineia em algumas obras de arte. Aliás, toda obra de arte é utópica. Imagine – não se veja devassidão nisso, nem lascívia, *honny soit qui mal y pense*, imagine, com a roupa da natureza, os homens e as mulheres, crianças e velhos caminhando nas ruas, ao trabalho, ao lazer, nus e puros como bem o desejarem e à vista de todos, em qualquer circunstância e lugar, quando bem os invadem os poderios do desejo e do amor, que ambos são o mesmo, quando bem e como o queiram, do modo que prefiram, reluzindo-lhes o interior à luz da inocência e da graça, como animais puros, gozarem em plena plenitude, livres de tudo, com quem queiram e como o queiram, do prazer da carne e dos sentidos que Mãe Natureza oferece a todo momento. Não é belo um homem e uma mulher que se copulam, como felizes animais? E por que não em qualquer lugar e à vista de todos? Não digo Cardeais moralizadores e bispos asnos que enxameiam neste mundo inutilmente. Ninguém se espantará. Somos feitos para isso. Todos estarão ocupados de si mesmos – sem preconceitos. Dirão que proclamo a primazia do animal. Isso mesmo. O animal não copula por prazer e por império da chamada lei da reprodução das espécies. O prazer é secundário. O animal homem é que com sua inteligência deturpou-lhe o sentido. Onanismo, homossexualismo, e etc., são características humanas. Tudo isso acabará com a extinção das leis do mundo. Tudo o que reprime gera conflito e o que se liberta se harmoniza. Ao diabo todos os símbolos. Não ganharemos nossa felicidade com símbolos. As leis são símbolos ocos de uma utopia pior e real que esta utopia bela e imaginária que digo.

– Isso de amor livre ou libérrimo, nada tenho a objetar, disse Lázaro – quanto ao de matar e roubar, creio que é o ponto fraco dessa teoria.

– Para mim ou isto que disse ou o *N'être rien!* de Camus. Não pedimos a vida, mas já que nascemos devemos ter toda a liberdade. É lícito pensar que nunca os homens serão felizes como eles querem? Penso, logo existo. Existo, logo faço o que acho melhor. Claro que não matarei meu próximo nem se ele assim o pedir, mas deve existir muita gente que se assim deseja, mata quem quer, e pronto. O livre arbítrio. Quanto ao livre arbítrio, também tenho uma ideia. O livre arbítrio é o maior desafio de que dispõe a alma e o ato sexual é a maior alegria de que dispõe o corpo. Será uma utopia sonhar com uma idade em que todos os viventes se responsabilizem por seus atos? Daí virá a felicidade. A liberdade absoluta é mais que Deus.

– Como, amigo Nicéforo, chegar a isso? Não vês o caso recente que me aconteceu? Meu irmão gêmeo, filho como eu de minha mãe e de meu pai?

– Menino, ainda não chegamos a essa idade, por isso sucedem essas coisas. Na idade do futuro, não haverá nada disso. É utopia, verdade, mas a utopia também faz parte dos sonhos dos homens, como a arte e a ciência. No ano cinco mil alguma coisa nova se haverá inventado, visto a rapidez com que se inventam coisas hoje em dia. Há dias li uma notícia de jornal, que dizia mais ou menos o seguinte: um computador eletrônico vai ser utilizado pela polícia de Filadélfia, para prever a ocorrência de crimes com dias de antecedência. "Não é coisa fantástica o que pretendemos", dizia o comissário de polícia fulano de tal, "se o Serviço de Meteorologia pode fazer previsões, não vejo por que a polícia não possa fazê-la." As tais previsões do cérebro eletrônico serão baseadas num cálculo de probabilidades estatísticas. Que diz o meu amigo? Que inda nem sequer chegamos à Lua. Nesta época e já saem com isto. Daqui a cinco milênios haverão transformado já a guerra num procedimento obsoleto e haverá engenhos para afastá-la para sempre. Ninguém pode imaginar como sejam os métodos de pensar de alguma raça que exista nalguma estrela por esse espaço. Mas é certo que se ela existe e chegue a comunicar-se conosco algum dia, haverão de encontrar muita coisa estranha entre nós, e o mais estranho de tudo, são os preconceitos, é claro, se for essa raça, superior em conquistas da inteligência. E é certo também que qualquer que seja essa raça, ou qualquer raça existente nesse ou naquele universo ou mesmo no paraíso cristão onde se movem os anjos e os espíritos eternamente bem-aventurados, essa raça, deve pensar. Já haverão ultrapassado o princípio cartesiano – *Cogito ergo sum*. Qualquer espécie mesmo saturniana para existir terá de pensar... Penso, logo existo. Existo, logo existo. Penso, logo penso. Existo, logo penso. Quem inventou isto pensou muito. Muita coisa em três palavras, três palavras em qualquer língua.

— Cuidemos doutros assuntos, Nicéforo, deixemos disso que não foi feito para mim, pensar filosofias. Consideremos outras coisas mais razoáveis.

— Como não é para nós? Para quem é então? Se nós não pensamos, quem é que vai pensar? Você acha que os pensadores, os teólogos, os padres, os filósofos modernos pensam nessas coisas? Que esperança! Eles pensam, meditam, tortuosamente nos labirintos de Kant, Hegel, Fichte, Schelling, Schleiermacher. Estão perdidos nessa selva de palavras onde é dificílimo respirar ar puro. Eles estão além de Freud e Marx, além de tudo. É preciso voltar ao *Cogito ergo sum* humildemente, sem mas nem como. Bem, tudo blablablá.

— Que tal você contar suas aventuras de rapaz lá em Creta?

— Boa ideia. Já conhece a história do Minotauro e Teseu ou das bruxas da Canídia?

— Bem, vá lá. Este ferimento deu de doer. Conte algo mais de contar que ele diminui.

O Grego encheu outra vez o cachimbo, acendeu, deu umas baforadas, e balançando a rede, começou a contar.

Lá fora a madrugada ia alta e chosviscava interminavelmente.

X

Três dias passaram. No seu quarto Jônatas convalescia. Passa as horas deitado numa cama imensa, com muitos travesseiros sob a cabeça, folheando revistas, fumava ou então olhava infindavelmente pela janela, em que não se via senão as árvores e as folhagens dos jardins. Era a primavera e todos os dias uma nova flor era descoberta. Era de tarde e escutavam-se vozes, músicas, ruídos. De vez em quando alguém passava pela janela. Devia ser algum sarau, desses que a família organizava. Chegava até ele algum riso cristalino de mulher vozes surdas de homens, outras vezes em conjunto, um bater de copos, passos, um disco que girava exalando música. Jônatas folheava um livro de reproduções de pintura, que lhe chamava a atenção. Era dessas chamadas modernas. O autor, um tal Rufino Fombona, pintor brasileiro que fez fama na Espanha. Um dos quadros mostrava uma jovem nua de costas a uma janela e sobre uma mesa perto dela uma garrafa grande com um envelope, no qual estava escrito Fingal. O título do quadro *Il pleut sur la cité...* Jônatas examinava sem entender. Achava aquilo burrice ou loucura. A pintura dava a impressão dum quebra-cabeça, porque o pintor evidentemente pintara primeiro o esboço da cena naturalmente, recortara-a em quatro ou seis pedaços uniformes, agitara misturando tudo aquilo e depois copiara assim misturado como resultara, para a tela. Ora aquilo até ele fazia. Não sabia o que era o ovo de Colombo. Uma parte da mulher cortada ao meio se colocava a uma parte também cortada da garrafa, o céu da tarde nublada fazia limite com a toalha da mesa partida, e assim por diante. E tudo aquilo em cores cruas, chocantes, laca, azul-celeste e cobalto, cinza, branco, preto. Era um doido o pintor. O quadro se denominava "A amiga dos gatos" – uma jovem nua envolta numa nuvem de gatos; outro: "Peixes e gatos"; outro: "Rainha com gato"; e outro ainda: *Femme avec trois Chats au Clair de Lune*. Que obsessão de gatos! Fechou o livro enfastiado e tomou uma revista que reproduzia fotos da Grande Guerra. Na primeira página um soldado estendido na neve com o crânio fendido. De boca aberta, fitava o céu com um filete de sangue entre os olhos, como no poema de Rimbaud, *Le dormeur du Val*. Um frêmito o percorreu indizível. Aquilo sim! Que emoção fitar esses corpos tombados que conservaram os mesmos últimos gestos com que morreram, o capacete colado à cabeça, os braços estendidos, os dedos crispados, os sapatões de saltos grossíssimos, as roupas pesadas, fuzil caído ao lado de uns, outros com ele agarrados, as manchas de sangue, a máscara rígida, o exterior gravado, a morte. Noutra página um monte de cadáveres secos, ossadas sobrepostas umas sobre as outras, num esgar trágico, repugnante, fúnebre, terrivelmente fúnebre, os judeus que os americanos descobriram ao entrar em Auschwitz e Dachau. Isto lhe dava prazer. Que delícia para os nervos! Jônatas folheia. Ao lado no jardim, em frente à casa, no caramanchão-coreto e na varanda, a festa se anima. Isidoro, que não ama as festas, está lá em cima, no segundo andar, lendo perto à janela. Rosa, a esposa, é a anfitriã e reparte com Cecília os encargos e as honrarias do sarau. Uma dúzia de pessoas se distribui pelo jardim, uns sentados, outros em pé, outros passeando pelo jardim, conversam. A verdade é que apesar de fúteis os assuntos, tinham o que conversar a não dar mais. O doutor Polli por exemplo só ia para criticar a outros certos doutores. Os Paes, um par de velhotes extrovertidos, donos dum consórcio de transportes, bebiam uísque aos litros e quando esquentavam a cabeça davam de contar anedotas priapescas. Os Schneider eram iguais, ele e ela, não mui velhos bebiam como gambás e depois ele ia a dançar a sós com alguma moçoila da legião dos moços do sarau e a velha por sua vez procurava um rapagão onde recostar a cabeça, noutro canto da sala. O diabo era achar o par certo. Quase todos os moços visados pelos velhotes já tinham seus parceiros e geralmente não os trocariam por um velhote atoleimado. Os Macedo eram fazendeiros fortes e passavam contando uma viagem que fizeram ao Oriente Médio, há cinco anos. Fora uns outros casais de velhos menos interessantes que geralmente assistiam sentados ao que acontecia na festa digno de nota, havia o grupo de gente moça que dançava, ria, gritava, geralmente, parentes, genros, cunhados e filhos dos velhos e dos da casa, que ficavam bebericando sossegado, ouvindo música e se namorando entre si. Enfim, reunião de gente homogênea da sociedade, que se prolongava até madrugada e às vezes até o outro dia. Todos fins de semana ali estavam e uma vez por ano, lá pelas festas de primeiro de novembro, dia de todos os santos, via-se entre eles o Sr. Afonso, a curtir e benzer as mágoas. Sílvia, Carlos e Irene, os irmãos de Isidoro, Marina com o marido, que bem poucas vezes aparecia, dizia não apreciar essas reuniões, muitas vezes falara com Isidoro, mas nada, quem resolvia eram os moços, todos eles se viam nesses dias por ali, bebendo, dançando, fazendo o diabo. As irmãs de Rosa, Cecília e Miriam, Pedro o irmão, os cunhados, todos da família, apareciam de vez em quando. Jônatas recebera a visita deles ao meio-dia, queriam conhecer aquele familiar desconhecido deles, quase um outro bicho, de destino tão diferente deles, cuja história os levara à curiosidade de conhecê-lo, enfim aquele rapaz doente era algum atrativo, alguma nota diferente naquela música de tons agudos, alguma novidade naquelas vagas noites de tédio, bebidas, músicas e flertes graves ou inconsequentes. Aquela tarde, na sala, Rosa conversava com os Pinho, um jovem casal amigo de sua família, enquanto escutavam música. Notava veladamente que Paulo, marido de Sara, a amava ainda. Só esta revelação não valia muita coisa, porque na realidade estava apaixonada por Hipólito, que dançava neste momento com Vanda, a turca, namorada de Carlos. Dava para preencher meio mundo saber que Hipólito e Paulo, ambos a amavam. Ele a amara quando eram solteiros ainda. Depois cada qual casou-se e aparentemente se olvidaram de tudo. Desviou os olhos dos dele que insistiam e fixou-se no elegante vulto de branco que dançava com Vanda, sozinhos no meio da sala uma valsa de Strauss. Sem dar-se conta começou a lembrar-se daquele tempo submergido. Um dia, à saída duma festa, se entregara a Paulo, sobre o sofá do automóvel dele. Como se fora hoje, a lembrança do gozo, excitada como estava, dentro do carro. A rua escura que desemboca na praça Alencastro. Como se fora agora a recordação. Por que não continuara com ele? No baile dançaram tão apartados, e sentira a força de Paulo forçando-a sob o vestido, ameaçando em baixo. O resto fora natural. Fora por encanto. Na verdade nunca amara o marido. E este por sua vez nunca a amara. Estavam pagos. Mas ambos estavam acordes em continuar assim, sem chegar ao drástico do desquite ou divórcio. Urgia manter as aparências. Mutuamente se conheciam as diferenças e não havia preocupações em fazer notar ciúmes e sentimentos análogos. Era uma camaradagem a dois, simplesmente. Não lhes vieram filhos. Isidoro por sua vez que na mocidade fora correspondente de guerra na Itália e na Abissínia mantinha uma antiga amante e ao filho que dela tivera, e que trouxera a ambos para o Brasil, e a isto Rosa não fazia nenhuma objeção. Não amava mais a Vitória, a amante italiana, que vivia com o filho no Rio, e que se limitava a receber as pensões que ele mandava. Nunca vira esse filho que a mulher pusera o nome do pai e achava que se o visse não se impressionaria grande coisa. Na verdade não tinha o mínimo interesse neles e como que perdera o entusiasmo das coisas. E depois houvera o pior de sua existência – aquela enfermidade vergonhosa que o humilhava e complicara seus complexos para sempre. A noite maldita entre todas em que fora obrigado a tomar aquele aviãozinho e por um descuido este o arrastara pelo campo com a capa com que estava vestido à carlinga. O que acontecera ninguém o pode jamais contar. Noites e noites sem fim entre as paredes de um hospital. Fora El Cairo, Londres, Adisabeba? Há oito anos. Rosa Angélica mudou depois disso. O marido inutilizado condicionara aquele personagem de D. H. Lawrence que não podia satisfazer Lady Chatterley. Isidoro conhecia esse livro e sabia que acontecia o mesmo entre eles e os episódios do livro. Mas procurava fechar-se em sua concha e não ver nem saber de nada. Conformara-se. O secreto acordo entre ele e Rosa dava a ambos todas as liberdades. Ele se casara com Rosa não propriamente por amor, mas também por acordos comerciais entre as duas famílias, segundo fórmulas dos respectivos pais dos cônjuges. A gente dela era também de grande fortuna e por bem dizer haviam unido as duas fortunas. Sabia que Rosa se casara com ele também pelas mesmas razões. Estava tudo muito bem. Em compensação os pequenos cuidados e atenções que lhe dedicava a irmã de Rosa, haviam sedimentado certa, digamos, algo mais que simplesmente afeição dentro dele. Na sua solidão, movimentando-se a vida interior entre os doces prazeres que lhe proporcionava a literatura sem pretensões que fazia, Cecília se desenhava como uma redenção, com um perfil de salvadora, um oásis benéfico antevisto ao longe, no centro calcinado de um deserto. E Cecília, disso estava certo, notava o que se passava na alma dele e algo dentro dela queria de algum modo retribuir. Essas coisas se notam mutuamente para os que pretendem, ou intuem ou interceptam no ar da alma, átomos ou bolhas invisíveis do clima interior. Uma coisa se passara em Isidoro com relação a Cecília. Quando a ouvia tocando Bach, imaginava que ela articulava uma tênue promessa que procurava materializar-se em sons, quando tocava Mozart, queria dizer de muitas alegrias que lhes poderiam estar reservadas, quando preferia Schumann eram ânsias românticas de amor juvenil, quando tocava Schubert eram sonhos amorosos em que a adolescência se inicia, quando escolhia Beethoven era o dia dos grandes apelos, tudo se materializava, quando tocava Chopin eram sonhos de amor que se exasperavam sutilmente em grandes cavalgadas de dedos sobre as teclas. Havia ainda Debussy, com suas ternuras verlainianas, watteauanianas, havia Grieg que falava de passeios e escapadas, havia Brahms que dizia de um calmo sentimento provindo de incontáveis esperas e anelos quase a realizar-se, havia Tchaikovsky que angustiava com queixumes e danos de sua melancolia eslava, havia Bartok que ria, zombava, às vezes enervava como um haxixe cigano, havia Czerny que era tão seco e árido como uma praia sem águas... Isidoro põe um disco baixinho, no quarto às escuras, ouve Wanda Landovska que toca fugas de Bach. Lá embaixo seus irmãos, sua mulher, os da festa podem fazer o que quiser, a ele não se lhe interessa nada, nem Bach lhe interessa muito, na verdade. Não que Bach o console de todo. Apenas como que banha-o duma unção de promessa, duma nostalgia de religião perdida e nunca mais encontrada, um alívio esquisito e desinteressado. Como comparar esta polaca divina à pobre Cecília? Ouso, sim, compará-las. Cecília estará lá embaixo com os outros na festa, não sei o que estará pensando, ela é pura, não segue aos outros, é calada, meio tímida, não faz o excesso que fazem os outros, conversa com eles apenas, só os olha, dá-lhes razão, mas nunca se mete com eles, vez por outra namora algum rapaz e o deixa logo, algo volúvel, Cecília é uma doce menina inocente, e Wanda Landovska continuará tocando por todos os séculos e séculos amém, além disso ela é feiosa, recurva, adunca, iluminada porém, toda linda por dentro, arrancou Bach todo maravilhoso dessas grafias ganchosas nas partituras empoeiradas dos mosteiros de Eisenach, e Cecília é bonita, muito mais que Rosa, tem uns lábios que qualquer rosa imitaria, um corpo que chama os perigos da carne, uma prudência e ao mesmo tempo uma imprudência silenciosa que magnetizam e subjugam. É como Diana, a caçadora, que é a pureza e a indiferença da beleza esparzindo volúpia impropositada nos ambiciosos sátiros que a espreitam das folhagens dos jardins. Rosa é como a mulher de Vulcano, o pobre coxo, só que esse ferreiro dos deuses não sente o menor ressentimento, por estar entre os sátiros que espreitam Diana. Não que queira fazer mal à sua ausência sabendo-a tão pura, mas algo indefinido que a procura. Não sei o que há nesta família. Que fez o velho Afonso? Indubitavelmente, entretanto, há gente doida entre nós. Meus próprios irmãos não são eles mesmos meio malucos? A mais razoável é Marina que vive numa grande harmonia com o marido. Mas convenhamos que não sei os seus segredos e nem me interessam. Ela terá seus grandes segredos. Todos temos. Quanto a Cristiano já morto, foi também um maluco dos diabos. Sílvia e Carlos, esses dois, por si fariam o Olimpo incendiar-se. Rosa Angélica, coitada, oh seus trinta anos, com seu corpo solicitante, sua sensualidade exasperada, há cinco anos não comparte minhas noites. Não sei nem quero saber como se arranja em suas horas, em que precisa de homem. Uma mulher ardente e inteligente como ela haverá seguramente remediado. Claro que cheguei a saber de dois ou três que lhe prestaram algum auxílio sexual. O Paulo, o Hipólito, etc. Eu mesmo me lembro da última noite, em que não consegui nem articular uma palavra sequer para animá-la, aquela noite no leito. Era a impotência, que advinha da paralisia. Quase me matei. Aquela noite foi a última entre nós. Ela tocou-me nas partes, tocou-me, animou-se, mas depois se foi. Eu era como uma besta. Quase me matei depois. Claro encontrou quem substituir-me. Não me emociona nada. Tem uma natureza algo canalha, é algo messalínica, conheço-a bem, ninfomaníaca, melhor dizendo, por isso não me importa muito o que faça ou o que deixe de fazer. Tem entretanto muita autocrítica. Isto é bom em favor dela. Se ela tivesse um temperamento como o de Cecília, então sim, não sei o que faria. Se tivesse o sentimento da outra seria melhor que eu me matasse. Rosa, não a deploro. Aliás eu vivo cá deste lado, ela vive lá do outro. Dormimos em quartos separados. Vivo algo abandonado por ela mas não me importa. É o destino. Tem que ser. Penso em Cecília e acho que ela pensa em mim, e isto basta para substituir tudo o que de bom a vida poderia dar-me e me negou. Às vezes penso que isto não pode continuar assim. Não sei. No meu caso não tenho refúgios a que ater-me. Sou ateu e acho que a vida não vale nada. Só meus livros, a música, minha pintura me ligam ao mundo. Algumas lembranças da vida também. Mulheres como Vitória, como Ramira Cobb, como Valencita González, que não sei por onde estão, Rosa Angélica quando a conheci até o desastre, algumas mulheres poucas de uma noite ou de algumas semanas, cujos nomes se perdem. Agora Cecília. Como pretendê-la? Amá-la só com o coração? O corpo não existe para mim. Penso às vezes que poderia curar-me... Mas como? Não me disseram os doutores que era de causa de um choque nervoso, esta doença? Quer dizer que a qualquer momento posso vir a curar-me. Se é como diz aquele charlatão de Zürich, então não haverá cura senão daqui a oitocentos anos! Oh burro, asno de doutor!

No seu quarto Jônatas folheia revistas. Há pouco vira reproduções de gravuras de Picasso. Achara tudo muito louco. Somente a fase de minotauromaquia e a fase bíblica o agradara. Aquele ser fantástico de cabeça de touro, corpo cabeludo e de detalhes impudicos, que carregava nos ombros uma bela fêmea, impressionou-o fortemente. Salomé nua na glória de sua adolescência, dançando diante do rei Herodes – aquela rara posição das pernas deixara-o com a imaginação fustigando. As revistas cheias de mulheres de todos os calibres, em todos os genuflexos e ginásticas possíveis, nuas e seminuas – em Pasmoso eram difíceis tais coisas –, propagava-lhe fogo, incêndio cerebral. Perto dele, num canapé, havia um radiozinho. Ligou-o. Correu o botão do dial. As mulheres estão sós no tempo... Oh, quem não sabe o que fazer, quem espera, quem convalesce, quem frui o lazer... Ouve. Que canto vem? Uma mulher canta. Capaz que canta nua... E é tão bela quanto Salomé. Seu coração está nesse canto... Um canto de amor, solitário, longe de tudo. *Sonno piangendo, amore escusami, amore bacciami, ricordati, io ti amo, io ti amo...* As mulheres estão sós, Jônatas... estão sós, como estão sós os lábios dentro do rosto, como estão sós as orelhas, o nariz, as mãos, o sexo dentro do corpo... As mulheres estão sós, estão chamando, estão chamando, dos outros continentes, dos longínquos continentes, das ilhas distantes, dos infinitos arquipélagos, de outras terras a que esquentam outros sóis, de outros céus, onde correm outros ventos, por outros jardins, outras janelas, outras alcovas, outras praias, outras varandas... Ouve a voz cálida, como penetra, como dói, como queima. Parece que há uma mulher viva, inteira, com todas as carnes e partes, dentro aí dessa caixinha de ressonância, desse mecanismo vulgar que se pode quebrar... e quebrando-o, nada sobra... a voz se vai – estás só outra vez – não é preciso quebrar, basta virar o botão – ó alfa de Centauro, ó ômega de Andrômeda! – e a solidão te cerca –, mas ouve, as mulheres estão ao longe chamando, como sereias solitárias, em vagos arquipélagos, em penumbrosas ilhas... Vago Ulisses! Ouve, Jônatas, as mulheres solitárias que cantam nessa caixinha e que não são menos solitárias que essas cujas vozes te veem através do jardim, essas mulheres solitárias que te espionam pelas frestas das revistas, também têm suas vozes, só que tu não as ouves!

Ouvia às vezes os ruídos dos tacos dos sapatos das passadas de Rosa, no quarto e nos andares de cima do dele. E aquilo punha-o nervoso, aquele tac, toc, firme, que fazia-o imaginar umas coxas rijas, pernas longas como as das revistas. Ele bem se lembrava de Rosa, aquele corpo dentro do vestido apertado, sobre aqueles longos pedículos, no alto dos tacos, como uma deusa. Imaginava-a, sentada à cama, retirando lentamente as meias, com as pontas das unhas rosadas tocando as coxas, as pernas na posição de um R, e Isodoro, longe, esquecido, no outro lado da casa...

Ouve apenas as mulheres, Jônatas, ouve-as, porque ouvir é consolo maior que tê-las ao teu lado, vencida a barreira da dimensão do sonho, ouve, Jônatas!

XI

Cecília assentada no mesmo sofá em que estavam Carlos e Sílvia e um outro casal, ouvia-os calada, discutirem sobre uma viagem que há pouco tempo fizeram à Europa. Cecília tinha os óculos no regaço, repousava os olhos cansados. Tocara piano toda a tarde, em sua casa. Sílvia achava que em Madrid não há a mesma liberdade que há em Paris. Alfonso Cortaló e Mara Costa, que eram o outro casal, afirmavam o contrário. Alfonso, que era espanhol de Madrid, se batia por provar que Madrid era mil vezes uma cidade mais aberta que Paris. — Paris, dizia ele, é já uma cidade manjada, tem já a sua velha fama que não tenta mais ninguém. Se você se põe, por exemplo, num banco do Bois de Luxembourg, simplesmente a assistir o movimento, verá que não é assim tão platônica a tolerância dos guardas e não é assim tão aberto, digamos, o trânsito às manifestações do amor livre. Capaz que pensem que tu és um espião ou algum escroque importado. Mas vamos lá. Claro que aquela cidade tem uma tradição de bonomia desde Carlos Magno e Dagoberto, e antes ainda. Mas Madrid é absolutameme livre. Ali não há peias.

— Terra dominada por soldados e curas, isso é Espanha — dizia Carlos zombando. Mara Costa, que era atriz de teatro, contou detalhes de um capítulo de uma visita sua a

Madrid. Como se enamorara dela um oficial e as liberdades que tiveram juntos. Sílvia objetou razonando acerca de Paris. Contou episódios particulares de Paris, e finalizou dizendo que ali qualquer casal se hospeda em qualquer hotel sem precisar mostrar atestado de casamento.

— Isso não é vantagem, em Madrid também — disse o espanhol — assim como em Viena ou Ancara ou Dacar.

Cecília escutava. Como sempre só fazia ouvir sem meter-se nas discussões e nas memórias escabrosas deles. O que pensava ninguém o sabia. Reconheciam que era uma moça diferente, nada mais. E a excluíam da conversação. Aquela noite ela guardava uma inquietação profunda em sua mudez e não sabia como comunicá-la. O melhor era não comunicá-lo a ninguém, e guardá-lo em si como um mal que se esconde. Soubera, ou melhor vira, com os próprios olhos, algo que se lhe afigurava gravíssimo, monstruoso mesmo. Como dizê-lo? Seria preciso dizê-lo? Ah, poupai-a de dizê-lo, de repensá-lo. Como guardá-lo, porém, dentro de si? Aquilo a revoltava. Ninguém se inquietaria por isso. Todos estavam contentes de suas vidas, suas conquistas, seus prazeres, ninguém lhe daria atenção. Não precisavam saber. Senão aquele carro descendo pela encosta, iria ter ao precipício. Se não houvesse já tornado cinza no despenhadeiro, sem remédio, sem mas nem como. Eram todos loucos, bestiais. Pensava e sua mudez nada denunciava da imagem que se lhe ia na alma. Um grupo se reunira em torno da eletrola e ouviam Sabicas e Manolillo Montaraz sapateando e cantando as últimas *bullerías* e alegrias de Espanha, segundo as sábias orientações de Alfonso Cortaló, e outro fora instalar-se lá fora, sob o coretinho, a cochichar e beber seus gins. Ela ficara a sós no sofá. Que gente independente – pensava. Se o sentimento do modernismo é expressar-se em tais asneiras, então nada há que esperar-se de tal modernismo nem de tais jovens! Carlos ainda vá lá com seus estudos mambembes de Direito, mas é um doidarrão igual que eles, sem tirar nem pôr. Sílvia é outra doida que só sabe contar vantagens e todos sabem como vive, em Cuiabá. Mas os dois irmãos, o que ninguém sabe, isto é que é o ponto capital. Esses dois! Nada transparece deles. Sabem fingir. Reparei mal e mal uma olhada admirativa de Sílvia para ele, quando ele contava não sei que falcatrua. Dariam ótimos atores. Como é possível que haja entre eles o que há! Pensam que desconheço as coisas que andam no meio deles. Sei que não me fica bem pensar tanto essas coisas, mas afinal, são meus cunhados, irmãos do marido de minha irmã, são família também. Mas eles creem que não sei o que se passa. Só pergunto como é possível? Será moda entre a chamada nova geração? Será algum novo sentimento que o moderno inaugurou? Não fica bem pensar nessas coisas, mas... não estou contando a ninguém, somente lembrando para mim mesma como se deram certas coisas, de que agora me estou espantando. E dizer que na hora mesma não me espantei lá muita coisa. Só agora. Total. Se não me engano Lord Byron, grande personagem, andou fazendo tal coisa. Os Bórgia também. Outro dia os vi, nem se deram ao trabalho de procurar um local menos exposto, mais proibido. Coisas entre irmãs, já ouvi falar, entre irmãos homens, também, não é novidade, mas entre irmão e irmã ainda não. Não havia ninguém na casa. Só Isidoro no seu andar, eu, os dois pombos. Não cuidaram de mim que estava no andar de baixo e fazia não sei o quê pelo jardim. Ao passar pelo quarto onde está hoje

Jônatas, ouvi um chirrido de murmúrios que me chamou a atenção. Não que eu seja bisbilhoteira, mas qualquer um nessas circunstâncias faria o mesmo. Era meio-dia. Hora de estar fazendo outras coisas menos isso. Fazia um calor e talvez fosse essa a causa. Ao passar pelo quarto ouvi o tal chirriar e tive a curiosidade de olhar pela porta apenas encostada. Lá dentro os dois sobre a cama. Vi-os bem com aquela luz. Não me viram ou fingiram, não sei, e eu escapei dali em silêncio, horripilada, pensando que se os deuses assim o quiseram e assim o planejaram, assim devia ser. Maktub. Enfim são jovens e terão uma consciência. Só que há milhares de outras belas mulheres e outros belos homens no mundo, que estão doidos, ansiosos por essas coisas, e eles se foram escolher e encontrar-se a eles mesmos, ninguém mais, e nada mais. Sobre a cama perpendicular à porta, despidos. Em pleno kamasutra. Ato pleno. Sei que é a coisa mais simples e mais comum que existe, a menos isenta de culpa de toda a natureza, todos a fazem ou a farão algum dia, até eu mesma sou capaz, ninguém pode prever nada, mas sim, me enoja lembrar de quem o fazia, aquele dia, aquela hora, naquela cama e naquelas circunstâncias, sendo eles quem eram e que não deviam ser, por força nenhuma. Enfim Adão e Eva e seus filhos também eram irmãos e foram abençoados por Deus, mas não foi por serem irmãos que Jeová se ofendeu. Para Adão e Eva seria natural tudo o que fizessem, mas para esses dois é algo trágico, tão trágico que se me foge a ideia pensar em como terminará tudo isto aqui. Um pressentimento forte me abate. Como uma nuvem de tempestade. Sei que virá e se porá sobre esta casa. Até que dela não reste senão cinzas. Todos são loucos. Até minha própria irmã Rosa, com seus casos nada inocentes e eu também, que me sinto culpada por algo que não sei e não soube de modo nenhum evitar. Não compreendo a Isidoro mas sei que está apaixonado por mim. Sinto que tenho de fazer algo por ele. Conheço como vive, sei suas relações com minha irmã. É por isso mesmo que tenho de fazer algo. Um filho é o que lhes faltava. Penso que nisso bem posso substituir a minha irmã. Rosa Angélica pensa que vive no melhor dos mundos. Mas é uma eterna insatisfeita. Envergonha-me pensar assim dela, mas é verdade. Antes do casamento houve Paulo, agora Hipólito, que a segue por aí feito um cãozinho mimado. E casado também com aquela boba que parece uma cúmplice! Certas coisas que fizeram raia ao cinismo. Amam-se nesta mesma sala. Isidoro lá em cima, eles dois aqui embaixo, noites seguidas, noites inteiras. Ele quieto, parece nem existir. Mas tenho pensado muito. Muito em Isidoro. Isidoro, Isidoro! Que se prepare para mim, eu saberei de tudo, melhor que ninguém, que nenhuma esposa amada, a mais amada deste mundo impiedoso! Nem mamãe não se importa com ela, tampouco comigo, para dizer a verdade. Só viagens. Como agora neste mesmo instante está no México. E papai não sei por onde anda. Pobre mamãe! Também tinha lá suas estórias, em que o velho não ficava atrás. Como podem os filhos aprender coisas melhores, que valham a pena, com pais assim? Minha irmã está com trinta anos. Isto já não é idade de andar no rumo destas coisas. É idade de sossegar-se, de haver chegado a uma conclusão formal, a uma satisfação da existência, o que na realidade está bem longe de ser, justamente o contrário. Também se fosse um pouco mais feia. Na minha opinião a beleza concorre à luxúria, e à medida em que a mulher ou o homem envelhecem, com os sentimentos da insatisfação, tendem ao cinismo, agravando-se no caso de essas pessoas serem dotadas de beleza. Isentam-se entretanto dessas humilhações da carne, os de equilíbrio de caráter e os fortes de espírito. Rosa Angélica é fraca. Acho que tomou-a um sentimento de inútil formosura ao lado de um marido como Isidoro, indiferente e conformado. Isidoro também tem sua parte de culpa tanto nos atos de Rosa como nos de Carlos e Sílvia. E a mim mesmo que se me reserva? Não me agrada ser solteirona. Até quando? Meus vinte e cinco anos já me pesam e também sou pessoa humana sujeita às dores da carne, aos apelos da profundidade. E Isidoro me chama, sinto, ouço na carne, que me chama, que me devore pois, que me aniquile, que o amo até o fim do mundo! Dizem que pareço com Rosa, deve ser. Vejo-me no espelho – uma mulher já feita, que qualquer homem voltaria o rosto na rua para tornar a mirar – o espelho não mente. Nisto estou segura, amo Isidoro, mas sou forte, não posso fazer nada. Tenho de agarrar-me e morder as mãos até sangrar. Verdade que não tenho os arrebatamentos de imaginação que fazem perder a Rosa, mas quem sabe o futuro? Na verdade estou incerta. Me parece que a qualquer momento pisarei em falso e um alçapão me espera. Sentindo por Isidoro o que sinto, que farei? Acabei por amá-lo. Ele me ama. Não há nada de mal nisto, já que Rosa não nutre por isso nenhum ressentimento. Ao contrário, parece que oculta veladamente um como que desejo de incitar-nos um ao outro, um favorecimento todo especial, que apenas se nota. Aqui ninguém se importa absolutamente de nada. Eu que sou a mais ajuizada de todos eles, devia por lei lutar por uma norma, por alguma coisa mais, e eis em que pé me ponho! Eis o que faço! Apaixonar-me pelo cunhado! Verdade que sempre quis deixar este mundo e ingressar num convento. Foi meu desejo forte antigamente. Inda me tenta. Com certo ódio lembro que foi minha mãe quem me queria tirar da cabeça essas ideias e mesmo me impôs, me impediu de tomar ordens como noviça. Deus o quisera. Estaria livre de muita coisa e serviria a uma causa nobre por toda a vida. Oh este estado é desesperador. Desejaria ir ter com ele! Que fará neste momento? Ouve Bach e na verdade pensa em mim e quer ouvir-me a mim e não a Bach... Nunca se me veio tão forte esta vontade de ir a vê-lo, de falar-lhe, de consolá-lo, de tomá-lo nas mãos, de amá-lo inteiro, beijos, abraços, os corpos correndo, voando, bailando, o amor, o amor... Algo, algo que não sei, um consolo que só eu saberia dar-lhe. Ou então o silêncio do convento. Ou abreviar meus dias, meus futuros sofrimentos, tomando um veneno qualquer. Não, isso seria covardia. Não seria capaz disso. Tenho uma vontade imperiosa de amá-lo mais ainda, chegar-lhe aos pés e pôr-me nua diante dele, oferecer-me a ele, talvez ele mude, ele se sare de repente, segundo dizem, se cure completamente. Cura pelo amor. Sinto que irei lá. Minha intuição não diz nada. Capaz que me mande embora. Não sei. Que poderia, na verdade, esperar dele? O fato de ser impotente não posso avaliar que importância tem. Entre ele e Rosa, sim poderá haver tal eventualidade, mas entre eu e ele, estou segura de mui outra coisa, mui diferente. Ele me atrai, dum modo poderoso, todo-poderoso, inclusive carnalmente, apesar dos pesares, talvez isso em primeiro lugar, paradoxo doloroso. Outra noite Eduardinho Verret mexeu em minha bolsa que deixei no carro. Viu um retrato de Isidoro dentro, sacou-o e veio me mostrar com um brilho de indefinição no olhar. – Isidoro, seu cunhado, não é?, perguntou ele. – Sim, respondi, Isidoro. Olhou-me então com um olhar bem definido, de raiva, de ciúme. Deixei-o que pensasse. Heloísa teve vantagem sobre mim – ela já gozara a Pedro Abelardo, enquanto ele era o que era, ao passo que eu nunca poderei pensar nesses mesmos termos a respeito de Isidoro. Necessitaria o talento de Teresa de Ávila para descrever o que me vai em borbotões pelo coração. Esta paixão chega, certas noites, a me sufocar. Outro dia, por exemplo, que antecedeu à chuva de outro dia, houve um luar tão belo que não resisti, sentei-me ao piano, lá em casa, era meia-noite, e toquei a sonata de Beethoven ao luar. Que coisa bela. Beethoven estaria apaixonado realmente. Sabia o que tinha dentro de si. Se não me engano ofertou essa sonata a uma dama, na capa da partitura está o oferecimento, mas em alemão. Como gostaria de saber alemão para entendê-la. *Meine prizezin, ich liebe dich sehr, oh sehr! Mit meinen ganzen Herz!* Acharam que estaria louca tocando piano à meia-noite. Idiotas. Incapazes de admirar um luar como aquele. Incapazes de admirar Beethoven. Para eles não há céu. Mas durante a sonata não pensava em Beethoven e sim em Isidoro, em seus cabelos negros como os meus, seu rosto sombrio e romântico que certas horas dá medo, a boca rubra, em que pensava em beijos e beijava pensando. Partes da sonata havia em que o via, ele saía das pautas, dos pentâmetros, das colcheias e dos bemóis e avançava com um beijo triste nos lábios.

Rosa pode ser sinceramente tolerante, mas não posso, também sinceramente, aproveitar-me dessa tolerância, talvez uma provação, não sei, sem que com isso se me não queime a alma com o fogo do Érebo. Às vezes penso seriamente entrar para o convento. Amanhã mesmo, talvez. Um impulso a mais, um ímpeto a mais, e o convento ou uma pílula. Irmã Maria do Bom Jesus não me disse que era essa a minha vocação? Sinto, sinto ânsias de apaziguamento, de olvido, de consumir-me na paz de um convento, mas sinto também outras ânsias fundas, diferentes, ânsias mudas que também me doem e me queimam, que não ouso dizer. Lembro-me a infância. Uma coisinha de nada, o encanto indefinível na memória, da lembrança de um pianinho de brinquedo que tocava sozinho, que tive. Tocava uma parte da Marcha Turca de Mozart. Que lindo! Não sei que fez-me lembrar desse pianinho. Nada. Queria apenas ouvi-lo tocar de novo. Dizia de minhas ânsias. Talvez passe o mesmo a Rosa. Talvez Rosa tenha razão. Quando olho este corpo que Deus fez – perdoe-me a Virgem Maria, minha padroeira, com toda esta exuberância, penso – foi para ao chegar-se a um certo ponto da vida, ficar vacilante entre um amor impossível e a solidão de um convento? Ou foi para procurar cercá-lo de um todo especial amor natural, assim como deve ser? Ainda há uma coisa. Talvez o que resolva mesmo seja que me volte o doutor Nereu, que antigamente tanto andava assediando-me. Talvez que volte e eu me case com ele, e que tudo entre nos eixos, como deve ser, pois o certo é isso. Só que tenho outros pontos de vista. Repugna-me fazer o que Rosa fez, casar-me sem amor, pensando só nas circunstâncias. Nisto sou inflexível. Há que pensar ainda em Carlos e Sílvia. O que inventaram é algo que escapa a todo julgamento. Talvez o mais acertado seja não preocupar-me muito com tal coisa. Tudo deverá entrar nos eixos, voltar ao normal. Por que chamar a mim a culpa que esses dois não demonstram nem de longe ter? Cedo, estou certa, enxergarão a responsabilidade de que parecem estar cegos. Suas idades juntas não somam trinta e cinco anos ou seja a idade de Isidoro.

Na casa a festa continua. Alguns pares dançam na varanda e ao ar livre. Os dois mordomos servem. Leão serve bebidas e Lourenço, o jardineiro, comidas. Em redor alguns casais conversam. Num canto da sala se aglomera o grupinho de há pouco. Batem palmas e cantam acompanhando o flamenco que berra Pepe el Morito. Alfonso Cortaló sapateia e dança fazendo esgares de dançarino flamenco, enquanto os outros apluadem. Rosa está mergulhada numa conversa particularíssima com Hipólito, cabeças inclinadas, noutro sofá de outra sala. A mulher de Hipólito dança com o velhote doutor Polli que parece bêbado. Irene dança com o doutor Schneider. Cecília está no mesmo sofá, solitária, olhando os que dançam. Aproxima-se dela um dos convidados. Eduardinho Verret, um doidivanas de família rica que é considerado um ótimo partido e se dá a ares de Don Juan, amigo de Rosa e membro do grupo de malucos que se congregam em torno das festas da casa.

Ultimamente deu de assediar a Cecília. Assenta-se junto dela e enceta conversação.

— E você, Cecília? Sabemos que é reservada, mas tanto assim? Até quando? Nunca nos vai dar o ar de sua graça? A gente não pode viver assim, menina. Tem de integrar-se. Será que me vai negar esta dança? Vê que linda música puseram lá na outra sala. Vamos para lá, Cecília.

Haviam colocado um disco de Vivaldi e dançavam agarradinhos na subfusa luz, como sombras querendo dar às Quatro Estações uma dimensão de tango arrabaldeiro ou de gafieira que nunca poderiam ter e os sons das cordas do I Musici se casavam com sons que vinham da outra sala onde cantava Pepe el Morito acompanhado com sua guitarra gitana acoplado pelo alarido do grupo de doidos. Dançavam milonga, aos sons de Vivaldi, mas quem olhasse aquilo veria que nem de longe o ridículo alcançava os pés do barroco veneziano. Vagamente ridículos eram os que dançavam imitando grotescamente aqueles dançarinos da Idade Média do tempo de Orlando di Lasso e do Príncipe Gesualdo. Só os enormes espelhos silenciosos que refletiam os seus movimentos, os gigantescos lustres, os tapetes de veludo, os vitrais das janelas, os quadros, os cortinados, os castiçais antigos e os móveis de mogno negro se harmonizavam com a doce música do terno Antônio. Os dançarinos pareciam haver saído de tumbas recém-abertas. Cecília sentiu esse estado e estremeceu como se tudo aquilo fora um sacrilégio. Pareceu-lhe de repente que há muito tempo esperara que um cataclismo vingador rasgasse a terra pelo meio devorando tudo, e aquilo estaria prestes a suceder-se inexoravelmente. Pareceu-lhe que aguardara tanto. Esperou uns segundos mais, em silêncio, sem responder, os lábios trêmulos, a respiração parada. O outro olhou-a, também assaltado de vaga ansiedade. Tudo girava. O retrato de D. Anúncia, a mãe de Isidoro, olhava com olhos fulgurantes. Por um instante pareceu-lhe a Cecília que aquilo tudo se transformaria em algo trágico. Mas nada houve. Continuava a festa. Ninguém dera por nada, ninguém se importunara. Pepe el Morito cantava com uma voz agudíssima os ay-ay-ay de La Virgen de la Macarena e se mesclava aos violinos e às violas da botticceliana Primavera de Vivaldi. O velho Polli dançava apertado com Irene.

Parecia querer a tempo e tempo inclinar-se para beijá-la e ela se desviava, como um pássaro que tendo o corpo enrolado por uma cobra evita os seus botes.

— Desculpe, não me leve a mal, mas estou tonta.

— Ora, Cecília, sempre com essas desculpas. Venha, menina, acho que você é tímida, isso sim, nada mais. Precisa perder esse acanhamento, venha. Olhe, venha, hein. (Segurou-lhe a mão e a puxava, ela se opunha.) Venha, vou tirar-te essa mania. Uma menina tão linda como você não merece estar sempre aí...

— Sr. Eduardo, por favor. Não entende?

— Ora, ora, vejam! Não, Cecília (puxou-a com mais força).

Cecília levantou-se e, desvencilhando-se dele, atravessou altaneira o salão e subiu rapidamente as escadas, para o segundo andar, seguida de Eduardinho, que ia atrás dela, entre furioso e ressentido, falando ainda. Ao passarem entre os dançarinos, Carlos gritou-lhe:

— Ei, Eduardinho, deixá-la! Não conhece essa menina? Não vê que ela é um bicho diferente? Um bicho de verdade?

Sílvia por sua vez acompanhando-a na deixa gritou-lhe também:

— Não desanime, seu bobo! Ela está só fingindo, não vê? Ela gosta de você.

No alto da escada, Cecília parou de súbito e voltando a cabeça deu uma olhada dura e significativa, silenciosamente, primeiro a Carlos e depois a Sílvia e, virando a cabeça, retomou a caminhada ligeira. O rapaz insolentemente a seguia, na escadaria, mais abaixo, olhos fixos naquele corpo à sua frente. As pernas longas e nervosas, cheias, roliças, alvas, recobertas de meias de nylon, feitas daquelas carnes

deus de caim

especiais com que Deus se esmera nessas partes dos corpos das mulheres que faz com mais amor, davam-lhe frêmitos de verdadeira angústia que reverberavam-lhe por adentro, ao vê-la fugir. Tinha ímpetos de avançar o sinal, saltando sobre ela, derrubá-la, mordê-la, beijá-la, acariciá-la, mergulhar-se inteiro na fragrância de sua pele macia, fazer-lhe todas as loucuras, todas as formas de carícias e de brutalismos. Todo o sadismo e masoquismo misturados e ramificados em sua imaginação doentia, não daria sequer um milímetro cúbico para cobrir todo o incêndio que ela criava e alastrava dentro dele. Não era amor, não era nada. Era o desejo, todo o desejo que ela sempre lhe inspirara.

Qualquer outra mulher viria correndo ao menor aceno seu, aquela não. Compraria com seu dinheiro qualquer mulher que quisesse. Aquela cuspia no seu dinheiro e na sua ânsia. Que massa de quadris! E ela não queria dar-se conta de que mulheres assim como ela deviam ser felizes. Aquelas ancas, aquela cintura de vespa, os braços, os seios opulentos que ela escondia e oprimia com tanta roupa. O rosto com aqueles óculos. Deus do céu – devia haver um Santo Ofício, uma Inquisição para essas mulheres impassíveis! Mas Cecília já chegara ao alto da escada e antes que o almofadinha a alcançasse e pudesse fazer qualquer coisa, entrara por uma porta e se fechara do lado de dentro. O outro ainda esboçou um signo de raiva, deu vários murros na porta, chamou-a aos brados, passeou de lá para cá espumando, uns três minutos a cada passada gritava-lhe, batendo na porta. Nem sinal. Afinal, de lábios cerrados, desceu as escadas.

– E então? – lhe perguntaram.

– Ah, essa menina é um bicho mesmo, respondeu –

não sei o que tem nas ventas que parece um animal. Ela não tem namorado, tem? Como pode? Que diabo de gente...
— Que se recorde não tem, não... Nunca teve namorado.
Cecília abrira a porta do quarto de Isidoro. Fora quase sem dar-se conta. Na verdade não dera conta disso. Só se deu ao virar a chave e dar com Isidoro deitado na cama, como que dormindo, a cadeira de rodas ao lado. A princípio se amedrontou de algo, ao sentir a força das pancadas do outro lá fora esmurrando a porta, e depois readquiriu a serenidade ao vê-lo. Avançou para perto dele. A eletrola estava ligada baixinho, nada se ouvia, mas a capa do disco sobre o móvel mostrava o que ele há pouco fluíra. Bach. Eram as Variações Goldberg de Bach. O disco de Bach girava rodando e levando em seus giros rolando, levando séculos, púlpitos, incensos, mágicas, profundezas, constelações.
— Bach... — disse ela lendo, baixinho.
Aumentou o volume e pôs a agulha desde o início do disco. Abaixou-se arrumando os óculos no nariz para poder ler melhor o título de um livro que ele deixara sobre a cama a seu lado. — Trópico de Câncer — Henry Miller.
É como os outros esse homem. Não há contemplação — murmurou para si mesma. Depois continuou em pensamento: Para ele é impossível o amor físico, e sem embargo a imaginação trabalha, acaso. Por que será que ele o faz? Não sei o que pensar. Mas estou realmente resolvida a alguma coisa. Ou sumamente ridícula ou cabalmente compensadora. Que me haverá de revelar tudo. A verdade para mim e para ele. Se fracassar me mato ou entro para o convento. Em sério. Tenho de tentar.
Acercou-se da janela. Vinha rumor de música, de vo-

deus de caim

zes, um que outro carro que passava na rua. Vultos pelo jardim. Por um tempo quedou imóvel à janela. Eram já onze ou doze horas, porque da Catedral vinham fracos os sons dos sinos. Aproximou-se de novo da cama e sentou-se numa beirada ao lado de Isidoro. Inclinou-se silenciosamente a olhar o seu rosto bem de perto, e depois inclinando-se mais, prendendo a respiração, deu-lhe de mansinho, só com a ponta da polpa dos lábios um beijo na boca. Isidoro fingiu uns instantes a mesma situação e pose de sonho, e depois foi abrindo lentamente os olhos até fixar-se dentro dos olhos dela, sem nada dizer.

Afinal disse:

— Cecília, agora sei um pouco mais de tudo. Se morrer posso morrer feliz. Nunca imaginei este instante. Verdade que cheguei a pensar, mas nunca imaginei que pudesse ser verdade. Nunca pude saber o que pensavas de mim. Desconfiava vagamente, sim. E inclinando-se de um lado, mais para o lado dela: — Eu te amo, Cecília. Quem era que batia na porta com tanto furor? Pensei por um momento que ia derrubá-la.

— Um tarado maluco, Eduardo Verret, aquele palhaço filho do Dr. Assis Verret. Tive de fugir dele. Beijei-te porque vi que fingias.

— Verdade? Ah, mulheres... Sou um doido, mas... Preciso que me digas algo, Cecília. E acariciando-lhe os cabelos negros que caíam perto dele, da inclinação da cabeça dela, chamou-a para si, ela dobrou-se sobre ele, os lábios encontraram os lábios e o beijo foi prolongado, quente, feliz, cheio de intenções, doloroso... De repente ele a empurrou.

— Vai-te, Cecília, vai-te, e nunca mais voltes aqui. Não me tentes, não quero nada de ti... Não posso. Tu és pura.

És um anjo, és uma santa, mas vai-te, por amor de Deus.
— Não te impressiones comigo, Isidoro. Te quero. E não me vou embora, não. Será hoje.
— O que será hoje, minha filha?
— O dia da minha decisão. E não me chame de filha. Sei que me amas e eu te amo. Basta.

E, acercando-se de novo, tentou abraçá-lo, mas ele a empurrou outra vez, mandando-a ir-se.
— Deixa-te de bobagens, menina. O que você está fazendo é muito feio. Não te dás conta?
— Uma coisa vou a dizer, Isidoro — sou adulta, maior e dona do meu nariz. Tenho vinte e cinco anos e estou apaixonada.

Dizendo isso, acendeu a luz do abajur, o que deu um ar de penumbra verde meio velada pelo quarto, pôs-se de pé, desabotoando o vestido calmamente, fitando-o entre divertida e resoluta. Abriu-o até a cintura, puxou-o pela cabeça e ficou em combinação, ali ao lado do pé da cama, perto da luz, desafiando atrevidamente. Isidoro então fez menção de levantar-se apoiando-se na cadeira de rodas que estava perto dele. Ela, rápida, tirou-a do alcance dele, puxando-a e deixando-a a um canto do quarto, longe dele. Isidoro ficou sem ação, titubeante, mordendo os lábios a hesitar, até quando, parece que maquinou alguma solução rara e voltou à posição de antes. Um não sei quê lhe brilhava nos olhos, ao fitá-la. A ver se me tenta, a ver, a ver. Há a vantagem de que ambos estamos apaixonados um do outro.

Cecília já retirara a combinação e olhava-o provocadoramente com as mãos nos quadris, uma das pernas levantada e apoiada na beirada da cama. À meia luz, era um recurso diabólico. A música de Bach dizia muitas coisas. Ela meneava as ancas levemente, acompanhando o suave ritmo e a pouca luz ampliava os seus contornos, evoluía em suas curvas, enchia o quarto de coisas indefinidas, dando não sei quê de incerto à massa morena das coxas, sob o envoltório lascivo das meias presas por ligas negras, à bruma redonda do ventre, ao volume dos seios que tremiam aos seus movimentos, ao território entre os *soutiens* e a calcinha rendada, com suas curvas em ânforas aos braços sinuosos no ar como serpentes, ao rosto oval em que só os olhos escondidos atrás das lentes de vidro e os lábios carnosos emergiam da vasta cabeleira negra solta como uma cascata. Aquele monumento erótico tinha não imaginava quê de cômico com aqueles óculos de aros de tartaruga, grossos e escuros, em contraste com a sesmaria de inclinadas carnes compreendidas entre os canos das meias e as bordas da calcinha, dessa vaga zona não tão neutra, em que as coxas têm um inaudito esplendor visual por estarem nuas, e onde mais a sombra diverge da luz, daquelas adjacências poderosas da tentação emanavam como que poros saltitantes de um vapor de pecado. A luxúria rondava a Isidoro e ele fingia que a expulsava. Se Cecília resolvesse ir-se naquele momento, ele tiraria (oh, como?) o revólver da gaveta e daria um tiro na cabeça. Entretanto, algo sincero dentro dele lutava contra a invasão da torrente que o sufoca. O que consegue é estar-se mudo e imóvel, estirado de comprido, como um morto, na cama, fitando-a, de olhos acesos. Da mesma estirpe de Rosa, pensava. Por que faz tudo isso, sabendo como sabe quem sou? Ou será que não sabe?

Cecília continua sua dança. Silêncio. O disco terminou sua rotação. Parece até que calculou tudo. Sem dizer uma palavra põe novamente a agulha e o mesmo disco roda de novo. As Variações Goldberg fazem girar o quarto como um tênue abismo. Isidoro pensa, relembra coisas rápidas. Nem em Paris vira nada assim. Todo o Pigalle, todo o Moulin Rouge, todo o Egito e toda a Arábia Saudita, todas as mil e uma noites e todo o Decameron não valiam o que ele via, a respiração opressa, comovido, sem fingimento, o tempo passando na roda do mundo num ápice, depressa, para a eternidade, lentamente, com uma lentidão que deve ter uma ressonância em Vênus ou na estrela Vega da constelação de Hércules, ponto de atração de todo o movimento solar, Cecília despe as calcinhas e as põe sobre a cadeira de rodas, ao seu lado, onde estão todas as outras peças de vestuário que tirou. Aquilo que vê já não tem tanto poder de atração que antes. Nua, já não grita tanto, mas as meias presas à volta da cintura e os seios cobertos são qualquer coisa luciferante... O triângulo de pelos negros ela o mostra tão impudicamente quanto qualquer rameira. Mas afinal sua mulher Rosa não é assim mesmo também? Por que então essa febre? Mil vezes não vira sua mulher nua dessa mesma forma? Mil vezes naqueles bons tempos não a amara igualmente, a ela que era o mesmo que este corpo que está aqui? A mesma coisa? Será a mesma coisa? Não se pode compreender. Depois lenta, lenta, como a órbita dos êxtases envolvendo os deuses, Cecília tira os *soutiens* sempre em sua dança envolvente e sem palavras, e sua alta figura carnosa devora a sombra-e-luz do quarto. Acerca-se bem junto a Isidoro, que a acompanha com o olhar. Ela alça os braços recolhendo a massa dos cabelos e Isidoro demora o olhar nas suas axilas raspadas, vagamente escuras. Sua memória corre com Baudelaire: "... Mère des souvenirs, maîtreses de maîtresses o toi, tous mês plaisirs! O toi tous mês devoirs!..."

Não se contém e estende-lhe os braços. Ela escapa e dança em círculos volteando o corpo. Nas voltas que dá a luz das nádegas cintila na sombra. Isidoro sente que lhe afloram lágrimas aos olhos. Nunca poderia crer que existisse tanta glória neste mundo. Parece-lhe que algo nele se despertou. Sente uma carne nova que agita e cresce no seu íntimo poderosamente. Oh desfalecimentos, oh fulgores do mundo! Um morto que se levantara não teria menos alegria. A música de Bach terminou. Cecília tira os óculos e se deita ao lado de Isidoro e se cola a ele, enrosca-lhe as pernas em torno ao corpo, sufoca-o com os braços, beija-o mordendo-lhe a língua em beijos violentos, nariz contra nariz, as bocas redondeando-se, entredevorando-se, os dentes chocando-se e a sucção prolongada, doce, eterna. Uma cobra lúbrica sobre ele. Aos puxões despe-o, que está passivo como um condenado, arranca-lhe a camisa, rasgando-a e fazendo voar os botões, com uma ferocidade feminina insólita, arranca-lhe as calças, as cuecas, e enfim jaz Isidoro despido também, abraçado a ela, mas sem movimento da cintura para baixo. Haverá sido um alarme falso? Suas pernas continuam duras, inertes, insensíveis, os músculos flácidos como sempre, o saudado vigor dorme ainda dentro dele. O membro morto, parece um trapo. Frouxamente. Os guris de dois anos reagem melhor. Cecília toma nas mãos ao pênis de Isidoro, faz-lhe delicadas massagens. Acaricia-lhe o tronco, entre os pelos, os testículos sem vida. Abre e entreabre o prepúcio, correndo o dedo indicador sobre o rosado da pele transparente e fina. Parece que se dá conta de que sabe muito bem dessas coisas. Olha a Isidoro interrogando-o nos olhos, estendida de lado, as pernas para o rosto dele. Ele não responde. Fecha os olhos e se cobre com o lençol. Cecília volta à carga. Ele se vira. Ela se vira com ele na cama. Continua a manuseá-lhe o membro triste com as mãos pequenas, macias, brancas, acaricia-lhe os testículos tendo-os nas mãos como a pesá-los, depois o olha decepcionada, um brilho de ressonância dolorosa no olhar. Subitamente, inclina a cabeça e beija-lhe, sugando num moxoxo o membro, um beijo demorado e quente, que ele sente até nos remansos de dores da alma. Isidoro deixa-lhe passivo, que veja e constate por ela própria. Ele só lhe sente o tato, a pele, que o tocam, nada mais. Um pênis triste como de um velho, além de toda a inutilidade, desacostumado, inerte, morto. Além de tudo isso, nada mais existe. Algum elo perdeu-se. Os ecos de Bach rumorejam na fundura do quarto.

— Isidoro faça algo. Eu... oh, eu. Você está brincando, Isidoro? Você pode, meu amor, você pode. Não pode ser. Oh, eu...

E põe-se a chorar, com o rosto mergulhado no travesseiro, o corpo assaltado de convulsões de pranto.

— Não te disse? — diz ao cabo Isidoro. Bem que sabias. Vai-te embora. Veste-te imediatamente e suma-te. Não me ofendas mais. Quem está brincando? Ainda tem coragem de perguntá-lo? Eu não estou brincando. E agora vamos, veste-te e vai-te embora.

— Desço-me lá embaixo assim como estou e me entrego ao primeiro que aparecer se não me dizes algo melhor.

Isidoro não consegue abafar os soluços. Chora alto. Abraça-a, beija-a.

— Que te tenho eu a dizer, meu amor? Eu te amo. Mas

não sabes como sou? Sou impotente, é isto. Difícil de explicar. Com o tempo saberás. Por isso Rosa me deixou. Coitada dela. Não quer mais saber de mim. E tem razão. Toda esta miséria por isso. Oh, Cecília, que vida! Mas, agora, vai-te antes que aconteça algo. Assim como estou é perigoso, deves imaginar. Veste-te rápido e vai. Procura quem quiseres, faça o que bem entenderes, que eu nada tenho com isto. Eu não posso fazer nada. Só o que te posso implorar é que... Ali, na gaveta, na segunda (aponta-lhe um lugar), há um revólver, dá-mo, meu amor. Peço-te, se me amas, dá-me por amor de Deus, por nosso amor. Cecília. Se me tens algum amor...

Cecília se levanta e, muda, começa a vestir-se. Põe a cinta, volta a sentar-se, veste as meias, prende-as, calça os sapatos, levanta-se de novo, veste as calcinhas, põe o *soutien*, a combinação, o vestido. Olha-se e penteia os cabelos no espelho, põe os óculos, chega perto dele outra vez. Parece que já está tranquila. Com o rosto sorridente beija Isidoro na boca como velha amante. Este olha-a em silêncio.

– Bom, meu amor. Vou-me embora. Não te faças nada de mal se não queres ver-me sofrer. Amo-te muito, Isidoro. Virei a ver-te logo, outra vez. Vou fazer-te curar, meu amor. Creia-me que te curarei. – Vai até a cômoda, abre a gaveta indicada, retira o revólver e esconde-o no vestido. Ao passar perto da eletrola, põe de novo o mesmo disco de Bach, traz-lhe a cadeira de rodas que deixa junto à cama, no lugar em que havia sacado, da-lhe outro beijo.

– Adeus, meu bobinho. Procure não pensar muito. Faz-te mal pensar. Pensa só em mim, que te quero muito e te virei visitar logo.

Abre a porta e dali dá-lhe um aceno, fecha-a, e depois

só se ouve o ruído dos tacos dos seus sapatos que se distanciam descendo a escada, até desaparecer de todo. Na penumbra esverdeada só o perfume do corpo de Cecília vive e toma formas.

Isidoro só faz soluçar baixo, como um menino castigado. As partes das Variações Goldberg revelam partes de Cecília. O travesseiro, ainda molhado das lágrimas dela, com a reentrância que formou o rosto dela – nesse aconchego que recende ainda ao perfume que ela usava, leve, terno, delicioso, ele põe a cabeça, de cujos olhos as lágrimas descem inconsoláveis mesclando-se com as que ela ali deixou. Ainda está molhado. De olhos fechados a música lhe vem e aquela música parece ela própria entrando-lhe pelos ouvidos, descendo-lhe pelas entranhas, pelos nervos, queimando-lhe aquela coisa vergonhosa e desonrosa que ela teve nas mãos, acariciou, molhou de suas lágrimas, beijou com seus lábios frescos, e aquilo tem nele uma certa dor, um certo asco de si mesmo, um pavor que o vai levando como para fora do mundo, um vácuo de terror, um veio de calafrios que o submerge, soluços que o atacam, monstros que o devoram, um sonho de estupor e mágoa, que o trespassa como um punhal gélido, de lado a lado a massa do crânio, o sangue do coração, a geleia do sexo...

A madrugada finda. A música lá embaixo acabou. As duas salas às escuras e desertas. Ninguém. Aonde se meteram? Onde foram? Aqui e ali sinais dos vândalos. Garrafas, copos, cadeiras caídas atravancando o caminho. Parece que houve brigas pelos salões. Aonde teria ido Rosa com o amante? Vá saber-se. E Carlos, Sílvia? Cecília ao passar por ali parou e olhava vagamente o jardim na penumbra, encostada a uma coluna da varanda. O ar fresco corria farfalhando os arbustos. Tentou-a uma ideia – voltar ao quarto de Isidoro, dizer-lhe algo que lhe viera ao pensamemo. Saíra tão assim, pobre dele! Que lhe fizera? Por certo que um agravamento dos seus males, algo nada inocente, algo nada de bom. Quem faria o que ela fez? Tranquilizou-se. Todos daquela casa o fariam. Pior fariam, sem dúvida nenhuma. Mas, certo que não lhe fizera um bem. Fizera mais mal que bem. Não. Não voltaria. Para quê? O que estava feito, estava feito. Cecília encaminhou-se para a garagem, abre os portões do jardim, entra no carro, dá a partida, sai para a rua. Alguém vem e cerra as portas. É o mordomo, que estava por ali. Pisa no acelerador com certa raiva. O corpo sua-lhe. Sente as mãos molhadas tocando o volante. Não seria de todo mau se perdesse subitamente a direção e o carro se espatifasse contra algum poste.

– Espere, que é isto? – Sobre o sofá do carro um envelope. Como não o vira ali? Toma-o e lê a sobrecarta. A letra é de Sílvia, o endereço é para ela. Lê-lo-á em casa. Se é de Sílvia algo de grave tem ela para dizer. Coisas de Sílvia são sempre graves.

XII

Rosa dorme sempre só. Às vezes Cecília faz-lhe companhia. Antigamente, nos primeiros tempos de casada compartilhava o quarto com Isidoro, depois sua mãe mandou para viver com ela uma velha muito bondosa que fora sua ama-seca nos tempos de infância. Morrendo esta, Rosa Angélica ou acostumou-se ou por alguma outra causa, passou a dormir só no quarto. Unicamente o indispensável privava com o marido. Dir-se-ia que não suportava vê-lo e vice-versa, vivendo cada qual a própria vida, a seu modo, cada qual de seu lado, sem necessitar em nada um do outro, sem explicações, nem complicações, harmonicamente, mutuamente, num estranho pacto sem selos e sem palavras. Só os seus nomes e certas recordações do passado os ligavam. Fora disto era a tolerância total, o silêncio de ambas as partes, Isidoro com os prazeres do seu santuário, Rosa com seus amores, sua vida social, suas viagens. Rosa ainda estava desperta quando o carro de Cecília saiu. Pensava nas conversas com Hipólito aquela noite. Relembrou quando lhe contara acerca dum passeio fora da cidade, a uma velha fazenda da família. Associando as ideias, lembrou-se da infância, quando passava temporadas nessa fazenda com os pais, às vezes com os avós, e a ama Juventina.

Rememorava o tempo antigo, doce, aéreo, volátil.

De repente, ouviu um grito como de animal. Assustando-se, levantou-se da cama, correu à janela, olhando para baixo e para os lados, e enfim acreditou que viesse do quarto de Jônatas, quando deu-se conta que vinha dalgum vizinho e não era um grito humano. Era um bicho. Matavam um porco nas vizinhanças. Quem iria sangrar um porco a esta hora? Ignoravam a proibição de criar esses animais no perímetro urbano? Volvendo, pôs-se a lembrar. Fora há muito tempo. Era ainda menina. Teria quatro ou cinco anos. Muito tempo para lembrar-se de algo. Mas aquilo se lhe gravara na mente como o fogo. Viera com os avós, à antiga fazenda. Era de manhã. Não ficava longe da cidade. Esta quedara para trás com suas coloridas fileiras de casas, seus muros, seus quintais de esquálidos verdes, suas ruas, seus postes e fios, seus ruídos de carros, seu rumor de gente. Agora era a mata com o imenso céu aberto, a mata desorganizada, virgem, verdes arrebentando por toda a parte, os taquarais movendo-se à brisa, os capinzais pareciam coçar o vento, o azul insólito, tudo tão fresco, a terra negra e forte, diferente. Uma liberdade nova, não sei de onde. A terra molhada de chuva recente recendia. As folhas brilhavam e o sol era como ouro. As plantações estavam prestes a mostrar seus frutos. Para uma menina de quatro anos, de repente tudo mudado – um rodar de léguas, o ruído do carro cortando a estrada, paisagens que voam, gente que passa – brusco câmbio, o mais ou menos definido e geométrico dos edifícios da cidade para trás e agora a exuberância da mata, indistinta, anárquica – um jogo mágico, um milagre. Sabia que não duraria muito a festa. À noitinha voltariam. Entristecia ao pensar. Era pois aproveitar. E as galinhas! Que lindo! Aquelas galinhas feitas de paina, redondas, vermelhas e brancas, mas desconfiadas – por que se comiam brinquedinhos de patinhas compridas assim? O único feio nelas eram as patas. Por que o vovô não lhes punha umas patinhas mais bonitas? Há poucos dias comera coxinhas gordas, chupara um delicioso pescocinho. Elas não se zangavam de a gente comer seus pescoços? Por que se comiam aquelas coisinhas tão bonitas? Depois, só as penas sobravam na lata do lixo, lá na porta... Tinha vontade de consolá-las, acariciá-las. Mas tão ariscas. Como cantavam! Que bicos esquisitos! Os papagaios não eram meio assim? E a carne engraçada que tinham dependurada no rosto! Aquele vermelhinho no tope da cabeça. Como moviam os rabos! E o remígio das asas era como um leque abrifechando-se malucamente.

Ao meio-dia o avô andava fazendo não sabia bem o quê, remexendo que coisas – afiava uma faca enorme perto do chiqueiro. Vira-o entrando ali. Aproximou-se atraída dos estranhos animais. Recostou-se a uma travessa da cerca. Eram dois porcos negros, peludos, imensos. Um devia ser capado. Coçavam-se preguiçosamente no pau de escora do teto. O outro era a fêmea, prenhe, enorme, resfolegando. Que sujeira, meu Deus! E que fedor! Como podiam gostar dum lugar desses! Mas tão tranquilos. Pareciam mansos. Para que serviam esses bichos? Será que se usavam como as galinhas? Tinham olhos bonitos. Pareciam humanos. Achou engraçado os focinhos. Os buracos das narinas. Ficaram grandes de tanto metê-los naquela porcaria, dissera Juventina. De repente um alarido entre as galinhas. Inácio, o zelador, querendo pegar uma delas. Ia haver galinha, oba! Viva! Nhá Pulquéria, a mulher, com um ventre imenso, parecido à porca prenhe, era magra de corpo, mas a barriga crescida, o ajudava acuando para um lado as galinhas. Gracioso ver a mulher, parecia aquela ali gorda, perdão – seu Inácio – choca, brava, vermelha, imensa, resfolegante, mexendo a banha, perseguindo as pobres, ao longo da tela. Que gozado! Pega, não pega, que galinha esperta, a bichinha, dribla que dribla, finta e refinta, não se deixa pegar. Oi, quase que pega agora! Lá vai Inácio de novo, Nhá Pulquéria bandeando por outro lado. Já está levando-a a um canto. Já a agarrou! Oh, escapou outra vez! Como pode ser tão rápida e como não se deixa pegar essa galinha que parece grávida também? Corre-corre, ambos vão, uma delas será a comida. Com o susto de uma as outras se assustam e a vítima se mete para camuflar-se entre as demais, e todas, ao fim e ao cabo, se sentem perseguidas. Debandada geral. Inácio já está cansado. Resfolega, suspira, esbafora, tosse, espirra. Nhá Pulquéria grita, movendo as mãos, chama o negrinho Zeca para que a ajude e ninguém a ouve, só Rosinha, que se ri de puro gozo. Tão emocionada estava que não viu Jacinto, filho maior de Inácio, entrar no recinto dos porcos e ali estar a remexer coisas entre eles. O avô dá-lhe instruções. Inácio se aproxima. Nhá Pulquéria anda ainda atrás das galinhas. Parece que já agarraram uma. Falta mais outra. Nada viu. Despertou-se da correria aos galináceos quando um grunhido bravo daquele bicho negro tirou-a da magia. O negro ajoelhado sobre o porco, que imobilizado gritava. Nada viu do que estava passando, qualquer coisa de parecido a que Jacinto acariciava o animal e este gritava como possesso. Que faziam? Por que tanto berreiro? A porca, alheia, de lado, refocilava. Quando Jacinto, que estava de costas, levantou-se, entretanto, viu a enorme faca ensanguentada na mão. Estava calmo, como sempre. Que fizera? O bicho berrava e corria endemoinhado, em voltas ao redor de si mesmo. O céu se fechou. Áscuas de diamante lhe penetraram nos olhos.

O sol fragmentou-se em pigmentos de vidro, em pó brilhante. A curva da tarde vibrou como um arco-íris. Uma alma-de-gato gritava numa bananeira. Era o aviso dum gato morrendo nalgum lugar. Um sapo saiu aos saltos de sob toras da madeira por perto. Réstias de luz pairavam. Viu no chão uma massa redonda de duas coisas vermelhas, sanguinolentas, cheias de nervos e ranhuras, pelos e fios como tripas. Parecia um pedaço oval de queijo ou de miolo. E ao virar-se o bicho desesperado, viu-lhe súbito a boca branca de dentes em serra e carnes como as dos peixes, espumava e os olhos eram horríveis – reparou suspensa que desciam pelas pernas do animal filetes de sangue rubro-negro. Mais – havia um corte branco, fundo, um talho quando o rabo se movia, via-o, um talho vermelhado, devia ser terrível. No chão uma poça rubra. O negro Jacinto calmamente atirava folhas de bananeira dentro do chiqueiro. O porco gritava, gritava, os seus gritos enfraquecendo aos poucos. A avó chegara perto. Nhá Pulquéria interrompera sua persecução. Foi quando de repente ouviu um grito agudíssimo, cortante como um fio de navalha, de deixar surdo. Assustou-se. Aquele grito horrendo saíra dela mesma. Um grito terrível que retinia ainda no espaço e cujo eco demorou, batendo-se no verde vivo das folhas e no azul profundo do céu. O sangue que era, Jacinto, girava em torno ao chiqueiro. O avô se chegara tendo-a nos braços – via ou ouvia. Algo estava errado. Tudo parado, confuso. O grito, como a Medusa, algo petrificara. O vento emudecera. O ar parara. Oprimia-lhe o peito recordar-se aquele dia. Jacinto jogando folhas de bananeiras. Ali se deitaria o enfermo e se refrescaria.

Rosa pôs-se a lembrar outras coisas. Que razão havia em recordar certas coisas sem significado, passadas há tanto tempo? Um pouco de razão haveria, senão elas não viriam, essas lembranças. Outra vez – viajou na memória – era adolescente, notava dia a dia como se lhe ia modificando o corpo. Os bicos dos seios intumescidos, inchados, magoavam-se ao contato com a roupa e com os lençóis da cama. Que segredos se passavam neles? O peso que adquiriam rapidamente dava-lhe um misto de vaidade, volúpia e temor. Uma rara melancolia a tomava quando, no banheiro, via-se despida no espelho. Pelos despontavam nas axilas e no púbis. A barriga tomava formas novas. Acariciava-a pensando em algo indefinido e longínquo. Vira Anita nua, ao entrar um dia no seu quarto de repente, sem bater. Primeiro imaginara que só as empregadas e as criadas tinham aquele luto tarjando o órgão de urinar. Claro que aquilo só servia para urinar. Depois foi que descobriu outras coisas mais. Que aquilo servia também aos desejos dos homens. Quando a melancolia era mais forte. Não entendera aquele dia, no quarto de Anita, foi vê-la que raspava com um aparelho de barbear dos homens os pelos das axilas frente a um espelhinho de lata, completamente nua sentada meio de lado na cama. Quantos procedimentos raros tinha a gente grande! Tia Ângela tinha seu nenê e às vezes quando os visitava o trazia. Banhava-o, punha-lhe talco, trocava de fraldas quase à toda a hora, o guri branquinho, tenro, estendido na cama alva.

Rosa imaginava sabe Deus quê, vendo o menino sendo

banhado, aquele corpinho pequenino em que as mãos de tia Ângela acariciavam, as pequeninas coisas que tinha. Quando crescesse, tudo aquilo se transformaria. Rara metamorfose se ocuparia dele. Quanto faria com aquelas coisas! Entretanto, ali estava, pobrezinho, perninhas, bracinhos movendo... Os pequenos órgãos quase sem forma. Agora o primo Basílio já era rapaz, um homem feito. Como seria tudo aquilo? Via o guri sobre a brancura da cama movendo-se... E um estonteamento de volúpia corria-lhe pela espinha...

Cenas da infância se mesclavam às da juventude, iam e vinham, como nuvens do céu da memória. Rosa, deitada, presa de insônia, recorda.

Episódios sem razão lhe vêm. Há dois dias, na calçada da casa, sem querer, reparara em algo tolo. Um empregado do hotel em frente, um turco moreno, gordo, de camisa branca e gravata verde, pesava e escolhia grandes nacos e quartos de carne vermelha, crua, lasciva num vendedor na rua. Tocava-as, apalpava-as, quase sem volúpia, as narinas frementes, conhecedor que era, grande prático, com conhecimento e carinho, levantava-as no ar, pesava-as, cheirava-as, examinava-as como um doutor, e aquela atenção desmedida pela matéria, fascinara-a. Não pode esquecer o turco lascivo olhando aquelas carnes como se fossem mulheres.

Depois penetrou como num sonho. Era um bosque ou um jardim. Adolescente, ela caminhava saltitando e arrancando flores à sua passagem, despreocupada. De repente descobre entre muitas floridas, no centro dum tufo de flores cor de carne, como se fosse também uma flor impudica e impossível, um hercúleo e intenso falo ereto.

deus de caim

Aproximou-se como quem se aproxima dum altar-mor duma igreja silenciosa. Anjinhos de Mantegna aparecem, voando sobre ele, desfolhando arbustos que o encobrem parcialmente, outros esparzem flores de grande altura. Depois numa revoada colhem-no em meio a um ritual meio religioso, e lho oferecem numa bandeja de ouro. De algum lugar, vinha uma mazurca de Chopin. Muito triste... Indefinida... A mazurca nº 5. Não, a de nº 4, sim, a de nº 4. Um êxtase se misturava como um perfume às vozes dos anjos e às árvores do jardim. Descobriu que era ela mesma quem tocava a mazurca de Chopin, com o guri de Tia Ângela no colo. Subitamente, achou cômica aquela música tão grave. Riu como uma louca. Sobre o piano o busto severo de Beethoven a reprovava. Riu-se dele também. Beethoven era cômico. Todos aqueles músicos eram uns palhaços. Depois o busto de Beethoven transformou-se num busto com cara de Isidoro. Ao lado de outro de Hipólito e outro ainda, de Paulo, e outro mais – doida analogia – de Jônatas. Riu, riu, riu. Agora era uma sultana com um harém cheio de maridos, todos com cara de Hipólito. Havia uma piscina de água claríssima e eles submergiam e nadavam despidos entre mulheres que tinham o seu rosto, nuas também, no fundo de ladrilhos brancos e ali na água, em posições exóticas, como dançarinos irreais se enlaçavam lascivamente e em círculos lentos e volteios langues completavam as expectativas, em vagas e líquidas cópulas, apos o que tombavam e se quedavam à deriva, como peixes e sereias inanimadas, no borbulhante leito de núpcias transparentes. Lembrou-se do porco. O porco parecera gritar no vizinho.

 Um cheiro penetrante de tamarindos ou de cajás maduros, avançando no escuro, envolveu-a, invadindo-lhe as pituítas, os pulmões, a alma, no escuro. No escuro. Anjos de Mantegna voavam entre os capitéis de perfume, nas volutas de aroma. Um desejo de penetração, úmido, esponjoso, vibrou no seu sexo. Depois dormiu e as imagens se embaralharam e se perderam como fragmentos sem cor.

XIII

O Grego contava como acendera círios a São Nicolau e São Lavrentio para obter os favores de Pávlia, a prima, que às vezes o visitava quando estava no mosteiro. Ela estava apaixonada por ele, e ele para ter mais certeza acendia os círios. E tanto ajudou-o São Nicolau que Pávlia combinou esperá-lo nos arbustos atrás do muro. As visitas eram tão policiadas e breves e se revestiam de tanto zelo da parte dos monges guardiões, que não havia senão aguardar uma boa ocasião para transpor o alto muro, e mais no caso dele, em que alguém como Pávlia esperava do outro lado por ele. Quando todos dormiam, ali estava Nicéforo junto de sua querida Pávlia. Era uma linda menina de seios e ancas precocemente desenvolvidos, teria ao muito quatorze anos, e o ex-seminarista contou com riqueza de detalhes toda a estória, o luar, o aroma da noite, o frescor das oliveiras, finalizando com aquele dito de Kazantzakis – aquele que pode dormir com uma mulher e não o faz comete um grande pecado e vai direitinho para o inferno quando morrer. "Pede a castanha vinho e pede noz o mel, que pedirei senão a cama de Isabel?" – cantarolou em grego, traduzindo depois para Lázaro. Contou uma festa de São Minos, em que comeu melancias e melões demais, embebedou-se de raki e dançou o pentazali desinibido com

Mári Lemoni toda a noite. Mári era uma mundana muito solicitada e ninguém sabe como se metera naquela festa. O fato é que teve uma briga por causa dela aquela noite, e no outro dia amanheceu na casa dela, com um olho azul e uma ressaca dos demônios. Não lembrava o que se passara nesse intervalo, mas devia ter sido coisa muito boa para que Mári se mostrasse tão solícita e carinhosa com ele, fazendo com que ao despertar-se aquela atenção se prolongasse até o início da noite seguinte.

Já era dia quando o Grego se levantou e dado o silêncio do rapaz foi olhá-lo de perto. Dormia profundamente, com o gato enrolado na barriga.

Ah, vagabundo, eu contando e tu dormindo! Mas é melhor que durma... Agora sou eu quem morre de sono. Quando se desperte, ir-me-ei embora.

Lá fora a chuva terminara, o sol aparecia palidamente, galos cantavam, rumor de galinhas cacarejando, um burro ao longe orneava. Era de manhã. Lázaro dormia pesadamente e o Grego preparava o café, quando Minira chegou acompanhada de sua irmã Serena. Percebendo que alguém chamava o rapaz pelo nome, Nicéforo foi à porta da cozinha e deu com elas.

— Ei, que fazeis tão cedo por aqui, meninas? Alguma novidade?

— Bom dia, seu Cardeal, viemos visitar Lázaro, ouvimos dizer que estava doentado. Viemos a ver o que se passa por aqui. Há tantos dias que ninguém dá as caras daquele lado, que a gente pensa tanta coisa, arre! Que será que aconteceu. Depressa, onde está meu namorado?

— Calma, menina, ele dorme. Esteve desperto toda a noite, que o remédio é dormir. Esteve doente, sim, como sabias? Furou a barriga, não entendo como, parece que caiu do galinheiro. Mas já está ficando bom. Não foi muita coisa. Podia ter sido pior. Daqui a pouco estará bom. Enquanto isso tenho cuidado dele, já que não há ninguém mais na casa. Como o rapaz ia cuidar-se sozinho? Estava mesmo para mandar avisar-te. Preciso que me substituam. Agora que vieste é muito melhor...

– Ninguém na casa? Como é possível? Era tão fácil mandar-me um aviso. Também andei adoentada estes dias, mas tratando-se de meu Lázaro, eu viria voando. Deus que o abençoe, seu Cardeal. Se ele soubesse o que anda maquinando o Cel. Vitorino... Imagine só, outro dia, um vulto assaltou-me, no quintal de minha própria casa, naquela chuva medonha do outro dia, machucando-me toda, tentava matar-me ou não sei o que seja, e se não fosse papai que apareceu e fê-lo fugir a tiros, não imagino o que faria de mim. Havia sangue pelo chão do galpão, quer dizer que ficou ferido. Não sei quem era, mas andam dizendo, veja como é o povo, andam dizendo por aí que foi Lázaro, que aquela noite entrou para roubar. Dizem até que na casa do seu Maneco Gordo roubaram essa mesma noite um cavalo com sela e tudo e uma rede. Todos bem sabem que Lázaro sempre foi meu namorado. Como podem agora vir com essa? Inda ontem foram lá em casa conferenciar com papai, o Maneco Gordo, seu primo o Maneco Magro, Libânio, João Tarumá e o Cel. Vitorino. Papai ficou uma fera comigo, não quer saber de nada com essa raça dos Amarante. Diz que são uns ladrões e assassinos, que se vê qualquer deles passar por ali o enche de chumbo sem palavra. O povo inteiro só fala contra os Amarante. Vão ter que mudar daqui, se não quiserem viver assim. Pelo visto, a qualquer hora o delegado virá por aqui à procura de Lázaro, e diz que vai entregá-lo à cadeia da Capital. Diz que o lugar dele é junto com o irmão. Que ninguém nessa família presta. Meu Deus, eu não sei o que fazer. É preciso que se faça algo. Tanto pelejei para provar que meu Lázaro não tem nada com isso, mas que, tão empedernidos, não adianta conversar com esses imbecis. Além disso, esse negócio de seu irmão Jônatas desaparecer de uma hora para outra, não é nada coisa boa. Há muita coisa no ar do lado dele.

— Calma, menina, muita calma. Não te afobes. Primeiramente, não lhe irá acontecer coisa nenhuma. Estando eu aqui não levarão a Lázaro. Como se fosse possível. Que mundo é este? No mundo das formigas e dos escaravelhos, não acontece uma coisa dessas. Não há prisões de inocentes, enquanto os culpados estão por aí... Mas te juro que Lázaro não sairá daqui. Para quem é esse Cel. Vitorino autoridade? Tenho meus amigos. Não sei se eles quererão incorrer em desgraça com esse Cel. Onde se viu um homem como esse, que vive de esconder suas coisas, venha incriminar a outro homem inocente. Quem não tenha culpa que atire a primeira pedra. Não nos afobemos. Não sei, mas vamos esperar. Não me adianta procurar esses amigos. São amigos para seus cães e não para os outros homens, talvez nem mesmo aos cães, só para eles mesmos.

— E não é só isso. Quem entende esse velhote? Está lá na sua varanda o dia todo de papo pro ar, fumando cachimbo, pensando sabe Deus quê — todo mundo fala dele certas coisas que não me fica bem dizer, não sei se é verdade, mas deve ser, o povo é seu próprio padre, e agora deu para vigiar-me. Volta e meia está na venda, nada compra, conversa com papai, quando estou por ali noto que procura adivinhar-me algo com os olhos, não sei o que quer, o certo é que me vigia, talvez até seguiu-me aqui. Que vamos fazer? Precisamos fazer algo, seu Grego! Onde está Lázaro?

— Aí dentro, coitado, dorme, conversamos toda noite.

Ela entrou e ficou ali no escuro do quarto, olhando-o sem dizer palavra. Depois sentou-se continuando a olhá-lo. O Grego foi à cozinha, acabar o café. Pensava. Se fugissem, dariam motivos falsos. Se ficassem ali a coisa engrossaria não se sabe para que rumo. Mesmo doente levariam o rapaz? Ele já estava bem melhor. Capaz que dava. E se contasse a verdade? Afinal, por que ninguém queria acusar aquele excomungado? Talvez fosse o melhor. Mas Lázaro não iria gostar. Merda, os seus gostos! Se pudesse provar tintim por tintim. Lázaro não iria sofrer a culpa do outro. Se pudesse achar o patife, fá-lo-ia confessar-se. Ainda por cima roubara um cavalo. Onde o teria deixado? A ver, Lázaro sempre dizia do tio e do primo, que moram em Cuiabá. O outro irmão está preso, não poderia ajudá-lo, mas o tio ou o primo, sendo seus únicos parentes, bem que podiam ajudá-lo. Será que procurou-os esse sacana? Tenho de saber disso.

Serviu o café a Minira e tomando ele também, perguntou-lhe sobre os parentes de Lázaro na capital.

— São ricos e orgulhosos, ao que parece. Lázaro não falava muito deles, mas parece que o tio mora separado, no subúrbio, e o primo com a família, lá pelo centro da cidade. Parece melhor pessoa esse primo. Não sei nada sobre eles, em todo o caso não sei se eles se interessariam pelo caso. Talvez o primo, que, em todo o caso, é mais sociável. Por que pergunta?

— Por nada, mas diga-me uma coisa, será mesmo que

você, aquela noite, não pôde notar o assaltante, quem era, como era?

— Estava escuro demais, parecia breu, como iria vê-lo? Uma coisa é certo — não era Lázaro, ademais se fosse, crês que iria fazer o acontecido? Não estava doente o pobre? Todos o conhecemos.

— E se eu lhe perguntasse sobre Jônatas, Minira?

— Bem, não posso dizer nada, porque, repito, não vi-lhe o rosto. Sei que é de gênio tremendo, não sei.

— Diga a verdade, Minira, estou vendo que é ele o culpado.

Nisto Lázaro começava a despertar-se. Espreguiçou-se, moveu-se, sentou-se na rede, esfregando os olhos, e de repente, ao ouvir a voz de Minira, sobressaltou-se.

— Você aqui? Que coisa! Pensei que...

Já Minira o abraçava e beijava-o, e ele, tonto, lhe retribuía o ardor, beijando-a e dizendo-lhe coisas aos ouvidos. O Cardeal compreendeu e saiu. Ficou lá fora, sentado sobre uma roda de carroça, sob uma mangueira baixa e redonda parecida a um cogumelo. Pensava. A menina não sei que tinha que não queria ou não podia ajudá-lo. Tinha de fazer algo, ele mesmo, por sua própria conta, nada mais. E se fosse conferenciar com o velho delegado? Talvez afinal ele tivesse alguma humanidade. Caso contrário, iria à cidade procurar Jônatas e de algum modo provar que era ele, e não o irmão, o culpado. E se fizesse Lázaro fugir? Para onde? Talvez o primo, na cidade. Talvez em sua própria casa, no Imbruiô. Mas vamos a ver o que dirá esse velhote hipócrita. Se não adiantar volverei e com Lázaro tocaremos para a cidade. Não há outro jeito.

E complementando o ato à ideia, pôs-se a caminho. Lá

deus de caim

dentro Lázaro e Minira arrulhavam. Ao chegar a Pasmoso, logo notou que havia festa na casa de Nhô Porfírio Prequeté. Sanfonas, tambor, vozes, ganzá, um furrundu brabo, àquela horinha da manhã. Pelo terreiro pares volteavam meio cansados. Couros de boi secando entre taquaras, pelos vizinhos, milho e arroz recém-colhido, em montículos sobre couros estendidos no chão, soleavam. O sol esquentava. Tanta chuva, ufa! Em redor gente conversava olhando a dança. Lá dentro, na penumbra da sala, os músicos. Haviam atravessado a noite. Um bêbado caído, e outro e outro, passando, enverga mas não quebra, cai não cai, fala pastosa, falando sozinho, olhos vermelhos, peneirando em redor. O siriri ia longe. O Cardeal chegando saudou, parou, ficou conversando por pouco. Falavam de não sei quem que morrera de noite. Onofre Rosa, um velhote tostado de fala grossa e arrastada, contava:

— Não sei como foi não, inda ontem o véio estava bonzinho, chô. Já de noite trouxeram ele embrulhado num cobertor, em lombo de cavalo, morto como boi de louro cortado. Estava, não minto, co'as tripas escorrendo de riba do cavalo e o moleque que o trouxe pelejava para enrolar o troço para dentro da barriga e dependurá de novo tudo no cavalo, debaixo do cobertor. O pobre do animal com aquelas tripas como cobras descendo parecia cavalo de índio. Parece que o cavalo de noite se metera entre uns galhos baixos e a capa do cavaleiro se enganchou num galho e o enforcou. Ficou como Absalão, num cabide. Mas, e as tripas que saíam? Algum toco lhe entrara pela barriga. O coronel com a cabeça mole balançando cos solavancos, o corpo atravessado lado a lado. Que cena mais braba, gente! Nem no tempo do major Silvério, a gente via passar carroças e mais carroças de mortos da revolução, com as tripas descendo! Me lembrei desse tempo quando vi o cavalo passando com o corpo do delegado.

O Grego ouvia sem sobressaltar-se com a história. Lhe parecia natural ouvir aquilo. Perguntou mais detalhes. Ninguém sabia bem como fora. Fora um acidente ou um suicídio. Quem ia pensar em suicídio, sendo o Cel. tão bom como era? Pena que tinha aquelas coisas que diziam dele, mas... Ninguém está livre dos seus defeitos. Deus tenha pena de sua alma. Contaram. Encontraram o homem dependurado pela capa duns galhos de combaru, no meio do atalho, lá dos lados do rio, lá pra meia-noite e o trouxeram no cavalo para casa. Minira não vira nem ouvira nada disso? Pelo visto não. Ia ser enterrado logo mais. Parece que estava começando a feder. Parece que o fato fora no início da noite. Deixou-os e foi à casa do coronel. Movimento de gente. Um carro da cidade à porta. Estranhos de farda. Ouvindo as conversas.

– Homem tão bom o delegado, que pena!

– Que calamidade, gente! O que é que está acontecendo?

Foi então que, pelas conversas, ficou sabendo que o coronel não era coronel. À força de chamarem o homem de coronel ficou sendo coronel. Era simples tenente, mas como era delegado, autoridade, não sei que mais, o apelido dado carinhosamente pelos amigos ficou e ele só atendia pelo coronel. Mas era tenente, tenente da polícia militar, que diabo, Ten. Vitorino! Velho boboca! Vá-se saber o que houve para que o matassem dessa maneira! Ou por que se matou! Ele não andava como gilete, cortando dos dois lados?

Na sala-mor, o morto, solene no caixão, o nariz imenso, afilado, o bigode com seu jeito de pássaro, de perfil parecia um papagaio raro de uma raça ignorada. Magro e comprido, as faces cavas, cor de cinza, os cabelos ralos amarelentos, as orelhas tapadas com algodão que já se haviam sujado de sangue, assim como o nariz e a boca, parecia que estava empalhado de algodão. Vestido com uma farda amassada, algo suja, os sapatos novos, erguidos de bico para cima, como corvos que se aprontassem para voar para o alto, hierático, parecia haver caído de costas de repente dentro daquele caixão, mandado fazer em Cuiabá. Um quê de chumbo, carne coriácea, parecia a múmia de Ramsés II, só que seu túmulo não seria protegido pela Pirâmide, e uma outra Esfinge muito diferente o vinha assistir impassível e invisível, desde o umbral do infinito – aquele silêncio impregnado de fedor e cera que habitava dentro dele e o enjaulava imóvel e hirto, nos roxos e negros do caixão. Vitorino do Espírito Santo dormia. O som do batuque aflorava entre os sussurros da sala. Erravam moscas grudentas. O calor circulava no calmor, em círculos, parados, em voltas, mortos. Deviam mandar parar esse cururu. Uma negrinha passava servindo copinhos de pinga numa bandeja. Um cheiro extremamente mau, de animal morto, se insinuava no ambiente.

O Grego ao entrar o sentira. Nas cadeiras em redor pessoas. Três homens vestidos de cáqui conversavam, cada qual com um copo de aguardente. A preta Nhá Rita do Alenque soluçando, levando aos olhos um lencinho branco de bolinhas vermelhas, contava a uma rodinha de velhas:

– Meu bom Cel. Vitorino. O que ele vai fazer lá naquelas bandas? Num podia tá aqui sossegado fumano o seu cachimbo? Mas tava tão diferente estes dias, por Deus! Parecia que um diabo estava tentado. Parecia que tinha saia de muié no meio, outra coisa não sei não. Tudo o que dizem dele é mentira, calúnia dessa gente invejosa. Mataram ele, isso eu sei! Que mataram ele!

A velha soluçando. As pessoas sussurravam. Aqui e ali alguém ria, no meio do silêncio. Contavam-se piadas, últimos casos, coisas novas, raras, esquisitas, como acontece. De vez em quando alguém estrondava num riso.

Alguém vomitou estrepitosamente no recinto. Uma água rala com grãos de arroz, mas fedida como o diabo. Fizeram que não notaram.

Geraldo ladrão contava algo e em seu redor três ou quatro homens riam a todo pano. Era um mestição velhusco, cara de sem-vergonha, meio sabido. Morava no Lagaiô. Chamavam-no assim mesmo de Geraldo Ladrão e ele não se importava, já se acostumara com o apelido e o levava sem preconceitos.

— Puis é, o Nhô Ascânio Lopes era assim. Velho corajoso tava ali. Não havia beirada de escuro que ele arrodeiasse pra mode medo de qualquer coisa, nhor não. Foi no tempo da enchente do rio Taquari, ele morava daqueles lados. Pois não é que o danado tinha dado na cabeça de domesticar um urubu, daqueles brutelos, de coroa, que parecia peru. Já estava avançado no ensinar o bicho, que este, se não ia deixar pra trás a fama do papagaio, estava perto. Então um dia, assim, sem mais nem menos, o esconjurado comeu os olhos do seu filhinho menor que dormia. Pra quê? Vou te contar, o véio furibundo e com toda a razão, mas sem muita, porque ele devia é ter matado o danado, como dizia, o véio torto de raiva, vai e cega os olhos do urubu, e lá por alguma coisa que ninguém sabe, continua o mesmo negócio de criá-lo, só que todo o santo dia dá uma agulhada no corpo e lhe põe uma brasa na bunda, pra mode vingar-se. Mas, imagina, um dia, o diabo do urubu acaba cegando ao velho também, quando este cochilava na rede do galpão. O pobre do Nhô Ascânio, pra que contá, gente, vocês num vão acreditar, furibundo da vida, mas com uma determinação de vingança maior que o inferno, corta-lhe as patas e por mais que sim ou que não continua criando-o ainda. Uma noite o bicho some e passa um dia inteiro sumido até que o véio sai com o filho em busca dele, e por incrível que pareça o acha num oco de pau, ali perto e mata-o, sabem com quê? Mete a cabeça do urubu na boca, morde-a, mastiga-a, o bicho vivo, masca-a e a engole, não sei como, o véio devia ter uns dentes de cavalo com toda aquela fúria, só sei que só deixa o bicho quando toda sua cabeça virou papa na barriga dele. Mas o pior está por vir – é quando, não sei de onde, lá do céu, dos seus ninhos dos confins do Judas, apareceram grasnando uns emaranhados de nuvens negras de mil urubus enfurecidos e caem sobre o pobre do homem com seu filho e os perseguem, derrubam, matam os dois e os devoram numa carnificina dos diabos. Dizem que deles só sobraram as roupas que ficaram lá no meio da estrada em tiras, e que inda estão por lá até hoje, pras beiradas do rio Taquari, e o pessoal que passa por lá diz: – Foi ali que os urubus comeram vivos Nhô Ascânio com seu filho. As roupas inda estão lá, eu vi e posso até jurar.

– Puta vida, não é possível, Nhô Geraldo – disse Chico Bóia, que era um velhote desbocado como o cão, cujas três filhas, todo o mundo comentava isso, Estalina, Mussolina e Itlerina, moravam na cidade e lá eram da vida, o que lhes dava muita importância ao velhote, que vivia dos dinheiros que lhe mandavam as filhas do seu trabalho com o corpo. Eram gente citadina, que diabo! Há que manter-se o lar, a mulher que costurava para fora e mais três filhas menores, Churchilina, lroitina e Degolina, que estavam sendo educadas para seguir a carreira nobre das outras — o custo de vida está tão alto e desgraçado que o jeito é defender-se cada um como pode, puta merda!

— Não sei se tu mentiste, mas vou te deixar pra trás com minha estória. Vocês já ouviram falar do Tulipê? Era da Serra dos Martírios, desses lados sem sabença da gente. Bicho feito e mal comungado tava ali, baixo e grosso, sem dente, cos cabelos brancos como linho e os olhos invisíveis, só se via um azulzinho no fundo, feiticeiro da tribo e amigo do diabo. Via nos desenhos do fogo tudo o que ia acontecer no amanhã e quando anoitecia entrava na água em escamas de peixe e passeava nos fojos remansosos dos poções do rio Xingu, namorando as mães-d'água. Uma vez ele deixou a água levá-lo, ou porque se encantara de alguma sereia desconhecida e queria encontrá-la de novo ou porque se embevecera demais na maciez da água, o certo é que foi parar nas beiras do rio Coxipó, perto da Usina Flexas, onde eu trabalhava naquele bom tempo. Eu era rapaz e uma vez vi o Tulipê dentro d'água. Pois bem, os donos da Usina eram uns alemães que gostavam das caçadas, pescarias e banhos. Tinham uma bela praia escondida entre as pedras onde iam fazer magníficos piqueniques, se banhavam e se refrescavam do calor. Um dia estavam ali, eu conhecia o pessoal, o velho Max, gordo e vermelho, com a mulher, uma alemãzinha bonita, inda jovem, loura como o milho quando começa a secar, chamada Eva, e os sócios Pedro e

Hans, com suas respectivas mulheres, só que horríveis comparadas com a flor do Dr. Max. Estavam sentados de maiô na areia, à sombra dos ingazeiros e dos pedrouços, bebendo champagne e ouvindo não sei que raio de música de igreja numa vitrola portátil, quando viram no outro lado do rio, sentado numa pedra, metade do corpo escamoso aflorando na água, o diabo do índio, que os reparava, cabelos escorridos e olhos cintilando como rubis ao sol. Foi só um instante, porque sentindo que o descobriram, o Tulipê mergulhou no rio sem ruído e não tornou a aparecer. Os alemães ficaram intrigados, achavam que se parecia um viking, um ser das sagas, fantasma extraviado do barco de Erik, o ruivo, desde os bosques de álamos da distante Germânia, conforme disseram. Mas desde Terra Nova até aqui, era muito caminhar, como pôde? Quanto mais, das coníferas das Germânias. Eva sentira em si os olhos magnéticos e não os pôde mais afastar da ideia. Os outros ou se esqueceram ou se fizeram os esquecidos, o caso é que tempo passou e eles não falavam mais do assunto. Eva, entretanto, sempre que podia, ia à praia e lá ficava, olhando as águas, ou, montada a cavalo, percorria as ribanceiras e os barrancos, procurando com os olhos lá de cima algo nas espumas do rio. Em casa, quando todos dormiam, era aquele penar que dava dó. A moça se enfeitiçara pelo Tulipê. Não sei se o marido notava, devia notar já que era mulher dele, o fato é que ela estava diferente. Passava o dia fora o tempo todo. Uma noite, ouviu junto à vidraça, uma voz abafada que repetia o seu nome, correu, abriu as janelas, ninguém, só o vento da noite que vinha úmido do rio. Passou então a banhar-se nua. Talvez o viking deixaria de ser tão tímido. Vinha, desmontava, amarrava o cavalo, tirava as roupas pondo-as na sela e entrava nas águas, branca ao sol. Nadava rio acima, trepava nas pedras um pouco além e se deitava no preto esverdeado dos pedrais musgosos. Ficava descansando, olhos semicerrados, vendo a água buliçosa descer, horas longas. Uma tarde dessas, já um pouco desilusionada, talvez fosse imaginação nada mais, aquele homem das águas, os alemães são muito imaginativos, cochilou. – Deutschen sind sehr traumern – conforme diziam – cochilou. Despertando deu de cara com o viking, que a estudava atentamente a pouca distância, dentro d'água, com a cabeça de fora. Passado o instante de susto, acenou-lhe chamando-o. O Tulipê relutou um bocado e depois galgando agilmente as pedras, veio sentar-se ao lado dela. Não sei em que diabo de língua se entenderam, o caso é que aconteceram coisas. Aquelas pedras viram o que fizeram e ouviram o que falaram. A mulher, todo o santo dia, nem bem amanhecia corria à pedra. Entraram lacrainhas à noite, quando ela dormia, nos seus ouvidos, lacrainhas que o Tulipê soltava das pedras molhadas de lua na beira do rio. E ela perdeu o sono como quem perde tempo co'a idade chegando.

Não sei quem soube, o caso é que o Dr. Max devia estar pensando coisas. Um dia seguiu a mulher. Viu-a na pedra e junto dela um grande peixe. Em casa, perguntou-lhe que peixe era aquele. Ela disse que o encontrara no seco, levara-o à pedra, para estudá-lo de perto e o jogara na água.

Um peixe, ora bolas, mas nunca vi um peixe desse tamanho e dessa cor. Tinha cor de pele humana. Depois disso o Tulipê não apareceu mais. A mulher todo o dia estava ali na pedra, branquinha ao sol, esperando. Um dia um canoeiro trouxe na canoa o corpo dela. Morrera naquelas

deus de caim

águas e o corpo ia boiando, descendo o rio, quando Hermes da Ponta o reparara e com esforço o pescara, trazendo-o para a Usina. Entregara-o ao Dr. Max, e este, inconsolável, só sabia dizer: – Eu pem le decia. Eva, nodante assim pela rio, sem roupa, parra cima e parra baixo. Eu sei quem foi. Foi aquele viking. Foi aquele viking.

Assim termina a minha estória, senhores. Eu Geraldo, estou de prova, pois morei muito tempo, uns dez anos mais ou menos, e inda hoje muita gente deverá lembrar-se do caso. O que prova que não estou mentindo. E não é influência deste velório que me fez contar essa estória. Foi lembrar que aquele tempo que eu era rapaz e gostava de ver Dona Eva, com aquela beleza toda passeando a cavalo entre os canaviais ao vento, pela redondeza do rio.

– Interessante, murmurou o cabo Saturnino Assunção, que fora lugar-tenente do Cel. Vitorino, um preto maduro, de cãs prematuras, bochechas inchadas e beiços cor-de-rosa de tanto se afundar numa pinga. – Mas como foi isso da morte de Dona Eva que tu não contaste direito?

– Mas que não contei direito? Quá! Se ninguém viu a morte dela. Foi o Hermes que a pescou e lhe veio entregar o corpo na Usina. Todos os jeitos pareciam que foi de afogamento a morte dela. Se suicidou de desgosto, não entende?

– Está bem, agora entendo. Se é suicídio, é outra coisa. Mas eu tenho uma estória melhor para contar. Foi quando fui destacado para Vila Bela. Naquele tempo eu era moço e era o cão. Andava com uma mulata que era pra mim a rainha de Sabá, escurona, mas de feitio fino, dezenove anos, seios como mamões empinados de bicos que pareciam cabeças de picas, roxos-rubros, coisa de alucinar, uma cintura de peixe, uma bundaça que era aquela maldição que o renegado do Rabelais nunca vira igual, segundo dizia o finado Cel. Vitorino, se estivesse lá comigo, aquele bom tempo, pareciam feitas de propósito, uma boceta relinchando de prazer por um pau como o meu, do tamanho de um braço de gente, uma boceta que nem a puta da fêmea de Adão tinha, coisa fabulosa, quente, raspante, chupona, apertada como braguilha de garrafa, digo, garganta de garrafa, a deusa da fecundidade, Vênus núbia, Vênus do Congo, fodia uma vez queria foder o resto da vida, e toma uma dúzia, duas dúzias, aquela vertigem que não acabava nunca, era a própria morte cheia dos anjos e santos, aquela bondade que nem os feitiços encontravam mais. Pinga do céu, pimenta do purgatório, ó barriga-bainha, teus pelos, vinho da morte e da alucinação, teu canal, escorrega loucura vai e vem doce pepino lá por dentro de couro ensaboado entre as nuvens, coisa tesa que ela gostava, coisa dura que comeu luas com coração de anhambé, entrassai, saientra, gangorra-triângulo-trapézio do coito, aradessa menina, aranhas de Santa, catapulta, cogumelo, círculo, geometria dos membros, mão de pilão, minha Bugra Véia, por que uma vez raspaste à navalha o courinho de tua vulva? Espinhou-me todo, mas a moita cresceu de novo, corpo de Deus!

— Ei, compadre Saturnino, tem mulher no salão, homem. Tu estás bebido. Repara.

— Não faz mal, estou falando baixo e além disso o Cel. era meu amigo, se ele pudesse ouvir ia louvar. Muitas vezes conversávamos disso. Não desfaço que não bebi, nem disfarço. Claro que bebi, quem não bebe, inda mais nesta ocasião, o Cel. está morto, olha. Não vê? Daqui um pouco os bichos estão comendo ele. Mas se vocês vissem minha Santa... Deus me livre... Não era como essas damas de por aí... Nhor não. Um jumento morreu de pau duro e uma dama rainha mandou cortar... Mas... Então minha Bugra Véia, como dizia, tinha dezenove anos e era a mulher mais cobiçada do mundo aquele tempo. Crianças e velhos quando a viam corriam para esconder-se – ereções voluntárias ocorriam até em mulheres, imagine, em mim, que era o tal. Ela só sorria, passava sorrindo, ah nega do diabo! Ora, eu sabia que sorriso não é relação sexual, mas vá lá, tem suas inocências camufladas. E quem não podia retribuir-lhe o sorriso, metia a mão no bolso e... Quem é que não tem bolso? Muito prático. Se fica vazio, que é que contém ali? Nenhuma curiosidade. Presente pra dama rainha, né? Estou bêbado, claro, mas é modéstia minha. Antes da queda, Adão copulava sem cessar, e eu também. Sou preto mas já li a Bíblia. E pensam que eu tenho medo das palavras? A vulva dela era uma máquina cheia de bocas famintas que trituravam açougues. E meu membro era um açougue morto de fome. Para mim tinha dois metros, para ela era um prosaico palmo bem medido. Eu era doido pela mulher. Viraria Nero por culpa da nega, era só ela querer. Assassinaria o Papa. Digam-me uma coisa, que seria desta vida, se isto é vida sem essas coisas? E não me venham com ninharias de dizer que a vida é nobre. É a cabeça, é a orelha, é o nariz, é a mão? Não é não. É aquilo, sim. O medo das palavras. O medo das coisas. O medo do corpo. Aquilo, sim, o membro, a vulva. É comer, é cagar, é dormir, é trabalhar? Não é não. É aquilo sim. O medo... Aquilo, não outra coisa, aquilo, foder. Foder e gozar. Gozar a injeção que se dá na bela mulher, o universo ao diabo, o leite espirrando dentro dela, dentro de sua carne fechada por todos os lados, um corredor redondo cheio de delícias, seda, perfume, rumor de rio que me acompanha, os pecados saindo, Deus na cruz sendo perdoado, e pegar, correr as mãos, sim, barriga com barriga, peitos com as pontas vermelhas e as pernas mexendo, por Deus, que é a pura verdade, a maior veracidade, o mais vernáculo. O urubu, depois, não pega infecção nenhuma, nenhuma doença, minha gente, e sabem por quê? Porque pra aquilo foi que ele nasceu, a coisa é natural. A gente também é natural, nessas coisas não pega nada não. Fica é mais forte. O que não mata engorda. E quem pensa que a cama foi inventada com o fim específico de dormir, está enganado. Foi para foder, sim senhor nada mais, o resto é besteira, é luxo.

— Tu tá bebido, Saturnino. Olha que tu é cabo. Já tem gente se zangando por aí com tua voz alta. Vamos dar o fora. Lá fora tu nos conta. Aqui pode dar azar. Há gente desconhecida. Ou então acaba uma vez esse raio de estória. Mas conta mais medido. Homem tu já não é tão rapaz assim.

— Bom, pois seja. Vai em poucas palavras. Tinha essa mulher, tinha porque não tenho mais. Nós perseguíamos uns foragidos, meio longe de Vila Bela. Vila Bela é uma cidade só de pretos, sabia? Os bandidos eram o famoso Rabo de Cobra, que andava matando e roubando gente como cangaceiro, o André Judas e aquela gente toda, bem falada. Pois fui e levei a Santa, minha padroeira comigo. Como ia deixar a negrinha? Estávamos perto da Serra dos Martírios, tão falada pelos tesouros dos índios, pela Cidade perdida e outras lendas. Éramos seis, com Santa, todos a cavalo, atrás dois animais com os mantimentos, porque a diligência ia ser longa, eles na frente e eu e ela bem atrás. Eu comandava aqueles cabras e íamos armados como para guerra. Eu tinha ordem do major Domingos de matar os bandidos, que eram mais perigosos que cascavel. Os praças que iam comigo eram o Joãozinho Oinho, Serafim Lacrau, Eufêmio, um tal de Chucha, mal encarado, ruim como a peste, com o qual não me dava muito e outro idem, um tal de Tranquilino, que eram muito unidos os dois, e que eu desconfiava qualquer coisa que só vendo. Vai daqui, vai dali, três dias já de marcha, deu pra notar muita coisa. Que Chucha, por exemplo, andava de olhos na Santa, o Tranquilino também mas não tanto. Nós fazíamos o acampamento nalguma proteção de pedra e Santa dormia agarrada comigo, eu de olho meio dormindo meio acordado. Aquela gente que ia comigo era pior que os bandidos que estávamos a buscar. Mulher dureza estava ali. Aguentou toda a viagem, aquela trenzeira de subir e descer serra, a cavalo. É duro. Não dava trela aos cabras, mas eu notava qualquer coisa nela que ia com o Chucha, que era branco, ombrudo, barba em viseira, membrudo, cabeludo, mas não passava disso. No terceiro dia de noite chegamos no calcanhar dos foragidos e cercamos os danados. Não sei o que foi. Gritei para se renderem, mas os demônios arresponderam a bala. Não demorou muito, o Joãozinho Oinho, o Eufêmio, o Serafim Lacrau tinham morrido nas miras dos bandidos, que conseguiram fugir. O Tranquilino estava ferido, com uma bala na boca. Enterramos os companheiros e resolvemos voltar. Pusemos o Tranquilino numa espécie de maca pra mode ele ir deitado e encetamos viagem de volta. Não te conto. Os danados fizeram tocaia na beira dum córrego e quando estávamos comendo a carne-seca com farofa, não respeitaram nada. O pobre do Tranquilino acabou de morrer com uma bala no peito. Acertei um deles, o Quirino que morreu em cima dele mesmo, na hora. Mas não adiantou valentia. Sou cabra experimentado, mas ali a coisa virou. O Rabo de Cobra e o André caíram por cima de nós e eu desmaiei numa nuvem de sangue. Quando dei de mim, estava numa gruta, por onde a água do córrego passava, uma bruta ferida na testa doendo como o diabo, amarrado num toco ao lado de Chucha e da Santa. Numa elevaçãozinha seca, dentro da mesma gruta, uma fogueira enchendo o lugar de fumo e em redor os dois ferrabrases. À vista, águas do riacho entrando por uma e saindo por outra boca da caverna, e a gente sentado dentro dela.

— Boazinha, a dona aí, hein — foi dizendo o preto Rabo de Cobra, quando viu-me abrir os olhos — quanto você quer por ela. Diga, ó molambo sem-vergonha.

O sangue ferveu-me. Doeu-me a cabeça. Tinha machucado algo sério. Olhei-o sem responder, ódio nos olhos. Ele retribuindo, olhava sinistro para mim, para Santa, para Chucha, um brilho de diabo no vermelhinho dos olhos.

— Quanto a vocês, vamos fazer torresmo e mandar para o Major Domingos com sua canalha. Vão comer carne de mata-cachorro para ver como é bom. Melhor que carne de porco. Agora vamos a ver uma coisa. Chegou perto de nós. O André Judas, magrinho e baixote, branquelo, ria a cada palavra do outro. Com o pé indicou Santa.

— Você, tire a roupa, lave-se no rio e prepare-se para foder comigo.

— Tu tá doido, cachorro ruim?

Ele abaixou-se, cortou as cordas que a amarravam.

— Vamos, menina. Ande, que não estou brincando. Não

vou repetir. Foi num canto onde estavam amontoadas coisas e vultos, tomou um arreio de cavalo, dobrou-o em três e ficou com ele abanando numa mão. Na outra segurava um revólver.

— Tu é o Cão, cachorro ruim. Se está pensando que... Liap!... Um chicotaço cortou-lhe a frase pegando-a pelo rosto, pescoço e ombros.

— Vamos, menina.

— Tu tá penss... Liap. Liap. Liap. Uma chuva de chibatadas secas. Fios de sangue espirravam da carne escura.

— Anda, senão te acabo matando, tu não tá vendo que não estou brincando? Deu-lhe uma botinada que a derrubou. Caída de bruços, Santa pôs-se súplice, de joelhos, chorando, trôpega, tremendo, a olhar-me, sem saber que decisão tomar. Um urro me percorria o cangote. Via agora que toda aquela prisão era apenas para este fim — apoderar-se dela. Santa era uma preciosidade. Aquilo doía em mim. Por incrível que pareça, me parecia que Santa estava gostando daquilo e se fazia que não. Uma coisa como brasa me queimava o estômago. Como pinga no tope da barriga, no emborcar do copo. Gritei:

— Oh, filho duma puta, se tu me solta um instante, vais encontrar o que é homem. Por que não faz isso com homem do seu tamanho?

A raiva me dava coragem. Tremia sob as cordas, dentro d'água que passava. Ele chegou-se a mim e encheu-me de socos e arreiadas. O bocal do arreio pegou-me na fronte e o choque me fez dormir de novo. Não sei o que houve. A última coisa que vi foi Santa, de joelhos, os pés dentro d'água, olhando para mim. O Chucha haverá visto o que passou nesse intermédio. Quando abri os olhos Santa, nua, na minha frente esgravetava a terra, o filho da puta entrando dentro dela. Fechei os olhos, com uma dor na terra e no céu. Não aguentava, de vez em quando olhava, que podia fazer? Os dois ali. A areia se espalhava, pareciam bois brigando, dir-se-ia que o chão rangia, a preta nua, o desgraçado nu com a bundaça do meu lado, os cocos balançando, a pica enterrada até a raiz, a puta gozando, gemendo, ouço ainda o choro-riso da cachorra, como pôde? As pernas arrancando montes de areia, espalhando água, esburaqueando, a boceta arregaçada, envolvendo por em roda, as pernas abertas recebendo, os calcanhares quase no meu nariz, eu não sei que cara teria. Começou a sentir os efeitos daquele negócio, do meu lado, o Chucha, de boca caída, me deu até dó, parecia um boi doente, estaria sentindo também. Olhei-o depois com fúria. O dó se me foi. A putinha parecia uma gata com gato em cio no muro ao luar. Enfim os estremeções, aquela coisa, o canalha acabava, resfolegava como bode e a bandida não ficava atrás. Depois, imóveis, aquela morte momentânea que todos os que fodem conhecem. Depois de um breve tempo recomeçaram, repetindo a coisa. Diabo do céu! Ao fim e ao cabo, se levanta, faz um sinal especial ao André Judas que babava esperando, e sai, limpando o membro com o vestido da negra, e nu como está, vai ao riacho e entra na água. Digo-lhe, de onde estou a ela:

— Ei, levante-se e vista, sua cretina!

Ela não ouve. Parece que inda está gozando. Agora é a vez do André Judas.

Desgraçado. A negra não esboça reação. O branquelo baixa as calças e senta-se ao seu lado. Fecho os olhos. Ouço os bandidos. Outra vez. Gemidos.

— Ta me mordendo, cachorro!

— Cala a boca, menina!

E a areia rangia recomeçando. Rabo de Cobra vinha chegando.

— Acabe logo com isso. Vamos matar esses três e dar o fora antes que cheguem outros merdas como eles.

— Espere um pouco ó Cobra. Quando era sua hora ninguém te incomodava, agora que é minha vez, você que está satisfeito, deixa a gente sossegar, tá?

Abri os olhos. O Cobra está perto do fogo olhando a comida. O Chucha no mesmo de antes, nem se move, parece que morreu. O patife do André esperneia, sacode, parece que está com epilepsia, quer levar Santa ao Céu. Tanto se mexe que sai de lado, esperneando furiosamente, babando espuma e movendo os membros, os olhos como rasgados, dentro d'água, espadanando, quase se afogando. Está como fora de si. Vem o Cobra e puxa-o para fora d'água, deixando com meio corpo fora. Sucedeu nele agora uma calma fixa e ele jaz inanimado, como um morto, na areia, de vez em quando um tremelique no corpo, nas pernas, nos braços, na cara cheia de areia, um arreganhar de dentes, uma náusea, um troço que lhe corre nos olhos.

— Ih, deu-lhe o tal do diacho do ataque. Agora é que são elas — murmurou o Cobra.

— Levante-se e vista — diz ele a Santa. O Cobra, depois puxa o companheiro para um canto seco, perto do fogo e cobre-o com um cobertor. Este de vez em quando se move todo furioso, murmura frases desconexas, como em sonho. Já vestida, o bandido amarra-a de novo, e ela fica, de pescoço caído, a cara e os braços riscados de sangue, como desacordada, sem responder ao que lhe digo, e que não vale a pena repetir aqui.

O Cobra come a sua boia.

— É melhor dormirmos aqui. Iremos amanhã, depois de matarmos esses três.

Depois se estende, a sela por travesseiro, o revólver ao lado da cabeça.

— Qualquer coisa que reparar meto a bala, cuidado pois, hein.

Passam as horas. A lua já ilumina pela boca da gruta as águas ruidosas.

Tenho um frio dos diabos. Santa deve estar passando mal, mas não disse uma única palavra. Parece dormir. Já é de madrugada.

Nisto, sem que dê pela coisa, o Chucha está de pé, num salto à minha frente. Num movimento de braço agarra o revólver do Cobra. Este ainda mal que ensaia um levantar-se mas um estampido se estraçalha, reboa no silêncio.

Tiro certo. O Cobra se dobrou dum jeito só e morreu em cima da hora. Abala lhe entrara entre os olhos. O outro, o epiléptico, intentou levantar-se, e nu como estava atracou-se com Chucha, num momento, só, pois levou um tiro no peito e caiu enrolado no cobertor esguichando sangue. Quis levantar-se outra vez mas Chucha impiedosamente misericordiou-o, com outra bala entre os olhos. Estremeci ao pensar em algo. Meu pressentimento... Sim. O cachorro se veio rindo, os dentes brancos rebrilhando, feliz da vida e sentou-se em frente ao braseiro, pôs-se a comer da comida dos bandidos.

— Não vais soltar-me? Lembra-te que és subordinado e vais responder depois pelo que fizeres. Pensa bem. O esconjurado nada dizia. Só fazia era olhar-nos, a mim e a Santa, chupando um tutano ruidosamente. Seus olhos e dentes brilhavam à luz do fogo já débil. Depois se veio, cortou-lhe as cordas à Santa, mandou-a banhar-se de novo e lá mesmo na praia repetiram toda a edição de coisas feitas pelos bandidos mortos à minha presença. Só se via seus vultos à luz do fogo que morria, e o sussurro de suas vozes. Quando se fartaram, arreou o maldito dois cavalos que pastavam do lado de lá da gruta.

– Menina vamos embora. Não sou de muita conversa.
– Mas como vamos deixá-lo aqui? – diz ela.
– Ao diabo, vamos, antes que me zangue.

Agarrou-a pelo braço e levantou-a bruscamente. Empurrava-a. Ela relutava em ir, olhando-me e não sabia o que fazer. – Disse-lhe eu:

– O mundo é pequeno.

Um empurrão mais forte derrubou-a. Levantou-se com dificuldade.

– Você fica aí e quando eles (apontou para os dois mortos na areia, na minha frente) começarem a feder, lembre-se – o mundo é pequeno – disse o Chucha para mim, os olhos, os dentes brilhando. E empurrando Santa, saíram da gruta. Houve um breve rumor de cavalos e depois mais nada. Um silêncio de morte reinou. Só o diminuto ciciar das águas. Três mortos que pareciam fazer inchar aquele silêncio. Eu tinha as pernas, o corpo, uma dor só. Passou dois dias. Eu ali. Minhas pernas tinham já limos. De vez em quando esperneava para irem-se as cãibras. Impossível narrar aqueles dois dias dentro d'água. Os mortos fediam. Urubus entravam pela gruta e começavam a furar a barriga deles. Em mim a fome parecia ter um eco com aquele fedor. Estavam ficando pretas as coisas, já não bastava ser escuro, quando no segundo dia chegaram reforços de Vila Bela e me salvaram duma morte horrorosa. Ninguém sabia de Chucha e de Santa. Sofria demais, mas não podia fazer nada. Passou tempo, um ano, dois, não sei quantos, um dia vou a Palmeiras, numa diligência e acontece algo. Uma noite antes um desconhecido morrera numa briga num bordel. Matara a punhaladas uma mulher, dizem que uma negra belíssima, e por sua vez o enrabichado dela para vingá-la enchera o tal desconhecido de balas. Estavam para ser enterrados. Fui a ver. Eram Santa e Chucha os dois mortos. Contaram que ela aparecera por ali sozinha e entrou para aquele bordel. Passou tempo e justo essa noite foi o encontro dos dois, quando Chucha chegou, que vinha no encalço dela, que fugira dele. Tiveram uma discussão dos diabos que acabou assim. Mas não acabou ainda não. Não sei se há alguém por perto. Mas vou contar um segredo. Quando a enterraram, eu que estava com saudades dela, e inda por cima, a amava ainda, coitada dela, vocês me compreendem, não? Que ia eu fazer? – fui, desenterrei-a, de noite, desenterrei seu corpo tão belo e gozei-a uma vez mais, uma vez ainda, não me importava nada. Eu a amava ainda... Fedia já... Mas era tão bela... Vêm-me as lágrimas ao lembrá-la... Mas que posso eu fazer? Ela estava morta, mas eu estava vivo. Gozei-a. Depois a enterrei novamente. No amor até a morte compreende. Abismo chama abismo. Mas o pior querem mesmo saber o que me aconteceu? Peguei uma gonorreia de verdade, uma coisa horrível. Até hoje já velho, me incomoda. É possível uma mulher morta passar gonorreia? Não entendo mas acabei a história e me desculpem. Se não gostaram paciência. Agora estou velho, acabado, não passei de cabo toda a minha vida, mas tive essa mulher. Essa foi a minha glória nesta vida, assim como a glória de Salomão foi o seu templo.

— Arre, que estória. Nunca mais quero ouvir estórias tuas. Deixou-me um nó nas tripas, disse Chico Bóia. O Antônio Peru pôs-se a contar. O Grego ouvia e nada dizia.

— Ia uma carroça na noite, desamparada, sob a chuva sacolejando penosamente entre charcos e poços, no meio da floresta. Dentro dela, sozinho Nhô Ascêncio ia pensando em chegar ligeiro à casa onde o esperava a mulher, talvez ia impaciente da demora. O caminho estava péssimo. Nas secas era horrível, mas com as chuvas, com os lamaçais que se formavam era pior, ficava duas vezes horrível. Ia pensando no seu compadre, cuja casa ficara para trás, Nhô Ermírio, de onde ele vinha, e aonde levara uma carroçada de tijolos, para terminar de encapar o poço novo. Os altos arvoredos rosnavam lugubremente. Pensamentos disparatados se misturavam com uma história contada pelo compadre que ele procurava lembrar-se com nitidez. Enrolado no ponche alaranjado e de corpo contraído como se temera alguma coisa naquela lenta escuridão que os dois cavalos iam cortando com dificuldade chapinhando na água, assobiava baixinho para diminuir o arreceio. Então que Nhô Prudente, o outro carroceiro que operava com ele nos mesmos ramos e locais, quase concorrente e rival — nesse mesmo trajeto, dos Sete Mortos para Vila Joana, mais ou menos por perto da venda de João do Verde um lobo enorme que ninguém sabia de onde viera e como aparecera, um lobo meio cachorrão meio demônio, o Cão do Bagaço, como diziam, que morava numa toca por debaixo da grande cruz da estrada onde morreram e foram enterrados aqueles dois caras que se engalfinharam numa contenda e acabaram se esfaqueando, na noite da Paixão, numa briga pavorosa, pois bem o tal Cão do Bagaço, que se chamava assim porque um dos enterrados era seu dono e nunca mais saíra dali daquela cova, de perto do que havia sido o seu dono, diziam que o cão era de muito antes, ninguém sabe, tinha quinhentos anos, que nunca morria, que aparecia por ali por aquelas voltas e redondezas uma barba de fogo em redor dos dentes que eram uma fileira de navalhas e um par de olhos verdes como os olhos de fátuo dos mortos que dormiam cheios de fósforo ali sob a grande cruz da estrada – mas tudo isso vago, coisa que só existe de dizquedizque, tudo legendário do povo, ninguém sabe, o cão preto como um céu sem estrelas, quase do tamanho dum novilho, aparecia aos viajantes retrasados e os levava à sua cova. Dizem que Nhô Prudente desapareceu, foi disso, há dois dias. Nhô Ascêncio deu uma olhada atrás à lanterninha que tremi-tremia pendurada à travessa do assento.

Nhô Prudente havia disparado contra o lobo, e se o ferira ou não, não se sabe. Pior para ele. A treva era densa como barro. Os cavalos nervosos pareciam não sair do lugar. Estranho. Atentou ao movediço que chupava as rodas, sem ir adiante, só girando, girando. Os ferros, as madeiras gemiam. O vento esfriava. Sentia línguas frias lambendo-lhe as costas, como se estivesse nu. Desceu para ver. Atolara. O arvoredo parecia tomado de um incêndio negro que o mastigava com ruídos de folhas, galhos, rangeres, gritos, ânsias, silvos, urros, ecos, sussurros, murmúrios, uma orquestra de agonias. Ele os conhecia bem a esses gigantes enfurecidos com braços de folhas e corpo de galhos que relinchavam como cavalos aos sopros da noite transfigurada. À distância duma pedrada estava a cruz do Bagaço, mais adiante a venda do João do Verde. Os relâmpagos refuzilavam e iluminavam repentinamente duma luz sombria, breve e nítido, os arredores, seguidos um do outro, a estrada que se perdia na tempestade, para baixo e para cima, e a mataria enfurecida. Ele a conhecia bem, a floresta. Eram verdes, pacíficas à luz do dia, suas árvores. Mas hoje não as conhecia, como estavam. Haviam mudado. Eram seres demônios. Falavam a língua do inferno. Rodeou correndo e macerando as mãos pelo quadrado de madeira molhada da traseira da carroça e tirou a lanterninha que mal iluminava. Mal via a cor amarela de laranja desbotada do ponche que o vento abria nas pontas. Não sabia que hora era. O tempo se perdera como uma folha seca levada ao vento sob a tempestade. Nhá Bernardina estaria vai e vem à porta e à janela, falando sozinha, destemperada, azeda.

– Malandro, pra que tanto tempo parado nessa venda, conversando fiado com esses vagabundos que não têm o que fazer, não têm mulher esperando em casa...

Começou naquele medo a assobiar de novo, prá mode pôr um açuquinha de coragem naquele negror de cego, onde todos os silêncios viraram berros do inferno no se ajuntar. Mas o assobio longe de trazer calma nervosou-o inda mais. Subiu-lhe uma zoeira de zumbidos à cabeça, nuca acima. Começou a tremer. Todos os demônios do mato, que dizia o Nhô Policarpo, o cozinheiro espírita, lá de Vila Joana, estavam soltos. Era dia de a porta do Inferno estar aberta. Levantou a luz olhando os cavalos de perto. Notou-lhes as orelhas em pé, os olhos sem piscar, do tamanho de limões, como limões negros, com a luz da lanterna brilhando nos cantos. Deu-lhe dó dos animais. Molhados sob aquela chuva, aquele frio, aquela lama. Olhou-lhes as corcovas. A água batia e descia em penca, como gelo. Um relâmpago verde cortou o céu como uma chibatada, iluminando por um instante o lugar em que estava, em cima dele. Encolheu-se como se fosse ajoelhar, segurando as abas do poncho que queriam abrir-se, voar. Os cavalos urravam num arremedo de relincho abafado pelas correias dos freios e se empinavam num desespero de músculos tensos, tentando uma revolta inútil. Esperou o trovão, o deus zangado que ia tossir. Demorou eternidades entre o raio e a sua voz. Enfim caiu como um desmoronar de céus que se ampliavam abrindo e devorando rios. Tudo tremeu e como um sacudão, o monstro com a pança cheia de urros reboando e partindo-se em ecos, se foi caminhando no céu das bandas do norte, direção para onde ele, Nhô Ascênio, ia, diminuindo os roncos, como um bicho raivoso que se fosse distanciando, tropeçando nas próprias pedras, vômitos dos seus ecos, mugidos e palavrões do tempo negro, até perder-se de ouvido. Nhô Ascênio deu-se conta que tinha a mão ferrada no cabo da faca, à cintura, pronto, rígido, os músculos sacudidos. Deu meia volta estudando as rodas entaladas no tijucal. Tinha de pôr umas cunhas para retirar as rodas, se é que queria sair dali. Foi com a lanterninha espiar pelas beiradas da estrada, a ver se encontrava uma tora boa. Caminhou um tempo, foi, voltou. A luz não ajudava.

Afastou uns matinhos e entrou no mato. Havia visto um tronco redondo, negro. Pôs a lanterna no chão e procurou levantá-lo nos braços. Pesado demais, só rolando. Foi rolando-o pacientemente, com esforço, machucando as mãos até a estrada. Dali até a carroça era mais fácil. Foi rodando até o tronco chegar.

Acomodou-o atrás da roda, de modo que esta ao girar, com o próprio peso a empurrasse para baixo, e servisse de escora e quem sabe, se tivesse sorte, de base. Voltou e foi enchendo os braços de galhos e achas para ajudar o tronco. Colocou-os em volta do tronco, onde a roda devia assentar-se própria do seu peso. Faltava outro tronco para a outra roda. Tomou a lanterna e prosseguiu procurando. Mais abaixo, achou outro, de bom tamanho, sob medida para a outra roda. Ao rolá-lo, olhou para cima e deu com a cruz do Bagaço. Estava suado e as gotas de suor que lhe molhavam o corpo lhe pareciam gotas de gelo. Na verdade não suava, chovia como uma maldição e a água lhe ardia nos olhos. Um lento calafrio correu-lhe acariciando a espinha. Intentou mirar com um rabo de olhos sem mover-se e sem volver o rosto, procurando o tal buraco do Cão. Não o viu. Foi tomando coragem. – Ah, levo o tronco sem olhar nem procurar nada e pronto. Não vou ficar aqui por uma estorinha besta. E quando rolava o tronco sentia tremer-lhe a carne do rosto e tinha os cabelos em pé. Mas não fez caso. Foi rodando o tronco. De repente todo o corpo se eriçou como um ouriço. Ouvia claramente um como que ruído de unhas raspando a terra ou madeira, ou o que seja, não podia saber. Estava para correr, abandonando tudo, mas permaneceu parado, uma estátua, com olhos arregalados, engolindo escuridão, os dentes batendo, na mesma posição em que ia girando o tronco. Qualquer coisa tenho minha peixeira, pensava. Se eu soubesse tinha trazido a espingarda. Esperou naquela posição entre agachado e inclinado, levemente em pé, as alpercatas atoladas na lama, as mãos sobre o tronco. Ouviu algo escapar-se à direita, uma coisa negra, enorme, mais negra que a treva de redor, respirando uma força esquisita, como arrodeando a cruz, um cheiro forte de coisa podre, um ser que andava sem pisar no chão, sem ruído como um gato, uma pantera. Não duvidou e, levantando o corpo, puxou a faca e esperou sem respirar, sem mexer, olhando no escuro, adivinhando a intenção. Veio-lhe como uma pontada, um desejo desesperado de mijar. Doía-lhe a queixada de rilhar os dentes. Segurou o cabo com uma determinação de ferro. Guardai-me, agora, Virgem da Guia – foi o que rezou mentalmente, e que sem querer a boca disse, compondo os lábios como num beijo e aquela invocação saiu como um assobio chocho. Sentiu o bicho negro ao lado redondeando. Meio curvou o tronco e sentiu-se subitamente flexível, os músculos ágeis, livres.

Alçou o braço no ar, achando o pensamento fresco, assombrosamente, arejado. Não viu nada. Foi apenas um silvo surdo como um couro no ar que se lhe caía por cima, com um abafamento de ar e um calor de bafo quente perto do rosto. Desviou o corpo e na mão a lâmina entrando em algo rápido, leve e macio no ar. Depois um baque surdo, um rugido rouco, a faca se lhe foi levada no redemoinho invisível. Percebeu uma ardência, uma dor comprida, no ombro até o pescoço. Viu que estava desarmado e afastou-se segurando a cruz com as mãos abertas, depois agarrando-se a ela, com fúria, como se a quisesse arrancar para fazê-la arma de defesa. Algo no chão esperneava e se arrastava, como que espirrando numa respiração áspera como um velho fole. De repente parou. Não via nada de onde estava. Esperou mais um pouco. Não podia ser. Seria verdade? Que acontecera? A lampadazinha com sua luz amarela e minguada parecia um vaga-lume ao lado do tronco, no chão, onde a deixara. O bicho não se movia. Não sabia onde estava, mas sentia que se havia aquietado. Sem ruído, com a respiração parada, aproveitando a coragem que ainda lhe esquentava como um peito de brasas o próprio corpo, rodeou cheio de cautela a grande cruz, segurando-a ainda e foi caminhando na direção da luzinha. Um relâmpago alumiou um grande vulto negro imóvel no chão. Chegando tomou a lanterna e veio vindo, pé ante pé, como um ladrão para perto do bicho. Subitamente lembrou-se de algo, voltou-se, agarrou um galho grosso, dos que estavam amontoados ao pé da roda e armando-se com ele, em posição de escudo, a lâmpada na outra mão, à altura do meio do corpo, foi se aproximando, se aproximando. Tremia-lhe o queixo e ouvia o bater dos dentes, como o ruído da roda de sua carroça girando no mancal do eixo. Viu a massa negra estendida, quando outro relâmpago correu acendendo o céu, a cabeça negra e enorme, o corpo maciço, na cabeça os olhos do tamanho dos olhos de seus cavalos, duros, fixos, a boca aberta, os dentes em serra, verdadeiros aguçados punhais, sangue escorrendo da boca branca, cor de escamas de peixe, a chuva caindo em feixes. Estendeu a mão levando a luz da lampadazinha. Encompridado, imenso, do tamanho de um garrote novo. Tomou alento. Veio-lhe audácia. Cutucou-o com o pau. Nada. O cão-lobo estava morto, bem morto. Abaixou-se, tocou-o com a mão. O pelo sedoso como de bicho bem tratado. Que pena – teve dó – tão bonito! Não é de se crer! Estou num sonho. Ficou olhando esquecido, como abobalhado. Reparou que urinara nas calças e a urina lhe pegara, sob o poncho, as roupas, nas carnes, fria e desagradável. Apalpou-se e viu sangue escorrendo-lhe do ombro e do pescoço. As unhas do bicho. Quando passou a mão começou a arder numa surdez de desespero. O poncho se rasgara e a aba se lhe caía de um lado, desvencilhada, deixando o ombro desabrigado, molhando-se, batendo ao vento que zunia das vastidões. Depois com o frio e com o vento em volta do poncho, lembrando-se da carroça, os animais relinchando, os relâmpagos sucedendo-se, abaixou-se e pôs-se a rolar o tranco até a roda que faltava. Voltou para buscar ramos e galhos. Subiu à carroça. Não pensava em nada especial. Gritou aos animais, animando-os. As rodas giraram, girando, atritando num gemido de madeiras, revolvendo o barro penosamente e parecia que tudo ia piorar, as rodas derrapariam, divergiriam, os giros não encontrariam o sólido dos troncos e a carroça se afundaria inda mais. Ia soltar uma praga, mas se conteve, invocando a Virgem da Guia – Uuuu, Estrela, uuuu, Canhoto, vamos uuuu! Giravam, giravam as rodas, via com os relâmpagos a contração dos músculos dos cavalos, tudo num esforço desesperado, as madeiras gemendo e rangendo, as mãos escorregando nas bridas, os olhos tapados de chuva e suor, a força dos cavalos que chafurdavam, pateavam e espirrando, no puxar, depois um estremeção, um instante mais, um deslizar macio, e pronto - conseguira! A carroça saíra do atoledo. Agradeceu mentalmente à padroeira da Guia, enviando um olhar ao céu. Levou a carroça mais adiante, fora do lamedo curto continuado, onde não havia perigo de cair de novo no tijuco, saltou fora e veio ver a fera morta com a lanterna na mão. Imóvel, o lobo enorme, a assombração da cruz do Bagaço. Viu o cabo do punhal brilhando, enfiado até o copo, no peito do bicho. Sorriu para si mesmo. Abaixou e tirou-o, metendo-o na bainha. Depois, caindo, escorregando, com júbilo e fúria, enquanto trovões rugiam e roncavam no céu, arrastou o imenso animal, que devia pesar quase um boi, até à carroça. Desenrolou uma corda e amarrou-o atrás na madeira da bunda da carroça, em dois ganchos de ferro. Ia levá-lo assim. Não ia poder levantá-lo para pôr dentro. Impossível. O couro ia estragar pelo caminho. Mas quê! Está tudo molhado, ele vai deslizando. Além disso para que quero o couro desse bicho? Vai servir só para tirar a teima e o papo dos compadres. Lembrou-se de dar uma olhada ao covil da fera. Voltou à cruz com a lanternazinha e foi olhar o buraco negro. Ao olhar lá dentro, um pavor cresceu-lhe por toda a medula e quase deu um grito. No buraco, lá dentro, no escuro que mal a luz da lanterna dos relâmpagos alcançava viu qualquer coisa como uma cabeça de gente. Olhando melhor e com muita atenção descobriu que era a cabeça do seu compadre Nhô Prudêncio, a cabeça sem corpo do seu concorrente, sanguinolenta, transfigurada, cheia de formigas e de terra. Lá pra mais adentro devia estar o resto, os ossos chupados pela fera do seu Prudente, a bem dizer. Que fazer? Pensou rápido. Amanhã conto o caso e viremos buscar-lhe os restos. Que pena! Nhô Prudêncio não era má pessoa – foi pensando, remoendo os pensamentos, enquanto voltava para a carroça. Subiu, sentou-se e pô-la em marcha. O bicho ia lá atrás. A chuva aumentava em vez de diminuir. A luzinha da lanterna dependurada ao seu lado no assento lhe fazia lembrar os olhos da fera. E enquanto ia, pôs-se a assobiar para afastar o receio. Os dentes começaram a bater e não era frio. Um trovão passou roncando como um avião baixinho sobre sua cabeça, um relâmpago iluminou a estrada até longe, onde começavam as serras. Apressou os cavalos. Nhá Bernardina estava esperando. Tremia de frio e não era frio. Vamos, Estrela, vamos Canhoto, uuuu! O vento lhe batia as dobras do poncho e o ferimento doía com a água da chuva. O vento farfalhava funebremente o mato, que pareciam fantasmas agitando os braços...

— Que beleza de saber contar! — bradaram os homens em coro, para Antônio Peru. Isto que é estória. Dava até para ser escritor nosso Antônio Peru, hein? — disse um velho papudo que se acercara.

— Boa a estória de Nhô Antônio — disse Geraldo Ladrão.

— Dessa, gostei — disse o Cabo Saturnino, abraçando-o.

— Bem agora vou contar eu a minha estorinha — disse Nhô Raposo — não é estória tão bonita, mas já que esta é uma reunião de contadores tão bons vou ter que caprichar. É esta minha estória. — As sombras caíam quando Nhô Ramiro transpunha a porteira. Fazia-se noite e ele queria alcançar a venda de Quebra Pote antes de adensar-se a noite. Não havia lua assim com aquelas nuvens pretas e aquele agrupamento crespo ondulando no ar. Era ir e voltar na mesma perna, com a mesma penumbra rápida do entardecer. A mulher e os filhos ficaram sozinhos. E de lá vinha um silêncio apertando os campos. Vinha rente à cerca. E ao chegar à porteira de três paus atravessados, viu um vulto estendido de bruços no meio da estrada. Parou pra ver quem era e se podia ajudar. Quem sabe está bêbado, pensou. Não lhe via o rosto. Uma coisa preta ensombreando a face. Chegou mais perto pra reconhecer. Abaixou-se. Era o Quintino do Bode, aquele mesmo com quem tivera uma encrenca feia pra danar na festa de São Pedro de Nhá Candira. Dera-lhe um tiro nos cornos e fugira. A cena da briga passou-lhe na cabeça. Encheram-se de sopapos um ao outro por uma besteira de nada, o outro descarregara o revólver pra cima. Ele o acertara. Estava bêbado como um gambá, e por isso não lhe fez maior caso. Morreu, morreu, só enterrar. Se está vivo, que torne a aparecer, pra virar espantalho do meu arrozal. Não se importara do outro lhe dizer que ia matá-lo. Jurara pela própria mãe. Grande coisa a mãe dele. Se tornara o inimigo máximo de sua vida. Ali a sós no campo com ele. Recuou como em defesa, a mão no coldre do revólver desabotoando rápido. Em pé, olhou lá de cima o rosto do inimigo que não dera por ele na sombra. Sozinho naquela solidão em silêncio. Algo ia haver. O vulto não se movia. Olhou mais atento. Percebeu que Quintino estava morto. Tocou-o, sacudiu-o. Estava mais morto que uma pedra. Pensou um momento e passou pela porteira, indo embora. Pegou o caminho e prosseguiu. Que podia fazer? Estava morto. Não ia meter-se naquilo. Quando chegou ao pontilhão do córrego perto da casa de Nhô Bastião da Bela, reparou outro vulto no chão, entre a sombra. Foi perto. Olhou. Está cheio de gente morta. Se não está morto, está bêbado. Hoje é sábado – dia de morto, bêbado e assombração. Olhando mais perto, viu que era Nhô Quintino, outra vez. – Credo! Persignou-se. Como pudera ele levantar-se e vir esperar-me aqui? Afastou-se mais que apressado. O pensamento ventando como um vento de agosto. Mais um minuto de caminhada. – Inda bem que ninguém vivo pela estrada, para me ver. Mas na volta do canavial de

Nhá Divina, no meio da estrada, estava o vulto de novo. Rodeou-o cauteloso, persignando-se e rezando tudo o que lembrava, fingindo que não o olhava. Ao chegar em casa, estava a mulher morta, os filhos mortos e na sua rede, o vulto maldito do Nhô Quintino. Arrastou-o com raiva e jogou-o no poço. E ao voltar à rede, lá estava o homem. De novo. Foi, pegou a carabina. Pô-la contra o peito e disparou, caindo na rede sobre o cadáver de Nhô Quintino.

– Acabou? – perguntou o cabo Saturnino.

– Sim, acabou – disse Nhô Raposo. – Gostaram?

– Boazinha – responderam.

– Quem mais tem para contar – perguntou Nhô Antônio, olhando em volta. Havia agora bastante gente em volta que se reunira para ouvir as narrações.

O fedor do morto aumentava no ar. Correu nova rodada de pinga.

– Quem tem para contar? Ninguém? Então vou contar nova estória – disse o cabo Saturnino, olhando em roda.

– Agora tem famílias. E senhoras na roda, cabo Saturnino. Cuide-se a língua.

– Não há perigo.

– Deixa para depois, que agora contarei eu – disse um dos fardados que se aproximara, visivelmente bêbado.

– Está bom – disse o cabo. Conte então. Que seja bem bonita. Conte de mulheres, o meu fraco, soldado.

– Bem, então lá vai. Aquele tempo eu inda não era praça. Era pescador lá das bandas do rio Boipeba, no sul da Serra Azul, vocês conhecem não? Pois é. Eu e meu irmão éramos pescadores. Vivíamos da pesca...

O Grego levantou-se e cumprimentando as pessoas,

deus de caim

atravessou a sala e saiu. Fazia-lhe mal o cheiro do morto. Precisava de ar puro. Senão vomitaria. Passou pelo portãozinho da casa, onde gente do lado de fora conversava. Até lá fora chegava o cheiro do morto. Parecia que estavam cuidando dum velório de cachorro podre. Parecia uma carniça apodrecendo. Dirigiu-se em largas passadas como à venda de Lázaro.

Lázaro e Minira iriam mudar de ideias com as novas. Interessante que ela não sabia do caso – pensava o Grego. – A gente do arrasta-pé continuava já com o sol alto o seu baile diurno. Devia ser qualquer coisa contra o morto, tanta festa – pensou. Só faltam uns rojões, para completar a bagunça.

Já eram dez horas da manhã e o sol queimava o chão como brasa. O perfil de Ramsés II continuava hirto num círculo de moscas, lá no velório, os negros contariam suas estórias porcas até a carniça ser enterrada, pensava o Cardeal enquanto caminhava, as alpercatas sulcando o chão de fogo.

Uma voz pastosa repetia tolamente: Tá amanheceno, xente! – lá do mato. Algum bêbado caído no campo.

Ao chegar ao rancho de Lázaro soube que Minira se havia ido com a irmã. Já sabiam da morte do velho Vitorino. Para eles não mudara muito, porque o pai de Minira continuava na mesma. Sujeito empedernido, incompreensível. Mandara buscá-la. Não queria conversa com a raça deles. A contragosto a menina se fora. Lázaro já estava bem melhor. O ferimento fora superficial e sua natural robustez ajudava rapidamente na cura. Fechara a venda de vez. Naquela situação era impossível continuar com ela. Preparava o almoço deixado sem terminar, com a ida de Minira, quando chegou. Alguém conversava na cozinha com Lázaro. Um velhote, antigo freguês e amigo. Cirilo Serra, um velho conhecido da família e muito conversador de assuntos de alta filosofia com o Cardeal. Passava por sábio e muito lido por haver passado algum tempo estudando Direito, quando rapaz, sem formar-se entretanto, coisa que era o principal assunto de sua conversa. Trazia nos braços uma criancinha que dormia, embrulhada num xale. Cumprimentaram-se. O Grego tomou assento na cozinha. Nhô Cirilo falava dessa menina que ele não sabia quem era a mãe pois a achara abandonada à porta de sua casa, mas como era bonitinha, coitada, ele se dispunha a criá-la.

— Sempre é tempo de a gente cuidar de mais um filho. Deus ajuda. Levei-a à cidade, o Dr. Agrícola disse que são os dentes. Coitadinha, já faz dois meses que a encontrei. Não a devolvo mais à mãe, se aparecer pedindo. Não merece. Coitadinha, de Ana Delfina, apanhou tanto sol no caminho. Êta sol de Mato Grosso! Esses dias estava uma chuva que não acabava mais, de noite aquele frio dos diabos, e de repente este calor de rachar. Como pode? Na minha terra, no Maranhão, não há nada disso não, sol sol, chuva chuva, frio frio, e inda há o mar, de japa. Me criei na beira do mar, gente.

— Isso não é novidade, Serra, — disse o Grego — que eu me criei também à beira do mar. E que mar! O mar da Grécia. Você sabe lá o que é isso?

— Sei como não. Ué. Por falar em Maranhão, lá em São Luís está a melhor escola de Direito do país. Estudei na mesma escola em que estudaram Artur Azevedo e Gonçalves Dias. Onde nasci se via o mar no local em que o grande poeta morreu no naufrágio. Não fosse a seca de 1920, a miséria, a desvalorização do dinheiro! Imagine, com mil réis a gente passava três meses comendo e bebendo do melhor. Hoje, não existe mais mil réis. Mil cruzeiros é o mesmo que cinquenta réis. E assim por diante.

O velho falava, Lázaro preparava a comida, pensativo e silencioso, e o Grego sentado, ouvia, pernas cruzadas, balançando a direita, fumando o cachimbo.

– Mudando de assunto, que me dizem da morte do velho Vitorino? – indagou o Cardeal.

– Quem é que pode dizer algo disso? Ninguém sabe como foi. Diz que se enforcou pelo capote enganchado num galho de árvore.

– Sei onde foi, aquele combaru grande, de galhada baixa entre o rio e o atalho, naquela descida perto da casa de Nhô Gaudêncio.

– É lá mesmo. Mas que esquisito! E com as tripas escorrendo... Será que foi mesmo galho aquilo? O cavalo devia ter-se desembestado naquela baixada, pra mode acontecer tal coisa. Pior que a estória de Absalão. Parece castigo. Também, o velho, diz que era veado, como quê? Um homem mais idoso que eu e com um posto desses, andar em estripulias de moleque. Ouvi falar que ele tinha um bangalô alugado lá na cidade e de vez em quando ia para lá encontrar-se na tal casa numa companhia dos diabos. Diz que fazia uma farra lascada. Vocês já viram falar de Janos, aquele deus romano de duas caras? Era meio assim. Só que Janos era deus e podia fazer o que quisesse, e suas faces, uma era o passado e a outra o futuro, uma a noite e outra o dia, mas com o delegado é sórdida tal comparação – uma face era a lei, a outra era aquilo oculto. Pensam que aqueles dois irmãos Libório e Gregório Constantino, que foram obrigados a mudar-se daqui, com todas aquelas ondas, de ameaças de prisões, de blablablá, que pensam que foi aquilo? Transpirou daí que o velho era tal coisa. Depois disso... O cavalo perdeu os freios e os dentes... O mundo perdeu a vergonha. Este tempo não é de vacas gordas nem de vacas magras, é tempo de vaca nenhuma, é tempo de macaco e macaquice, de papagaio e papagaiada. Tempo de pouca vergonha. Não sei não, mas acho que nem Caim faria uma coisa dessas. Caim era homem afinal. Talvez Abel é quem. A Bíblia o mostra mais inclinado à sodomia que qualquer outro.

Mas era querido a Deus. Sim, entretanto, há qualquer coisa nesse Abel de bem-comportadinho, de seminarista beato que os superiores visitam no leito à meia-noite. Qualquer coisa de passivo, de anêmico e pederasta. Caim é o signo da justa inveja, do rancor dirigido, de ódio de homem prático.

– Lázaro que o diga, hein Lázaro? – interveio o Cardeal, que até então ouvia calado, dirigindo a Lázaro, que cozinhava. Este lançou-lhe uma mirada de raiva, qualquer coisa de que não gostara dessas palavras.

– Nem tanto, Nicéforo, conheço bem a Jônatas. Melhor que eu ninguém o conhece. No fundo ele é bom. Nada tem de Caim, nem eu tampouco nada tenho de Abel, o que aconteceu você bem sabe. Foi seu gênio impulsivo. Há muito que o perdoei. Mamãe se soubesse disso haveria de dar-me razão.

— Não sei sinceramente a razão para que tanto defendê-lo. Quer saber a verdade? O que acho dele? Acho que é um perverso por dentro e por fora. Você, na minha opinião, não deve ter essa bondade de pensamento para com ele. É seu irmão e tudo o mais, cresceram juntos, mas você deve fazer um pouco de justiça a si mesmo. Nada de sempre perdoá-lo. O perdão em certos casos não resolve, complica as coisas. Por algo os judeus têm aquela lei – olho por olho, dente por dente. Quem com ferro fere com ferro será ferido. E olhe cá, ele ainda haverá de se encontrar contigo. E há de ser feio. É bom que penses nisso.

— Já sei bem o que fazer – replicou Lázaro, mal humorado.

— É verdade. Jônatas. Tanto tempo que não o vejo – disse o velho Cirilo, que ouvia a conversação de seu lado – a mim me parecia boa pessoa.

— E na verdade é boa pessoa – disse Lázaro.

— Bem, acho que vou indo – disse embalando a criança. – Daqui a pouco já é de tarde. Nhá Ana estará pensando por que estarei demorando tanto. Estou arrumando uma bomba no poço, preciso aproveitar o sol. Se começa a chover como esses dias, adeus cimento, lá se vai todo o meu trabalho. Quem vai daquele lado? Ninguém? Bom, então até à vista, passem bem. Apareçam lá em casa de vez em quando. Não é possível não receber nunca a visita de vocês. Oi, Cardeal meu velho, vá lá amanhã, preciso ler-te umas coisas novas que escrevi, estou numa fase mui espiritualista. Passe amanhã que é sábado. Venha ver a Luisinha que está meio doente e tomar uns copos de licor de piqui comigo. Leve o Lázaro, para ele aborrecer-se um pouco por lá. Que diabo, ele pensa que só aqui é lugar para aborrecer-se. Não, lá também é. Hein, Cardeal, está feito o trato, amanhã te vou esperar, vamos passar a tarde filosofando, tá?

— Tá bem, pode esperar, amanhã estamos lá sem falta.

O velho saiu. O Grego fumava, olhando para fora. O pé de maracujá começava a florir, no esteio da varanda.

— Logo vamos ter maracujá para uns refrescos, hein, Lázaro?

— É, já está dando broto.

Lázaro estendeu-lhe um prato de comida e sentou-se perto dele.

— Não sei por que o Cirilo não quis almoçar aqui. Estava apressado quando chegou, com essa tal criancinha. Enfim, ótima pessoa, verdade?

Comiam e conversavam sobre no que resolver com a morte do delegado, o tal que pensara em persegui-lo. Resolveram que Lázaro fecharia a casa e a venda e moraria uns tempos com o Grego.

Assim este cuidaria melhor dele até sarar de uma vez. Além disso era melhor para eles. Que iam fazer os dois amigos, cada qual de seu lado, com sua solidão, morando sozinho? Não, o melhor era isso. Para isso serve a amizade. A estas horas o velho com perfil de faraó estaria debaixo dos sete palmos, mas e depois? Como se encaminhariam as coisas? Outro subdelegado seria designado e viria substituir o Cel. Vitorino. Que arrumaria este em relação à tal agressão à Minira? Que diabo! Por que não esqueciam essas asneiras? O certo e a verdade é que fora tudo por causa do irmão Jônatas! Sem tirar nem pôr. Ele era o culpado. E se eclipsara, não havia remédio. Afinal não houve tanto troço assim. Quê? Não houve morte, não houve nada. Apenas lhe rasgara o vestido e lhe dera um susto, a derrubara na lama e no escuro lhe andara apalpando o corpo. Claro que se ressentia com isso. Um desaforo fazer aquilo com sua namorada. E se ele fosse dar parte da facada? Não, jamais faria isso. A mãe, na tumba, podia estremecer uma vez mais com aquilo. Já estremecera tanto, estes dias. Deixá-la dormir no seu sossego merecido. A paz lhe seja sempre paz. Mas não era pela mãe. Por nada. Se fora mesmo o irmão, o daquela noite no quintal de Minira, como se lhe foram as coisas, com as balas de Simão nas costas? Pobre Jônatas! Estava inclinado a crer que era ele. Que outro podia ser? O jeito de Minira, os dias últimos que o irmão passara em casa, o desaparecimento. Não havia fuga. Só um idiota não via as coisas. Como se lhe passou a vida, depois disso? Não havia modo de saber. Oxalá estivesse a salvo. Outro dia alguém veio lá de Vão do Candimba, e ele perguntara pelo irmão, mas ele nada sabia. Andara por lá tudo, mas nem sombra de Jônatas. Bastião não era gente para mentir-lhe. O irmão devia estar na cidade. Único escape. Deus que lhe iluminara o caminho para sair-se bem de tudo aquilo, mas que pena que Minira estivesse metida naquele meio. Havia passado mal, não havia dúvida, com uma bala nas costas, caçado, fugido. Já era castigo bastante para aquele Caim, como diria o velho Serra. Oh vida desgraçada! Quanto não pensara ele naqueles dias pelo irmão! Se o pudesse ajudar de algum modo! Na verdade, se preciso fosse, capaz que lhe daria até a vida se fosse para o bem dele! Que vida! Rubim na cadeia, Jônatas daquele modo, ele, Lázaro, assim! Mas ainda tinha amigos, o velho Serra, Minira, o bom Grego, os amigos do Grego, que eram amigos dele também. Não estava tão mal assim. Afinal a pena de Rubim, ele não estava bem certo, mas já era tempo, devia estar para escoar-se. Até quando conservariam o irmão lá na capital? Deus quisera que voltasse logo. Jônatas é que era o grande X. Tinha algum receio dele, na verdade. Quando o demônio se enfezava, era triste. Depois, tinha aquilo também – sabia bem demais, que ele ambicionava Minira. Estava cansado de pensar nisso. Mas há que seguir pensando até descobrir um jeito parecido com salvação, alguma brecha, um nada serve nesta situação. Como resolver aquilo? A menina não tinha culpa de nada. Não queria contar com o Grego, se fosse para expor-lhe todo o coração. Não queria contar-lhe o que lhe ia mais fundo no coração. Talvez o Grego encontrasse alguma coisa se ele criasse coragem e lhe contasse tudo. Mas não, tinha de resistir. Talvez algum dia, quando tudo aclarasse, as coisas voltassem aos seus lugares, lhe pudesse contar tudo, tudo.

Ai ai, resolver, eis a vida. Talvez o melhor seria fugir com ela e irem viver os dois bem longe daquele ninho de víboras, num lugar bem bom onde ninguém os conhecesse.

Pensava em silêncio, comendo, e o Grego parecia ler-lhe os pensamentos. Lá fora o sol comia os estradões, lambia os verdes e corria línguas de fogo pelas clareiras e capões desertos. Era meio-dia. Hora em que Nosso Senhor está descansado. Cincerros de boi ao longe. Distantes os ruídos quase inaudíveis dos sinos de Cuiabá. Pareciam mosquitinhos tocando minúsculas violinhas de cocho. O ar está quente. Quando se ouvem esses sininhos indistintos é

deus de caim

sinal de chuva. Minira deve estar escutando-os. Ela sempre fala desses sininhos, e quando os ouve, se lembra de mim.

Só que ao sol eles tomam outro som. À chuva eles têm mais mistério. Parecem órfãos de algo, espíritos benfazejos dos grandes lugares sem ninguém. Após o almoço, estenderam-se nas redes.

Cochilaram, dormiram, favor de sesta, ar parado, sol de zinco gritando.

XIV

No dia seguinte, depois do meio-dia, o Grego arreou um cavalo pra Lázaro e foram pro Cirilo Serra em visita e passeio. Lázaro estava já quase bom mas com aquele sol não podia ir a pé. Depois era algo longa a caminhada. A casa de Cirilo Serra era pra lá de Pasmoso, uma boa meia légua depois. O rapaz precisava de tomar um ar, solear-se um pouco para apressar a cura, espichar os membros, sacolejar um pouco. E foram. Lázaro a cavalo, com um enorme chapelão pra mode proteger-se do sol e o Grego ao lado, a pé, a barba negra, chapéu panamá, cachimbo esfumaçando. Flores pelos lados do caminho rebentavam com sol e tudo. Bromélias e abacaxis do mato se avermelhavam. O cheiro penetrante do araticum ardia no ar, todo o trajeto. Conversavam do tempo. Umas nuvens pardas nasciam a sudoeste, direção pra onde iam e se iam acumulando de banda do céu ardente. Outra chuva se preparava. Não ia demorar. Urgia chegarem logo. Carreiros de correções riscavam o caminho. As correções estão mudando. A chuva vai ser grande. Passarinhos cortavam baixo, tensos, fixos, linhas retas no ar, sem gritar. É chuva que vem. Ali adiante uma burra de jararacuçu preta atravessava deslizando rápida e nervosa o estradão. Borboletas escondidas. Rãs coaxavam chamando chuva nas águas do mato fechado e de vez em quando qué-qué-bum – algum sapo maior batia lata por aí. Não sei onde um cão ladrava. É chuva que vem e vem mesmo. Só as flores vermelhonas como bocas se abriam rezando ao aguaçal. Iam depressa. Quando chegaram a Pasmoso uma bruta nuvem negra tampava o céu e sua sombra alastrava marrom pelo chão. Principiava pingar. Gotas grossas como dedos e frias como gelo. Batiam com força o chão quente. Aumentavam no ruído como súbita metralhadora. Taraquetaquetaraquetaque. Dobraram os passos. A venda do pai de Minira fechada. No quintal ninguém. O vizinho, João Coró, sentado à porta, corta palha pra um cigarro. Os dois cumprimentam passando, e este retribui.

– Aí vem chuva, vamo entrá, meá gente.

– Não se incomode, Nhô João. Na volta passamos. Nosso rumo está perto daqui. Até à vista.

– Inté à vista, gente. Espora no bicho que o chuvão tá pedindo licença, tá danado pra cair.

Caminhavam rápidos. As bátegas aumentavam. O ar se acinzentara. Nuvens se anovelavam, acotovelando-se no céu, sobre as cabeças. A casa de Cel. Vitorino, fechada. Um sossego de morte. Impressionante o silêncio de antes da chuva. Lá embaixo o faraó vai ter seu primeiro acontecimento, sua primeira chuva. Capaz que vai molhar-se menos que os que vão por cima, caminhando. Está bem guardado. Toca pra frente. Já saem do Pasmoso. Mais um tempinho de marcha. Já dá pra molhar a chuva.

– Se não apressarmos vamos chegar ensopados.

Já veem ao longe a casa de Cirilo. Estão chegando. Lázaro desmonta, amarra o cavalo. Batem palmas chamando.

– Ô de casa!

Rumor de gente, o velho Serra e a mulher, D. Ana, aparecem.

– Entrem, entrem, não façam cerimônias. Boas tardes, boas tardes. Como está de chuva? Pegaram? Se molharam? Êta chuva dos diabos. Está bom é pro feijão e pro milho do pessoal. Entrem cá pra dentro. Vamos secar essas roupas. Resfriado anda no ar como mosca. Lázaro não está bom pra andar apanhando gripe.

Puxam-se cadeiras, se acomodam. A velha traz café quentinho. Cirilo se ajunta. O Grego se assenta. Lázaro muda de camisa. Conversam.

Lá fora a chuva engrossou e todo o chão ressoa como um tambor. O telhado matraqueia. Cheiro de barro molhado, gosto de moringa nova. Há que elevar-se a voz para que se ouça. A chuva estrondeia e faz girar a rosa dos ventos como um molinete desenfreado. Todo o sertão ressoa com um ressoar só, ao desamparo. Tomam o café. Parece que os esperavam. Nisto, um chirrido, um espavorir de asas. – Que é isto? Um curiangu assustado entrara fugindo da chuva, e não dá com a saída. Voa em círculos, passando rente à cabeça deles que o seguem com o olhar no voo.

– Um curiangu. Dizem que curiangu quando entra em casa de gente é porque vai acontecer coisa boa, igual que borboleta de noite. Agora, com esta chuva, que será? Chuva é coisa boa, serve pras colheitas. Deve ser coisa melhor ainda, não é?

O curiangu voa em torno à sala dando voltas até que se empoleira num dos cornos em volta de um cabide em forma de veado galheiro, e lá permanece, seus olhos avermelhados como duas brasas cintilando na obscuridade.

– Na Macedônia, dizem que quando a gente encontra cobra ou coruja em casa, é que a gente vai casar, se é solteira, e vai descasar se é casado. Aqui não há pítias, mas há ledores de sorte, o mesmo, não é? – diz o Grego.

– Mas não tem aquela dignidade de antiguidade helênica – disse o Serra – que me diz do Destino?

– O Destino não existe. Existe causa e efeito.

– Espere um momento. Tenho uns escritos lá dentro. Vou a buscá-los. É melhor que venham comigo. Lá no que eu chamo de meu gabinete, é melhor.

Seguiram-no até uma saleta, com armários cheios de livros, revistas, uma mesa cheia de papéis. Sentaram-se. Na parede, a conhecida gravura de Botticelli representando o nascimento de Vênus Afrodite, sobre uma concha, em cima das águas. Era agradável encontrá-la ali. Os zéfiros sopravam rosas sobre o seu corpo duma beleza única. O mar se perdia ao longe. Trouxe uma pasta e pôs-se a mexer nela, procurando os tais papéis que dissera.

– Tenho minhas tinturas de filósofo e poeta. Vamos a ver o que dizem. O Cardeal sei, é famoso nessas coisas, além disso nasceu na terra de Sócrates e Aristóteles. É parente de Platão e de grandes poetas. Que diz de um pobre diabo, aqui no Pasmoso, meter-se a êmulo deles?

– O lugar em que nasce o filósofo não faz diferença.

– Sim, mas, digamos, se Platão houvesse nascido aqui no Pasmoso ou no Maranhão que seria dele?

– Bem, se ele tinha de ser Platão, o seria até embaixo d'água, se fosse o caso. Até entre os bosquímanos, os papuas, os zulus. Assim, podiam nascer mil coronéis Vitorinos ao lado de Platão, que seriam sempre os mesmos coronéis Vitorinos.

— Outra vez o Destino. Tenho aqui, como veem meus filósofos. Unamuno, Camus, Rodó, ao lado dos Gregos antigos. Aqui está uma anotação curiosa. Leu: "Seja você mais objetivo, me disse uma vez um renomado pedante: que entenderá por coisas este mentecapto e em que as distinguirá de ideias?"

Com a folha nas mãos lia e escolhia citações ao acaso, as que lhe pareciam mais interessantes para lê-las aos dois amigos. Lázaro parecia aborrecido. O Grego estava igual que sempre. O filósofo de São Luís lia: De Unamuno: "Já viste, leitor, nada mais grotesco e bufo que um senhor de fraque, com seu branco peitorrilho reluzente e acaso um anel dourado no dedo ou um crachá na lapela, com um cálice de champanha na destra doutoral e brindando? A isso creio chamam de vida de sociedade". Outra: "A radical vaidade dos para quês e dos porquês humanos em nenhum outro lugar se sente com mais íntima força que nestas cumeadas do silêncio. É como contemplar os vãos de uma mosca dentro duma garrafa". Outra: "Uma tumba profanada é como uma tumba intensificada. Quando a destruição, quer dizer a morte passa sobre a morte, redobra seu trágico interesse".

— Interessante na verdade, isso — interrompeu o Grego. Ontem, no velório do Cel. Vitorino, o seu próprio lugar-tenente, aquele preto desbocado, o cabo Saturnino, contava um caso que ilustra essa afirmativa de Unamuno. Que observador arguto, o salamanquense!

— É. Ele dá a palavra exata, a definição certa, nada de redondeamento, de andar rodeando. Do Século Vinte, esse

Unamuno.

— Mas voltando ao que dizia, no velório do Delegado, o cabo contou como andava de amores com uma negra, lá por Vila Bela, ou não sei aonde, e que morrendo a tal, o sujeito a desenterra e teve a descaradez de narrar que a amara, depois de o seu corpo estar morto, enterrado e a feder. Uma tumba profanada não é o mesmo que um corpo profanado?

— Sim, é verdade, e parece que triplica o interesse. Não imaginava esse preto tão animal. Mas vamos. Vê se entende isso. Leu: "Todo esse formidável aparato de invenções mecânicas acaba em produzir uma poesia. Quando surja o poema da engenharia moderna, pode muito bem, esta desaparecer".

— Como a Atlântida, não? Ficou alguma poesia da Atlântida? Creio que não. Não está distante o dia em que isso se cumpra. O dia em que o mundo seja uma única nacionalidade, sem a absurda e ridícula convenção de países, de raças, subordinadas a leis que destroem o indivíduo. Oh, que maravilha, a de um mundo sem leis e sem religiões! Diga-me por exemplo – pense nisso, Cirilo Serra, você são, de espírito e de corpo, nu como o primeiro nudista numa ilha sem livrinhos dogmáticos e espécie nenhuma, sem códigos penais ou de trânsito, sem asneiras na cabeça, sem gonorreia no cérebro – isto é importante, sem preconceitos na ideia – você não estaria feliz, diga-me de sã consciência, homem? Numa ilha, numa rua, tanto faz. Ilha é mero acidente de circunstância, de palavra, melhor dito. Em tua companhia quem quer que seja, podem existir um milhão de nudistas, dá o mesmo.

— Bom, depende. Bernard Shaw, por exemplo, dizia que

é o vegetarismo que leva à vida longa e à felicidade. Não sei por que nada tenho de vegetariano, não sou inglês, e sem embargo me creio muito feliz. Quanto à vida longa, não me importa coisa nenhuma. Não me importa coisa nenhuma o viver muito, e sim o viver bem. Respondo com uma pergunta: os nudistas são mais felizes que os outros?

— Não sei. Adão e Eva o eram, antes da queda.

Entra Dona Ana, a esposa de Cirilo, trazendo uma bandeja com bolinhos de queijo e licor de piqui. Serve aos visitantes.

— Viva o combustível da palestra! Platão não pôs boa parte de sua filosofia em volta de um Banquete? E Kierkegard, também, não inventou um Banquete, para expor suas ideias? Assim comamos, bebamos, filosofemos e blasfememos – diz o Serra – que se passa com esse rapaz? – indagou referindo-se a Lázaro.

— Ele é assim mesmo. E hoje não estará em seus bons dias – explica o Grego.

— Não é nada, estou com muito sono – diz Lázaro, abrindo os olhos.

— Está apático, sem inspiração – diz o Serra.

— Sim, sem inspiração nenhuma, como dizem vocês, os poetas – diz Lázaro.

— Então, aproveitemos nós que estamos inspiradíssimos. Vamos comer e beber que os bolinhos estão ótimos e o piqui está a oitava maravilha do mundo antigo, diz o Grego, rindo, e levando à boca o copo.

Cada qual beberica devagar o precioso licor. Lá de fora, o rumor da chuva vem cá dentro como um sussurro. A chuva deve estar enchendo de fios, de cordas, de torres de vidro e labirintos de bruma os contornos dos matos e das estradas desertas.

Serra toma de um escrito que encontrou na pasta e lê:

– Os mortos ao serem enterrados, ninguém sabe, vem um anjo silencioso por dentro da terra e vai abrindo os caixões, por debaixo, por onde eles saem e vão encontrar-se e agrupar-se no centro da terra. Diz-se que geralmente, ali é de natureza ígnea, pode ser, mas eles nada sentem, deixaram todas as memórias, as sensações e consciências no mundo formigante. Seu reino é triste e sombrio, e eles não se lembram de nada. De vez em quando alguém como Lázaro é enterrado vivo. Digo Lázaro do Novo Testamento (quantos como Lázaro não foram enterrados vivos?), o anjo leva-o nesse estado de semiconsciência e semiexistência e assim, de tempos em tempos, há algo com que todo aquele povo nutrir-se na monotonia daquela vida de mortos.

E assim vão. Andam embuçados à moda de Virgílio e Dante quando visitaram o Érebo, sempre silenciosos e de olhos apagados. Sendo o interior da terra um grande oco redondo, eles transitam por ali como insetos bípedes, pelas paredes, em todos os sentidos e direções dessa bola, sem problemas de gravidade e sustentação. Nada acontece de mais ou de menos para eles, porque o Tempo e o Espaço são vagas intuições nas suas inodoras fantasias de mortos vagueantes. Há um grande senso de perenidade, um estado neutro, um como que acontecimento único de infinitos de repentes represados, um infinito fortuito, um equilíbrio sereno, uma eternidade que é ela mesma e mais nada e que decorre sempre fluindo da estática e para a estática. O espaço ali é apenas gravidade e propriedade de consciência ausente, coisa bizantina de Kant, condensada naquele grave, inconsciente e tíbio aguardar. Transcorre nessa ambiência de pequena eternidade, uma espécie de música como aquelas da Renascença que Respighi instrumentou, do Conde Orlando e do príncipe Gesualdo, mas é raro de explicar como eles não o ouvem e sem embargo para eles a música existe. Seria como um resíduo de harmonia da consciência morta e passada que gravita e vela em cima deles.

– Quer dizer que o Cel. Vitorino este instante está escutando música renascentista, lá no oco do mundo? – perguntou o Grego.

– Deve estar. Isto é mais brincadeira que teoria, Cardeal, não se impressione com estas estórias. Continuando, algo como um deus-robô piscando imperceptivelmente seus olhos elétricos igual que esse curiangu, encarapitado no cabide da outra sala que vocês viram, piscando na densa treva dos sonhos de gelatina dos mortos e ordenando-lhes esse vago instinto de esperar sempre por algo. O inferno e o céu de Dante, o Nirvana de Buda, o Jardim de Alá, o paraíso de Lao-Tsé, o valhada dos germânicos, o Tuonela dos finos, o céu de Brahma e Vichnu, só existem dentro dos miolos dos feiticeiros que os imaginaram. O que há é esse limbo suspenso, onde todos os mortos, desde os últimos antropoides semipensantes até os mais recentes homo-sapiens mortos, passeiam sem pressa e sem aparente finalidade, apenas guiados por essa réstia de espera imponderável sem tempo.

– O último que eu saiba é o delegado – disse Lázaro abrindo os olhos.

– Sim, ele está lá inspecionando o ambiente. Será nomeado logo o delegado de lá, em alguma jurisdição daqueles municípios. Mas como dizia, são incorpóreos impensantes, vão, esperando o dia em que a terra se choque – porque virá esse dia, na verdade, não importa se todos os seus habitantes hajam perecido de morte natural, enjoados de se reproduzirem como coelhos ou à razão de algum aneurisma nuclear, resultante de alguma guerra, virá esse dia –, o dia em que a terra se choque com algum meteorito tamanho de Júpiter ou Orion, e então, toda essa massa se desintegrará e eles se libertarão no espaço infinito como larvas metamorfoseadas em térmitas aladas e estarão livres para sempre e para o que ninguém poderá prever.

Terminado de ler, fez-se silêncio. Enfim falou o Cardeal:

– Isso do fim que você disse, há um pouco de verdade. Bela profecia, só que muito particular. Na minha opinião, tirando os três quartos iniciais do discurso, o que resta é que é mais interessante. Mas há um quê de impalpável verdade em tudo isso. Talvez porque nada saibamos do que acontece depois da morte. Invejo a sabedoria deste momento do finado delegado.

– Interessante – observou Lázaro – pensar que talvez ninguém haja pensado alguma vez assim. É uma possibilidade, afinal.

– Possibilidade de que também não seja – contestou o Grego.

– Uma coisa – disse o Serra – escrevi isso como mera fantasia, sem intenção de dogmatizar. Como um quadro moderno. Agora ouçam este outro retrato – leu. Teorias da Vibração e da Projeção do Pensamento.

– Qual é maior – a comunicabilidade ou a incomunicabilidade? Não existirá mesmo a comunicabilidade sem palavras? Lembras o título do livro de Ortega y Gasset – Os quatro gigantes da alma – o medo, o amor, o dever e o ódio. Muito elucidativo, não? É o nome do livro, mas explica tudo. São as quatro potências instintivas, que herdamos intactas dos trogloditas semi-antropoides. De vez em quando nascem, nalgum lugar do mundo, homens completamente peludos e até com cauda. Com chifres há muitos, mas não é o caso. Há ainda animais do tempo pré-histórico – a tartaruga, o búfalo e muitos bichos raros da Austrália.

– O ornitorrinco, que me diz dele? – interpela Lázaro.

– O ornitorrinco, não sei se é rigorosamente pré-histórico. Creio mais que é uma espécie de campo de prova da natureza, uma cobaia da natureza.

– O plátano não será uma espécie de bananeira com bocaiuveira? – pergunta de novo Lázaro.

– Não sei mas é parecido e ilustra bem certos estados de aparente confusão da natureza. A samambaia é uma planta pré-histórica, por inteiro. E sempre haverão de nascer de quando em quando certas pessoas que carregam em si um tremendo potencial de instintos primitivos. Mas aqui eu não quero dizer potencial de instintos primitivos vulgares, não, outra espécie de potencial, anímico, psíquico, uma força telúrica, animal, magnética, primitiva, ainda com o leite e a seiva iniciais dos primeiros Adões, e dos últimos gorilas, dentro da escala meio de Darwin, de Spencer, de Haeckel, e meio minha, – e é aí que eu quero chegar. São justamente esses homens, exato, os que têm os dons da vibração e da projeção do pensamento, que eram as armas e os meios de comunicações das primitivas tribos. Estas, no primeiro estágio de humano, quando recém-saídos da escala animal não sabiam as possibilidades do órgão da linguagem, não tinham idiomas e não podiam articular palavras, somente ideias. Porque é indubitável que a ideia nasceu primeiro que a palavra. Como pois exprimir essas ideias? Sentindo como sentiam coisas diferentes dos outros animais, vendo que eram entre os animais os únicos que podiam pensar – que solidão! – é lógico que ansiavam por expressar-se de algum modo diferente, enquanto a palavra não vinha. Agora, uma questão. Por que, posteriormente, todo o sentido da expressão e da comunicação canalizou-se para a boca? Não podíamos expressar-nos, por exemplo, por outro órgão qualquer, como o nariz? O primeiro esforço nesse sentido, só pode ter partido da espinha dorsal, centro dos nervos perceptores, o bulbo cerebral, procurando comunicar-se com os olhos, com acenos, com caretas. Depois grunhidos, mugidos, tentando imitar aos animais. Mas, com esses grunhidos, o desejo de maior comunicação – a vibração e a projeção do pensamento. Penosamente, vieram as palavras, o primeiro idioma. No afã e na ânsia de se entenderem, no tumultuar das ideias que rebolavam em seus cérebros, a vibração magnética e a projeção eram fortes no ódio, no medo, etc. Depois séculos e séculos se passaram. Chegamos ao que somos hoje. Ninguém mais conserva aquelas duas forças primitivas, a não ser poucos eleitos, que nunca descobriram em si mesmos essas maravilhosas fontes. Pode ser que existam em todos, mas são despercebidos. Perderam-se essas propriedades. Como a cauda, os pelos, etc. Como no futuro muita coisa se perderá com o avanço da técnica substituindo as funções do homem. Como estão ficando sem função certas partes do corpo, como os pelos, certos dedos dos pés e das mãos, a cabeleira, certas coisas inúteis. O sexto sentido que todos sabem o que é mas que ninguém explicou até hoje, é isto mesmo, só que em estado latente e virgem. Em pessoas como Cristo, Buda, Bach, Beethoven, Churchill, Lutero, Moisés, Alexandre Magno, Van Gogh, Picasso, Da Vinci, Rafael, Rembrandt, Fleming, etc.

— Interessante, você é muito observador – disse o Grego – de onde você tirou isso, de Mme Blavatsky, Allan Kardec, Léon Blois, Annie Besant ou Mme Fox?

— De nenhum deles. Desprezo todos eles. Isto nada absolutamente tem a ver com essa asneira de espiritismo. Aliás, vou até publicar isto num jornal de Cuiabá, lá tenho um inimigo intelectual, com o qual tive umas polêmicas acerca destas coisas. Quero reacendê-las com isso. Vai fazê-lo calar a boca. Ele diz que é a mediunidade que produz os grandes homens. Eu quero provar o contrário. É espírita o desgraçado. Que sujeito bobo, acreditar em espíritos...

— Sim, vejo que suas propostas são questões de boa Física e boas Ciências Naturais, nada mais.

— É isso mesmo. A alma pode ser provada cientificamente. Outra maneira é ser ridículo, com essas bobagens de seminário. Teologia, outras bobalheiras... Que são as religiões ao lado das ciências? Estas tudo podem provar e o que é mais importante, tudo provaram, com os números na mão. Ao passo a religião provou alguma coisa? Provou sequer que existe um deus? Não passam de suposições empíricas. Algo como a mitologia dos gregos, que você conhece bem.

— Mas, Serra, se algum bispo ouvisse estes elogios que você manda à sua religião e esta explanação sobre a religião genérica, que haveria de dizer?

— Diria que a religião é muito mais.

— Bom, na verdade é muito mais. Lembro Unamuno: Muito mais cousas que ideias.

— Sim, coisas como o Santo Ofício, a Inquisição, a simonia, depravação, apropriação de bens dos paroquianos, acordos com o Estado, o diabo.

— Ninguém nega entretanto que certas religiões trouxeram muita coisa de bem — disse Lázaro que se mantinha num estado entre o sono e a escuta da conversa, calado — a quantos milhares de homens a figura do Cristo não trouxe paz e não representou o consolo que o mundo não pode dar? Para um homem que teve este mesmo nome, o Lázaro do Novo Testamento, certamente, a lembrança do Cristo foi associada a uma gratidão eterna e ilimitada.

O Serra mexeu na pasta à procura de algo, e não achando dirigiu-se à estante e de lá tirou um livrinho. Folheou-o e achou. Há algo aqui bem a propósito do que acabou de dizer Lázaro. Aquele poeta colombiano, Asunción Silva, que se cansou da vida e muito jovem se matou. Capaz que isto que ele diz não seja nada da verdade que aconteceu ao Lázaro do Novo Testamento, mas não faz mal nenhum ler a poesia dele. Aqui está. Chama-se Lázaro.

> — *Ven Lázaro! Gritole*
> *el Salvador y del Selpucro negro*
> *el cadaver alzose entre el sudario,*
> *ensayó caminar a pasos trémulos,*
> *olió, palpó, miró, sentió, dió un grito*
> *y lloró de contento.*
> *Cuatro lunas más tarde entre las sombras*
> *del crepúsculo escuro en el silencio*
> *del lugar e la hora, entre las tumbas*
> *del antiguo cementerio.*

*Lázaro estaba, sollozando a solas
y invidiando a los muertos.*

Seguem-se umas notas mais, mas são sem interesse.
— Você podia publicar essas notas, Serra. Fazer um livro de anotações e frases, pensamentos, ideias soltas, ao sabor...
— Que sabor?
— Sabor do cotidiano. Publicam-se tantas bobagens desse nível. Claro que tuas ideias, sem querer adular-te, são bem melhores. Por isso mesmo.
— Não posso dar-me ao luxo de publicar livros. Além disso, estas citações são alheias. Unamuno não ia gostar.
— Como não ia gostar? Claro que gostaria. Foi preciso muita paciência para que um filósofo de Pasmoso pudesse citar e ler um filósofo de Salamanca.
— Mudando de assunto, estava lembrando uma frase de Camus, há muito tempo lida, que até Lázaro conhece, verdade Lázaro? Continuou o Grego.
— Qual é? Sei tanta coisa de Camus que é melhor enforcar-me.
— *N'être rien!* não ser nada! Verdade que não pedimos para ser o que somos. Ou isto: *Ce sont ici les terres de l'innocence.*
— Eis as terras da inocência – traduziu o Serra – tenho vários livros de Camus. Também eu gosto muito desse Camus. Mexeu na pasta. Não imaginava que o Cardeal se saísse com Camus. Pensava que ele só entendia de Homero.
— Ah, Homero. Verdade que gosto também de Homero. Mas vamos lá com seu Camus.
—... *non, decidement n'allez pas là-bas si vous vous sentez le coeur tiède, et si votre âme est une pauvre bête! Mais pour ceux qui*

connaissent les déchirements du oui et du non, de midi et des minuits, de la revolte et de l'amour, pour ceux, enfin, qui aiment les buchers devant la mer, il y a là-bas une flamme qui les attend.

— Da revolta e do amor! Coisa bela! disse o Grego. — Algo profético Camus, verdade? É verdade que ele tinha o seu mundo, a sua Argélia que eu conheço e sinto isso que ele escreveu como um sangue familiar. Ele tinha o seu mundo para nos mostrar.

— Não sei, me parece mais a sua literatura uma literatura empírica, mais ideias que coisas, no dizer de Unamuno.

— Por que vocês não inventam um assunto que se entenda, afinal — interrogou Lázaro — sabem que não sei francês, nem literatura, nem Camus, que diabo!

— É verdade, disse o Serra — nosso amiguinho não participa. Vamos deixar essas altas conversações para um outro dia em que venhas só e conversaremos até arrebentar, de Camus para cima. Vamos mudar de assunto. Falar só de literatura é como comer apenas farofa — dá sede.

— Que tal se o Grego nos contasse alguma estória nunca contada, algo que só o Cardeal sabe, ele que já leu Camus e que se lembra do *allors commencent les grand nuits d'Afrique, l'exil royal, l'exaltation desesperée qui attend le voyageur solitaire...* Vamos, Grego, conte-nos algo, ou então uma bela poesia grega, dos seus tempos bons da Grécia. Você não gosta de poesia?

— Gosto muito. Mas isso de ser descendente de Platão e de Solomos não quer dizer nada, para mim. Tenho minha filosofia particular. Para mim sou meu filósofo e meu poeta favorito e ninguém me tira esse gosto. Nunca conseguirão tirar, nem com tenazes do inferno.

— Não há dúvida. Está se zangando?

— Não, absolutamente. Estou me lembrando de coisas. Antigamente no seminário eu fazia poesias e nenhum jornal as publicava. Fiquei com raiva daquilo até hoje.

— Bem conte-nos algo daquele tempo. Algo que só o descendente de Platão poderá nos contar — disse o Serra.

— Bondade sua. Não tenho tanta coisa assim para contar. Coisas apenas diferentes, mas no fundo as mesmas coisas de todos os homens de todos os países. O que muda é apenas a cor das bandeiras. Porcaria inútil, a bandeira. A bandeira de um país onde todos passam fome que é que vale? Vale alguma coisa digam-me sinceramente? Bem, mas deixemos para lá isso. Vou contar algo que me aconteceu quando era seminarista. Estava em férias na casa do meu tio em Famagusta.

Nisto um revoar de asas, algo voa em círculos sobre as três cabeças. Depois encontra assento na travessa da janela. Era o curiangu.

— Que companhia o bicho... Será verdade ou mentira o que vais a contar? A aparição do curiangu quer dizer alguma coisa, não?

— Ah bobagem, não quer dizer nada — diz o Grego — e continua — como dizia, estava na casa do tio Andruli, em Famagusta. Era um casarão cercado de vinhedos, sobre um pontão contra o mar azul. Ah o mar em Creta! O seu azul é o azul mais puro que já foi dado ao homem! Nesse azul qualquer coisa cintila como sobrenatural. Marigitza era amiga das filhas do meu tio, entre as quais estava Pávlia, a que nunca esqueci. Doce priminha! Marigitza ou se enamorara de mim ou fingia. Não, não fingia. Verdade que me queria e Pávlia o sabia e tinha um ciúme diabólico. Aquele tempo eu era um guri e acreditava em tudo aquilo de pecado e etc. que ensinavam no seminário. Sem embargo namorava de vez em quando, mas meu sentimento central era Pávlia. Um dia alguém morreu e fomos ao velório. Marigitza era dum temperamento inesquecível. Ria de tudo. Em tudo punha graça e achava o que rir. Lembro-me das zombarias que fazia às carpideiras, das piadas sobre a morte, tudo. Na volta do velório, nos metemos por debaixo das arquibancadas de um circo estacionado no caminho. Não me lembro o pretexto usado para metermo-nos ali, mas a ideia foi dela. Marigitza pusera algo na cabeça, pois nem bem nos vimos naquela proteção, a moça começou a manusear-me, e eu exaltado ensaiei entrar positivamente no jogo. Não vi quando livrei-a das roupas e ela enlaçou-me malucamente de braços e pernas. Parece que ri um pouco aquele dia não sei, mas nunca mais me esqueci duma coisa, depois que a vi despida, que me pareceu estrambótico aquela coisa nua, coisa que eu sempre vira envolta em roupas e prendas. Não preciso dizer que era a primeira vez que eu via mulher nua. Entretanto, até hoje me pareceram não sei que espécie de ferozes aranhas as axilas floridamente peludas da moça, como que uma espécie de cabelífera armadilha de pegar camundongos aquele púbis agressivo e os encachoeirados e alvos seios que me oprimiam uns calvos capuzes de fantasmas de monóculos carnudos. Mais ou menos, mais a mais a moça me envolvia como um polvo rosado. De repente houve algo mais fora de jeito e pus-me em pânico, saí correndo nu, com as roupas na mão, colina abaixo. Nunca mais vi Marigitza em companhia de minhas primas. Quando a via na rua, olhava-me com uns olhos furibundos que dir-se-iam querer morder-me. Depois disso sempre tive uma espécie de complexo das aranhas, não sei se tinha simpatia ou antipatia pela folhagem típica, quando via qualquer mulher, logo se me pareciam não sei que influências e comunicações secretas entre elas e as aranhas. Vim a ler Sófocles e Homero, e guardei de Helena e mesmo Níobe, a pobre e inofensiva Níobe, uma sensação nada honesta, algo de aranhofobia ou penteiofobia, não sei. Helena ainda vá lá visto a sua ânsia de novidade, mas Níobe, não sei a que relacionar, ela só tinha dor a oferecer.

O Serra que havia guardado seus papéis na pasta e que se refestelara numa cadeira preguiçosa rangedeira, ouvia sorrindo, balançando-se, as mãos sob a nuca. Lázaro ouvia com olhos de sono.

– Tudo vem a dar em literatura no fim. Até filosofia, disse Serra.

– Quando não é o contrário – disse Lázaro.

Lá fora chovia e ventava, e o vento sacudia as vidraças. Parecia querer levar toda a povoação em suas mãos de imponderável. Tudo baço sob a chuva. O cavalo de Lázaro batia os cascos amarrado à porta. Um carro de bois passava chiando na penumbra cinza, sob a chuva.

– Agora vou contar uma estória de gente daqui mesmo, disse o Serra enrolando pacientemente um cigarro de palha. Dona Ana trouxe uma lâmpada acesa, e deixou-a sobre a mesa. Estava ficando escuro, apesar de que não fossem ainda nem as duas horas da tarde. O Grego enchia o cachimbo olhando os olhos rubros do curiangu que brilhavam na penumbra, como se quisessem dizer alguma coisa que só os curiangus conhecem.

– Conheci uma família lá na beira do rio – principiou o Serra – chupando o palheiro acendido – mas mais pro rio abaixo, perto do morro do Papagaio, o morro gemeado do Santo Antônio. Era Nhô Pero Pitão, que tinha três filhos – o Silas, o Sertório e o Sesorino, os três gêmeos. Pois bem. Desde pequeninos os meninos cresceram doidos de curiosidade para saber por que a montanha se avermelhava como sangue ao poente e o sol por que derramava a sua gema de ovo naquele pico naquela hora misteriosa da tarde. Era uma rara curiosidade que passava de um para o outro e que permanecia nos três como um enigmático vaso comunicante. Aquela ignorância os espicaçava como agulhas na pele. Quando crescessem, algum dia, iriam saber, custasse o que custasse. Foram crescendo com aquilo na cabeça, cada vez mais agudo e cheio de mistério. E sabem que chegaram aos trinta anos e continuavam pensando da mesma maneira, apesar de os professores tantas vezes lhes haver dito que era a cor do céu peculiar aquela hora, que não havia mistério nenhum, apenas partículas de pó, o sol ficava numa posição que particularmente incidia daquele modo, cansaram-se os mestres de explicar as coisas, nada deles quererem aquela versão? Não havia modo deles acreditarem naquilo. Um dia subiram os três ao cume da montanha para tirar as dúvidas duma vez. Para ver o que era na realidade, a obsessão de todas suas vidas. Não queriam ficar só em conversas, palavras de professores que tinham passado suas vidas dentro de saletas de aulas, não sabiam de nada de real do mundo, tinham de ver por eles mesmos. Tinham de tirar tudo a limpo. Chegando lá descobriram desgostosos que o céu ficava ainda mais adiante, mais para frente, todo um infinito sobre suas cabeças nuas. Mais para cima o mistério sem decifrar-se, e para todos os lados e que a cara do sol ficava mais além de tudo que eles conheciam, mais além das últimas planícies e colinas, além das nuvens de outras serras e montanhas, longe, muito longe. Não alcançavam o fogo distante e o vermelho do céu que tanto queriam ver. E se decepcionaram tanto, vendo a inutilidade de tudo aquilo, somado com toda a expectativa de todas suas vidas, aqueles longos anos, todos aqueles sonhos passados, tão grandes sonhos! Sabem o que fizeram os três irmãos Silas, Sertório e Sesorino? Os três pularam lá de cima e morreram. E é verdade esta estória. Nhô Pitão ainda vive e podem perguntar a ele se quiserem. E os três filhos dele não eram nenhuns boiotas, não, eram gente valente, trabalhadeiros, muito dos inteligentes, com todos os miolos no lugar. Isso para vocês verem que não só os poetas é que andam voando atrás dessas coisas sem fim. Gente prática também. E o pior é que procura daqui e procura dali nunca acharam os três corpos dos rapazes em lugar nenhum nas imediações do morro. Pensaram que os anjos do sol os carregaram para lá, a esses adoradores do sol, Silas, Sertório e Sesorino ficaram legendários. Eleitos do sol, tão jovens. O sol os amava. Outros inventaram que eles não haviam morrido – haviam montado num tapete mágico que passava, vindo da Arábia, e se foram sobre ele voando embora. Outros diziam ainda que se haviam apaixonado os três da mesma mulher. Mas quando entra mulher no caso, é melhor parar. Deixo pro Cardeal contar de mulheres.

– Bonito. Faetonte também se consumiu por culpa do sol. Assim como Ícaro com suas asas de cera. Gostei.

– É, também gostei, será que gente dessa idade fará isso pelo sol? – indagou Lázaro, que ouvia a estória.

– Por que não? Foi verdade a estória. Nhô Pero Pitão está de prova.

O curiangu dardejava seus olhinhos de brasa no escuro da janela.

XV

Isidoro acabara de escrever um poema. Leu-o de novo.

Uivar dentro de qual silêncio
como cão doloroso
que rodeou a lua
uivar dentro de qual solidão
espreitando as janelas
uivar dentro de qual sombra
como cão sem luz que sente fechar-se
os círculos da longa terra?

O som das Variações Goldberg enchia o quarto. Achou bom o poema. Ainda sem título. Talvez tivesse outro sabor sem a música. – À noite, em silêncio lê-lo-ei de novo, e quiçá pensarei de outra maneira. É sempre assim. Minuto a minuto a gente pensa de outro modo. Um instante nunca é igual ao outro. Sem embargo é uma cadeia. Infinita. Folheou o caderninho em forma de livro de capas pretas e bordas vermelhas, onde anotava suas ideias e escrevia em letra de forma seus poemas. "Como o silêncio", seria o título que lhe veio subitamente. Está bom. "Silencio de cal y mirto", uma citação de García Lorca, que pusera como epígrafe. Virou as páginas lendo. Uns quinze poemas cada um numa folha. Depois vinham umas cento e tantas folhas em branco. Na última do caderninho algo em prosa. Leu. "Considerações. Procuro refletir em meus quadros a atmosfera virgem e latente, profundamente selvagem e ao mesmo tempo ricamente ordenada pela natureza, do meu Estado – Mato Grosso", parou lembrando – escrevera isso quando pintava numa fase abstrata, há tempos. Não sabia por que escrevera tal coisa. Talvez para servir-lhe de guia as próprias palavras escritas. Continuou lendo – "O vermelho é a paixão e a força telúrica do Sol Matogrossense, o azul são as paixões da noite e o negro a melancolia do sangue remotamente flamengo. O amarelo é a ânsia, o ouro, o desejo e as outras coisas nunca alcançadas. As formas que lembram labirintos e meandros ora são vegetações, ora caminhos, ora nervos em expansão, ora o ideal de um laboratório em que busco as equações de um mistério, de um nepentes ou de um descobrimento perfeito. Quero que quem os veja sinta um coração pulsar e repulsar. E ao mesmo tempo, indague o que é o mundo – com múltiplos e infinitos signos estranhos – o que é o mundo, estas linhas, estas cores, esta massa, este movimento, este ser. Rilke disse que uma obra de arte é de uma solidão infinita. Quero pois que quanto mais solitário melhor. Cada qual encontre um pouco do seu eco que se perde. É a natureza que recrio – e se fosse Deus – assim a recriaria – é a relembrança dos países que não fui, a música que os pincéis recordam quando foram cordas, no tempo das harmonias. É minha alma e a sua capacidade de entender alguma coisa que em mim não se perde para sempre, como as outras coisas que se perdem para jamais. É a poesia que não fui.

As cores que eu amo e minha intenção de buscar entender o efêmero."

– Bobagem – disse consigo mesmo. Hoje não penso mais assim. Hoje pinto outra coisa. Aliás há muito tempo que nada pinto. Estou numa perda temporária de inspiração e tudo. Virou as folhas. Leu outro poema:

Avenida.
Os reis estão sentados
no fim da avenida
as coroas na mão
os olhos parados
mas a hora passou
roçando as estátuas
no espelho perdura
a fonte da noite
nos ventos que levam
perfumes e pragas
decretos regulam
as coroas na mão
os olhos parados
os reis que meditam
no fim da avenida.

Bonzinho. Virou outras folhas. Uma pequena anotação. – "A torre e o poço – um sobe outro desce, ambos crescem. Não há analogia nem antagonismos, há o significado que foge – qual o seu mistério, o seu significado, coisa rara, ambígua, imperceptível? – Não há significado – a torre e o poço – são o significado, o significado em si mesmo, o seu próprio significado que independe de significados e significações de palavras e meras palavras e palavras e meras palavras. Poço é torre que desce e torre é poço que sobe." Outra asneira – pensou. Que diabo me diz a torre e o poço? Um sobe, outro desce. Ambos estão no mesmo lugar. Só existe o nome. Todas as coisas são apenas nome, palavras, tudo oco. Chuva, por exemplo. Angústia, por exemplo. Que é a palavra significar? Fechou o livrinho de bordas vermelhas e tirou de cima da eletrola uma folha de papel. Releu a carta que recebera pela manhã de Cecília.

"Isidoro. Não sei como contar-te. Mas é preciso; porque há o amor em mim. Seria uma traição se não te contasse. Hoje faz três dias que recebi uma carta de tua irmã Sílvia. Foi na última noite em que nos encontramos. Dizia-me ela nessa carta que quando eu a lesse, ela já estaria a caminho da Europa. Nunca mais retornaria. Só morta. Disse que ia ter um filho e queria que este nascesse em Paris. Sabe a quem acusa de ser o pai? A ti. E diz que sempre te odiou e quis assim vingar-se – tendo um filho teu. Tu sabes, meu amor, que sei que é mentira. Vinga-se assim porque acreditava que estavas a par de tudo o que passava na família. Na verdade, ela está grávida, mas é de outra pessoa que conheço muito bem mas que não te poderei dizer quem é. Tudo isso, sei que não tem importância para ti, não é verdade? Mas o real por que te escrevo é bem outro. Te escrevo para dizer-te que não posso mais ver-te. Nunca mais irei à tua casa. Depois daquilo, pensei muito nisso e resolvi que não poderia mais ver-te, apesar de te haver dito que logo iria visitar-te. Para mim só pode haver dor depois do que aconteceu. Aliás, nem dor chega a ser. É uma outra coisa tão dolorosa que nem adianta falar. A comunicação não existe. Nem das almas nem dos corpos. Adeus, Isidoro, desculpe intrometer-me em tua vida sossegada, esqueça tudo o que está acontecendo."

A carta vinha sem assinatura, e na realidade não havia necessidade disso.

As Variações Goldberg de Bach haviam terminado. Elas faziam lembrar de quem era a carta. Isidoro trocou o disco. Agora os Concertos de Brandenburgo corriam sob a safira. Para substituir um Bach só outro Bach. Cecília está preocupada. Não posso prever o que fará, mas é certo que é mentira que não me venha mais a visitar. Quanto a Sílvia o que ela faz não me interessa. Se ela não gosta de mim, eu muito menos ainda gosto dela. Ela já é bem crescidinha. Isso é problema dela. Ademais, mesmo que quisesse de que modo poderia ajudá-la? Mete-se para Paris a esconder sua vergonha ou outra coisa pior, e espera auxílio. De quem? Quando muito é problema de papai. Ele os fez a todos doidos, com esse seu maldito sangue amarantino. Esse velho debochado! Ele é o culpado. Vive como um bufo na sua toca e não se interessa absolutamente por nada entre os filhos. Os filhos são dele, não meus! O que me inquieta é o tom com que Cecília o diz: "... Na verdade ela está grávida, mas é de outra pessoa que conheço muito bem mas não te poderei dizer quem é...". Mas por que não me pode dizer quem é? Quem será? Hum, mistério sufocante! Essa Sílvia. Cada coisa! Sempre vi-a como alguém interiormente meio alucinada, como perseguida. Mas por que me odeia assim? Há alguma razão concreta, que eu seja o último a saber? Meu Deus, ajudai-me! Pensou isso como se dissesse a alguém. Na verdade uma angústia coloria o seu ser interior como se essa angústia fosse um balão que se inflasse e se fosse enchendo e tomando a forma do seu conteúdo, tomando a forma de sua alma.

    Uma onda de raiva e vergonha tomou-o. Só agora, relendo a carta é que lhe vinha essa angústia. Num movimento violento impulsionou a cadeira para junto da janela. Angústia tardia. Antes não dera pela gravidade do fato. A roseira que subia pela parede chegando à janela, ou torcera sua direção desviando-se ou algum obstáculo a afastara de seu rumo, a verdade é que de onde estava não lhe via as folhas tão familiares. As pequenas coisas de em seu redor eram o seu mundo. Aquela roseira que apenas uma vez lhe mostrara uma rosa, aquelas folhagens e árvores do jardim, aquele céu, e um dia como o de hoje, aquela chuva, a música que se dava como um presente natural, a arte. Cecília, a janela, os ruídos da rua, o luar das noites calmas, o sol das grandes manhãs, a cadeira de rodas – aquilo era o mundo. Cecília não mais correria os dedos no piano da sala. A roseira se desviara dele como dum leproso, como dum braseiro, como dum obstáculo, o céu entornava aquele mundo de água sem fim, os dias eram longos, silenciosos, tristes, Cecília enviara aquela carta, Sílvia com seu ódio amargurável e irrazonável, Rosa por que caminhos andaria, os imbecis continuavam todas as noites suas festas bestas – que mais faltaria? Há muito não sabia o dia e o mês em que estavam. Devia ser primavera, apesar de toda essa chuva. Se a gente tem a infelicidade de ser paralítico, nunca deve andar atrás de literatura ou de arte, para que esta infelicidade não aumente. A não ser quando se seja um Proust. Nem digo de andar-se em busca de amor. Cada vez que se lembrava de Cecília vinha-lhe um ardor por todo adentro. E quando relembrava o que acontecera entre eles, parecia estar amargamente bêbado, o mundo inteiro parecia girar, e uma treva imensa o sufocava. Era como se as trevas fossem painas e formassem em redor dele uma dolorosa embalagem, dentro dum retângulo de negro desespero. Só o oásis de Bach. A chuva... Quem mais ouviria a chuva e saberia o que ela dizia? Talvez dizia de uma visão assim: Uma mulher que entrava e saía do fogo intacta... Talvez dissesse estes versos de Apollinaire:

...que lentement passent les heures
comme passe un enterrement
tu pleureras l'heure où tu pleures
qui passera trop vitement
comme passent toutes les heures.

Sábio Apollinaire! Quem mais ouviria esta chuva além de Isidoro e Cecília? Saberiam na verdade que dizia com seus rumores, suas gotas frias, seu mistério de brumas envolvendo tudo como numa redoma? Pensava: Cecília era uma perfeita atriz... Fingira tudo aquilo. Que papel! Estaria rindo-se dele!... Tudo crueldade nas mulheres! O mundo é uma imensa palhaçada. Ser freira, casar-se com algum caçadotes almofadinhas, rebentar o carro nalguma árvore – tudo são destinos. Só isto – o amor dum paralítico é que não é destino. Está fora dos planos daquele que prevê os traçados humanos. O tempo de criança. Lembrou a escola, as professoras, três irmãs louras que o adoravam, não sabe se por sua beleza daquele tempo ou pelo dinheiro do pai, as irmãs Nonato. Por onde andariam elas? Haveriam morrido, ou mudado, ou estariam velhinhas afagando e vivendo das recordações dos seus pequenos alunos.

Um dia gazeteara. Fora a pedido de Mário, seu vizinho,

o grande amigo que ele chamava de Sinhô. Que se fizera dele? Vagamente, seria médico, fizera fortuna na grande cidade da orla do mar. Havia um grande tamarindeiro – com que ternura lembrava daquela portentosa árvore! – hoje ali não há mais nada, só edifícios nus, repartições monótonas, tudo cimento, funcionários aborrecidos que levam e trazem processos, transitando nos corredores como sombras. Tirara a camisa, estendera-a no chão e a enchera de tamarindos. A boca se lhe enchia de água lembrando o teor ácido das frutas. Oh aquele tamarindeiro, tão grande que podiam caber no seu corpo de galhos e folhas quarenta ônibus engavetados! O tronco marrom-escuro, grosso como um baobá africano, parecia um carinho – a mão se enchia de pequenos fragmentos de casca ao acariciá-lo – ó árvore da infância, o que te fizeram, quem te cortou impiedosamente, de modo que só existas na minha memória? Acaso lateja ainda sob a surdez desses áridos edifícios, alguma dobra de tuas raízes, algum perfume de teus brotos, alguma saudade de tua vida vegetal! Talvez no Céu das árvores, te lembres de dois gazeteiros, que punham sobre o laocoonte de tua raizama, como uma oferta aos deuses, as pastas com cadernos e livros escolares, e à tua sombra fresca se assentavam e restavam com os dentes mortos à força de comer teus frutos, sem lembrança de agradecer-te os benefícios e sem vontades de deixar-te, tamarindo querido. Agora, penso, tu tinhas um segredo para nos fascinar com teu país umbroso de esquecimento, um consolo como um reconforto de pai, um silêncio com um assentimento fraterno, um dom de acolher como uma ilha de Cocanha. Ah! As baganas que ajuntávamos, escondíamos em tuas raízes e depois, à tua sombra, íamos refabricar e embriagar-nos, dulcíssimos cigarros! Deste-nos a ventura infante de ser deuses e de ser mendigos, tamarindo gigante! Não sei por que penso que no fim das idades, quando as ruínas desses edifícios se forem desintegrando, o teu mais vivo broto oculto irá crescendo, como saindo da casca de um ovo, o teu tronco de titã se irá libertando e reconquistará toda aquela atmosfera perdida e o teu bojo verdenegro ressoe de pássaros como um denso rio que circule nos labirintos e dédalos de tuas galhadas! Ó infância, que é de ti? Uma redoma te conserva nalgum território inviolado. Voltarás, sim, infância. Não sei quando, apenas sei que voltarás, como voltam as estações. E tu cantarás em rumor de brisas, tamarindeiro gigante, nessa infância em que nos encontraremos de novo, nalgum tempo preservado nas grutas do futuro!

Isidoro sonhava. Reviu as cidades onde fora na juventude. Rio, Minas. Os anos de estudo. O colégio americano em Juiz de Fora, Granbery. O ginásio do colégio magnífico. Via-se entre os primeiros atletas da turma. A inveja dos colegas, quando em menos tempo que os outros subia pelas mãos, como um Tarzã, cordas acima, lá no alto do travessão de onde caíam as varas e as cordas. Lá em cima as cambalhotas, as evoluções que fazia, para gáudio das meninas. Como diabos, nunca caíra daquelas alturas? Um frio lhe corria pela espinha. A cadeira de rodas. Dava-lhe ódio. Uma onda de raiva muda lhe encrespava o rosto. Devia estar azul. Permanecia olhando sem ver, a expressão ausente, janela a fora. Volviam lembranças a revoar. Os Concertos de Brandenburgo de Bach. Johann Sebastian Bach. A primeira vez que ouvira Bach, não lhe agradara nada. Parecera música de igreja, religiosa, fora de interesses, sem atrativos. Mas uma rara intuição dentro dele, profunda como uma saudade futura, lhe dizia que esperasse ia chegar o dia em que ia amar a esse homem – Bach, algo lhe dizia que aquela música era uma coisa tão grande que não podia haver nada igual sobre as misérias da terra. A música de Bach pareceu-lhe a princípio uma lenta marcha de sacerdotes no interior dum templo vazio, um ofício de trevas, algo assim. Agora já não lhe parecia mais. Tampouco estava de acordo quando algum crítico dizia que Bach fizera sua música para dar uma ideia dos coros celestiais que revoavam no Empíreo em roda do altar de Deus. Verdade que Bach acreditava em Deus. Era luterano. Mas sua música era como um bálsamo, um unguento próprio, que ele preparava para o seu coração ferido. Como árvores que recobrem as chagas com a própria resina que delas sai. Direis – Bach tinha o coração ferido. Claro que tinha, senão não seria Bach. A intuição é uma força e ela diz que sim Bach tinha o coração ferido. A música dele comunica um tal sofrimento interior mesclado a um delírio de apaziguamento que é impossível não participar, e depois ele mesmo dá lenitivo próprio para cauterizar o dano e o martírio que causou e fez sofrer. Nasceu em Eisenach, na Saxônia. Se fosse no tempo das adorações a Odin, a Wotan, a Dunnar, Thunder e Freia, na era do freixo gigante, do Igdrasil e da espada de Sigfreid, que seria esse gorducho saxão de cabeleira rococó à Voltaire? Um ignorado curtidor de peles ou um empedernido bebedor de cerveja. Teve vinte filhos e foi mestre de capela. Escrevia cartinhas solicitando ajuda a príncipes tolos e presunçosos e no seu tempo ninguém imaginou sua grandeza e seu gênio. Passaram todos os heróis de Hans Sachs e de Wagner, mas Bach nunca passará.

Como Cristo. Como Marx.

Com o tempo foi englobando todo o universo barroco – Telemann, Bach e Stoelzel, Lulli, Rameau, Cherubini e Leclerc, Haendel e Purcell, Corelli, Locateli, Tartini, Manfredini, Vivaldi, Marcelo e Albinoni, Mozart e Haydn.

Um inválido necessitaria de um labirinto, com montanhas e montanhas de discos maravilhosos, entre os quais, ir seguindo o fio de Ariadne. Tinha no seu santuário todo um armário inteiro embutido na parede com os compartimentos lotados, repletos de discos. Podia vir o dilúvio. Como Robinson Crusoé em sua ilha, rezaria ao corvo de Daniel, não que lhe trouxesse vianda e pão, mas aqueles discos, a música que amava, a raça renascentista que produzira aquela harmonia que nunca mais volveria a pousar os pés na terra. Como os barrocos não haverá músicos jamais. Outra espécie de música representam outras coisas. O barroco representa um todo harmônico conquistado ao que tem de mais doçura nos tempos do mundo. Perderam-se no infinito do tempo os seus autores.

Pensava nas viagens, na mocidade tão rápida, nos estudos, nas férias. Os namoros. A Europa. Formatura. Que adiantou tudo isso? A antipatia pelo pai. Os retornos à casa paterna, viagens. Idas ao Rio. Atividades de jornalismo na Guerra. O inutilizamemo da vida. A cadeira de rodas. Recorre com o pensamento as mulheres que amou, uma por breve tempo, outras por um tempo maior. Todas, gente passível de olvido. Todas, menos Cecília. Ademais, poucas. Não valeu a pena conhecê-las.

Vitória, a italiana tagarela, com o filho metade seu metade dela. O mesmo nome dele, Isidoro. Como, diabos, será esse guri?

Valencita, a espanhola que recitava García Lorca e sabia todos os brinquedos de amor. Fundo musical: Salero Gaditano de Tárrega. A cascata de cabelos negros que desprendia sabiamente, em silêncio, olhos semicerrados, fixos na gente, como se preparasse para um flamenco. Às vezes tinha uma expressão que parecia ódio, mas era não sei que espécie de ternura árabe. Dora, a insolente mundana paraguaia que tingia os cabelos de vermelho e ficava parecida a Marilyn Monroe. Tão jovem, a doidivana, que só se expressava orgulhosamente em guarani, altiva como Mme Pompadour, que bebia como um cura. Uma vez houve um escândalo por causa dela. Fora ao Rosário na companhia duns oficiais amigos. Lá havia uma casa conhecida como casa das paraguaias. Eram gente desordeira, brigona, uns irresponsáveis. Sempre estava incluída na ordem do dia da Crônica Policial da "Folha Mato-grossense", a mui digna folha da capital. O Cronista Zé-Binóculo catava ali seus melhores furos. Raro o sábado que em meio ao rasqueado rasgado e à polca estonteante, não se estilhaçassem garrafas e lâmpadas não se arrebentassem a tiros dos valentões. Rara a noite em que não brilhassem no escuro brancuras de punhais e tripas rolassem de barrigas abertas e aquelas ruas se avermelhassem do sangue das rixas.

As mulheres dessa zona eram belas e perigosas. Traiçoeiras como panteras. Concepción Flores, por exemplo – uma fisionomia doce e repousada como as que se veem frequentes nas Virgens de Rafael, mas uma vez, no seu quarto, levantava o vestido, pondo à mostra um par de coxas deslumbrantes e tirava de sob as ligas e as meias um pequeno punhal embainhado de um palmo de comprido da grossura de um dedo e o deixava sobre o canapé bem à vista. Se lhe perguntasse que diabos de precauções eram essas, a inocente cunã-tay contestava, uma flor de sorriso misteriando a boca:

— *Tengo un paraguayo que es peor que el Infierno e se nos agarra ayuntaos está hecho todo, se formó el mal. No sobra ni alma pá decir lo que fué...* Essa noite, como contava, fomos eu e os dois oficiais amigos às paraguaias como dizem ao referir-se à casa delas. Já estava em pleno amor, luzes apagadas — *a Dora no le gustaba hacer amor a la luz encendida, es contra el pudor* — dizia ela —, quando braçadas golpearam a porta. Desatamos súbito o nó que com tanto capricho íamos enrolando e levantando-me vesti-me às cegas, armei-me dum urinol, por não haver outra arma à mão, e postei-me em guarda ao lado da porta. As pancadas à porta aumentavam e redobravam, e uma voz estertórea de bêbado furioso bradava:

— *Abrid, puta perra, Dora mujer desgraciada, ya ares muerta se Dios lo quiere, y tu, no me importa quién, pobre maldecido, que el infierno seconduela de tu alma, se tienes alma, ni que sea el arzobispo o el juez de las muertes, vamos-nos, abrid, que va haber una calamidad! Anda, salid, mujer del infierno! Dora. Peira a viriri na este dia i co'evo! Panambi ihovi! Dora! Yaja y porenó!* E uma saraivada de murros estrondava na porta misturada a um trovejar de pastoso guarani. Dora, bem fresca, como se aquilo fossem ossos do ofício, como se fossem cotidiano, ria, na cama, no escuro — mulher maluca — pensei.

De repente o paraguaio começou a descarregar o revólver na porta. As balas atravessam a madeira guinchando e iam assobiando perder-se na parede e nas coisas ao fundo. O espelho redondo da penteadeira partiu e os cacos ao cair retiniam no chão. Frascos pulavam ao pipocar sinistro. Houve um baque, Dora pulara ao chão e se escondera sob a cama. Eu, com o urinol na mão, sem saber o que fazer. Já a porta se esfarelava às patadas do invasor e este entrava agachado entre os escombros. Ao ver-lhe vagamente o perfil em sombra – um gigantesco animal – levantei o urinol e bati-lhe resolutamente, com tanta força, que aquilo se lhe entrou em volta aprisionando-lhe a cabeça. O bruto ficou sem defesa. Então agarrei a tranca da janela, que recém havia descoberto, grossa como um sapato e mimoseei-lhe sem dó uma meia dúzia de porretadas, até que o guarani bufando e lutando para livrar-se daquele incômodo capacete, atingido nalgum ponto crítico, desmoronou e tombou pesado no chão, como há séculos atrás haveria de ter tombado o colosso de Rodes. Uma vitória *a la* David x Golias. Solano López devia estar fungando no Inferno. O guarani nem se movia. Talvez o matara. Não, o ruído do seu respirar dentro da lata parecia um motor de lancha, vinha assobiando, como um traque acendido que se esquece de rebentar. Nisto chega gente, polícia, mulheres nervosas que gritam, homens bamboleando em redor, a própria arca de Noé, exaltada. Acendem-se as luzes, correm-correm, remexem, procuram, constatam os destroços, anotam as perdas, perguntam. No meio da barafunda sai a brancura intata de Dora, sorridente, de baixo da cama. Balbúrdia, exaltação geral. Gritos, exclamações, vivas, pisadelas, empurrões, novos agarras-agarras, empurras-empurras, palavrões. Os mais histéricos envolvem a pobre, nua como Betsabah no banho davídico ou como Susana no banho dos velhos, aconchegam-na, beliscam-na, apalpam-na, querem cada qual sua casquinha. Perseguida, sem poder livrar-se, Dora grita e esperneia, pede socorro, chora, como numa ameaça de afogamento. Alguém inutiliza a luz e tudo volta à escuridão. Recrudescem os clamores. Livre, lá fora, espero o fim, a ver em que dará, comentando o caso com meus amigos oficiais. Não se vê nada, mas parece que está fazendo o diabo, a plebe ignara, com a paraguaia. Estão descontando os mortos de Cerro Corá. Também, quem manda apregoar tanta curva naqueles vestidos com que embasbacava a redondeza faminta? Já não são casquinhas, mas casconas, verdadeiros quilos de carne, que estão arrecadando, visto a lancinância dos gritos ouvidos. Se os matacachorros não estarão nisso, que me cortem a língua. No rebuliço, alguém trás luz, e o que se ilumina é a mais dantesca e cruenta batalha entre paraguaios e brasileiros que já se viu – uns quinze homens de calças descidas formigando em redor dela, forçando-a de todos os lados. Todos os orifícios do corpo, todos os centímetros de pele aproveitáveis, tudo, sem piedade. Como formigas num torrão de açúcar, quinze leitões sugando a marrã desfalecida. Enfim, já doía ser espectador daquilo. Veio mais reforço e conseguiram retirar a pobre Dora, inconsciente de sob aquela massa de corpos. Embrulharam-na num lençol e levaram-na com o paraguaio desacordado que roncava dentro da viseira, para o jipe que esperava lá fora. Daí para a Delegacia. Segundo eles, para explicar à lei tudo aquilo. Ou para continuarem as casquinhas. Faltavam as deles, atrasados. Também tinham direito. Eu como era filho do Amarante, não me importunaram com perguntas, inspirava tanto respeito como o Governador, o nome de minha família se impunha como o azeite sobre a água, retomando a companhia dos meus dois amigos, fomo-nos embora, pagos da noite com a estória. Enfim, não quero dizer nada, mas deviam ao menos deixar a gente ir até ao fim! Será que nem isso mais é possível nesta terra? Se ela tivesse como a Flores, um punhalzinho escondido por debaixo, ia haver o diabo, muita gente furada aquela noite. Mas a furada foi dela, Dora. E de todos os lados, muito mais do que imaginava. Foi melhor assim. Lá isso foi. Não sei por que mas foi. Era muito superior.

Continuava lembrando coisas. Valencita Gonzáles voltou-lhe ao espírito.

... Cuando sale la luna
De cien rostros iguales,
la moneda de plata
solloza en el bolsillo

Na verdade sua vida era aquilo – viver das lembranças. Retomou a recordação das viagens – o tempo que vivera, diminuto tempo, em Paris. A Espanha, a Abissínia, a Itália, outros países. Uma vida breve a bem dizer. Mas vira e fizera de tudo. Como o que se diz dos poetas jovens que morrem. Depois de haver escrito tudo o que tinham de escrever. Ele também, gozara muita coisa em pouco tempo, antes de ficar aprisionado para sempre naquela cadeira de rodas. Vira de tudo, desde os garimpos do sertão até as casas de modas masculinas em Viena. Desde minerador na Serra dos Martírios ao caçador nos campos do pai, de Mimoso e Trebenque até jornalista na Etiópia ou turista em Porto Said. De estudante de Juiz de Fora a vagabundo em Madrid. Houve um certo tempo indefinido, nebuloso, em sua vida, em que não dava ouvidos a ninguém, nem a si mesmo, uma época da vida em que fora mulherengo demais, e justamente esse tempo que se passara sem dar-se conta. Um tempo vertiginoso, como um tempo de espectador e não de atuante. Um tempo estrangeiro, de assaltos de febres dos abismos de uma luxúria tentacular que fora aquilo, quando fora? Oh quem o soubera! O tempo de luxúria corre mais depressa que os outros porque é o que se recorda mais íntimo. Talvez uma ciência ignorada do seu corpo sabia e adivinhava da impotência futura e estava armazenando desordenadamente vivências para aquele momento de calma de agora, aluvião de recordares, lago de sonhos passados, águas mansas de viver repensando, correndo relembranças. Ah, seus vinte e cinco anos! Depois cessara. Tudo aquilo de recordar como uma atmosfera familiar que o envolvia e o seguia aonde quer que fosse. Os fantasmas das mulheres que amara, poucas lembranças que a memória se dignava lembrar, poucos amores que marcaram. O resto sombras que se perderam. Quantos nomes... Nomes são muitos – Clara, a judia mundana, sim Clara Monafieff, Ellen, a inglesa, Ellen, não lhe lembrava o sobrenome, devia ser estudante de pintura. Vitória, a italiana, Valencita, sim Valencita. Elas têm suas viagens. Todas elas. Estão bem. Eu não tenho as minhas. Revoo com as ideias. Odisseu sem descanso, memória viajante.

Une femme chaque nuit
voyage em grand secret, disse Paul Éluard e tem razão.

Zoé, Nora, a brasileira livre de Paris que um dia de chuva amou-o, numa cama cheia de piolhos. Há muitas mais. Peggy Hardy, filha de barões, mas porca como Jezabel, Sara

Aroch, a que amava Mendelssohn. Teresa, a mexicana de Roma e que só falava em Rivera, Tamayo, Siqueiros e Orozco. Maia, russa parisiense que falava de todas as línguas eslavas e balcânicas. Gala, a armênia, perita em teatro grego e sodomia. Zoé, a grega, de Salônica.

De todas só lembrava Vitória e Valencita. As outras eram vozes que morriam pelas penumbras. Não amara nenhuma delas. Uma que outra delas levou-o alguma vez à cama, deu-lhe a flor de sua vulva, e de lá não tornou a vê-las nunca mais. Que quer, tinha vinte e cinco anos e era forte e belo como um touro selvagem, aqueles que Castro Alves canta num belo poema... Nomes são muitos, lembranças de verdade são poucas.

A volta à terra natal, outras voltas por longes países, novas vindas.

Lá fora chove ainda. Onde andará Rosa? Se ao menos abrisse o piano e tocasse Mendelssohn. Ou Mozart. As Suítes de Brandenburgo se acabaram. Melhor será ficarmos em silêncio. Ouviremos mais a nós mesmos. Chove e se tornasse a ligar Bach, quedaria tudo barroco.

Oh, a juventude! Horas voluptuosas as horas de sonolência quando chove, a gente é jovem, ardente, belo como Lord Byron e vem a nostalgia da chuva, mesclada à luxúria das recordações nesse ruído de águas, como um longo perfume, como um longo punhal atravessando o coração! Oh ser romântico! Ouro negro balançando na noite! Mistério de pairar como um aroma! Trinta e cinco anos lá se vão. Me é impossível qualquer espécie de amor! Oh Abissínia, Abissínia! Terra negra e feroz! Por que teu negus não era milagroso – fazer parar no tempo aquele avião que me arrastava pela roupa? Imagine, ó negus, imagine ó grande mar Vermelho, imagine ó mar da Eritréia, pescadores de pérolas das ilhas Maurício, ó paxás do deserto, ó galas das montanhas, imaginem o meu estado! Abissínia, teu negus, judeu negro, descendente do Leão de Judá, do Rei Salomão e da Rainha de Sabá, devia fazer alguma coisa, no mínimo, um milagre: Não era ele o sangue dos desbravadores dos desertos do Egito, dos comedores de codornizes e dos profetas que faziam saltar a água cristalina dos rochedos calcinados?

Lembrou uma noite, na Abissínia. Estava no hotel, à janela. A grande sombra da noite africana caía sobre Adisabeba. Pensou no Rei Salomão, que em sua terra, no alto de sua torre, meditava os arcanos da poesia, surdo ao clamor das três mil mulheres de todas as raças que gemiam por ele, reclinadas nos coxins veludosos do seu harém. Bálsamos flutuavam no ar da imensa noite ismaelita. O odor dos lírios subia até o cimo da torre, ele sonhava com a Sulamita de longas terras que vinha a visitá-lo. E o poema amoroso mais belo de todas as literaturas, o Cantar dos Cantares, respirava na sombra e se condensava em sua meditação. Podia ser a rosa de Sulam ou a rosa de Sabá. Cintilavam na noite profunda as estrelas cristalinas. Suaves murmúrios de águas gemiam nas fontes entre frescas tamareiras dos desertos de Efraim e Gaza. Sons de flautas insones de cabreiros e cameleiros itinerantes. Só os ouve na cidade adormecida o rei Salomão, no alto da torre. E o seu pensamento se perde no infinito. Ânsias de amor pairam nas penumbras, mil queixumes se diluem no ar. Os lírios acesos mais ardem na noite. O cheiro de baunilha semelha o aroma do suor enervado dos corpos em batalhas de amor. Salomão suspira. Oh Abissínia, Abissínia! Teu negus devia ser milagroso como aquele misterioso rabi de Galiléia!

A cabeça de Isidoro tresvaria. Cenas se sucedem. Tem medo de ficar louco com tantos pensamentos travando-se na cabeça.

Isidoro dá um fundo suspiro, correndo entre os dedos as folhas do livrinho preto de bordas vermelhas. Os Concertos de Brandenburgo estão em silêncio na agulha. Abrindo ao acaso lê:

"O momento de beleza é indizível, ninguém o exprime – o fugaz entendimento de uma tela, a efêmera duração com que a alma se debruça a ouvir uma sonata de Pergolesi ou Scarlatti, um rosto amorável de mulher que a gente teria amado na vida não se sabe quando nem como nem onde, os ruídos como nunca mais vai haver outro, um poema de Keats, como este a um Rouxinol: – Nesta escuridão escuto: mais de uma vez hei estado ansioso da morte aprazível chamando-a com diferentes nomes e persuasivos versos para que meu suspiro se apressasse no ar das águas de um riacho perdido e encontrado, um crespúsculo com seu fim. E agora mais do que nunca é propício o desejo, da meia-noite, sem nenhum sofrimento, enquanto que tu derramando a alma num êxtase único, e seguirás cantando até que eu nada te diga, teu alto réquiem virá à grama verde do meu sonho", ou este poema de Prévert: *"aloutte du souvernir oiseau mort joli tu n'aurais pas dû venir manger dans ma main les grains de l'oubi"* – períodos de tempo que escaparam à correnteza de Tânatos e de Cronos, eternidade a fora. Que é a beleza? O instante único, porque só há um instante único de verdadeira beleza – o ápice, o cume, o cimo, o cerne, o imo, o clímax, o máximo de contemplação muda de tudo o que significa Beleza. Mas ninguém pode exprimir o todo que faz a alma estremecer-se num repente, consciente da existência que lhe corre no sangue, aquilo que é o presente. De que vale o resumo de tudo, que significa a beleza, que não pode ser exprimido? Ó Michelangelo, ó Shakespeare, ó Beethoven! Vós não exprimistes o que quero! Eu quero saber o que é a vida! Não me respondestes o que é a existência, o que é a morte, o que é o mundo! E era isso que eu queria! Que eu queria saber de todo o meu coração sofredor, desde que nasci, antes de tudo! Quem sabe algum dia virei a saber!"

Fechou o livrinho. Pensou no que lera, coisa dele mesmo, escrita há tempos. Alguma bobagem. Para que escrever isso? Ninguém se interessa. Mas que era tudo isso? Sim, a beleza. Voltou-se e olhou a gravura de Segall na parede. Os bois babavam uma bela baba colorida. Como é triste no fundo, assistido profundamente qualquer quadro! Demais de triste! A Mona Lisa é triste, os Arlequins de Picasso são tristes, tudo na Pintura é triste. Estão presos ao quadro. Imóveis. Achou inútil continuar, pensando em beleza. Até a beleza de Cecília era triste. Voltou-se de novo, acariciando a capa pergaminhada do livrinho. Tudo inútil, inútil, inútil. Não sei por que, mas inútil. Para sempre inútil. Os trabalhos de Deus, os sete dias da criação, tudo inutilidade. Como Mallarmé, já li todos os livros possíveis e impossíveis, já li tudo, poesia, teatro, ensaio, filosofia, romance, crítica, tudo; já ouvi todas as músicas; já vi todas as pinturas e esculturas; já vi todos os filmes; tudo já passou por meus fios cerebrais, religiões, filosofias, estéticas. Que mais existe? Havia estendido baixinho, no quarto, de uma extremidade a outra, a nova antena de rádio. Nas vésperas de chuva aquele fio estirado se enchia de moscas. Pareciam andorinhas num fio de luz, sobre o fio da antena em V, dentro do quarto. Duma vez havia muitas. Pareciam ilusões pousadas no fio da vida. Contou: quarenta e duas moscas. Quarenta e duas ilusões. Como fazia, pegou a bomba com inseticida e chif, chif, chif, chif, aspergiu, e uma verdadeira nuvem se enovelou no quarto. Para respirar encompridou o pescoço para fora da janela, à girafa, até passar o cheiro. No chão, as vítimas. Quase todas. As ilusões mortas. Que farei agora? Que aprendi? Aonde vou? Que lições, que experiências retirei? Acariciava o livrinho e viu uma barata atravessando o assoalho, penosamente. Uma barata agonizante pela naftalina, que andava deixando um largo rasto branco de excreção. De repente parou. Morria. Ficou revirada, amassada, torta e quebrada. Mesmo assim andava aos poucos, morrendo e vivendo de teimosia. Ainda movia as patas. Que acontecia no universo àquela hora trágica, em que uma barata arrebentada arrastava no chão a sua ruína?

Sem querer leu outra anotaçãozinha ao pé duma página: De Paul Éluard.

J'ai eu longtemps un visage inutile,
mais mainte nant j'ai un visage
pour être aimé
j'ai un visage pour être heureux.

Este poema de Éluard despertou algo dentro dele. Quando terminou de ler, um fio de lágrima descia-lhe pela face. Algo como uma surdez invadia-lhe a mente. Movimentou a cadeira junto a um armário. Abriu uma gaveta e retirou um fogareirinho elétrico. Pô-lo na mesa, ligou-o e este em pouco mostrou brasa nos arames espiralados. Aproximou o livrinho da chama e quando este agarrou fogo, jogou-o ao chão e afastou-se um pouco, pondo-se pensativamente a olhar o pequeno fogaréu em que se fazia. Em pouco era apenas um montículo de cinzas: o livro preto de bordas vermelhas. Sentiu-se estranhamente aliviado, melhor que eu ninguém conhece o amor. Sei o amor demasiado. Esse livro é só de amor, coisa besta. Como Jean Cocteau diria:

L'aveugle devint sourd
et il y voyait mieux

Desligou a tomada e acercou-se à janela. Cecília lhe levara o revólver. Seria consolador tê-lo aqui neste momento. Não se aguarda nada se a vontade da morte transparece. Ligou a eletrola. Começou o delíquio delirante de harmonia de Bach. Este, sim, seguia à vida. Desligou-a de novo e tudo silenciou outra vez. De nada adiantava. Só o ruído da chuva na paisagem opaca da janela, o jardim deserto, cor de vidro baço e cinza. Um como gemido apenas audível na passagem das horas. Divisou um centauro galopando numa planície ondulada, levando Cecília desnuda nos ombros hercúleos. Para onde a levava? Canalha! Crispou-se todo numa contração inaudita, como se fosse levantar-se sobre pernas titânicas, à maneira de um novo Anteu, de um moderno colosso de Rodes, mas acalmou-se e uma lassidão e uma atonia imensa invadiu-o, o corpo afrouxou-se, deixando-o como tauxiado e cravado na cadeira de rodas.

Veio-lhe um pensamento – se fosse ao quarto de Sílvia,

a ver qualquer coisa, não sabia bem o quê. Tinha de chamar Leão. Foi à porta, atravessou-a e junto da escada, gritou-lhe o nome repetidas vezes. Enfim apareceu o mordomo solícito, desculpando-se da demora, ajudou-o na descida. Depois Isidoro pediu-lhe que o deixasse só e seguiu, movimentando a roda, rumo ao quarto de Sílvia. A sala grande vazia. Rosa, onde estaria? Cortou a sala, a casa estava silenciosa, só a chuva caindo, entrou no corredor e acercou-se do quarto da irmã. Experimentou o trinco. Estava sem chave. Nem se deu ao trabalho de deixar o quarto fechado – pensou. Abriu e entrou. O quarto da menina, vazio e triste. A cama cuidadosamente arranjada, toda branca. Aqui e ali algo deixado ao acaso, fora de lugar. Um grande urso de pelúcia verde abarcava o espaço em cima da estante de livros. Sobre a mesa uns livros amontoados. Leu-lhe os títulos. Aldous Huxley, Hesse, Dostoiévski, Guimarães Rosa, Jorge Amado, a Bíblia, era lida a moça. Na pia, a água da torneira gotejava. Chegou perto e fechou-a. Não podia com água pingando de torneira sem parar. Dentro da pia reparou um monte de roupa – uma calça feminina – e reparou no detalhe, sobre esta um rosário de contas como pérolas com um crucifixo de ouro. Fosse rosado, seria o "Crucifixation em rose". Relanceando os olhos em torno viu na parede uma bela fotografia ampliada e emoldurada em negro do David de Michelangelo. Pendendo dum cabide outra calcinha negra e transparente e um porta-seios rasgado. Adivinhava. Num canto do armário o retrato dum rapaz moreno, barbudo, com uma espingarda na mão. Noutra parede um quadro de um pintor desconhecido, uma mulher nua em pose da Olímpia de Manet. Olhou mais perto. Arruda, a assinatura do pintor. Não conhecia. Uma mesa coberta com um grande vidro e sob este, diversas reproduções de quadros de Miró, Chagall, Rouault, Poliakov, enchendo o espaço envidrado. Noutra parede ainda uma gravura de Nossa Senhora de Cuzco. Abriu o cortinado e acercou-se da mesa, quando ouviu lá fora uma voz. Era Carlos falando com o mordomo asperamente. Chamou-o, mas este ou não ouviu ou fingiu não ouvir. Saiu do quarto de Sílvia, tornou a fechá-lo e tomando o corredor, movimentou a cadeira direção à sala, mas lá chegando só encontrou o serviçal, que lhe explicou que o rapaz acabara de sair, muito apressado. Ainda ouviu o ronco do carro lá fora e depois silêncio. Atravessou a sala, contornou a varanda e pediu de novo a Leão que o ajudasse, queria fazer uma visita a Jônatas, tinha de descer uns dois degraus no jardim, se tentasse sozinho, era quebrar o nariz. A porta estava aberta, e Jônatas ouvia rádio, meio aborrecido de modo que se alegrou com a visita do primo. Puseram-se a conversar. Isidoro indagou-lhe da saúde, se gostava do quarto, que se agradara dos livros e revistas que lhe mandara. O outro, muito atencioso e agradecido, disse não haver problemas, tudo estava ótimo, tudo bom demais, nunca na verdade vira nada assim de solicitude. Sim, sim, melhorara bastante, achava que já podia até caminhar, que gostara muito das leituras, que ninguém o importunara – bom demais – dizia ele. Isidoro desculpou-se de não haver-lhe feito uma visita antes. Depois falaram do tempo, da vida no rancho, dos irmãos, da família, de tudo, um pouco. Conversa vai conversa vem o assunto caiu no velho pai de Isidoro, o tio Afonso. Isidoro lhe contava do pai. Jônatas ouvia. Nada sabia daquele velhote fantasma, sobre o qual corriam lendas na sua família, e lá por Pasmoso. O rádio à cabeceira da cama havia sido deixado ligado a um programa cultural. Surpreendente Jônatas ouvindo-o. O locutor anunciava "El Retablo de Maese Pedro", de Manuel de Falla e se punha a explicar em detalhes o desenrolar da obra. Jônatas perguntou se estava incomodando e apressou-se a desligá-lo, mas Isidoro pediu-lhe que deixasse onde estava. Queria ouvir. Interessava. O locutor explicava como o músico espanhol extraíra daquele capítulo do Don Quijote de Cervantes e o musicara dando-lhe a forma de ópera curta. Jônatas vendo Isidoro interessado não teve jeito senão acompanhá-lo na audição. O locutor narrava – Don Quijote e Sancho se hospedam numa hospedaria e lá vêm a conhecer Mestre Pedro que tem um teatro de fantoches. Convidado a assistir a uma das peças de seu repertório, Don Quijote assente, se instala, e então, começa o espetáculo, que decorre no tempo dos ogros pançudos, lindas fadas, castelões, bruxos encantadores, castelões nariguos e cavaleiros andantes. Don Gaiteros, um mouro terrível, faz da formosa jovem Melisendra sua prisioneira num castelo e sua ferocidade é uma ameaça constante à pobre moça. Em redor desse fato gira o roteiro da peça e movem-se os personagens. Maese Pedro, naturalmente, acentua a crueldade dos captores para conseguir o almejado efeito dramático e suspense em torno dos personagens. Don Gaiteros com seu atrevimento e prepotência, mais e mais vai insopitavelmente enfurecendo e acendendo a cólera do Cavaleiro da Triste Figura, que bufa no seu lugar e vai imaginando o diabo do mouro inimigo renegado. A donzela Melisendra enternece e recorda no herói espectador a graça sem comparação de Dulcinea del Toboso. De repente, chegam ao auge as provocações e Don Quijote não se domina mais e investe, de espada em punho contra os pobres marionetes, dando golpes à esquerda e à direita, reduzindo-os a frangalhos, sem dar ouvidos aos protestos de Maese Pedro e de Sancho Panza que lhe gritam tratar-se apenas de inofensivos bonecos.

— Guardai-vos, covardes inimigos, que incorrestes na minha ira, eu que sou Don Quijote de la Mancha, auxílio das donzelas e braços dos ofendidos! Gigantes desmedidos e cruéis, mágicos tratantes, guardai-vos, que vou com a luz de Dulcinea del Toboso por guia e justiça de Deus por força!

E arremetia na grande fúria dos defensores da honra e da lei. Os bonecos quebrados, caídos, espalhados, melancolicamente, por toda a parte. A cabeça de Carlos Magno desligada do corpo fitava o vácuo. Que pensaria? Don Gaiteros havia virado pó. Maese Pedro amaldiçoava a cavalaria andante e arrancava os cabelos de desespero. Sancho o consolava dizendo que os cavaleiros andantes eram todos assim, geralmente, lhes faltava algum parafuso...

Isidoro pensava ouvindo em silêncio. O mesmo que Jônatas, deitado. — Como semelha a situação atual do país. Igualzinho. Parece até plágio do governo. Não se interessava por política. Mas aquela comparação vinha natural. Sempre, por mais apolítico que se seja, a gente conserva um resíduo de curiosidade e por essa fresta olha os acontecimentos. Por mais que a política passe despercebida, com suas mascaradas e carnavais nos vaivéns da vida da gente, há sempre algo que dela se desprende e vem à tona e a gente cedo ou tarde toma conhecimento. Claro que lera nos jornais destes dias listas e listas de mandatos cassados e perseguições políticas particulares, sem razão nenhuma de ser. O governo não era Don Quijote de espada em punho a decepar cabeças e espatifar corpos e mais cabeças e mais corpos de Don Gaiteros indesejáveis? Claro que era. Para guardar o cinto de castidade de D. Melisendra, que os guindara ao poder e ao direito de defendê-la e do qual se cria dono. Mas, diabos, que espécie de infalibilidade papal aureolava os direitos dessa Melisendra governamental? Exato. As coisas estão nesse pé. Não sei, ninguém sabe, de onde tiraram eles esse grande direito. E em nome de quem? Que eu saiba ninguém lhes pediu. Aliás, sei sim quem lhe pediu – essa cambada de ianques que se crê defensora também de nossas vidas. Policiando este mundo podre. Por seu lado quer devorar a América Central e o Vietnã. Claro que nada tenho com isso. Revolta-me apenas. Assim como me revoltaria se fossem os russos os que quisessem defender-nos. Ao diabo os defensores. Por que não invadimos os Estados Unidos? Ou a Rússia? Uma coisa, muito exato, entrava pela outra, prova com prova, como um punhal na bainha. Justo. Isidoro só pensou. Não quis dizê-lo ao rapaz. Este não entenderia. Ou capaz que entenderia, ele não parecia tão burro, assim, mas preferiu guardar para si mesmo as conclusões acerca de Don Gaiteros.

Seguiram conversando sobre o pai de Isidoro. Todo ouvidos, atenção à flor da pele, ouvia Jônatas, quando se tratava do velho tio. As antenas dele trabalhavam. Soube muitas coisas do tio casmurro, que de vez em quando deixava sua carapaça de caracol e vinha com a amante dar uma volta, pela festa de Todos os Santos, à cidade, à casa de Isidoro, que ele não sabia se era casa do tio ou do primo. Devia ser dos dois, ora. Não fazia outra coisa nesses dias senão beber e beber, numa bambochata dos diabos.

Isidoro lhe conta o que era o velho, ríspido e seco, alheio a um canto, com uma expressão estúpida, outras vezes, alegre demais, bebido, e lambido como um moleque. Não entendia. Devia ser a bebida que o reanimava. Depois da festa, o velho partia de volta com a mulher, sem dizer palavra, sem nada. Mesmo para os filhos era um enigma a vida e o temperamento daquele velho. Achavam-no tocado de alguma loucura esquisita. Contou-lhe a antipatia que nutria pelo pai e vice-versa. Contou sua paixão pelo jogo, uma doença que minava as vontades dele, sua mania de câmbio de mulheres, periodicamente, e muitas coisas, enfim, deu-lhe algo a Isidoro, como um desejo de expor um pedaço de sua vida a esse seu parente desconhecido que era Jônatas. O pai fazia lembrar aqueles nobres da Renascença, em que predominavam os humores negros, misto de melancolia constante e ira repousada. Pensava em aparentá-lo com aquele músico de gênio, o príncipe louco Gesualdo, que compunha dentro de si uma forte sensibilidade artística, a irreversibilidade de alguma calma misteriosa e de alguma silenciosa loucura.

Basilissa já fazia algum tempo que era sua amante. Era uma mulher alta e leitosa, pele cor de casca de ovo. Pensaríamos em Juno ou Minerva ao vê-la. Fora dançarina e o velho ao vê-la enamorou-se dela e fê-la abandonar a profissão. Davam-se bem. Geralmente vinham ao primeiro de novembro ou antes, faziam uma visita ao túmulo da mãe dos seus filhos e do filho Cristiano, o filho mais velho que morrera no Rio, afogado, e depois emudecia o resto do tempo, partindo daí um dia ou dois. Essa era a visita que fazia. Aproximava-se pois o dia dos mortos. Jônatas havia pensado muito aqueles dias de disponibilidade na solidão de sua convalescência. O tempo que passava no quarto era de dias sempre iguais, apenas cortado pelas chuvas que se alternavam. O tempo que passava ele apenas o sabia das noites e dos dias, pelo claror que banhava as janelas e interferia nas frestas e pelos sussurros dos galhos que o vento envolvia ou pelo silêncio que se sucedia nas sombras. Tinha algo de eremita ou de encarcerado aquele esvair-se de dias e noites enquanto a carne se lhe parava lenta. O sossego da cela só era interrompido pela entrada do mordomo que lhe trazia o alimento e uma enfermeira desconhecida que lhe vinha mudar a bandagem e aplicar injeções. Vez por outra, à noite, rumor e vozerio de convidados. No mais, algum barulho de carro que entrava ou saía da garagem ou pela aleia do jardim, algum bulício no hotel em frente, das pessoas no bar, embaixo deste, voz entrepartida de alguém que falava na imediação, às vezes Rosa, os criados que andavam, vozes que não conhecia e o rumor longínquo do trânsito da rua, do outro lado dos jardins. Todos esses dias Jônatas os passara sem sair do quarto. Estava ansioso por respirar o ar de fora, mas uma timidez estranha retinha-o no quarto. Não sabia por que, não desejava expor-se à comunicação dos que viviam naquela casa. Algo muito fundo lhe dizia que aquela gente era diferente dele, mas diferente-diferente, duma rara diferença, eram gente que carregavam não se podia precisar bem que espécie sensível de peso dentro dos vaivéns e das palavras. Ele sabia que ele próprio era um enigma cheio de complexos, em cujo sangue corriam ricas e rubras hemoglobinas de crueldade e ira e vagos e prateados leucócicos de cobardia e ressentimento. Já aquelas pessoas, uma rara intuição dizia de emaranhadas estruturas e muito mais complexas e confusas raízes, uma geografia de imbricados gráficos e infinitas disparidades psicológicas. Algo muito denso emolumava os movimentos dos que se moviam naquela casa, em redor dele. Por isso os temia e sem embargo desenvolvera, nesses dias de longo pensamento, uma atrevida e penosa maquinação, com relação ao primo Isidoro. Nessa tarde em que este lhe fizera a visita, lhe estudara o rosto e os modos e aguardava um quê de deixa qualquer, em sua conjuntura psicológica, em que pudesse elaborar algum possível argumento. Parecera-lhe Isidoro um homem como que desgostado, desilusionado, em suma, fácil de domínio. Capaz que nem precisaria dele, Isidoro. Tudo o que tramava era em relação ao tio.

Na cama, quando madrugava um desses dias, preso de insônia, Jônatas meditara longa e pacientemente, buscando descobrir em que ponto, no objeto do seu estudo, as brechas se faziam mais brechas, e, por conseguinte, facilidades. Aquele grupo de gente na casa, aquela família lhe parecera com os pés muito mal postos sobre a terra do mundo. Via com revolta a futilidade de sua riqueza e a maneira como a empregavam e deixavam a vida correr. Não que não tinha nada com isso – era sua parentela. Mas sabia do rancor que lhes roncava no sangue sem aparente razão. Nada tinha com isso, mas algo lhe doía. Aquelas festas pareciam provocantes e monstruosas, feitas para enchê-lo daquela rara e espinhosa sensação de inveja e raiva. Uma surda nuvem carregada de turva revolta inchava dentro dele. Quando Isidoro deixou-o, Jonatas pôs-se a perscrutar o interior uma a uma todas as palavras e reticências daquela conversação, no que ela se referia ao tio Afonso, mas na verdade nada encontrou que vislumbrasse alguma abertura que lhe servisse de entrada.

A conversa – a vida de Pasmoso, sua doença, o tio Afonso, o tal de Don Gaiteros, o Governo – nada havia naquilo facilmente digno de tirar partido. Mas seu coração estava resoluto. Não podia continuar nessa vida. Tinha de melhorá-la de algum modo. Vindo como viera aos centros de vida, como eram as cidades com suas vaidades, suas luzes e suas linfas e após ver o que vira, algo transbordava dentro dele que o fazia desejar, desejar... Na verdade pouco conhecia da vida interior da cidade, mas sentia o arfar dos seus pulmões – que diabo – era homem ele também, igual, e talvez melhor que eles. Saberia virar-se. Não poderia perder esta ocasião de dar uma reviravolta na vida. Urgia saber o momento e a palavra exata. Anoitecia e chuviscava ainda. Revirava-se na cama, no quarto às escuras. Aquele diabo de ombro e adjacências doía-lhe. Nessa noite, com toda certeza, ia haver novamente alguma festa. Que vão todos para o inferno. Ligou o rádio. A voz da mulher que ouvia na escuridão fê-lo lembrar-se de Minira. Pensou depois no irmão. Certamente que Lázaro morrera. Ou, se vivia, o campo estava livre para Minira. Um sentimento de ódio queimou-lhe o peito. Um tremor correu-lhe nas costas e foi concentrar-se numa pontada de dor sobre a ferida que acreditava já sarada. Tinha muito que fazer. Quando veria novamente Minira? E Lázaro, como podia saber, que era dele? Não quis mais pensar neles. A ideia da mãe se interpunha como uma tênue ligação entre eles. O pai apareceu-lhe na cabeça, montado num cavalo baio, duas grandes bruacas de arroz de cada lado da montaria.

    A mulher do rádio falava numa língua que ele não entendia, da qual ele tomava conhecimento apenas das vagas inflexões da voz. Essa voz assim ouvida, tão longe, não seria também um elemento sedutor? Claro que sim. Oh, noites de chuva, noites voluptuosas em que a ardência da juventude nos queima na solidão de um quarto de convalescência, e vozes de mulheres nos assaltam entre o silêncio impressionado de nossa inquietude e o rumor cadenciado das bátegas tamborilando nos vidros e nos telhados e nas pedras! Idade da imaginação, da audácia e da espera! Fala, desconhecida mulher de voz de ouro, de garganta de prata! Acende em mim os instintos antigos, doce fêmea de voz sexual! Não sei teu corpo, nunca vi tuas pernas se são bem feitas, nem teus seios se são redondos e brancos, nem teu ventre, nem tuas nádegas, nem teus lábios nem tua vulva profunda, mas sua voz eu a ouço e a sinto nesta solidão! E tua voz me queima e faz nascer em mim aparições de Vênus! Porque há um determinado timbre de voz feminina que se pode classificar de voz sexual, mesmo fora do rádio. Não há apenas vozes de tal timbre, mas vozes que descem numa longa escala e atingem um espasmo vocal que as faz vozes inteiramente sexuais. Um diapasão harmônico entre rouco e sensual, que parece estar em íntima e estreita conexão com a vagina e que sem querer comunica um frissão, um roça-roça imaginário e real à vez no ouvido sensorial. Há mesmo certas personagens radiofônicas que chegam mesmo a participar de um coito à distância com o ouvinte e há um orgasmo telepático, que elas ignoram – tolas! O que não deixa de ser também um platonismo tolo. Pode ser exacerbação da imaginação, mas esta voz de soprano, de porte ducal, que sugere uma brancura de pérola – a frase segura, harmônica, lírica, nua, líquida, cristalina, as palavras como que leitosas, impregnadas de substância anímica que quem as pronuncia, as inflexões febris, as pausas, palavras quentes que voam-lhe da boca como pássaros inda quentinhos do ninho, os silêncios impregnados de expectativa e uma volúpia profundamente psíquica e carnal – esta poderosa voz de soprano de violenta conexão vulvária desperta-me todas as forças fálicas primitivas! Ergo-me e balanço-me à brisa dessa voz como um antúrio viril ao vento! Uma atmosfera extrema me envolve, devo ter a face rubra como a carne dos açougues ou azul como a serra do Juradeus!

    Já observaram como pousam as moscas sobre um alvo tecido? Como movem as patinhas repelentes? Pois bem, afigurai-vos que elas roçam sobre a pele do vosso joelho nu, movendo essas imperceptíveis patinhas. Há um formigamento nalgum lugar, vosso corpo é uma descoberta, revelam-se os nervos. Não sei se vós sentis o mesmo. Um estremecimento faz eco em vossa espinha, no mais cavernoso de vossa sensibilidade. Os pelos dessas patinhas, ao roçar-vos a pele, comunicam um frissão indizível, verdade? Não podeis mais e a enxotais com a mão. Depois serenais. Verdade? Pois bem, a voz dessa soprano inquieta-me assim. E chove. Frios, úmidos, os lençóis. Minira não pensa em mim, pensa em Lázaro. Aqui nesta cidade do diabo, ouvindo esta chuva, quantas belas mulheres sonham com a minha ardente juventude, sonham em ser penetradas, como essa bela soprano que me fala numa língua estrangeira, que sem saber entendo muito bem, sei o que ela quer, sei o segredo que me confia, talvez fale de plantação de batatas na Iugoslávia, talvez fale de educação sexual no Casaquistão, talvez fale, fale, fale, dos partos sem dor ou de sapos rurais esperando chuva...

XVI

Era meia-noite e dois grupinhos conversavam sob o caramanchão e na varanda da mansão de Isidoro. Essa noite não viera quase ninguém. Os velhos, os casais conhecidos haviam ficado em casa. Eduardinho Verret com Rosa Angélica conversava sobre Cecília. Na mesma roda está Marta Schneider, a filha mais velha dos Schneider. Eduardinho havia bebido bastante e comentava o desaparecimento de Cecília com grande mágoa. Estava mudado, dizia, decidira casar-se com ela, mas a moça não correspondia, era uma fútil, uma ingrata, ele que nunca chorara, agora passa com os olhos lacrimejantes. Queixava-se com voz rouca e grave, inclinado contra Rosa, que lhe assentia e lhe dava razão. Esta estava ao lado de Hipólito, que do outro lado lhe acariciava a mão. Hipólito olhava-o com ar de mofa. Na outra roda conversavam sobre algum problema extremamente capital, tal a atenção e a seriedade com que ajuntavam as cabeças e confabulavam juntos, de pescoços inclinados e reunidos. Mas o assunto era arte moderna. Um deles era Telêmaco Solis, um rapazola famoso como pintor. Fizera recentemente uma exposição e vendera tudo. Explicava a aplicação do vidro em suas obras. Uma das pessoas do grupo era Nala, grande admiradora da arte de Telêmaco e discrepava qualquer coisa

com Irene, a irmã caçula de Isidoro. Recém haviam tirado o disco de Pepe el Morito, que haviam posto a rodar duas vezes. "Puerto de Santa Maria" ainda ressoava nos ouvidos deles. O retrato de Dona Amância olhava-os severa, com os olhos fixos. Ninguém reparava. Agora o disco corria enchendo a casa com a voz caribe de Harry Belafonte. Irene de vez em quando aparteava. No fundo pensava em outra coisa. Cecília lhe dissera certas coisas, ontem, lá na casa dela. Uma grande mágoa se despertava nela. Não ouvia o que discutiam. De vez em quando metia-se na conversa, mas ninguém notava. Encostou-se solitária à borda de cimento do coreto, sob o caramanchão, ao abrigo da chuva. Cruzou os braços e ficou mergulhada em pensamentos, fitando a chuva. Conversavam de arte, mas eram todos uns animais. Estavam meio bêbados, isto bastava. Há horas a eletrola girava aqueles mesmos discos. Será que não se enjoavam nunca? Joan Baez, Bob Dylan, Harry Belafonte, aqueles espanhóis bobos e lamentosos, os fandangos gritantes, o diabo. Aquela gente bebendo vodca, pensando que isto era o que de melhor existia no mundo, fumando maconha como se isso fosse tirá-los daquela asneira e daquele tédio, falando de arte cinética, fim do abstracionismo, nova figuração, Baj, Dubuffet, o grupo Cobra, Rauchensberg e Asper Johns, Karel Appel, etc. Alfonso Cortaló, o espanhol e Carlos haviam confluenciado à poesia. Cortaló recitava misturando não sei que poema de Antonio Machado com outro poema de Paul Verlaine:
– "Cante Jondo. X

Yo meditava absorto, devaneando
los hilos del hastio y la tristeza,

cuando llegó a mi oído,
por la ventana de mi estancia, abierta
a una caliente noche de verano,
el plañir de uma copla soñolienta,
quebrada por los trémolos sombríos
de las músicas magas de mi tierra..."
"Votre âme est une paysage choisi
où vont chantant masques et bargamasques
et jouant du luth
et dansant et quasi tristes
sous leurs déguisements fantasques..."

 Dizia mais. Do coreto sob a chuva como parecia evocar uma terna cena de Watteau e Greuze.
 Irene apenas sabia. Conhecia-os. Não eram nada. Nem poetas, nem pintores, nem irmãos. Só animais. Também ela bebera um pouco esta noite, mas que tinha isso? Fazia coro com eles. Era uma a mais. Fora outra noite, embora mais avançada que agora e eles, eles mesmos, os de hoje, falavam das mesmas cenas e das mesmas coisas de sempre como velhos idiotas e sensabórios, punham sempre os mesmos discos tolos. Esta mesma música de Belafonte a fazia lembrar dessa noite. Estava cantando este Banana Boat, este Abdullah, quando acontecera. Sílvia apagara as luzes deixando apenas a luzinha de uma veladora azulada acesa, chegara ao centro da sala, meneando as cadeiras ao ritmo do calipso e anunciara que iria apresentar com Eduardinho um número de apache. Estava bêbada coitada. Que figura! Cancã das Antilhas! Sempre bamboleando o redondo das cadeiras e com as mãos na cintura, tinha um belo corpo a palhaça, ia inventando a careografia ao sabor de sua imagi-

nação empapada de vodka Smirnoff, enquanto Eduardinho evoluía em torno dela, fazendo-se de apache da Place Pigalle, ameaçando-a e fingindo que a esbofeteava. Ficaria só nisso não fosse a provocação de Eduardinho, que chegando-se juntinho dela lhe disse para completar com um desnudamento. Sílvia parecia não ter necessidade daquele aviso, porque foi lentamente, cheia de meneios e sempre dançando, desabotoando de alto a baixo o vestido que parecia uma capa de chuva com uma fila de botões, bem intencional, sem nada ter por baixo. Ao chegar ao último botão, Rosa correu para ela e tentou tirá-la dali, enquanto procurava fechar-lhe o vestido. Mas Sílvia, desvencilhando-se dela e arrancando o vestido, ficou em completa nudez, só de sapatos e meias sem ligas. Alguém, parece que Hipólito, apagou a única luzinha que havia, quem sabe sem intenção má, para que não a vissem nua, e enquanto isso Rosa lutava para agarrá-la e levá-la, Sílvia debatendo-se e gritando como uma louca. Não durou muito porque de repente acenderam-se todas as luzes e o pessoal todo viu a doida trepada numa mesa batendo os pés ao ritmo da música e sob as aclamações dos rapazes. Rosa e Hipólito então fizeram-na descer dali à força, enrolaram-na num pano e a levaram. Pobre Sílvia! A este tempo já estava desmaiada. A força da bebida subira demais e ela não resistiu. Adoentou depois disso e não acreditava no que havia feito. Eduardinho diz que mudou de paixão. Não quer mais a Cecília, apenas a Sílvia. A raposa e as uvas. Estes mesmos dois que estão aqui neste dia gozaram a cena deprimente. Mara Costa depois imitou-a mas não teve êxito. Apenas mostrou os seios quando dançava. Ganhou palmas e depois pediram-lhe mais a Mara, ela, porém, dizia que não e guardou suas tetas. Enfim são todos uns doidos. O pior de tudo era a cara de Carlos durante a falta de vergonha da irmã, enquanto esta dançava sobre a mesa. Não fosse essa cara não seria nada. Podia dançar até virada pelo avesso. Uma cara que não tinha absolutamente nada de cara de irmão. Claro que Sílvia tinha um corpo mignon agradável, de boas proporções, pernas bem feitas, seios bonitos, mas por mais agradável que à vista seja um corpo, um irmão não tem esses direitos. Se os tivesse, que seria dos milhões de irmãos e irmãs deste mundo? Isto sem tomar conhecimento de Adão e Eva e seus respectivos filhos que enfim, eram todos irmãos, uma confusão fraternal sem malícia nenhuma. Ela, Irene, fora espectadora daquilo. E Cecília lhe contara coisas incríveis. Afonso e Anúncia – nunca Adão e Eva –, nunca poderiam imaginar essas coisas, especialmente Anúncia, isto é Dona Anúncia, a que tinha um retrato severo na sala, e cujos ossos repousavam no Cemitério da Piedade. Morrera cedo e não pudera educar os filhos. Mas Afonso, esse sim nao tinha atenuantes. Dizia que seus filhos já eram adultos, sabiam o que faziam e ele não tinha mais por que cuidá-los. Enfim, pra que pensar assim? São todos humanos, filhos de Deus, segundo Abel ou segundo Caim. O deus de Abel era manso e bom, e amava o sacrifício dos Abéis do mundo. Já o deus de Caim era ruim e pervertido como os Cains que protegia e a eles recusava a chama loura das aras dos holocaustos. Eu, Irene, por exemplo, sou do exército dos Abéis, tenho a certeza. Deus me ama porque nunca recusou-me sua bondade. Não é que tenha bebido e esteja a pensar coisas benévolas, mas tenho a consciência íntima de ser diferente dos filhos do meu pai. Filha de um Caim, a quem Deus ama e a quem nenhum Djubalcaim debruçou os olhos cabeludos em horas de crespa suavidade. Nunca amei homem nenhum nem amarei. Não concebo o amor dos homens. Por que têm três patas grosseiras? Me é indiferente. O amor, só para fazer nascer filhos. O amor, só para casamento. E não creio em filhos, em casamentos, em família. Sou quieta e sossegada, aliás essa é uma das características das gentes de minha gente. Mas ser calado não é ser verdade ou sinceridade nem é mostrar-se as labaredas que crescem em espinheiros no peito. Há monstros no sangue, sei. No meu há ausência de tudo. Nunca senti o que outras mulheres se orgulham de dizer que têm, entre gemidos e entre choros. Nasci assim. Para as outras fica bem, para mim fica bem assim como sou presentemente. Se mudarei? Não sei, creio que não. Não sou mutante, sou mulher, mas mulher como quero ser. Nunca gemi ou chorei por ninguém. Cecília é algo assim também, mas ela acabará casando-se com alguém, talvez algum doutor Nereu. Sinto muito, não posso evitar. Tenho uma segura e secreta intuição disso e minha intuição não erra. É como um arpão dirigido ao peixe exato. Ao passo que eu nunca me casarei. Desprezo também as freiras, hipócritas. Sei bem por que, hipócritas, covardes. Desprezo os casais, desesperos encadeados, seus trabalhos inúteis, seus ínfimos amores, suas dores sem remédio, seu sempre estar a dois, seu grande e perene tédio, os filhos que têm são filhos da incomunicabilidade. Desprezo ao celibato e desprezo ao casamento. Desprezo os instintos, desprezo a tudo, invejas e calúnias, sabedorias e ignorâncias, homens e mulheres que se juntam, desprezo o amor. A mim me amaram mas desprezo quem me quis dar esse amor. Não sei a que chegarei. A nada. Mas não importa, porque também sem querer chegar-se a algum lugar mas marchando sempre, se chega a um determinado lugar, quer queira quer não. Na roda do mundo ou fora dele sempre se chega a um lugar. O lugar aonde se vai existe, o que não existe são as direções para onde se vão. A rosa dos ventos é um relógio. E os minutos e as horas e os séculos e os segundos não existem. Os relógios são pedacinhos de metal que fazem girar um pedacinho de metal. E o Tempo é o moto perpétuo. A matemática é um oceano. Se afundas, mergulhas de todo abstrato num lodo de algarismos sem efeitos. No fundo de um mar de águas todos os relógios se enferrujam e apodrecem. Viram lodo para sempre. García Lorca disse que os relógios não trazem os invernos (*Colondrinas hieráticas emigran el Verano*). Bússola que marca os rumos do Norte e do Sul, do Oeste e do Leste, das suas oito divisões e das suas dezesseis subdivisões, das suas trinta e duas subdivisões e de suas infinitas multi-e-vari-divisões, relógio que marcas os dias e as noites, as semanas e os meses, os anos e os séculos, os segundos e os milênios, os minutos e as horas e seus multi-instantes, não existes. O que existem são fiapos de metal, trapos de ferro, farrapos de esmalte, incongruentes máquinas, cujos ovos infecundados apodrecerão no fundo do mar sem fundo. Como os afogados engordando sobre as ondas, vossos ovos, lentos relógios e vagas bússolas, brilharão como semidecifrados e moles enigmas, sob o luar de espuma e caracol de madrugada sem sombra inexistentes! Que pranto consola estes tempos de lágrima e brandas superfícies de cal apagado, ao saber que somos demasiado ausentes para sair ao encontro de uma voz abandonada na névoa? Que dor acalma estas pedras, por musgos sem paredes nem telheiros, para intentar medir no canto dos pássaros a distância sempre exata que nos separa da eternidade e dos sonhos olvidados? De onde vem meu sexo? Coisinha triste, por que és sempre insatisfeita e contraditória? Por que esse destino? Por que o apodo de pecado para ti? Por que tão cerrada e entressujeita a leis, como um javali feroz sob mil grades de ferro? Ó tigre esfaimado e noturno! Ó Tiger de Blake! Caimão, caimão, redobrado caimão! A lua de Tamarit cintila sempre! É sempre cerrada para os que amam o prazer a abadia de Teleme! Ó Homem, ó Mulher, por que este enigma da diferença entre nós? Tudo nunca haverá sido igual entre nós um dia? Sim, mas quando, os sexos eram um mesmo sexo? Quando uma parte dele se enfastiou e se pôs a emancipar? Que forças produziram as diferenças entre os dois? Sou diferente de ti, Homem, mas sou igual. Sempre, sempre, sempre, o sexo! Mas urge falar sobre o Sexo! Delirar sobre o sexo, porque é a obsessão máxima, o mistério sem par, infindável, eterno, inenarrável! Mas vós que me amais, Homem que quer o meu sexo, que quereis-me nua em vossos braços, não me encontrei ainda, nem a vós vos encontrei ainda. Desprezo-vos. Almas gêmeas só as encontramos no Grande Nó, ali onde se juntam e entrelaçam as duas forças extremas – ali onde o homem não sabe mas está nele enterrada até a raiz a mulher e ali onde a mulher não sabe mas está o homem acendendo-se e palpitando, ali onde o homem e a mulher não têm sexo, mas só pensamento, como no primeiro dia do seu nascimento, quando foi concebida no amor, só pensamemo esparso, branco como a ausência, mas pensamento antes das espumas do mundo.

 Eu fui e sou jovem certamente e amava a poesia. Agora fui e sou jovem ainda mas a poesia já não amo. Lembrava um jardim coberto de videiras e cravinas amarelas e um namorado que me falava de poemas. Era judeu e sabia despertar naquele coração precoce coisas de altitude. Não sei se eram plágios de Leão Hebreu, Wriel Acosta ou Heinrich Heine, o certo é que quase o amei. Quase foi uma paixão. Chamava-se Isaac Gorobenitz e o pai era banqueiro. Podia ter feito duas coisas – apaixonar-me dele e ficar duas vezes mais rica. Mas não me fascinou nem uma coisa nem outra. Apenas, como um pássaro que passa voando desce e vem molhar o bico na água. Vaga iniciação. Só isto basta. Depois se esquece – o amor e a poesia. O pássaro sente se o escutam cantar. Sei bem que Isaac tinha o membro circuncizado, sei bem e isto não me impressiona. Os outros têm também, mas de outra maneira. Hoje não creio em nada. Isaac só vale para mim como professor. De nada. O que é sumamente importante, porque o nada é dificílimo. O nada não existe porque tudo existe. O nada não existe porque se existe é alguma coisa existente o que não pode ser. Nada. De nada mesmo o que pode existir é a palavra Nada. O Grande Nada. Os abismos de Pascal não são nada, é a música da alma em sua solidão de átomo solitário. O nada de Sakia Muni não será como esse nada povoado que se estende além de onde o olhar e a imaginação se perdem, além da miragem da Morte? O Nada é Geometria. Lesma do Tempo, engole, pois, a Geometria, envolve-a com tua baba a Matemática e a Ciência e engole-as para todo o sempre. A Melancholia de Duerer segue pensando. A mulher, entretanto, que alguma vez sentiu a penetração do homem já sabe a roda da harmonia como gira, a mulher que sentiu o homem dentro de si é a coisa mais sábia do mundo, sabe toda a infinita sabedoria e nenhum sábio grego, egípcio ou caldeu se iguala a ela. Ela sabe até o Nada, suas armações devorando coisas do céu e da terra. Agora deixemos um pouco o Nada e suas complexas teias e aranhóis e consideremos uma vila qualquer perdida no sertão fundo, dentro da noite protetora. Uma palhoça muito humilde. Um pobre ser a quem chamam homem. Corombro, faces encovadas de privações. Rosto ossudo de preto abandonado, sem dentes, mas um brilho de faca no olhar, magro, os músculos enxutos, macilento, se levanta na calma da noite e se desnuda. Tira a camisa suja e as calças remendadas. Senta-se à beira da enxerga Joaquina, magérrima, as mãos nevrudas, enodoadas, gastas, as costelas saltando, como ancinhos, os seios murchos, só ossos e pele, os ossos das clavículas visíveis, rugas na barriga, os cabelos uma grenha como moitas de carrapicho, olha-o, no escuro, com os olhos em chama, nas olheiras roxas. Seis crianças miseráveis que inda há pouco choravam, roncam ao lado. Pela janela o céu de estrelas. Ele solicita. Ela aguarda. Amam-se em silêncio, sem um silvo, sem um gemido, sem dizer palavra. Ao cabo, Corombro e Joaquina olham pela janela e encontram o mesmo céu. Quiçá pensavam que o céu ia mudar-se e que algum Cristo que amava os negros tristes viesse com aquelas estrelas na mão, oferecê-las como antigamente multiplicava os pães no deserto e inchava as redes dos pescadores da Judéia. Mas o Cristo sempre solene caminhando sobre as águas, dá-lhes as costas e desaparece na sombra do mar. As estrelas do céu brilham na eternidade. Por essa e outras coisas não creio no amor.

Não sei quem sofre mais se alguém como Sílvia ou este pobre preto. Já não dá amor. Nem Deus. Nem Arte. Não há mais filósofos ou filosofias – Ó a Fundamentação da

Metafísica dos Costumes de Herr Emanuel Kant, de Koenigsberg, ó Crítica da Razão Pura! Ó Spinoza! Tanto latim! Português de Amsterdão, irmão de Isaac Gorobenitz, de Einstein e de Cristo! A essência de algo é o esforço com que cada coisa trata de perseverar em seu ser. Não há filosofias, há conjuntos de jazz, há poetas praxistas mais herméticos que cofres bancários, há teólogos gordurentos que se guiam pela Tabela Price, há diabos escondidos no Vaticano, como diria Rubén Darío. Não há mais Villons, nem Baudelaires – há ridículas engenhocas que pretendem chegar a Plutão, e daí? Há gente que se queixa de pouco ter para gastar e os que não encontram em que gastar. São justamente as duas classes em que se divide este teimoso gênero humano, teimoso, porque de um lado, porfiam em não querer atirar sobre o resto do bom gênero humano não uma bombinha atômica mas uma bombona de Hidrogênio. Que é direito à vida, enfim? Que é a consciência? São enfermidades. Tudo isto a que chegará um dia o mundo, ficará para quem? Og e Magog? Oh, as mulheres conhecem tudo sobre o amor, tudo sobre o homem. Sabem do seu fogo que as pode penetrar, sabem do seu desejo, sabem que eles têm um pênis passível de ereção, sabem que seus testículos são cheios de gerações espontâneas, sabem que há horas em suas vidas em que eles rezam como Nostradamus e Merlins para que uma simples cadeira se transforme em Sophia Loren e os leve numa cavalgada de peixes escorregadios rumo ao Paraíso – sim as mulheres sabem de tudo. Que Paraíso? Se essa cavalgada suarenta fosse o Paraíso, Maomé e Cristo a haveriam instituído como sacramento litúrgico. Ah a persuasão, o galope crescente do Liebeslied de Wagner com seu transporte e seu espasmo físico! E depois dessa cavalgada? Um triste fastio, uma persuasão do nada e da desintegração do ser. Talvez que se observando bem se descubra no finale dessa oblata ascendente os mistérios sempre buscados do ser. Já vistes acaso as pinturas proféticas de Yves Tanguy? *Divisibilité indéfinie...* Talvez desvendais como Darwin as espécies que se despertam dos seus sonos hibernais... Luís XVI e Maria Antonieta nunca pensaram nisto... Mas vós que não tendes inveja deles, talvez os acheis inferiores, subarianos. Praticai vosso senso e vosso humor. Chegai à janela e olhai o movimento das ruas. Passa uma bela mulher. Pretendei persuadi-la telepaticamente. Talvez ela vá assim apressada e indiferente descontar um cheque no banco ou comprar perucas no cabeleireiro francês. Mas gritai-lhe com vosso grito telepático e ventríloquo: Ó mulher que olho do alto da janela, que vais passando na rua esquecida de que existe o amor e suas atribulações em pleno uso e faculdade, e que tens um órgão no corpo feito para te proporcionar prazer, ao momento que melhor queiras, mulher augusta, não sabes que este minuto existencial que perdes para todo o sempre tolamente, indo como vais descontar um cheque no banco ou comprar perucas no cabeleireiro francês, este minuto orgânico, o perdes verdadeira e voluntariamente – Bérgson que o diga –, para sempre, *per omnia saecula saeculorum*, bela madame, porque poderias se assim o quisesses e acaso o deverias (porque eu sou o primitivo Adão e tu a Eva primordial), estar aqui, nossas solidões encontradas na metamorfose de um nó, ambos gozando do Amor, que é tão livre, tão gratuito, tão barato e fácil e nobre como tudo o que é verdadeiro, não sabes, ó mulher – que passa? – assim lhe gritaríeis telepaticamente. Se ela acedesse ao vosso apelo, não iria resultar o mesmo que a Corombro e Joaquina? O sêmen tristemente morreria nos labirintos do ser. Um fastio de leprosário corroeria as ferrugens daquele langor. As luzes da cidade brilhariam pelas janelas como peixes fosforescentes através da escotilha de um submarino submergido... Baleias de ventres inchados como montanhas nadariam movendo as barbatanas, como pelágicos monstros geológicos agonizantes... Gigantescos coelhos vos mirariam com seus olhinhos mágicos pelas aberturas. E tu ouvirias aquilo que diz Henry Miller: –... *La nostalgie caramelisée du lepreux. Cette musique est une diarrhée, une morestagnante d'essence mélangéee de cafards et de pisse rance de cheval.* Ela poderia encostar o rostinho suave ao vosso ombro e vós lhe falaríeis, falaríeis, falaríeis, enjoada e interminavelmente, todas aquelas razões que anteciparam a criação do mundo em sete dias, numa voz aplacada e baixa, razões e coisas que ela não ouviria porque a música que se ouve é linda, antiga, do tempo de Lulli, da Du Barry e da Pompadour. Um manequim de púbis furado. Um véu de noiva passa voando levado pelo vento, cai nas águas, os peixes o engolem. É bom saber que Platão e Jeremias não voltarão mais entre os homens. É bom saber que o Cristo morreu ignominiosamente na cruz entre dois ladrões. É bom saber que o carro de fogo de Elias desceu à terra na fatalidade de Hiroxima. E que Eliseu voltará com a bomba de Hidrogênio. Que é o homem comparado ao Universo? Podem fabricar um foguete que seja bilhões de vezes melhor que o que estão fazendo neste mesmo instante na Sibéria ou na Flórida, e que este foguete chegue o mais bem ao último anel de Saturno ou ao mais fundo asteroide perdido nas nebulosas que envolvem Orion – e depois? E daí? Onde se situa este universo? É um ponto dentro dum oceano. E este oceano onde se situa? Não sei. A cabeça dá voltas. Quem sabe ao chegar nos limites do universo, esse foguete se dê conta que está entrando numa molécula de um grão de areia à beira da praia do mar das Antilhas. Comparado ao universo que é um foguete?

Afigurai-vos que as sete horas da noite descem. Tédio, fastio, abochornamento, fadiga cerebral. Moscas vagam tontas em movimentos lentos. O calor das lâmpadas queima memórias paradas. O contato áspero do sofá exaspera. O ventre cheio do recém-jantar sobe e desce com a respiração, sobre o umbigo. Televisão, canção vulgar, alegria besta, dois lutadores de catch-as-can. A privada vos espera, grandes comedores, com vossos pensamentos de contacorrentes, proteção ao crédito, correção monetária com seus respectivos juros, vencimento a prazo fixo, juros até trinta % ao ano, reserva de capitais com vossas elucubrações sobre as arcadas góticas de Cesar Franck ou a teoria dos quanta de Planck. Plânctons boiam no Mar Morto. O ventre sobe e desce, sob o diafragma. O magma da terra suspira. Vem até vós o som do rádio. Ópera de Leon Cavallo. O mundo é um câncer que se está corroendo a si próprio, disse Henry Miller. Nunca descansais, sempre imaginais meios e modos de cobrir as mulheres que vedes ou imaginais. Se vosso membro estivesse em natural e permanente estado de ereção, que seria? Não haveria noção de pecado. E depois, meditai nisto – a mulher não necessita desses compridos apêndices que tendes a oferecer em vossos corpos. A mulher não se expõe quando nela a ereção age. Deus deu-lhe um clitóris que é uma joia e mimo, mais escondida que as pérolas nas valvas das ostras oceânicas e que as estrelas nas órbitas das vias lácteas. Mas vós, homens não. Não vos favorece o ocultismo. Sois indiscretos em vossos prazeres, mesmo na solidão. Nós não. Por nós se ouve o rumor do mar e o silêncio do céu, como num caracol ou numa concha. E cintila nosso hímen como o imo central de um ímã. Oh o desejo, o desejo tão intenso, tão grande, tão agudo para um finale tão ínfimo, tão triste... Não, não amo e não creio no amor. Desprezo-o. O mundo se move entre as estrelas na sua órbita misteriosa e leva os homens. Leva as suas casas, leva a vós. Esta hora o sol incide sobre as terras orientais e por lá é o dia que se inicia. Aqui é noite, a hora em que as sete horas descem. O calor das lâmpadas queima. A hora em que os homens deixam as mesas de jantar e vão a ler ou à privada. Estão em completa segurança, porque engenheiros estetas criaram para eles essa bocarra expectante, esses esôfagos e essas gargantas tão práticas quanto higiênicas, nesses tubos intestinais que transportam para o estômago da terra seus resíduos orgânicos – o verdadeiro produto que criam com seus corpos de suores e matérias, o que, a rigor, não vem a ser criação, mas transformação (será à causa disto que Lavoisier criou o aforisma químico de que na natureza nada se cria e nada se perde, tudo se transforma?). O mundo com seus estômagos ruminantes e mastigadores, suas digestões laboriosas, suas tripas trabalhadoras, seus sucos sem fim, come come come, morde morde morde, mastiga mastiga mastiga, rumina rumina rumina. Vai mundo com teus estômagos eternos! O mundo vos leva, ó vós que estais em levitação, comunicando vossa boca ao vosso estômago, vosso estômago ao espírito, comunicando vossas tripas às tripas da terra, comunicando o pensamento do vosso sexo ao sexo da mulher que passa, o mundo move-se entre as galáxias na sua órbita misteriosa e vos leva. Esta hora com dois cornos unidos se faz uma meia-lua. Esta hora a inclinção da terra berça os elefantinhos no bojo das elefantas e nesta hora as mulheres da Ásia estão dormindo e despertando. Ó Deusa das Ilhas, esta hora, a ti afluem as tarântulas noctâmbulas emigrando dos pesadelos e das neuroses! Adeus! Vós ides na rotação do mundo. Eu fico aqui. Sozinha. Porque é bom estar só e é bom estar só porque a solidão é difícil, escreveu numa carta ao senhor Kappus o poeta Rilke. Renuncie a que o compreendam – diz o mesmo poeta noutra carta – é certo que as veredas da carne são difíceis, mas só o difícil nos interessa; quase tudo o que é grave é difícil, e tudo é grave. A volúpia da carne é uma coisa da vida dos sentidos, continua o poeta, como o olhar puro, como o puro gosto de um lindo fruto sobre a língua. É uma experiência ilimitada que nos é fornecida, um conhecimento de todo o universo. Por isso Rilke nunca amou, nunca tocou na pele duma mulher com intenções. Ou se tocou não quis dizê-lo. *"I am a lady young in beauty waiting until my true love comes, and then we kiss. But what grey man among the vines in this whose words are dry and faint as in a dream? Back from my trellis, sir. Before I scream! I am a lady young in beauty waiting"*, sempre me lembro. *Piazza Place. Two Gentlemen in Bonds.* John Crowe Ransom, o poeta. Há muito tempo morreu-se sem tocar as rótulas da moça em beleza esperando.

Pensei no vento que faz a velocidade da terra em sua órbita desembestada. Vossos cabelos rebeldes voam ao vento. Faz de conta que estais num túnel. E perguntai, boca em concha, ouvidos bem abertos para a resposta: *Harmonium. To the roaring wind. What syllable are you seeking.*

Vocalissimus, in the distances of speed? Speak it. Se não ouvistes a resposta, indagai Wallace Stevens. Se sois surdo, cegai-vos que assim ouvireis melhor. E se sois louco, matai-vos que assim pensareis melhor. *Le cygne dit à l'âne: si vous avez une âme mourez mélodieux.* Os conselhos são de Jean Cocteau, velho arrumador de meus silêncios.

Enfim, já é tarde e estou perdida perdendo tempo e encanto. Os cavalos negros martelam o firmamento. Os loucos se foram. Só Rosa conversa de amor com Hipólito. Beijam-se no sofá, e o rapaz intromete as mãos sob seu vestido. D. Anúncia olha severa do retrato na parede. O mundo voa. Também estou bêbada. Se não fugir me alcançam, um milhão de formigas para roer-me o pé e o púbis cheio de açúcar. Agora me esquecerei do que disse e me esforçarei para que vós esqueçais também o que haveis lido. Rezarei três terços em intenção de Sílvia. Talvez a oração de uma ateia (bela palavra) em algo sirva para graça e complacência junto aos olhos de Deus, perto do trono de Deus, com sua miríade de potestades. Desculpem pensamentos tão ímpios.

XVII

Cecília recém chegara da rua. Estava nervosa. Tanto que espezinhara umas plantas do jardim ao entrar com o carro na garagem. Passara em frente à casa de Isidoro. Vira a luz acesa no quarto dele e quase que cedera ao império de vê-lo. Mas vencera momentaneamente a vontade. Por enquanto. Vestiu a camisola e deitou-se. Estava fatigada. Abriu o envelope. Nova carta de Sílvia. Coisas graves estariam acontecendo. Que haveria nessas linhas? Sílvia em Paris. Quase com medo, uma espécie de frio correndo-lhe a espinha, desdobrou as folhas.

"Cara Cecília. Escrevo-te a ti, porque, pensa, a quem haveria eu de contar tudo? A quem mais que a ti? Para contar-te tudo o que quero, meu português não basta. Teria de acrescentar muita coisa mais em meu francês. Em Paris está um tempo belíssimo. Sinceramente quisera ter-te ao meu lado. Fui a um médico e fiz uma operação especial. Aborto. Fim do problema. Estou feliz. Conheci um romeno que quer levar-me ao seu palácio à beira do Mar Negro. É sobrinho do rei Carol. Mas como sei muito bem que na Romênia comunista ninguém pode ter palácios, me contentei em amá-lo, um belo amor de nossos dois corpos ávidos sem precisar de palácios. Mente um pouco mas é um bom rapaz, amei-o à primeira vista. Parece-se com Chopin. Diz que era padre e mandou a Igreja aos diabos e agora trata de recuperar e compensar o tempo perdido. Ensinou-me muita coisa nova sobre o amor que eu já sabia, mas confesso, ignorava. Nem meu pai sabe mais coisas sobre o amor que ele. Não vá zangar-te comigo. Sinto que vou ter outro filho. Que queres, sou assim mesmo. Mas estou eufórica. Ele está dentro de mim há dois dias. Giorgiu é divino. Nem imaginas, Cecília. Não sei que artifícios usou para entrar no Hotel e visitar-me nos meus aposentos. Foram horas maravilhosas. Como desejaria contar-te melhor tudo isto. Mas tu não irias aprovar-me, te conheço muito bem. Sem embargo, vou contar-te algo. Não pude fazer nada. Ao vê-lo, agradou-me imediatamente. Vestia um paletó de veludo vermelho-inglês que constrastava com sua pele azeitonada. Foi no Louvre em frente à Mona Lisa, que tu conheces. Estava entregue ao fascínio que Leonardo pôs naquele rosto enigmático, quando, sem querer, virei-me e dei com ele a meu lado, que me estudava o perfil, como esquecido dele próprio. Estremeci e sorri e ele disse que meu sorriso era ainda mais enigmático que o da Mona Lisa. Agradei-me dele imediatamente. Creio que me apaixonei por ele. Basta olhá-lo nos olhos para notar que está louco por mim. Ó Cecília, quanto estou feliz por ter encontrado aquele que será o meu grande amor. Não me engano. O amor é tudo. Esqueci todos os pesares da vida. Tenho vontade de voar, de não sei o quê. Ó Cecília, se tu pudesses achar um amor tão verdadeiro como o que eu achei. Não é que queira despertar inveja em ti. Sei que és melhor que todos aí, mas é que queria que fosses feliz como eu o sou. No meu quarto que dá para o Sena, obrigou-me a ficar nua e passear na sua frente o patife, por uma hora. Para gozar os olhos, dizia ele. Adoro ficar nua, como bem sabes. Depois nos deitamos e... Ó Cecília, eu nunca amei assim. Queria até morrer de tão feliz. Foram três vezes, três longas vezes que ele fez-me morrer e ressuscitar, morrer e ressuscitar, morrer e ressuscitar... Entendes, não? Creio que ficamos doentes um pelo outro. Giorgiu é bárbaro. Não sei que sorte é esta mas ele daria inveja até a Vênus. E depois não apenas os atributos que tem mas sabe usar a língua como Casanova. Não o trocaria por ninguém, com essa divina força que tem. Bárbaro, de verdade, só para usar um termo em moda, bárbaro, mesmo. Dizem que no Olimpo havia certos deuses que matavam uma mulher humana de prazer. Acho que eles não conheceram o meu Giorgiu. Além disso, aqui em Paris há um afrodisíaco no ar. A natureza age de outro modo. É a poluição concentrada de tantos séculos de amor. Aqui neste ritmo, a mim se me parece estar perpetuamente despreocupada ouvindo aquele "En bateau" de Debussy, repetido ao infinito, sempre em toda parte aonde vou... É o amor. Creia-me, só aqui e agora descobri realmente o que é a volúpia e a delícia e o mel do amor. Todo o meu passado é uma água salobra e rançosa comparado com isto. Tudo o que de delicioso pode um belo homem dar a uma mulher como eu, que o merece, Cecília. Mereço, sim, não o duvides não. Hoje telefonou-me dizendo que virá. Espero-o quase louca. Não quero entretanto que penses que sou uma degenerada e que procedo como uma mulherzinha qualquer. Estou apenas pondo em prática aqueles conselhos de Ronsard. Conheces Ronsard, não? Não quero ficar logo velha e sem lembranças. E depois que seria da vida sem os prazeres da volúpia como disse Erasmo? E ele era também padre. Não foi Confúcio que disse que muitos procuram a felicidade acima da gente, outros a buscam embaixo, mas a felicidade está à altura da gente, à altura onde a gente está nesta hora? Nem antes nem depois, mas agora, neste instante. Estou procurando a minha felicidade, Cecília. Creio que tenho esse direito, não? Daqui a pouco ele telefonará de novo... Dirás que estou ficando louca... Mas agora compreendo por que Paris atrai os torturados, os maníacos, os grandes maníacos do amor. *Fugit irreparabile tempus...* Onde é mais belo o amor que aqui em Paris? Combinamos hoje à tarde uma visita ao Père Lachaise. Iremos ver os túmulos de Abelardo e Heloísa, de Chopin e George Sand, de Gounod, Lamartine, Musset, Baudelaire, Berlioz, todos eles e à noite vamos à Comédie, estão passando uma ótima peça de Feideau. Que pena que não estejas aqui... Comprei um livrinho de poemas de Paul Valéry. Não sei se vou entender. Ele tem fama de hermético, mais hermético que Mallarmé. Outro dia comprei Jacques Prévert. Queres duas pérolas deles? Aqui vão: *Peut-être au souci de mon coeur songeant au sang versant levin, sa transparence, accoutumée après une rose fermée repris aussi pure la mer... Nascisse se baigne nu des jolies filles nues viennent le voir Narcisse sort de l'eau s'approche d'elles...* Bem, cara Cecília, já me despeço de ti. Escreva-me para dizer qualquer coisa. Se queres mostra esta carta a Isidoro, a ninguém mais, porém. Ele merece saber. Diga-lhe que estou como nunca o fui. Encontrei-me com uns brasileiros patrícios e se Deus quiser lá pelo fim do mês estarei com eles em Bruxelas e Haia, para uma rápida voltinha. Claro que irei com Giorgiu. Bucareste e seus palácios à beira do Mar Negro ficam para depois. Estou com vontade de levá-lo ao Brasil. Que diz?

Depois voltarei a Paris. Te escreverei contando. Que queres de Paris? Escreva-me. Tua querida Sílvia."

Cecília quedou imóvel, revirando por um grande tempo aquelas três folhas na mão. Nunca pensara que ela tivesse a coragem de escrever desse modo. Talvez fosse mentira tudo aquilo. Só para impressioná-la de algum modo. Para desfazer a impressão talvez para si mesma de seus amores com Carlos. Em todo caso tinha uma grande piedade dela. Não deixou de pensar – por que escrever para mim? Por que para mim? Que tenho a ver com isso? Sabia que ela era capaz de tudo sim. Mas devia guardar-se de contar as porcarias que faz. Não lhe contestarei nada. Que termos! Deixar-se engabelar por qualquer malandro! Romeno, padre, palácios no Mar Negro, primo ou sobrinho do Rei Carol! Belezas! Pretextos! Não seriam mesmo invenções dela isso tudo? Não sei aonde quer chegar essa maluca. Não posso imaginar.

Ficou pensando, sem concatenar ao certo os pensamentos que lhe vinham aos pedaços. Pensou em Sílvia, pobre moça, levando aquela vida. Que podia fazer por ela? A quem pedir ajuda? Depois, por associação, Isidoro plantou-se em seu espírito. Por que razão aquelas acusações contra ele por Sílvia? Por si só já era muito sério, um irmão que acusasse o irmão à própria cunhada. Que espécie de congraçamento entre ela e Sílvia, desse teor, que permitisse esse tipo de intimidade? A que lhe advinha esse direito de confessar-se desse modo? Que fosse sua cunhada? Pretexto esfarrapado. Seríssimo, em suma. Enfim, quem sabe o que se passa nessas regiões profundas? Que batiscafo desceria a tais abismos? O pressentimento de uma coisa enorme e indefinível iluminava-a por dentro, como o amplexo luminoso de uma luz brutal de holofote. Sentia que alguma coisa se apressava numa caminhada silenciosa, no ar da noite, como uma atmosfera de íncubo. Um frio lhe circulava no ventre como um feto gelado. Levantou-se e olhou-se no espelho do guarda-roupas. Era Cecília, a quem olhava dentro dos olhos, Cecília Soler? A moça inocente que tocava Schumann, pensando que talvez Isidoro a estivesse ouvindo, mergulhada em bem-aventurança? Segurou a madeixa de cabelos negros que lhe caía sobre o busto, do lado direito do rosto, como se o quisesse arrancar. Figurou-se-lhe um momento, o crânio raspado como uma visão de manicômio. Depois viu-se vestida de monja passeando contrita no silêncio de um convento, entre o murmúrio de outras freiras que passavam em fila rezando. Sem querer ensaiou persignar-se mas não completou o sinal. Olhou os próprios lábios. Isidoro os havia beijado. Relembrou o beijo. O contato quente e frio, à vez. Parecera-lhe o beijo duma criança onde um vago segredo se despertasse. Uma ternura quase triste de alguém que há muito tempo não soubesse beijar, de alguém que se despedisse, de alguém a quem lhe faltassem palavras. Tinha os lábios quase sem batom, pálidos, e os tremia, frente ao espelho, sem querer. Como se balbuciasse e quisesse dizer algo perdido a si própria, confiando que a imagem refletida o entendesse. Levou o dedo indicador à comissura dos lábios e pressionando o inferior entreabriu-os, mostrando o branco dos dentes. Pareceu-lhe que nunca vira a própria língua em toda a vida. Estranho. Um simulacro de sino, onde no centro de suas bordas afundadas para dentro brotava o badalo. Um simulacro de alto-falante com o apêndice metálico simulando uma ameaça sexual masculina. Retraiu-se assustada do próprio pensamento. Vislumbrou-se-lhe nítida a cena no quarto de Isidoro, quando ela tentava reanimá-lo. A sua língua tinha não sabia que vaga e chocante semelhança com o sexo morto de Isidoro. Viu por um instante o membro vermelho e úmido agitando-se-lhe na boca, bruxuleante. Fechou a boca olhando-se nos olhos, engolindo saliva e chupando as bochechas, admirando-se de haver descoberto tal coisa. A coisa de Isidoro era murcha, chocha, morta, triste, a que ela tinha na boca era viva, rubra, acesa, vibrante. Uma ideia muito vaga da força, virilidade, potência que ansiara ver no amado. Receio e vergonha queimaram-lhe as faces. Apagou a luz e deitou-se. No escuro continuava a pensar. Como uma obsessão aquilo. Raras coisas, as obsessões. Parecem cobras serpenteando na cabeça, lá por dentro nos meandros da memória. O desejo de algo longínquo se abrigou lentamente nela, sentia correr-lhe pelas coxas, entre as pernas ao ar frio da noite. Quanta coisa passou ouvindo aquilo nalguma parte do cérebro, como o gravado de certa melodia da Iberia de Albeniz, indo e voltando de vez em quando? Há quanto tempo não se acercava do piano, antes passava o dia inteiro, tocando, uma rara espécie de centaurina, metade Cecília, metade a banqueta do piano. Tantas vezes tocara Iberia de Albeniz. Agora que queria lembrar-se para expulsar certas ideias insolentes, a melodia se desviava, atalhando, rodeando, por muito longe. Entretanto a ideia de que sabia de qual melodia se tratava dentro dessa peça não a deixava. Persistência da Memória... Não era um quadro de Salvador Dali com aqueles relógios derretendo-se como cera, pendurados em galhos de árvore? Ou um quadro de René Magritte, em que uma cabeça de escultura posta sobre uma janela escutava o ar e as nuvens que correm no céu? Só que não dava a ideia de Albeniz subsistindo naquela atmosfera de sonho... Sem embargo ouvia sem ouvir, sabia sem saber. A um certo ponto os sons como que se levantavam de algo como de águas, num repuxo, num chafariz, num sopro de baleia... Eram sons dentro do cérebro. Era uma ideia. A música é uma ideia. Um quê inexprimível ungia Albeniz a Isidoro. Ó Isidoro, sem sonos, sem desejos, perdido em sua noite...

Viu uma abertura como de poço e correu a olhar. Lá dentro no fundo, Isidoro lhe fazia sinais. Não ouvia o que dizia. Um rebojo aumentava em redor dele e crescia. Já lhe tomava os joelhos. Ela sem poder nada fazer. Como água mas não era água. Parecia vinho rubro ou sangue. Ele acenando. A coisa vermelha chegando ao peito. Ela dá com um arame esticado atravessando a boca do poço, como um O cortado ao meio. Sem dar-se conta dependura-se no fio, que resulta ser de seda, e não de arame como supusera, que com o peso dela, fá-la abaixar-se e subir, num ângulo elástico de 45 graus, que sobe e desce vertiginosamente no vácuo. Num circo mágico em que o trapezista brinca com a gravitação, não haveria maior espelhismo. O tempo mergulha e de seus pulmões divergem como áscuas borbulhas cintilantes. Como que chove uma chuva de topázios. Rubro vento franze as estalactites da chuva. Acumula-se mais e mais o líquido sanguinolento em torno a Isidoro, lá embaixo. Cecília se enerva. Grita-lhe também. Mas seus gritos se perdem no incêndio. O fio sobe e desce, e ela impõe cada vez mais força aos movimentos. A cada mergulho aproxima-se de seus braços, estranhamente, brancos naquela vermelhidão de fogo, no fundo do gêiser que já chega aos ombros de Isidoro.

Pronto, já lhe tapou o pescoço, a cabeça. Só as mãos se movem desesperadamente, como mergulhadas em areia movediça. Mais um movimento. Alcançou-o. Tocou-o com os pés. Ele acena loucamente. Se errar desta vez está tudo perdido. Olha para baixo. Parece tão fundo... As paredes iluminadas rubramente, num cilindro que penetra profundamente, abissalmente na terra, até lá embaixo onde as mãos de Isidoro movendo-se no ar parecem um pontinho perdido... Como consegue chegar até lá, Deus meu? Vê refletir-se seu corpo como um espelho que um vento estranho agita. Já não pode mais... São trinta metros, Deus do céu. Por um nada soltaria das mãos. Parece uma aranha rara num raro aranhol – as águas ígneas tremem. A aranha treme. Cecília se abisma em sua contemplação. Dá o último impulso. Vai ao fundo. Alcançou-o. Sente as mãos de Isidoro que se lhe prendem aos pés como tenazes. Há uma sucção, uma força gravital tremenda... O fio se rompe... Desperta-se atemorizada... Bagas de suor rolam-lhe da testa. Os cabelos pregam-se ao crânio. Com o lençol limpa o rosto e de olhos abertos perdura magnetizada, fitando o escuro. Isidoro habita-lhe os pensamentos. Como ele deve sofrer! Se sei que a dor e o sofrimento existem piores que mil infernos de Dante, que lhe importa que exista o Inferno alighieresco? Isidoro não deve absolutamente temê-lo. Se existir realmente ele sofrê-lo-á e essa eternidade besta não chegará sequer aos pés do que ele estará sofrendo neste instante. Não, não posso abandoná-lo. Tenho de fazer algo muito maior por ele, nem que seja um milagre que nem o Cristo faria! Oh como se enganam as religiões! O ópio do povo como disse Voltaire! Um inferno... Poderiam ser mil. Não posso ficar aqui. Levanta-se, veste-se, toma o carro e parte para a casa de Isidoro. Já é de madrugada. Tudo em silêncio. O quarto de Isidoro com a luz apagada. Para o carro em frente à casa e toca a campainha. O mordomo se demora um pouco, afinal surge e abre. Cecília entra e sobe direto ao quarto de Isidoro. Precisa vê-lo imediatamente, senão morrerá. Opção nenhuma pode existir. Bate a porta. Nada. Bate de novo. Ninguém. Empurra a porta e entra. Isidoro na cadeira de rodas, à janela no escuro. Baixinho, a eletrola toca La Maja y el Ruiseñor de Granados. Ele não volta a cabeça à sua entrada. Dir-se-ia que dorme, numa imobilidade de morto. Acerca-se dele devagarinho e beija-lhe por detrás a cabeça. Ele, imóvel. Ela se sobressalta subitamente. Toca-o. Está morto? Oh não! Não poderia ser. Está vivo. Muito vivo. Só que mudo. Imóvel. Compreende e senta-se numa cadeira perto dele e ali ficam os dois, em prolongado silêncio, o silêncio aumentando como uma distância que se caminha entre eles. Só Granados os une numa ponte de música. O fio elástico que sobe e desce à bocarra do poço. Madrugada. A chuva amainou mas rajadas de vento úmido e frio transitam as ruas desertas e sombrias. Sente-se que a chuva apenas propôs uma pausa. Voltará. As luzes dos postes iluminam pobremente as ruas de paralelepípedos negros, luzidias como dorsos escamosos de sucuris adormecidas. Pela janela aberta entrava com a brisa fresca o rumor de folhagens do jardim e a semiluz mesclada à semipenumbra das claridades dispersas dos postes de iluminação. A frente do Hotel Alvorada com seu bar em baixo, deserto e morto. Um carro parado espera com o motor ligado. Serão viajantes que se dirigem ao aeroporto. A Igreja do Seminário e a Santa Casa estão baços por uma atmosfera de névoa ao longe. Vê-se parte da cidade com seu casario como um croqui a negro em descidas e quebradas, perspectivas a fora, sob a neblina chuviscante da manhã.

Isidoro aproximou-se da janela e encompridando a cabeça deu uma cusparada para fora. Depois olhou-a.

– Estou assim, não sei o que é. Cuspindo toda a hora. Encheria uma bacia de saliva. Faz tanto tempo que deixei de fumar. Devem ser as amígdalas. Um período a doer sem cuspir, outro período sem doer a cuspir, metabolismo desequilibrado ou nervosismo demasiado. Outra coisa – dois vasos de urina por dia. Será normal? Preciso falar com o doutor Polli. Talvez seja este tempo. Não para de chover. Enfim o homem tem noventa por cento de água. Eu terei cem por cento. Depois apontando para fora, a Cecília que se mantinha calada:

– Essa árvore aí em frente, essa dos galhos em forma de candelabro hebraico, é testemunha do que sofro, Cecília, pergunta-lhe para ver se é verdade, capaz que diga alguma coisa. Já não posso mais. É humanamente impossível. Já me haveria matado não fosse o amor que encontrei, não fosse um pontinho miserável de esperança, um fiapo verde que vislumbro.

Cecília fixou-o com atenção.

– Que fiapo verde, querido?

– Não perco uma esperança, em lembrar o médico ter-me dito que do mesmo modo com que me veio este impasse, do mesmo modo poderá voltar. Agora não se sabe, quando... E isto para mim representa esperança, um farrapo de luz, um fiapo verde a que agarrar-se, compreende? Não crês?

Cecília sorriu, sem diminuir a intensidade do olhar afundado nele.

— Preciso, acho, ter que fazer esta operação nas amígdalas, cedo ou tarde. Porque, uma vez que ela se manifesta, tem que submeter-se a tirá-las. Além disso não sei que diabos hei associado estas duas coisas — amígdalas e impotência, paralisia, choque nervoso, essas coisas, tudo junto. Não entendo nada disso, mas o que tenho, o que me prende a esta cadeira de rodas é uma coisa tão boba que me dá ganas de rir.

E depois subitamente mudando de expressão, perguntou-lhe:

— Que me diz de Rosa Angélica? Tem-na visto?

— Sim, sim... Como sempre. O Hipólito, parece...

— Bem, está muito bem. Tudo em seus lugares. Bom substituto, não? — interrompeu Isidoro rindo — não me importa nada as coisas de Rosa, na verdade. Ela não tem culpa do que me aconteceu. É natural. Além disso é jovem ainda. Você compreende, não? Eu também sou jovem, mas isto são outras coisas. Com tudo, não posso queixar-me. Tu me amas. Mas, meu Deus às vezes dá nozes a quem não tem dentes.

Depois subitamente calando-se e pondo-se a pensar.

— Hoje é... Estamos em novembro, se não me engano.

— Sim, quase: hoje é penúltimo dia de outubro. Depois de amanhã é Dia de Todos os Santos.

— Ah, é isso mesmo. Outro dia me lembrei disso. Já estava esquecido. Amanhã ou depois de amanhã chegará o velho. Vem sempre para Finados, como tu sabes.

— Sim, e que tem de especial este ano?

— Nada que eu saiba. Só que vai haver maior consumo de bebidas nesta época do ano nesta casa. E muita jogatina.

Umas quantas coisas quebradas, nervosismo, discussões, loucuras. La Notte dell Matto, como bem se sabe. É mania do velho. É meio doido, bem se vê. Estou cansado de dizer isto. Todo ano quero acabar com isto mas não é possível. Enfim tudo isto é meio dele. Está ficando louco, na verdade, além de caduco. Já não dá para mulher, entendes, não? Está ficando pior que eu para essas coisas. E depois, há a velha tara congênita... da família sabes não? O velho é maníaco por jogo, por mulher, por bebida, por tudo. Se descobre um quadro de damas, um rei de xadrez, mas o pior não é isso, se descobre uma carta que seja... É demente. Ano passado perdeu uma Rural Willys último tipo, na mesma em que veio guiando, num jogo com um maluco que ele foi encontrar e buscar na rua, um tipo qualquer. Já perdeu uma casa de aluguel lá na Rua Cândido. Sem remorso. Perdeu e não se falou mais. Não sei mas não estou querendo mesmo que esse velho maluco venha... Que rebente a cabeça pelo caminho... Que o mate um raio e que não chegue aqui. Carlos está ficando igualzinho a ele. Outro dia trouxe uns tipos e jogaram dois dias seguidos. Vê se não é tara da família. Não se pode fazer nada enfim. São todos loucos desde o pai. Nestes dois dias estará aqui o velhote indesejável. Por que não fica por lá na sua granja metido com suas galinhas e seus cavalos? Tu o conheces bem, verdade? Podes asseverar o que digo. Soube o que tentou contigo... Se eu estivesse perto aquele dia o matava, o fazia...

— Oh, cale-se, Isidoro, para que lembrar-se?

— Mas que... Se foi a pura verdade. Nunca é ruim lembrar. Que te cuides dele, pois. Para mim não é problema tirá-lo do caminho. Não é imponante o que seja para mim, pai ou o que seja. Se outra vez aquele velho louco tocar em ti com as mãos de porco, mato-o! Não vai fazer em ti o mesmo que tentou com Rosa, quando veio cá não sei mais quando mas ai desse miserável...

– Cale-se Isidoro. Não podes falar assim de teu pai. Por pior que seja é teu pai.

Terminavam as Goyescas de Granados. Isidoro tornou a pôr a agulha no começo e a conversa entre eles prolongou-se madrugada adentro. Quase de manhãzinha, Cecília entrou no carro e rumou para casa.

XVIII

31 de outubro iniciara chovendo e fora de aguaceiro o dia todo, só findando na madrugada do outro dia. De tarde o velho Afonso chegou com a mulher. Todos da casa o sabiam – não era novidade nada que partisse do velho, Isidoro dera instrução a Maria, a empregada, e a Leão, o mordomo, com respeito ao velho que chegaria. Havia que respeitar-se as razões do Sr. Afonso. Era por pesar aos seus mortos, aquele sucessivo brindar que se seguiria no Dia dos Mortos. Era um ritual todo seu. Dona Basilissa nada dizia. Afinal ele merecia. Era seu modo de consagrar o dia de preto a Cristiano, o filho, e a Dona Anúncia, a esposa, os mortos da família. Era interessante saber-se que o Sr. Afonso podia beber e secar todas as cachoeiras, desde que elas fossem de vinho e nem sequer titubeava. Nunca lhe subiam à cabeça os vapores da bebida. O mau era que aquilo se manifestava de outros modos – fazia discursos sobre o amor, discursos e mais discursos como um borracho qualquer, prédicas, acerca de tudo e de todos e depois, quando não procurava um parceiro, qualquer um podia sê-lo, até o carteiro que viesse entregar as cartas ou algum vagabundo que passasse à rua e o trazia à mesa para jogar. Se este não sabia as regras do jogo, havia pacientemente uma longa aula, em

que ele aplicava seus métodos de dissertação e aprendizagem, até que o aluno saía dali, às vezes superior ao mestre, no jogo do baralho. Era muito difícil que ganhasse o velho, visto que quando se lhe dava a febre do jogo estava já bem alto, de modo que perdia sempre. Primeiro perdia o dinheiro que trazia, depois começava a encher cheques, depois eram as coisas que tinha. Isidoro já pensara constituir advogado para salvá-lo dessas ruínas. Uma declaração de caduquice, em termos de entendimento fácil. Como não entendo desses trâmites a que os peritos chamam e designam de legais e jurídicos e não sei que mais, direi que Isidoro pensara tais e tais coisas de cartório de tabelião, mas não passara da intenção e do pensamento. O velho se soubesse capaz que se ia sair com qualquer coisa doida. Ele também não ia lá muito em brancas nuvens com Isidoro. Havia qualquer coisa de encrespadura entre ambos mutuamente. Podia ser maluco – lá isso era – mas era fogo o velho. Vingativo como a lei de causa e efeito. Não queria expor-se à ira do pai – aquela clava de bola maciça na ponta cheia de espinhos de ferro, arma medieval que o velho brandia em tempo negro, como o próprio cavaleiro Don Gaiteros enfurecido e recém-saído dos pergaminhos mofados das lendas sem nome... À tarde saíra em visita a alguns amigos da cidade, chegando de noitinha. Durante o jantar conversara alguma coisa com Rosa Angélica e ficara sabendo de Jônatas, seu sobrinho, filho do falecido irmão Dionísio, que morava lá no Pasmoso. Após jantar, girou um pouco pela varanda e não resistiu. Queria conhecer o parente tão insuspeitado lá do mato, gente meio lendária como eram aqueles filhos do irmão que ele nunca vira, ou se vira seriam pequenos, nem ele se lembrava mais, nem eles próprios. Foi fazer-lhe uma visita. Jônatas descansava à porta do quarto, numa espreguiçadeira, respirando o ar puro da tardinha. O velho tomou assento a seu lado e se puseram a conversar. Lá estava ele com seu narigão parecido a um chuchu, seu bigode de vassoura, tufos de cabelos crespos saindo das narinas enormes e das orelhas em leque, um tique nervoso subindo e descendo o canto direito da boca de lábios grossos e vermelho-escuro, com o cachimbo francês no canto esquerdo da boca, e o outro Jônatas, os cabelos de índio compridos penteados para trás, ainda molhado do banho, barbeado, de pijama, os dois conversando na tarde. O seu mal-humor tão falado parecia haver extinto como por encanto. Quando queria, sabia ser encantador o velho Afonso, que afinal não era tão velho. Seus sessenta anos pareciam vigorosos e fortes como de um rapaz de vinte. Jônatas perto dele, era um molecote. E Jônatas era um gigante espigado e musculoso, como um índio dos tempos de Pedro Álvares Cabral. Só podia ser isto: sentia ganas de relações humanas. Mesmo sem bebida no couro. Incrível, mas verdade. Algo muito grave e diferente estava se passando. Conversaram longamente. Afonso perguntava sobre a família, o pai, os irmãos. Parecia interessado na sorte deles, embora tardiamente, esse ramo esquecido da família. Falou dos seus negócios, enfim mostrou-se tão cordial que Jônatas não teve senão por dá-lo por um perfeito ser sociável. Mostrou-se como se deve, um tio ao sobrinho que há muito tempo não se encontram. Jônatas, que estava informado sobre ele, no íntimo achou que Isidoro estaria escondendo algo. Até de suas hemorroidas, de quanto sofria com aquilo, sempre a incomodá-lo, não havia remédio que lhe servisse, agora um amigo francês ia trazer-lhe junto com uns vinhos encomendados um remédio muito bom, que já fizera operaçõoes sem resultado, o diabo falou ele. Jônatas estava assombrado. Admirou-se da loquacidade do tio. Se Isidoro estivesse aqui iria modificar sua impressão a respeito do pai. Como pudera falar aquilo tudo de um velho tão bom? Uma cordialidade insólita não podia ser vista daquele modo. Verdade que nunca havia visto aquele parente, que poucas vezes nomeavam em sua família. Pareceu-lhe encantador o velho. Quando este se retirou horas mais tarde, ele mudava os pauzinhos do seu plano. Pensou em Minira toda a noite e desenhou todo um novo plano para ser traçado à risca no dia seguinte.

O Dia de Todos os Santos foi de chuva. O velho de manhãzinha já estava desperto e pigarreava na varanda. Passou rápida a parte da manhã. Ao meio-dia, depois do almoço, encontramo-lo, frente a uma mesinha com uma garrafa de vinho e a mulher ao lado conversando em francês, sem mostrar nada da famosa casmurrice tão celebrada. Parecia outro homem. Algo se passara nele.

Que seria? Dir-se-ia que estava eufórico de alguma coisa que ninguém sabia a razão. É caso para pensar, alguém que de tão casmurro, cambia-se de repente, dando-se a risos súbitos e cordialidade aberta. Isidoro permanecia lá em cima e o velho não se dignara ainda a subir. Cada qual dos dois esperava abrir-se a flor secreta de algum entendimento, que se indefinia nessa vaga sugestão de mutuamente se ignorarem um ao outro, não se sabe por que razões. Entre eles, os movimentos intermediários de Rosa, Carlos e Irene que circulavam alheios, nos fazeres do dia, como que aguardando um acontecimento esperado. E este não demorou. O velho abriu as cartas na mesa e pôs-se a jogar com a mulher, bebendo aos poucos seu vinho francês, logo se indispôs com a parceira, achando que ela o estava roubando e que não sabia jogar. O certo é que mandou o mordomo convidar a Jônatas para jogar com ele. Veio este a contragosto, dizendo que não sabia, que não gostava, não sei o quê, o que não o livrou de o velho obrigá-lo a assentar-se a seu lado na mesa, e quase à força tomar parte no jogo. Jônatas, no entanto, pensava coisa muito outra. Fazia-se ignorante das regras do jogo, quando, na verdade, manejava aquelas cartas de baralho melhor ainda que o tio. Assim, pois, com a astúcia de um gato, meteu-se naquele papel, como um ator frente ao palco, decidido a tirar o melhor partido elaborado nas suas noites de pensamentos sem fim. Vinha-lhe assim à mão o que procurava tanto, a brecha que não encontrava no estudo da personalidade de Isidoro. Este ficava pois para trás. Ia a tratar com o tio Afonso. Melhor ainda que fosse este. Que melhor, na verdade, que isso? Ele sabia o que queria, e como, e onde. Ninguém lhe ensinaria o modo de adonar-se do seu quinhão, da sua parcela no vasto patrimônio do mundo. Por algo lhe serviram as longas noites perdidas de Pasmoso, perdidas com aquelas velhas cartas ensebadas nas mãos, copinho de pinga na mesa, palheiro à boca, e o Chico Gato e Geraldo Magela como parceiros noite adentro, até os galos cantarem de madrugada... Foram jogando, conversando, conversando. O velho contava piadas, a mulher cor de marfim, ao lado, quieta, com um sorriso à Mona Lisa, parecia um enigma, onde de vez em quando Jônatas encontrava um olhar surpreendentemente mudo e pegado no seu, não dizia nada, fazia que não via, se ria das estórias do velho, tudo bem como antes, a chuva mansa caindo no jardim como um ruído de chuveiro, os outros da casa, esquecidos, por aí cada qual a seu lado, não sei onde, um grande sossego pousado em tudo serenamente, tio Afonso chupando seu cachimbo e estirando a boca do lado direito, tudo aquilo parecia estar há muito tempo incrustado como um presépio num nicho de vaga memória sem lugar. Jônatas também bebia, mas pouco. O bastante para animar-se um pouco e não ficar atrás em disposição ao velho.

O tempo passava. Grandes risadas assinalavam a presença do tio Afonso. Garrafas vazias se amontoavam no chão. Jônatas pensava – e Isidoro se desconfiar de alguma coisa? Não ele não saberá de nada. Ouve lá em cima sua musiquinha, e sua mulher anda por aí, movendo as ancas, em frente a algum espelho. Nada tenho a perder nem a temer. Tudo haverá de passar bem. Para dizer a verdade – para que mentir – já estava curado, não lhe doía mais nada, o doutor fizera um bom serviço. Tanto havia pensado esses longos dias passados. – Que fazer depois? Fingia não conhecer bem as regras do jogo e o velho lhe ia ensinando. Ele se fazia perder de propósito. O velho caía na trampa e mais e mais a atração do abismo o chamava. O cachimbo permanecia em sua boca, a partir de um certo ponto, apagado, parecendo acompanhar certa linha de reflexão do seu modo de olhar e de rir-se, sem que ele se lembrasse de acendê-lo. As caras se sucediam na mesa com suas infinitas variações, ora trazendo alegria e pesar ora a um ora a outro, temperadas por algum comentário, algum riso dos dois parceiros e da enigmática testemunha Basilissa. Foi nesse ritmo sempre crescente que o velho perdeu o dinheiro que trazia pouco a pouco em cheques e notas, e que não era pouca coisa, como em prestações minutâneas, com uma expressão muito rara de ressentido e alegre à vez, o canto da boca direita tiquetaqueando, os pelos do nariz como que ao vento, o bigode em vassoura subindo para as narinas, expressão que o fazia vagamente como um Al Capone bigodudo e velho, mais gordo e mais calvo, o bigode saindo nas narinas, parecido às barbatanas das baleias. Jônatas, sério, como quem fosse repentinamente dominando as regras do jogo e suas jogadas, de vez em quando dava um aparte que queria ser agradável mas que o velho não sentia, e só o rosto de ícone de Basilissa se iluminava, num vago olhar que ele não sabia definir. A bebida ia alta do lado do tio. Quando chegou às cinco horas da tarde, Jônatas já havia conseguido o que queria, aquilo com que sonhara essas longas noites – era dono da casa em que estava. Ganhara num lance de jogo, em que encaminhara as coisas para esse preciso ângulo, dentre os driblares e as reticências do velho Afonso. Fora jogo limpo, ninguém podia objetar nada. O tio ou era louco ou fingia sê-lo, isso ele captara, para receber aquilo com toda aquela pachorra adoentada, só a boca de ressentido franzindo para cima, pequenos assomos crispando-lhe a cara, o nariz de chuchu fungando no ar, o cheiro de bebida que vinha dele, mas duro, sem mostrar o mínimo enchimento cerebral de álcool. Mas no todo, não fazia caso. Tinha de ser assim se quisesse tocar um pouco de céu e de azul com os dedos. Para ele podia o tio ser ou parecer o que quer que fosse ou que não fosse ou quisesse ser – não lhe interessava muito. Parecia-lhe que estava fazendo uma espécie de justiça consigo mesmo, em nome do pai enterrado no pequenino e abandonado campo santo lá de Pasmoso, a mãe que ficara fedendo dentro da casa longos dias, o irmão que se Deus quisesse estava morto, o amor, o amor de Minira e muitas outras coisas mais. O azar era dele, no final de contas. Não haviam feito nenhum requerimento, declaração nenhuma ou algo legal ou o que fosse no dizer dos entendidos, com as devidas firmas reconhecidas e tal e coisa – mas ele não se importava, não era para isso, ele era homem, tinha seus fios de barba, sua macheza no peito largo, o tio que não se apavorasse, diabos, na verdade o tio nem se importara, apenas coçara o nariz com o polegar, coçando, assim como quem se esquece de algo e quer se lembrar, o tio Afonso era homem, ele era homem, os dois eram homens, que mais havia? – tinham bocas, tinham pelos na cara e na barriga, tinham palavra, isto devia bastar, isto bastava. Não contava com selos, trâmites de transação, coisas que se fazem para fazer valer algum novo valor adquirido. Para ele não existia aquilo. Existia o que houve na sua imaginação e seu justo alcançar. A mulher Basilissa, nada dizia dessas coisas, afora sorrir com seu mistério, que ele não sabia se para o tio ou para ele, por detrás dos óculos verdes de sol. Desejável ela era, o sumo, já havia notado, sim. Mas isso fica para depois; primeiro tenho que resolver uns certos negócios que fazem parte dos meus planos, Minira por exemplo. Isto exige um carinho total. E ai de quem se meta. Agora ninguém me abre os dedos da mão. Fechei-a, está fechada, só eu a posso abrir.

Ao sair da mesa do jogo ao despedir-se do tio e de Basilissa e entrar no seu quarto com os bolsos recheados, já havia pensado em tudo. Estava tudo prontinho. Faltava só acionar. Esperar a noite. E esta chegou. Do seu quarto, ouviu com as sombras da noite aumentar mais o denso da chuva e chegar até ele o murmúrio da nova festa na casa. Outro dia de festa. Vinham músicas, risos, falas de homens e mulheres. Contou o dinheiro. Dava para montar um armazém maior que o do palhaço do Simão Domingues, o pai de Minira. Pena aquele canalha ser pai do seu amor. Estava mole com a bebida. O tio o obrigara a tomar uns quantos copos que ele não queria. Ao contar o dinheiro, montes de cédulas novinhas – nunca vira tanto dinheiro em toda a sua vida – teve um tremor. Uma histeria envolvendo-o de frio súbito. E se não desse certo? Tinha de dar. Ele era homem. Se estivesse são como nos tempos de antes seria capaz de entrar por debaixo de uma carroça das pesadas e levantá-la no ar e emborcá-la com os cavalos e tudo, como um carrinho de mão. Bem isso são demasias, ideias para testar a força do corpo, se já passou a molengueira dos dias de cama, a bala do pai de Minira enfiada no cangote. Ainda pegaria esse velhote pelo cós das calças e o torceria como a uma galinha. Vigores novos corriam-lhe pelo corpo. Seria capaz de derrubar um elefante com um soco. O tremor dissipou-se. Recolheu as notas e os cheques, guardou-as e preparou-se para quando a hora chegasse. Vestiu-se e deitou-se vestido, a melhor roupa que trouxera na maleta desde o primeiro dia da ex-casa de Isidoro, ou do tio Afonso. Para descansar um pouquinho. Não sabia ao certo o quanto de força se lhe haveria de requerer o que ele ia fazer nas próximas horas. Estava seguro de que seria uma grande audácia. Pior que a anterior. Para quebrar os cornos ao velho Simão. Melhor que furar-lhe a barriga com um tiro. Furaria se quisesse. Mas, pensava, não é para tanto. Já passou a hora da raiva. Agora é agir com calma. Vingar-se bem. Depois não era só a vingança. Havia também o amor, todo o antigo amor. Aquele calor que lhe inchava o peito e dava uma pontada no coração, como um ficar sem ar, um abafamento, na hora de pensar em Minira, na maciez dos seus seios, na embocadura das suas pernas, o frio de suas coxas, a polpa branda de sua bunda, a correnteza suave dos seus cabelos. Triturava um sabor de beijo entre os dentes. Foi escorrendo a figura de Minira, quase dormindo, dentro dele, a lembrança da noite em que a derrubara sob a chuva, lhe tocara os seios em pé, a carne de pomba para suas carícias. Correu a memória, os olhos dentro dela, a cintura fina de Minira, a barriguinha que devia ser macia como peito de passarinho, as curvas caindo em arco da cintura, a bunda redonda sob o vestido, em forma de lira, o risco de adivinhação entre as nádegas – ela punha por gosto aquele vestido de seda amarelo – as coxas que os movimentos recortavam no tecido como um molde, as pernas de pele como paina, como algodão – as pernas, subindo, crescendo, incomensurando para os joelhos, para as coxas, para o torso e o períneo, as pernas mais que outra coisa lhe doíam – aliás poucas mulheres, na vida dele, tinham pernas como as dela. Repassou, quem mais teria pernas assim como as de Minira? Lá do Pasmoso, por exemplo, Luisinha, filha do velho Horácio, Efigênia lá do Poção... sim, mas Efigênia tinha-as arqueadas, parece que passou montada a infância a cavalo na mãe, não gosto assim, eram aquela quantidade de carne, algo exagerada na barriga das pernas, e tortas. Andou muito a cavalo. Quem mais? A ver. Será possível, lá pelo Pasmoso, ninguém mais? Ah, sim, a Clarinha, do João Balão, moreninha tirando a jambo, mas crescida por inteiro, as perninhas de perder a um cristão, os quadris pesando no balanceio. O resto eram uma pernaria de arrepiar os cabelos, magras, desproporcionadas, envarizentas, feias, peludas... Como de Minira, difícil, muito difícil. Difícil aquela curva sem beirada que vinha como um sopro por detrás do joelho até o tornozelo. Vertigem, Nossa Virgem! Aqui na cidade devem ter mulheres assim, ou melhores ainda, por algo é cidade. Se tiver tempo vou dar umas voltas por aí para dar uma olhada em geral. Ah, sim, como me esquecia... Dona Rosa, tão perto e mesmo que coisa saborosa! Que pernas! Nunca vira tão elegantes, ameiadas, longas, a equilibrar-se sobre aqueles sapatinhos tão graciosos, pretos, e a toada dos quadris... As de Dona Basilissa, também, não são feias. O velho sabe escolher. Só que tem a cintura meio larga, mas que, também já é meio velha. Dona Rosa fica como um sonho de longe, Dona Basilissa fica como um sonho mais perto... Não posso me dar conta para quando mas o que vale é que sei. E tem o principal – Minira. – Ai Minira, como arrancarei aquele palhaço de tua cabeça? Claro que sei que você não vai esquecer Lázaro, assim, sem mais nem menos, mas não tem importância não. Sou muito manhoso e quem não chora não mama. O caso é que não vai haver choro nenhum. Vai ser tudo como desejei que fosse. Até aqui está tudo dando certo. Aonde vou respirar tua cabeleira preta como a roupa do Cão? Ainda te farei gemer de amor, nem que tenha de dizimar meio mundo! Pensa bem – de que serve viver? Não, serve para fazer o amor, nada mais, minha flor. Noite a fora Jônatas pensa nas mulheres e se debate em dominar a vontade de sair, de ir a algum cabaré – sabe que a cidade é grande, deve haver muita coisa por aí – correr todas as casas de tolerância, buscar a que mais se pareça a Minira. Ou gastar tudo como um grande nababo. Revira-se na cama. Se ao menos Dona Rosa lhe fizesse algum sinal. Com ela ele não tomaria de primeiro nenhuma liberdade. Com Minira e até com Dona Basilissa ainda vá lá, mas com Dona Rosa. Não. Havia nela não definia bem que rara espécie de dignidade feminina que o tolhia. Não, com ela não. Era diferente. Há algo que passa não sei que espécie de mal dentro dela, que não me atreveria a nada. Já Dona Basilissa... Com aquele traseiro circassiano ou lídio, com aquelas ancas de rainha... Deus que a salve. O velho tio Afonso guarda-a bem, sei disso. Ou algumas dessas mulheres que vêm à festa. Pelas vozes até que se pode escolher. Meio sonolento, se fixa, ouvidos como antenas a uma dessas vozes que lhe vêm, voz rouca como que com a língua enrolada em panos, não essa não. Outra fina, aguda, parece magrinha, mas pode não ser, essa também não. Outra ainda, nasalada, palavras espichadas, não. Liga o rádio, vira o dial. Correm vozes. Permanecem num lugar em que fala uma italiana. Rádio RAI, rádio difuzione italiana. As italianas devem ser boas...

Aí pelas oito horas, Jônatas estava a caminho de Pasmoso. Iria de ônibus até o Km 12 e dali em vinte minutos chegaria. O ônibus voava no asfalto noturno. A noite lá fora passava escura, densa, triste, chuvosa. Fazia frio. Como seria essa noite? Tudo devia suceder conforme havia previsto. Segundo seus cálculos Minira devia estar na festa de 1º de novembro, dia de Todos os Santos, que todo ano havia na fazenda do Pombal. Dia de Todos os Santos só tinha igual no calendário da gente do Pasmoso quando era dia de São João, Santo Antônio, São Pedro, São Benedito, Reis Magos e Aleluia, peixe no prato, farinha na cuia, ai ai ai! Uma vez na festa, ia ser fácil atraí-la de algum modo e levá-la para Cuiabá, para sua mansão. Era esse o plano. Era só saber ficar à espreita, no olho da tocaia e escolher o instante certo. Ele era um gato montês. Não ia falhar. Se falhasse de novo se enforcaria. Apalpou-se e sob a camisa sentiu o revólver. Por que não trouxera o punhal também? Nunca sabia quando ia precisar dessas coisas. Quando menos se espera... E era melhor no fio da faca que no gatilho, com o qual nunca se familiarizara direito. Não sabia muito bem lidar com aquilo, tão pesado. Diabos! Ele era homem e acabou-se! Em todo caso nada melhor, tudo no seu lugar. Apalpou o bolso. O maço de dinheiro. Veio-lhe uma alegria súbita. Podia fazer tudo o que queria, tudo o que se lhe desse na veneta, com aquela prata. O ônibus voava na noite. Daí a meia hora chegava. Desceu e caminhou um pouco até a venda de Xisto Bertolo, velho conhecido que tinha uma venda na beira da estrada. Estava ainda aberta. Discutiu com ele o preço de aluguel dum cavalo. Ao cabo pagou e esperou que o arreassem. Montou e meteu-se por um atalho que ele conhecia melhor que ninguém. A noite estava escura, o chão cheio de tocos e poças, tinha de ir maneirando com cuidado naquele escuro, para o cavalo não machucá-lo nalgum tombo. Chovia despacito e fino e o matungo trotava com certa pressa. Amarrou o cavalo no arame divisor da fazenda e tirou-lhe o cabresto. Já se ouvia o rumor de música. Violas, ganzás e sanfonas chegavam até ele no negro. Aproximou-se. Gente pelo varandão abeiradado. Rodeou e chegou-se pelos fundos, o cheiro de estrume fresco invadindo-lhe as narinas. Vinha um rumor de rio na brisa do sul. Por uma fresta de janela no escuro, olhou procurando. Não a via. Ficou ali junto à parede, espiando. Roupas molhadas. Frio. Dançavam lá dentro. Gente conhecida, de por perto. De repente viu as irmãs de Minira. Entraram conversando com umas amigas, ficaram um pouco, depois sumiram na dança, convidadas por dois rapazes. Se Belina e Serena estavam ali é porque Minira também tinha de estar. Era pois, ficar na espera, cuidado na espreita para o bote. Tocaram umas peças, depois pararam descansando. Bebiam, riam. Uns foguetes pipocaram no céu. De vez em quando passava alguém e Jônatas se pegava à parede no escuro. Diabos! Ia passar a noite ali? Já eram mais das nove horas. Queria apressar-se. Mas não via Minira. Será que não veio? Não pode ser possível. Foi até à esquina da parede onde estava, mas nesse justo instante chegou-se um vulto pegado à escuridão. Urinava. Depois se foi e Jônatas voltou à ponta da parede. Olhou o varandão. Ia conhecendo rostos, desconhecendo outros, de repente – pois não é? O diabo é assim, faz coisas com a gente, a moça estava bem ali, em pé, numa conversação de danar com o Arcádio, irmão de Pascoal, gente do dono da festa, um homem de meia idade, inda moço. Estava bonita como nunca. Num vestido azul. Corninha! Pensou. De namoro não será, é diferente, conversam apenas. Inda bem, pois senão já ia fazer loucura antes do tempo. Mas já está melhor. Agora é aguardar. Encostou-se à cerca junto às paredes, pertinho dela, esperando, enrolando a corda do cabresto nas mãos. Ia ser qualquer momento daqueles. Estava perto. Nem pensava que fosse sair tão fácil. Daí a pouco o Arcádio deixou-a e ela ficou junto a um dos esteios da varanda, tomando algo numa xícara. Jônatas chamou um guri que andava por ali, deu-lhe cinquenta cruzeiros e mandou-o que fosse dizer àquela moça que estava ali sozinha encostada ao esteio, que viesse encontrar-se com ele, Arcádio, ali atrás da parede, no lado escuro, que tinha um recado recém-recebido do seu namorado Lázaro para ela. O guri foi, e ele ficou observando. Ali onde estava ninguém veria o que ia passar. Tirou o lenço que trazia enrolado ao pescoço e ficou com ele na mão. Abaixou a aba do chapéu e esperou. Viu-a inclinar-se ao que dizia o guri e depois olhar na direção que este apontava. Hesitou um pouco e depois foi para lá resoluta. Jônatas redobrou de atenção. Quando esta entrou na sombra que o casarão fazia, Jônatas deu o bote como um jaguar. Minira apenas soltou um aah... que foi abafado pelo lenço amarrado com força de touro como um torniquete tapando-lhe a boca. Depois correu-lhe a corda do cabresto em volta dos braços para trás até vê-la imóvel, sem defesa nenhuma. Levantou-a nos braços fortes, pô-la no ombro e sem olhar para trás rapidamente atravessou o largo da fazenda e meteu-se no mato. Andou como vinte minutos cortando caminho até dar com o cavalo. Parou um instante cheirando o ar a ver se alguém o seguira. Ninguém. Que dancem bobos! Desamarrou-a e tornou a botar o cabresto no animal. Sentou-a no cavalo e depois assentau-se ele, atrás dela, na garupa.

— Bico calado e não tente nada, que me conheces, sou eu mesmo, Jônatas, Minira. Numa hora destas não estou para brincadeiras.

Tirou o revólver mostrando-o e tornou a guardá-lo.

— Vês muito bem que falo a verdade. Não estou brincando, Minira. Qualquer coisa que você tentar, eu gosto muito de você, você bem sabe disso, mas qualquer coisa numa hora destas, sou obrigado a matar. Pense bem. Vamos agora.

E cutucou o cavalo. Minira vendo que assim era, como lhe dizia Jônatas, dispôs-se a suportar. Jônatas tirou-lhe o lenço, já não havia necessidade. Podia gritar agora se o quisesse. Estavam em pleno campo.

Atravessaram o caminho chegando ao Km 14 quando já eram onze horas. Teriam de ir a cavalo mesmo, à cidade. Não importa. De carro, como pensava antes, não ia dar certo. Enfrentou o asfalto escuro que se perdia na chuva. Depois lembrou-se e entrou num atalho rente, pelo mato. Dava na mesma. Era melhor para despistar. E se foram pelo atalho meio paralelo ao estradão de asfalto. Quando chegou uma hora da madrugada estavam chegando à cidade, e com um pouco mais desmontou-se em frente ao enorme portão da casa que ganhara do jogo com o velho tio Afonso e que fora em outro tempo ou do primo Isidoro ou dele, não se interessava em saber.

— Muito bem, gostei de ver — disse Jônatas — você fez bem em viajar quietinha, menina, sem criar casos, apesar de que duas vezes me deu medo deixá-la desmontar-se.

É que durante a cavalgada Minira duas vezes descera para mijar, enquanto Jônatas, a mão no coldre, a vigiava. Nada dissera durante todo a trajeto, a não ser uma hora em que lhe perguntara que ia fazer com ela, o que Jônatas deixou sem resposta. Olhou pelo portão procurando abrir, estava fechado. Tocou a campainha duas vezes, demorou um pouco até que surgiu o mordomo e abriu de par em par. Entrou com o cavalo e tudo até o jardim. Leão fechou outra vez o portão e ele desmontou, deixou o cavalo por ali, e entraram, Minira à frente, e rodearam, entre as folhagens, até o quarto onde ele passara seu tempo de convalescência. Até eles vinha o ruído da festança que continuava. Era chegado o momento. Abriu a porta e fê-la entrar. Estavam molhados. Trocou sua roupa por uma das que Isidoro lhe mandara. E depois de dizer a Minira que se despisse e se metesse na cama cobrindo-se bem, até que ele voltasse – podia pegar um resfriado, ia trazer-lhe um chá quentinho com torradas –, saiu do quarto e fechou-o a chave. Daí a pouco voltou com o lanche. Minira, que havia tirado as roupas molhadas e estava sob as cobertas, sentou-se na cama com a coberta enrolada no corpo como uma peruana e comeu em silêncio, sem olhá-lo. Via-se que estava magoada demais para dizer algo. Depois, sentou-se de novo sob as cobertas, deixando só os olhos de fora, que olhavam como apavorados. Jônatas serenamente apagou as luzes, despiu-se e meteu-se na cama ao lado de Minira. Houve um simulacro de luta corporal sob as cobertas. Depois gritos de Minira, mas não se ouviam na chuva que aumentava de intensidade, com o ruído da festa lá em cima e pelos lados. Gemidos, golpes, umas quantas coisas. Dir-se-ia que a mulher se conformara em ser levada ao matadouro e à porta deste se rebelava como uma fera. Com toda a razão, se bem que as razões da mulher virgem são poucas e destituídas de fundamento. Jônatas ao meter-se sob as cobertas a tomara nos braços abraçando o seu corpo com a fúria das longas ambições longo tempo acalentadas e Minira se defendia dando golpes e esperneando-se. Mas que pode a pouca força da mulher que está, para bem dizer, mais para cá que para lá, já propriamente rendida, numa situação de boca de lobo dessas? Quando uma mulher chega à cama de um homem, ela já não pode fazer nada. A não ser que o homem morra subitamente ou desapareça no ar. Ela se defendera valentemente mas Jônatas terminara por dar-lhe impiedosameme uns bofetões. Ela aquietou amansando-se, e ao sentir a virilidade imperiosa, entreabriu as coxas como por instinto – aquelas coxas com que ele sonhou mil luas consecutivas.

deus de caim

Ele virou-se, acertaram enxertando as posições e imbricando instrumento e bainha, amaram-se mocidademente, juventudemente, longamente, como caranguejos vorazes, que se amam. Ela esqueceu suas mágoas, ele gemeu suspirando ao gozá-la, o torso dela se lhe movia tremendo e estremecendo em contorções de gozo, ela gozava e doendo e aquele azeite e o ranger da cama e a chuva e aquele sonhar passado – ao fim os dois imóveis, ele sobre ela ficaram. Depois Jônatas saiu dela. Doía-lhe também. Deixou-se ficar lembrando. Aquilo pertencia já ao passado. Não sabia o que adviria no futuro. Mas aquele passado era dele. Ele a tivera. Levantou-se, fechou à chave portas e janelas e deitou. Dormiu profundamente, Minira ressonando ao lado. De manhã, acordou ainda cedo. Como sucedia frequente, a ereção da manhã, com a urina retida, associou-se à lembrança lasciva da noite anterior. Minira dormia docemente, virada de lado. Levantou a coberta e olhou o seu corpo. Ela dormira sem vestir-se. Seus peitos subiam e desciam ao ritmo do sono. Viu a cintura, os quadris, as nádegas, as coxas, as pernas. Entre os dois, no lençol grandes manchas vermelhas de sangue vivíssimas, vermelhíssimas, como um crime. Estava ali Minira, era ela mesma, não se enganava. Estirou o pescoço e olhou-a de frente – os seios coroados de duas flores rosadas e carnudas, o ventre redondo, o sexo de penugem negra, os joelhos semidobrados, a pele fina e morena. Vibrou-lhe um eletrecimento. Correu-lhe as mãos pelas pernas. Minira abriu primeiro os olhos pouquinho, a medo, depois incomensuráveis. Ele beijou-a. Ela não se opôs, nem fez resistência. Separou-lhe os joelhos e montou-a de novo. Ela gemeu e uivou ao chegar a hora. Depois se aquietaram. Ela virou-se de lado da parede, sem palavras. Ele pensava. Não encontrava o que dizer. Só agora pensava no sangue sobre o lençol. Pelas frinchas da janela filetes de sol jovem. Já era de dia. Era o dois de novembro. Levantou-se, vestiu e saiu. O Dia dos Mortos raiou festivo e radioso. Os dias anteriores havia sido aquela monotonia de chuva que não terminava mais, que emperrava e oprimia os pensamentos. O velho Afonso acordara cedo e curtia a ressaca passeando pelo jardim. Ouvia-se o seu frequente pigarrear. Foi à cozinha buscar o que comer para Minira. Grupos de gente passavam carregados de flores na rua, a caminho do cemitério para fazer suas visitas. O jardim orvalhado brilhava transparente sob o sol da manhã. Os sinos dobravam por Finados. Pensou em Lázaro, que seria dele? Precisava saber. Lembrou-se dos pais, mortos. Será que voltaria alguma vez a Pasmoso? Creio que não. Veio, deixou a comida de Minira que já se achava vestida.

— Se quiser ouvir rádio, ler revistas – disse – vou sair. Já volto.

Saiu, fechando a chave. Conversou com Leão para que desse um jeito no cavalo que havia feito um estrago no jardim, tomou a rua, desviando-se do velho tio no jardim, que não queria que o visse. Andou por muitas ruas, procurando uma loja aberta. Queria comprar vestidos, presentes para a sua mulherzinha. Mas não achou nenhuma. Afinal, lembrou-se. Era Dia de Finados. Quem iria abrir portas de loja num dia desses? Voltou já era meio-dia. Não se via ninguém na casa. O velho tio saíra com braçadas de flores com a mulher e foram fazer sua tão falada visita ao filho e à esposa enterrados no Cemitério da Piedade. Parece que todos dormiam na casa. Pareciam mortos – também, ao acercar-se do quarto ouviu a voz de Minira que gritava chamando. Abriu.

– Não adianta, menina, o jeito é voce ir se acostumando. Você é já minha mulher. Não há ninguém aqui. E eu sou o dono disto tudo. Não gosto de choros. Me põe nervoso.

Minira calou-se e sentou-se na cama. Daí a pouco bateram, era Leão trazendo o almoço. Jônatas havia dito que trouxesse comida para duas pessoas. Comiam. Jônatas ligou o rádio. Um programa de roça. Uma voz sertaneja canta "A arraia ferrou, óia o bugiu no miará... o brinco da negra, o trisco da onça..." Jônatas perguntou-lhe se estava achando bom. Ela não respondeu. Dir-se-ia envergonhada, envergonhada de quê? De ser mulher, de ser a mulher verdadeira que fora durante a noite? Em silêncio comia, sem olhá-lo, olhos no prato, como um cãozinho triste.

XIX

Anoitecia e os sinos tocavam o fim de tarde dos Finados. Passava sobre a cidade a comprida caravana de morcegos, um filete negro que se estendia desde o campanário da igreja do seminário até o sul longínquo, que todos os dias àquela mesma hora saía, à hora das vésperas. Isidoro, deitado à cama, pensava em Cristiano, o irmão morto, e na mãe morta. Pensava uma vez em que folheando um livro de Grandes Músicos, Cristiano em criança, lhe mostrara o retrato de Mozart, com os punhos rendados e a cabeleira emperucada dourada e lhe perguntara se não o achava parecido com ele. Ele dissera que sim, menos os cabelos. E na verdade, agora era. O rosto do irmão lhe parecia vir de muito longe viajando sobre as distâncias da morte. O irmão morto no mar, quando ele estava na Abissínia. Não vira seu enterro. Nem o irmão soubera que ele voltava paralítico. Muitas vezes imaginara essa visão. Parecera-lhe uma morte ideal morrer no mar. Alguns poetas haviam cantado a agonia entre altas ondas verdes, outros morreram-na de verdade. Shelley, encontrado numa praia italiana comido de peixes e com um volume de Keats no bolso, Gonçalves Dias, que morreu fitando as costas da pátria pelo crivo azul das águas, Lenau, o húngaro, Hart Crane, o americano,

Alfonsina Storni, a argentina, Virgínia Woolf, Safo, a grega, Florbela Espanca, a portuguesa, todos morreram no mar, afogados. Cristiano não era poeta, pelo menos nunca desconfiara que o fosse. Que se fora daquela moça? Quando ele vinha de férias era a época do amor entre eles. Beatriz, a filha do vizinho, o rico judeu que comprava diamantes, Grunwald. Eles ainda vivem, mas e ela? Nunca mais a vira. Mesmo porque era amiga de suas irmãs. Há gente assim que desaparece de repente, ninguém sabe para onde vão, não dão notícias, não se sabe se viraram aves ou libélulas, gente que se via antes por toda parte e que de súbito somem, voláteis, igual aos mortos. Com Cristiano também foi assim. Virou ausência. Só a memória os recorda. Assim, a mãe, assim alguns amigos. Beatriz era bonita, nada de intelectualoide, tal o Cristiano. Falavam de longos passeios a cavalo nas fazendas, nas viagens de lancha, correndo as águas barrentas rio abaixo, nas escalas das usinas. Tinham espíritos de exploradores, de geólogos, vagos e inquietos viajantes, de caçadores. Cristiano que um ano deixara a barba crescer e no outro a raspava e que andava sempre de botas – para onde foi, onde se haverá metido? Revia-lhe a agonia. Devia ter sido doce e suave, a morte entre as ondas verdes. O sobe-desce daquelas grandes colinas moventes, cheias do tuhu-buhu de que fala Rimbaud, o corpo do irmão inanimado sobe-descendo com o incha-desincha das ondas macias, os braços tão pequenos, as pernas tão pequenas, o corpo tão pequeno e o mar tão grande, o mar imenso, dragão faminto, lambendo-o, preparando para devorá-lo, como faz o gato com o rato. Uma formiga caída no mar, seria o mesmo. A terra e os banhistas no último olhar de quem se despede da vida. A água salgada invadindo-lhe os pulmões, os olhos pedindo clemência, o vaivém das ondas, o abandono, a berceuse da morte, a vida correndo-lhe numa sequência derradeira no filme da memória, depois a sucção das águas, o abraço do mar, o passado e o futuro, a terra e o céu, o presente e a água, as mãos agarrando os cabelos líquidos, as bolhas, a morte, sempre, nunca mais, a morte. O monstro de Valéry aplacado, suas pombas passeando no golfo da memória, as pombas em voo, em giros de olvido, brancas, muito brancas, nunca e sempre, nunca mais, a morte. Isidoro tomou um livro de Éluard que lia, há pouco. Abriu-o em qualquer lugar e leu: *Intelligence naïve au son des instruments à musique de lèvre nue, au bout de la terre et à l'autre bout la tête pendue, les fines mains d'ici.* Uma vitrola portátil aberta sobre a cama a seu lado, reproduzia a voz poderosa do soprano que cantava a lasciva canção de Salomé. Birgit Nillsson deslizava entre os sete véus, em frente ao trono de Herodes e Herodíades. Salomé cantava. Cantava a mulher. Isidoro achava lindos, misteriosos, os versos de Éluard. Começavam com qualquer coisa e se perdiam no fundo do céu, feitos de simples palavrinhas sem pretensão que pareciam cristal leve e transparente. Estavam ali dentro do livro. Aquela fração de beleza resgatada ao reino dos homens. A beleza da harmonia conquistada por Éluard equivale à fração de beleza dos gorjeios dos pássaros, no vasto acervo da beleza do mundo. Mas nem os pássaros, nem Éluard, nem a brisa da noite, nem Richard Strauss lhe comunicavam consolo. Incomunicabilidade. Não é preciso ser enfermo. A incomunicabilidade se comunica. Viver é incomunicabilidade. Birgit Nillsson no seu disco dizia de sua potência de voz, transmitia a beleza da música de Strauss, certa lascívia, um mundo lúcido. Mas não comunicava a ele, Isidoro, naquele fim de tarde, dentro da solidão, como dentro duma garrafa, quem era ela, Birgit Nillsson, não comunicava a origem das coisas que ele ignorava dela. Uma flor solitária que brotasse de repente no campo. Flor azul. Que palavra no idioma das origens equivaleria a essa bela cor azul nascida quase espontaneamente, na crosta desta laranja rochosa que voava no espaço com a velocidade do som? Caso desabrochasse essa palavra – que é a palavra? Fruto da boca humana? Pedra ou palavra... Amava as palavras dum poema de Éluard, mas algo havia que não o satisfazia, algo que ficava para sempre na sombra, como aquele lado desconhecido da lua, como se as palavras possuíssem uma sombra cuja superfície projetada não se visse. Por exemplo uma ninfomaníaca que se satisfizesse continuamente, sem entretanto estranhamente nunca satisfazer-se completamente. Será que algum dia nasceria algo capaz de satisfazê-la? Uma trompa na sombra soltava ecos em vez de sons. Trocou o disco de Strauss pela doce Clara Haskill interpretando ao piano sonatas de Beethoven. Fazia-o lembrar-se de Cecília. Quando ia colocar o disco ouviu sons antecipados de piano que vinham até ele. Sons de piano. Do velho piano da sala ao lado. Pôs-se a escutar. Jeux d'Infance de Schumann. Era Cecília que tocava. Como antigamente. Pôs-se a devanear. Ultimamente tinha-se dado muito a esses devaneios. Ficava à janela, devaneando, devaneando, a cabeça perdida sem fim. Não tocava mais nos pincéis. Pintura pertencia à recordação. Depois do que aconteceu com Cecília não encontrava mais concentração e força necessária para fazer nada. Iniciara um ou dois quadros mas os deixara apenas iniciados. Pensando em pintura, recordou-se uma pintura que vira não sabia em que lugar, nalguma revista – uma mulher nua com um cálice na mão olhando a um cavalo negro que punha a cabeça pela janela. Renúncia à arte é melhor que arte sem expressão. Tomava-o uma preguiça mental inexplicável e todos esses desejos de decidir alguma coisa por meio da arte se substituíam por visões de Cecília. Dir-se-ia que atravessava um período de climatério, em que uma neurose de angústia e desejo inútil o devorava lentamente – o tenebroso trânsito de um estômago para outro, na ruminação de um pavor-dinossauro. Lembra-se de coisas que aconteceram e que não aconteceram. Uma mansão branca e solitária, como um antigo palácio veneziano e como uma lenta visão, uma velha alta e magra, muito branca, vestida de branco, abre ou parece abrir as janelas, sobre o fundo de negro que a desenha. Parece uma visão vinda dos segredos das ruas solitárias. Onde foi isso? Depois, uma frase qualquer, dele mesmo, inventada ou nascida na hora ou de qualquer outro, ficava cabriolando no seu cérebro. Sua memória brincava de recordar. Às vezes uma asneira qualquer de algum escritor, algum poeta, em qualquer língua, coisa que ele mesmo nem sequer entendia, nem tinha nada a ver com nada. Por exemplo, ficava pensando no nome Herbert von Karajan, ou Sir Adrian Boult, ou John Barbirolli, ou Emily Dickinson, ou Thomas Dylan, ou William Carlos Williams. Enrolava frases na cabeça – *yes, sir, I am dead, you are dead, we are dead, I don't know. I don't believe. Ia liubliou tebia, toiou thithci doskaietsia i oboiomi menia, à la cité de Peking. Je veux m'aller a voir les champs noirs. Kenst du das land wo der zittronnen blühnt? Dahinm dahin... Weltanschauung. Alter ego. Ora pro nobis. M'illumino d'immenso. Morte, arido fiume. Immemore sorella, morte, l'iguale me ferai del sogno bacciandomi.* Que diabo eu sempre a pensar o que seria isso, essa palavra tem voz e esse corpo tem carne. De onde me vem o que eu vejo, que corvos se nutrem de mim, eu sabia o que era Armagedon, agora não sei mais, me esqueci. Não importa. É uma bela palavra. Meu último dia é como a última folha da primavera, é como o último grão de areia do mundo, é como a última gota de água do mar, ó último dia no meu último dia tudo será último desde os primeiros aquários e eu não verei se o último será o último as nuvens serão nuvens em silêncio último dia de um rei que passeia entre barcos e dores onde a música não chega rei sem deuses rei e os meus pés descalços que os rastros comem os rastros que a areia consome rei de silêncio carcomido entre mortos que não são espero vãs informações de gentes que morrerão em lugares que secarão cartas de cinza que nunca chegarão heranças perdidas no caminho correios vento de ausência silêncio se comunica nos corredores nos homens como fio de sombra nos fios longos da noite alto das torres fechadas estátuas sem orelhas conchas do mar lembranças do silêncio despedidas se espraiam nos corredores nos homens através longos vagos fios comunicantes algum segredo perdi que havia no começo da vida não terei nunca mais voz nem ouvidos pois para sempre perdi algum segredo que havia no começo da vida quero inventar a hora em que a tarde cai um quadro na parede os vermelhos os azuis os negros os brancos zumbem lembram a arte que inventa as horas e o dia foge como uma ave perdida no mar glorioso mosca inútil mói minha paciência últimos seres somos Robert Schumann passeia de braço cruzados mosca única percebe semelhança de recolhimento trapos restos de filosofia comida morte amor alimento dos relógios este jogo de inércia um reino se inicia pássaros entram nos correios em fogo o mar traz continuações das terras não visitadas por mais que nos condiga o sonho nunca prolongaremos o fim campo de centauros vãs inclinações filosofia natural perigosas janelas altas perigosa noite fluvial inútil vigor nestas alturas nestas paragens ampliam nas gavetas lembranças dos mortos e o guardado perdido superfície da morte perdura fruto invisível morte manda recado aos relógios se abotoando na treva roupa inconsútil meus pés afundam na areia um monólogo mesmo que um silêncio me chama entre mil dos pássaros que se vão quem segue as pombas no seu voo entre edifícios quem chora o mar envolto em mágoa e verbo quem conta os homens caminhando nas ruas quem calcula as nuvens que regressam das viagens o tempo antecede a origem e mede os relógios como quem conta cachorros o sono percorre os seres o sono pegou fogo os países se afundaram mas parte deste dia é para mim cabeças de olhos piscantes caminham pensando no ouro mas parte deste dia é para mim poderes insignes regulam bulas papais e órbitas planetárias mas parte desta noite é para mim um peixe navega entre os mortos na escuridão da última tarde mas parte desta noite é para mim Deus persegue os loucos os músicos se penteiam nos espelhos azuis de Picasso mas parte desta sabedoria é para mim como um fruto o coração sente a primavera mas parte desta filosofia é para mim, entre águas recolhidas os relógios do Tempo e a escuridão onde um peixe navega entre os mortos como um fruto o coração sente a morte "Jours de miroirs brisés et d'aiguilles perdues..." "La luna cuenta los perros se equivoca y comienza de nuevo..." "a ideia do robot humanizado

— ou melhor, a ideia de um organismo constituído com escórias e detritos da nossa civilização mecânica — está certamente na base destas criações plásticas, que se distinguem, além disso, por constante assimetria, por uma propositada falta de graça". Ideias de Cillo Dorffles, autor de "Tendências da Arte de Hoje", de 197 páginas. "No caso de Dubuffet a busca é sempre dupla e dirigida ao material cromático e à origem da imagem que em tal material se encarna. Disse que 'se encarna' porque as suas personagens (Le Mage au Nez Fin, Le Roi Banni, Les Fiancées) e mesmo as suas paisagens (aquelas estranhíssimas Paysages Mentales) são verdadeiras encarnações — tênues, evanescentes — mas que no entanto conseguem viver uma existência metafísica entre a matéria física: Uma matéria por vezes desagradável que tem a casualidade da lona, do muro esburacado, a densidade betuminosa do lodo, da nafta, mas que também por vezes a cristalina dureza de certos fósseis, de certas incrustações calcárias, de certos detritos orgânicos. A organicidade domina na sua arte, autêntico exemplo de organicidade abstrata, ou melhor, de abstração orgânica. E é esta organicidade que justifica o absurdo iconográfico das suas figuras: personagens elementares e pueris, muitas vezes cruéis (Reminiscências, como se disse da arte das crianças e dos dementes), personagens mórbidas, de uma esquálida e malévola sexualidade (e basta recordar a série de suas "Dames", das quais disse Fitzsimmons num ótimo ensaio — "Quadrum"; 4: "estas mulheres, cujos corpos são como grandes flores ectoplásmicas ou como superfícies de terra corroída pela erosão"). Com todas as probabilidades é mesmo o anti-hedonismo e o antigracioso que o dominam; e é fácil descobrir nestas figuras torcidas, nestas paisagens sem horizontes, nestas galerias subterrâneas onde seres sub-humanos se agitam e se aninham, a necessidade – hoje tão sentida – de fugir à simetria, à eurritmia, de encontrar no inquieto, no dinâmico e no disforme o principal núcleo de uma nova expressão, composta não de cristalinas destilações greco-renascentistas (as quais Dubuffet, como ele próprio afirmou, aborrece), mas uma ordem mais sutil, talvez aquela que se apodera da mancha, do detrito, aquela que domina na pesquisa da assimetria, tão cara ao zenismo, e que consegue alcançar, por vias travessas, uma nova e ainda inexplorada harmonia". Isidoro fechou o livro à entrada de Cecília. Não dera pelo silêncio do piano e tivera uma vergonha súbita de estar lendo aquilo. Por nada. Cecília notou-o e aproximou-se curiosa, olhando a capa do livro.

– Lendo o Kama Sutra?

– Não, estava lendo um crítico de arte moderna. Fala de quadros como se tratasse de classificação de porcos ou cavalos, pelas raças.

– Oh... vai voltar à Pintura, certamente. Deu-lhe saudade... disse ela.

Isidoro notou algo em sua voz, um saibo como de mel – som indefinível, e o seu timbre, metálico e cristalino à vez, como um sino, a tonalidade, as cores, se vozes pudessem ter cores, a voz de Cecília seria rosado claro, muito claro, claríssimo – ficou soando em sua cabeça:

–... certamente. Deu-lhe saudade... certamente. Deu-lhe saudade... certamente. Deu-lhe saudade... Certamente. Deu-lhe saudade... Parecia um gongo da Birmânia, cujas ondas de vibração demorassem, crescessem e se cristalizassem dentro dele, naquele local de sonho em que se aninham as

deus de caim

rias dos sons e das vozes. Parecia ter Cecília um fruto adocicado ou pássaro sensual na garganta. Ar em movimento – era o som. Cordas vocais – como cordas de um alaúde. Cecília tinha uma voz não tanto rouca como melodiosa, fresca e madura, inexprimível, como um gemido e um cântico ao tempo. Se tentasse explicá-la teria que recorrer-me a todos os críticos de música, de bel-canto, de fabricantes de instrumentos musicais, de afinadores de piano, de cravos, de clavecins, etc. Ela o sabia. E sabendo-o, primava em fazer sua voz mais correio de ânsia, veículo de imponderável, transmissão de languidez, giro de morte-vida interior, pedindo e dando, ondas e ondas no lago em que caísse uma pedra, subitamente. Depois como se ouvisse pairando uma grande orquestra, começou a reger, sobre a cama indiferente a tudo, o braço direito guiando o volume baixo das cordas e o esquerdo o movimento das madeiras. Cecília assistia entre surpreendida e divertida. Que nova coisa se lhe deu? – Com uma expressão como de muxoxo nos lábios acentuava o pianíssimo enquanto a mão direita descia com a palma para cima e os dedos reunidos.

– A Nona de Beethoven? – perguntou Cecília.

– Pssssiiiiiiuuuuu... fez Isidoro solicitando silêncio à plateia. E depois, com os braços abertos parecia nadar numa piscina imaginária. Cecília notou-lhe uma vaga expressão de louco. Se não estava já, estaria perto.

– As Quatro Estações de Vivaldi... arriscou Cecília.

– Pchichi... silêncio – pediu ele de novo. E nadava, na cama.

Cecília olhava com certa pena, não tinha muito que dizer. – Era só isso que faltava – pensou ela – a única coisa mais ou menos boa que tinha era a cabeça e agora esta também se vai. Enfim, veremos, talvez o diabo não seja assim tão feio...

Esteve meia hora ensaiando sua orquestra invisível e ao cabo, arriou os braços, cansado, com os olhos cheios de vácuo. Cecília sentou-se na cama, ao lado dele, e pôs-se a acariciá-lo, metendo a mão sob a roupa, no peito.

– Que tal o Schumann de há pouco?
– Oh bom, muito bom... Como antes.

Mas Cecília sabia, ele não pensava no fundo o que dizia. Tresvariava. Se lhe via nos olhos cheios de vago. Começou com os lábios tremendo, articulando palavras inaudíveis. Foi aumentando e Cecília pôde ouvi-lo.

–... mais além do rio Xingu... Não há balsas. Muitos mosquitos. Demais. E cobras, cobras de veneno terrível. Não foi apenas o Cel. Fawcett, o rapaz Maufrais... Um monjolo que gira, gira, carregando água e diamantes. Impossível de olhar com os olhos. Só com os da alma. Dói na vista como o Sol, de frente. Maravilhoso, porém, cegar-se com diamantes. Muitas dragas dormem ali afundadas sob a água remansosa. O Judeu Zacarias está enterrado lá... E Heitor Bueno, meu velho amigo, morreu ali também. E o meu amigo, o escafandrista Aristófanes Murtinho, o paraibano doido... Por isso aquele infeliz João Tarumá de Pasmoso, veio de lá riquíssimo, ficou na Pensão Santa Rita, aqui em Cuiabá, e um dia vestiu a melhor roupa que tinha, encheu os bolsos de diamantes, deitou-se num caixão de defunto e comeu uma lata inteira de formicida. Ficou três dias fedendo. Afinal o acharam. Sim, ali é a Cidade do Sol. Quem a descobriu? Campanella, ora quem vai ser? A cidade perdida dos índios. Todos os tesouros dos nhambiquaras, dos aimarás, dos nasmas, dos araucanos, e dos incas, naquelas cavernas subterrâneas que vêm das igrejas dos padres e passam por debaixo dos rios e dos cemitérios. Poucos sabem. Lá está o Cel. Fawcett. E o Moscoso, primo teu, Cecília. Está lá morto. Coitado dele. Não é tão difícil assim, chegar à Serra dos Martírios, é só saber o caminho, nada mais. Qualquer índio o sabe, mas ele não diz, nem que o matem. Os exploradores mortos também o sabem. Os antigos deixaram mapas. Resta buscar. Qualquer explorador antigo se lembra. Se não está em esqueleto dormindo com os olhos esverdeados naquelas grutas avermelhadas... Oh a Serra dos Martirios... Tu estás aí Cecília? Qualquer dia te levarei a essas grutas encantadas. São cheias de morcegos. Imagine aquele cordão negro de morcegos que todos os dias às seis da tarde passa pelo céu por cima da cidade, são da Igreja da Boa Morte, na beira do Xingu, esses morcegos são de lá da Serra dos Martírios e todos os dias fazem essa viagem de ida e volta, todos os dias vêm e voltam para lá, não sabia?

Cecília escutava atônita. Ia ouvir ainda muito mais. Agora não tinha dúvida, Isidoro variava, delirava. Estava febrento. Certo que antigamente andara mexendo com o pai nesse negócio de dragas de diamantes, dos lados da Serra do Soberbo, perto dos Martírios. Estava recordando e a febre o fazia delirar. Isidoro prosseguiu:

– Se visse o capinzal nos dias de vento... Oh o capinzal amarelo, como os trigais de Van Gogh, curvado pelo vento da tarde, lá nos baixos da serra! O capinzal dos índios com sua lagoa azul que comunica seu interminável silêncio à terra crespa de vento! Já ouviste o alma de gato piando no descampado? Procura e procura e nada. Não se acha, a gente sai pensando nalgum lugar algum pobre gatinho perdido e nada. É o alma de gato, o passarinho que cata os carrapatos na corcova dos bois. Quantas vezes em Paris pensei nesse bichinho! Há também morcegos-homens no Vale dos Ladrões, já ouviu falar? Morcegos de dois metros. Pra lá do Planalto. Quase pelas cabeceiras do Tapajós. Lembra-se de Mister Douglas? Aquele americano fabricador de máquinas impossíveis, uma vez tentou fabricar uma máquina de moto-perpétuo, e isso seriamente, fabricou, sim, só que parava de meia em meia hora, e não era perpétua, era apenas moto. Esse americano sonhava também reconstruir uma Hélade ali nas ribanceiras. E quem não sabe da cidade das Amazonas? É bem ali por perto. Eu mesmo já vi. Que lindas mulheres! Dizem que costumam raptar homens para reprodução. Ó Mister Douglas! Quantos companheiros! Eu vivi muito para minha pouca idade, Cecília, vi muita coisa que ninguém viu. Vivi muito. Nem sabe nem imagina. Gagauz era um turco-armênio que uma onça comeu lá no Soberbo. E o Severo, o Rosalindo, o Torquato... Catarina... *Le bouef sur le toit!* Herbet Read, o teórico. Fautrier. Jackson Polock. Tobey. Soulages. Wols. Kline. Hartung. Tudo informal. Já não enche! Não atende ao apelo da atualidade! Um foguete que fosse a Orion e levasse um relógio, e lá este relógio continuasse a tiquetaquear ridiculamente... No mundo dos micróbios, um relógio no pulso de uma bactéria, de um vírus. Um relógio dentro de um submarino submergido, em que morressem todos os seus tripulantes e só o relógio sinistramente continuasse seu barulhinho de pássaro monologando. Um relógio é tique-tique, não tique-taque. No mundo dos peixes o tempo nao existirá, ou existirá? Um relógio sem ponteiros que continuasse a sua marcha... Deus com seu relógio –

este mundo a bater – pendurado ao pescoço... Deus vê o tempo pelos relógios dos homens? Não. São altamente beneméritos do gênero Humano os anônimos relojoeiros de Lausanne e Zürich, que fabricam coisinhas para regular o tempo. Jesus é o salvador dos viventes de Júpiter e Saturno! Quando acabar o Sol, acabará a luz e o dia e a noite povoará nossa estrela; e o tempo terá outra significação. Os relógios continuarão andando dentro da memória do tempo. Mergulhado no mar pensei em Cecília, a amada minha. Na praia deserta, sozinho, à noite, ouvindo o murmúrio insone das ondas, vim devagarinho com meu relógio e joguei-o no mar. Afundou-se e perdeu-se para sempre. Nunca mais ouvi seu tique-taque desesperado. Apenas o tique-taque do meu coração continuava ouvindo. Meu corpo era um mar e dentro perdido meu coração tilintava como a moeda de prata de García Lorca saudosa da lua. Não houve mais o tempo para esse relógio afundado. Mas a terra é de ninguém. Quando a espécie humana melancolicamente reverter às fontes e às origens do nada, a terra que registraram e carimbaram tanto, que encheram de selos e assinaturas, a terra que demarcaram, que os cartórios avidamente dividiram em mil pedaços segundo mil invocações de mil direitos e mil leis escritas em papel perecível, mil direitos de propriedade, permanecerá de sempre, só, deserta, inóspita, inabitável, de ninguém. Disto estou certo, Cecília. E a arte também. Sabe em que ano viveu Sesshû? Em 1.500. No ano 5.100, viverei eu. De pernas para cima e cabeça para baixo, plantando bananeiras. *Horror vacui.* Suprematismo. *Der Blaue Reiter. Die Blauen Vier. Le Groupe de Bauhaus. Die Bruecke. Bruitisme. Trop de bruit pour une omelette. Construtivisme. Bruitisme. Ruidismo. Ruido.*

Mouvement Dada. Dada, gogogobo, lilipum, chuchuifimum, chocho, caca, lolo, mimi, auau, bebebeééé, gadali. Dadubagachufumanchudumitibabaiagansosferatugazaladraladadadolismo. De Stijl Divisionisme. Cubisme. Collage. Expressionisme. Futurisme. Fauvisme. Impressionisme. Jugendstil. Modern Style. Néo-impressionisme. Néo-plasticisme. Orphisme. Pointillisme. Purisme. Rayonisme. Prerahaelistisme. Secession. Simultanéisme. Surrealisme. Symbolisme. Synthétisme. The blind man. E Giotto. E Tiepolo? E Fra Angelico? Expressai sempre o sentimento do infinito, da cura dos extremos dos espaços sem fim – a ciência, o globo do mundo, o mundo do globo, rodando, girando em sua elipse, no espaço sem fim, *J'ai toujours l'impression de vivre em haute meracé, au coin d'un bonheur royal.* Camus diz tudo por mim, tudo o que quero dizer neste momento, por que vou inventar novas palavras, novas frases para pôr no seu lugar? Não importa que seja em francês, importa que diz dizer assim também, Cecília. Faz, entretanto, de conta – há um limite no universo, mas e depois? Que é que há? Por exemplo que é a musica? E a Música das Esferas? As profundidades desses espaços infinitos me desesperam, o mesmo que a Pascal. Mais ainda. Uma vez no Soberbo, vi, não, foram os caboclos que viram, pobre gente, que disseram: vimos uma alma penada em forma de bela mulher nua vagando pelo mato. Ia sem nada por cima e fiquei com piedade dela, pelo frio e pelos mosquitos e dei-lhe meu paletó para cobrir-se, mas ela virou-se e disse: Não, quero andar sempre assim. Fui feita assim. Assombrar sempre aos que encontrar perdidos na floresta. Para saberem que a mulher nua sem nada por cima existe e existirá sempre, no fundo destes matos. Ide e não dizei nada a ninguém. Senão à meia-noite puxarei sua perna. Fomos e não dissemos nada a ninguém até hoje. Como era bela naquela solidão, mais bela que as flores, que as estrelas, que as águas, que o pecado, que os pássaros, que o tempo, que o fogo, que o próprio amor. Como era bela naquela sua solidão fazendo barulhinho com os pés por sobre as folhas secas, fantasma de mulher nua e bela. Jesus Cristo viu alguma vez uma mulher nua? De que religião era e que está fazendo no céu agora? Gagarin subiu ao céu e não viu Deus lá em cima, disse que lá tudo era azul, que a terra era azul. A obsessão, Cecília você sabe o que é a obsessão, Cecília? Não, não sabe não. A obsessão é mais que você e fica mais para lá. Mais para lá da terra azul. Eis este caminho à loucura. Os caboclos disseram: Vimos a mulher nua. E trezentas varas de queixadas brabas enraivecidas cortando a mata rebentando tudo à sua passagem, na proteção da mulher nua! Nhô Aparecido aguentou dois meses no cimo duma árvore esperando passar as queixadas. Mas, põe essa cobra de madeira no meio do caminho, onde a gente passar, que o encanto cessa. Descobre você sozinho depois que é de madeira e finda-se o medo da mulher nua. Mas troque-a por uma cobra de verdade, da mesma cor – e eis que se mudam as coisas, Lacrainhas irão a procurá-lo no sonho e entram nos seus ouvidos, você ouvirá sempre esse rumor de queixadas brabas cortando a floresta e a voz da mulher nua falando-te em sonhos: Volta, volta, venha-venha verme no meio da floresta onde te espero. A mulher nua existe, Cecília. Uma vez iniciei um conto assim: De como tomamos conhecimento de um país semi-utópico, de uma de suas sonolentas cidades e de um singular e anônimo habitante dela... parece Swift, não? Só, há pouco, na casa e na cidade, em que pensar, Cecília? Na ausente? Não. Chove. Trevas.

Solidão. A música. Solidão. Em ti? Não. Como sugere prisão tudo isto... Estar só, só, só, isolado, não lembra cárcere? Os presos suportam o mesmo que os livros. A prisao é um estado de espírito. Cecília. Fecha-te, Sésamo! A Terra da Promissão. Macarrão com angústia. A Árvore do Bem e do Mal. Abismo chama Abismo. Ver as malas abertas, me despertam tanto! Que nostalgia das viagens! Ver as malas abertas me sugerem portos e aeroportos, lugares perdidos longe, sem nós. Para onde vamos? Estamos prestes a chegar a algum lugar? Estamos para empreender viagem ou já estamos em viagem? Roupas dobradas. Fecha as malas e vamos! Por que Cristo expulsou aqueles porcos-demônios dos leprosos da Galileia? Rato morto. O Cristo morto de Mantegna. O auto-retrato de tons crespos de Duerer. O ser começa a ser no plano do Tempo não do Espaço. William James. Fernão de Magalhães. Leonov. Henry James. La buena dicha. Oh Haydn! Dança Urso! A dança do urso de Heine! Der Geigenschloss. Dança Galinha! Não me interessa saber quem sou. E se eu fosse Robinson Crusoé? Cecília, você gosta de música cigana? De onde você acha que vieram os ciganos, do Egito ou da Índia? Você já viu falar dos monolitos da ilha de Páscoa? E de Thor Heyerdahl? Para que servem esses nomes? Para dizer. Falar. Pronunciar. Com a boca. Os dentes. A língua. Stumpf. Friedrich Goering. Stipnich. Carraccio. Dohnannyi. Ratzov. Ilia Ehrenburg. Goldstein. Jacó Levi. Canuto. Barramonte. Schwartzkopf. Sobirsky. Monsieur Le Souris. El Cordobés. Morito el Pepe. Montaraz. Sabicas. Ítalo Corvino. Paganini. Brabkankanian. Sikorski. Focke. Huss. Inocêncio III. A papisa Joana. Anais. Os anais. Vidas Paralelas de Plutarco. Uma fiandeira fiando, fiando, dolentemente, sem parar. Seria

Penélope. Depois são três fiandeiras que fiam, fiam, fiam, dolentemente. Podiam ser as três Parcas. Tratado das Cores de Goethe. Daltonismo. Trabalho das Águias. Dolmens. Poesia deve ser dita em voz alta, senão não será poesia. Poesia pode ser também monólogo. Qual seria o ponto, o ponto da inteligência? Na Natureza nada se cria, nada se perde, tudo se transforma. Postulado de Lavoisier. Significa este trecho de Música Concerto alla Rustica para Cordas e Baixo Contínuo em Sol Maior de Antonio Vivaldi. Movimento Presto (raízes da natureza), Adágio (mais raízes da Natureza). Alegro (ainda raízes da Natureza). Lalarilalá. A música. Efemeridade. Andrés Segovia. Duração no Tempo. O suicídio de Judas Escariotes após atirar os trinta dinheiros no templo. Ficou balançando, balançando. Parece-me que aonde quer que vá há sempre o rumor de um rio passando, por perto. Por que não pesquisam a rosa? Electra. Alceste. Medéia. Antígone. Macbeth. Hamlet. Clitemnestra. Tirésias. A Morte de Matias Pascal de Pirandelo. A Cidade do Sossego de Gogol. Akaki Akakievitch. Um vagabundo toca em surdina de Knut Hamsun. Na Corte do Rei Artur. Rua Principal. A Casa das Sete Torres. Contraponto. As Confissões de Felix Krull. Los Visionarios. Ein klein nachtmusik. Oh a expectativa do Bolero de Ravel! A curva, a vertigem alada... Multiplicou-se-me a lágrima – chove interminavelmente nos campos marulhantes. A doméstica paisagem rural quando no intenso azul prússico do crepúsculo recortam-se os verdes espessos das mamonas agrestes... Sapos com olhos na cacunda que de longe de algum canto da casa chupam as pessoas que dormem. Dormia. Ou pensava que dormia. E dormindo sonhava. No sonho falava de um sonho. Como se sabe o sol é milhões de vezes maior que a terra, seu calor nada mais é que o hidrogênio libertando-se e transformando em hélio. Que perde por esse motivo nada menos que quatro milhões de toneladas por segundo, mas que por oitenta mil milhões de anos nada se notará dessa perda. Isso é rotina para o Sr. Sol. Quais são os números da Teoria da Relatividade de Albert Einstein? Nada há na Natureza que não seja Química, Biologia, Física, Matemática, Geometria, História Natural (e também poesia). Para mim aquela renúncia de Cristo aos prazeres da vida, sua renúncia às facilidades de um paraíso, foi sua primeira lição de ateísmo. Que faz o bom Deus de bom? Certamente não estará lá no céu fazendo a estatística das orações e das seitas desta terra – estará dormindo, pobrezinho, enjoado com as orações e solicitações que sobem da terra como vapores. Onde é a estação central da Telepatia? Já viste no Museo del Prado o grande tríptico de Jeronimus Bosch – Le Jardin des Delices? Viste o homem-caracol, o homem-peixe, o homem-pássaro, o homem-flor, o homem-ostra? Muito em sério tudo isto, hein? Argos, o cão de Ulisses me reconhecerá ao chegar? E Tirésias o adivinho cego desconfiará de mim? Tô fraco, tô fraco, tô fraco... gritavam ao sol de zinco do meio-dia um bando barulhento de galinhas-d'angola. Theos de Chios. Anacreonte. Monsieur Lesouris. Fra Discovolo. Fra Diavolo, e Discovolo – Piero il Matto. Professor Kuckuck. Vou a contar um conto, Cecília. Era um vale sob uma enchente que as transformou em pântano. Só se viam as copas das árvores, sob as águas, e estas não sei por que se incendeiam. Numa canoa sob a água e o fogo, vão um cego fraquinho, pobrezinho e um brutamontes de padre, ensotainado e enorme. Vai e a canoa faz água. O padre se afoga e o ceguinho se salva escapando facilmente, porque sabia nadar e o outro não. Há contraste nesta parábola, não há, Cecília? Mas, digamos, obviamente, Beethoven era um gênio. Veja, um homem. Não pude deixar de reparar – plena tempestade beethoveniana, chuvas, granizos, trovões, terremotos, relâmpagos, mas tudo orquestra, fagotes, cornes ingleses, trompas, violas, celos, etc. Há um sentimento cômico em tudo o que é sério. Até o Rei Lear é cômico. Nunca, Cecília, pude deixar de invejar qualquer um que saiba ler e escrever música ou tocar bem algum instrumento. Shostakovicth me parece uma banana muito branca, anêmica, derretendo-se ao sol de verão... diferente de um Villa-Lobos – oh que diferença, papel e ferro. Que é Katmandu, que diabo será isso? Toucinho, cobra, cidade, que será? – Cidade, cidade, uma cidade, Cecília. Nepal. Syktyvkar, capital da república de Komi. Sabia? Onononondedede esesesesesetatatatá ooooc meumeumeumeumeu aáaammormormormormor? Entendeu? Nem eu. O rosto de Cristo, segundo Duerer, como já te disse, Cecília, com aquelas barbas e cabelos crespos, olhos palpebrosos, a coroa de espinhos que se casa com a gótica crespadura da face. Oh cidades, longínquas como Kabul, Teerã, Bagdad, Ispahah, Xiraz, Khartum, Quito, Cuzco, Punta Arenas... O cinéfalo mais feio que exista... O celacanto, que peixe é? Madagáscar, ó Madagáscar! Não sou Casanova, mas tenho Cecília, Cecília, Cecília, ó Cecília! Lá embaixo fazem festas os loucos de meus irmãos! Deixe-os com suas festas...

— Isidoro, você está mal? Diga-me, querido?
— Não, Cecília, não estou mal coisa nenhuma, tudo isto é de propósito. Apenas para impressioná-la. Conhece a

Cecília de José de Alencar? Já foi à ilha de Sicília? Machado de Assis também usava Cecílias? Uma carcaça de caminhão abandonada à beira da estrada. Ali mora e vive Nhonhô Dodô. Quem não o conhece? Quem inventa rosas sopra invisíveis rosais de silêncio e sonho. Não sei, o mundo é umbigo, ambíguo. Veja o ruído das festas deles lá embaixo Cecília? Até cheiro de fogo se sente. Eles se divertem à sua maneira, eu quero divertir-me à minha maneira com você, Cecília. É verdade que estou sentindo uma força nova, raríssima no corpo, algo como se fosse há um milhão de séculos não sentisse. Sinto como que espermatozoides agitando-se vivos dentro de mim. Sinto uma força imensa dentro de mim. Dir-se-ia que Jesus Cristo neste preciso instante vai aparecer-me. Sócrates também era ambíguo. Se chegais sedento de grande caminhada no deserto, a vista da água multiplica vossa sede. Nem só de pó vive o homem, nem só de sexo vive a carne, nem só de festas vivem meus irmãos, nem só de ler vivo, nem só de sentir-me morrendo, também de memória. Gosto de águas escuras. Não me interessa a luz, nem seus peixes claros. Canta um ruiseñor despierto. Cantarei outro conto, Cecília.

— Descansa um pouco, Isidoro, você está delirando. Você está doente?

— Não, não estou. Acalme-se até que termine este conto mais, com quem falarei nesta imensa solidão? Nao vê que todos me abandonaram? Um sujeito se apaixonou violentamente pela Virgem Maria. Vivia pelas igrejas implorando-lhe um olhar. Abomináveis sonhos lascivos, com a mãe de Jesus. Um dia rouba uma estátua em tamanho natural da Virgem dum cemitério, faz-lhe um furo no ventre e nele pratica seu anelo de doido. Sabe que acontece? Começa a sair sangue pelo buraco. Era sangue dele mesmo, no atrito com a madeira, e ele começou a pensar que era dela e como era meio doido começa a ficar mais doido ainda. Ao cabo enlouquece de vez e sai voando, visto a impossibilidade de suicidar-se. Ó Apassionata de Beethoven! Nem Peggy Hardy, a porca inglesa, filha de baronetes, a de Londres! Nem Vitória! Nem Juliette a de Paris! Midinete do meio-dia! Ellen! Nem tu! Valencita González, interessante que só me lembro ao recordá-la, de uma pintinha que tinha na face esquerda! Entre tantas particularidades de tantos centímetros cúbicos de carne daquele corpo nu e moreno, só vou lembrar-me daquela pinta negra! Valencita, canta Los Piconeros, canta, olé, espanhola antiga! Mas, Cecília, não vá ficar com ciúmes, vamos voltar a falar de música. Por exemplo, o Concerto nº 5 em Ré Maior para violino e orquestra de Beethoven vale mais que todos os tesouros da Atlântida perdida... Ó Cecília, onde estou eu?

De repente calou-se... Cansado. Desvairado. Olhos vagos, mortiços. Olhou. Cecília chorava sem fazer ruído, quietamente, mansamente, ternamente, como um consolo inconsolável. Cecília chorava baixinho, soluçando, a seu lado, com o rosto metido no travesseiro. Foi-se dando conta devagarinho. Cecília era o seu amor. E chorava. Que lhe havia feito? De que chorava? Os soluços silenciosos corriam pelo corpo dela. Meio dobrada sobre a cama, se lhe revelavam os contornos sob o vestido. Enlaçou-a nos braços. Ela continuava chorando. Sentindo-lhe de repente a redondez do corpo, bruscamente assaltou-lhe um vago frio. Devia ser ilusão. Quem estaria a divertir-se com ele? O corpo fresco de Cecília com os volumes dos quadris e das coxas, atritava de um modo surpreendentemente novo com seu corpo. Raios de todas as cores, como arco-íris fosforesciam em seus olhos. Estaria louco? Sim, devia estar.

 Mas, era verdade também, puríssima verdade, toda a verdade única e verdadeira que – oh milagre! – invadia-o um sentido largo de virilidade, um sentimento de potência, algo tão maravilhoso que se lhe quebravam as palavras na garganta, se lhe embargou a voz, lágrimas cresceram-lhe nos olhos. Chorou em silêncio. Algo de que há tanto tempo se esquecera, algo como que não mais existia, renascia como uma fênix no seu corpo. Tocou-se, apalpando, para certificar. Não podia acreditar. E as pernas também, livres, livres, livres, soltas, movimentantes, móveis, espertas, ágeis, fortes. Moveu-as no ar para todas as direções como um jogador de futebol. O médico dissera a verdade. O choque passara. Houvera o momento milagroso, o instante taumaturgo. Com as mãos pegou no sexo e nos testículos, apertando-se ébrio de alegria. Tinha vontade de sair gritando pelas ruas tudo o que lhe desse na cabeça. Algum pino que impedia algo se soltara lá dentro dele libertando tudo, rebentando amarras, soltando elos, rasgando um céu azul como anil. Sentiu o sexo alteando, inchando-se, inflando-se em golfadas de vida, os testículos doíam, corriam formigamentos elétricos, todo um nervosismo concentrado parecia dependurar-se-lhe do membro carregado de energia oscilando-o e movendo-o para baixo e para cima, nas ondulações das pulsadas de sangue. Os testículos, parecia que uma força os chupava para baixo, se libertavam, os ovos adentro esfriando-se e esquentando num retinir vertiginoso de elevador que se despenca. Um estilete gelado corria cortando-lhe a espinha. Todos os ossos estalaram

deus de caim

quando se levantou, como um degelo súbito, membranas e capas invisíveis, caindo ao soalho. O despertar do sono longo de hibernação. O cérebro brilhava-lhe todo por dentro como um sorriso. Abriu os braços como se quisesse romper o mundo num abraço inconsútil. Cecília olhava sem falar, a respiração em suspenso. Andou uns passos, foi e voltou rufando os pés, movimentando os braços, o pescoço inda desacostumado do equilíbrio, veio se ajoelhou aos pés de Cecília. Lágrimas crispavam-lhe os olhos, Cecília acariciando-lhe os cabelos, molhando-os com suas lágrimas que caíam. Encostou-se mais a Cecília, apalpando-a doidamente, apertando-a de encontro ao peito, entre os braços. Ela primeiro, parou de chorar. Depois, como se não visse antes, que só agora lhe chegasse a mensagem esclarecedora, olhou-o com um espanto crescente nos olhos. Sentira a força crescida. Passou-lhe depois as mãos carinhosamente pelos ombros. Isidoro olhava sem dizer nada, como quem cantava um hino com os olhos. De repente se sobressaltaram momentaneamente. Ouviram ambos estalidos, barulhos abafados de todos os lados, como se a casa toda se tivesse levantado sobre os alicerces e estivesse voando nos ares. Vinham vagos cheiros de queimado. E vozes que chegavam até eles. Seriam onze ou doze horas da noite. Seria lá embaixo na festa, que se estaria passando? Alguma brincadeira? Ouvia-se música também. Não havia de ser nada importante. Deviam com toda a certeza ser os loucos lá embaixo, alguma coisa que encontraram para divertir-se. Não eram quase todas as noites, esse encontro de divertimentos novos, que por pouco não arrasavam com a casa. Inda mais que esta é a noite do velho. Que gente! Agora que estava são ia ensiná-los. Se não aprendessem acabaria chamando a polícia. No Dia dos Mortos, com essa anarquia! Deviam respeitar mais um pouco. Não devia ser nada, absolutamente. Alguma brincadeira maluca. Nesta casa há tantos malucos. A contar pelos donos. Sentiu uma jovialidade imensa rasgando-lhe a alma. Pensou em Deus pela primeira vez desde há muito tempo. Podia até acreditar em Deus. Sentia o sangue ferver nos mistérios do sexo. Tocou-se. A mão de Cecília estava ali. Beijou-a na boca, longamente, acariciando-se com a pele dos lábios, entre calafrios, descargas elétricas correndo entre os dois lábios, como se fossem dois desconhecidos que se beijassem pela primeira vez. Foi desabotoando sem pressa o vestido de Cecília. Ela ajudou a retirá-lo. Depois despiu o porta-seios, as calcinhas. Ficou nua. Isidoro, deslumbrado, fremindo, desfez-se também das roupas, presa dum raro furor. Um ardor embraseavam-nos correspondendo-se e fazendo um adivinhar primeiro que o outro. Depois se abraçaram como feras que descobriam subitamente os mistérios e os instintos da antropofagia. Isidoro se dava à pressa – talvez fosse miragem, a realidade voltaria logo, urgia apressar-se. Cecília recebeu-o. Os olhos lhe brilhavam. Os dentes apareciam brancos, os lábios tremiam, Isidoro gemia, rezava num murmúrio. E Cecília sentiu-lhe a força penetrando-a o seu corpo inteiro, em plena verdade, como um ser povoado de carne atravessando a densidade de um túnel... Um silêncio se expandia... O tempo corria vertiginoso. Dir-se-ia que pressentiam algo... Tudo verde, rubro, o sol calcinando como um deus demente, uma cidade em ruínas, uma estrutura de esqueletos derruía... Era a casa que vinha abaixo. Línguas de fogo crepitavam e lambiam as paredes, estalidando, lambendo e devorando em sua baba de fogo tudo em redor. Olharam assombrados, dando volta às cabeças em torno, assombrados para todos os lados. Era o fogo, o fogo!... Cecília virou-se de corpo, empurrando-o de cima de si e escapou-se à submissão do macho, libertando-se, e levantou-se, ficando em pé, no quarto ao pé da cama, sem saber que decisão tomar. Isidoro notou uma mancha de sangue sobre o lençol e olhou o fogo da mesma cor que aumentava, ululando nas pontas do quarto. O fogo mastigava o madeirame dos pavimemos da casa. Nuvens de fumo se engrolavam. Estalava tudo. Aqui e ali começavam a desmoronar-se partes, caindo com estrondo, vigas e suportes envoltos em chamas. Como não deram por isso? Isidoro, na cama, olhava sem compreender, com uma expressão estúpida. Enfim, levantou-se. Não imaginou. Primeiro creu que ia cair desamparado subitamente sem a cadeira de rodas, depois lembrando-se que estava perto da cama, como que esperando por ele. Se imaginasse bem, capaz que aconteceria ao saber – caminhava seguramente, os pés no soalho nu, os pés firmes, as pernas musculosas, movendo-se aos movimentos, contentes, libertos – caminhava sem precisar de cadeira de rodas. O doutor de Zürich tinha razão. Só que não ia precisar esperar oitenta anos para sarar. Estava salvo. Restava o fogo, que crescia em volta, meneando abas rubras e soltando um calor abafante dentro do quarto. Cecília apanhou um lençol, depois de um instante sem saber o que fazer e enrolando-o no corpo correu porta a fora no meio do fogo. Isidoro, sem pensar em nada, correu atrás dela, nu como estava. Ainda viu Cecília caminhando sobre o assoalho em chamas, com as formas nuas, o branco do lençol incendiando-se, em direção à escada, e de repente olhava para trás e lhe gritava coisas que ele não entendia – talvez para que ele se salvasse depressa. Melhor era meter-se no fogo. Morressem dentro dele ou se salvassem. Tudo podia ser naquela hora.

– Volte, Cecília, volte – gritou subitamente com todas as forças. Vira a violência do fogo naquele lado para onde ela se fora. Mas já Cecília estava lá embaixo da escada, Isidoro desceu as escadas no seu encalço. Mas houve algo em que tropeçou e dando uma cabriola no ar no meio das chamas, chocou-se com todo o peso do corpo contra a parede que circundava a escada e caiu de braços abertos. Ficou inconsciente sobre os degraus, no alto, onde o fogo rodeava ameaçando. Da cabeça um filete de sangue lhe escorria entre os cabelos. Cecília que assistira petrificada correu junto dele e tomou-lhe a cabeça nas mãos, beijando-o e murmurando palavras desconexas. Ele nem se movia, parecia um morto. Nos olhos muito abertos de Cecília, fixos, as chamas se refletiam dançando. Cecília pôs-se de pé e beijou-lhe a boca, dobrando o corpo, nua, pois que havia atirado fora o lençol. O fogo chegava a eles. Isidoro morto, pensou – e a morte correu na frente dela como uma canção em estilhas. O fogo lambendo tudo em volta. Devorá-los-ia aos dois, os escombros os enterrariam ali sob cinzas e paredes ruídas.

Como uma maré de brasas sangrantes, as chamas na sua ruminação implacável iam, rodeando as coisas. Tombavam madeirames envoltos em fogo. A escada era uma fogueira só. Quis pensar. O amado morto, Isidoro ali naquela súbita paz de rosto, hirto o comprido do corpo, as centelhas rubras, o cerco. Olhando Isidoro caído na escada, que as chamas pouco em pouco envolviam, hesitante, à espera concentrada de algo indefinido. Ia puxá-lo para baixo, para fora, para onde? Repente algo estalidou, térmitas de fogo roíam e corroíam céleres, houve um esboroar que vinha de mais de cima. Quis inda evitar o inevitável. Não houve ensejo de fuga. Só um raio-luz de última intuição que se perdeu no implacável. Quebrando-se em rumor de madeiras, tudo afundou num círculo-vágado, veio de rubro, negridões de vácuo, átimo breve, e um grito cortado que riscou frágil o tumulto de degraus se desprendendo. Metade da escada balançava suspensa. Quanto durou? Só o fogo o soube, o fogo exterminador, o fogo que fez Isidoro, lento, lento, erguer-se, brasas torneando-lhe a volta do corpo, colunas vermelhas, intenso o calor, tonto, vago, vertigens, sons esmaecendo, sem saber, sem lembrar-se. Queimara-se? Nem se sentia. O fogo ali parecia que minguava. Mas o resto da casa era um érebo de fogachos se ampliando. Foi acostumando os olhos. Procurou Cecília. No vazio onde piscavam brasas, lá embaixo, o corpo de Cecília sendo devorado pelo monstro rubro, no centro de uma massa de brasas que envolvia, como um formigueiro de chamas. Chamou-a. Os olhos ardendo a garganta sufocada, os braços em acenos desconexos. Gritou de repente – louco – ela estava morta. Víboras ardentes verdes, azuis e violetas se contorciam furiosamente, rastejavam e pipocavam em todas as direções. Via vultos que corriam, gente gritando, vozes desesperadas. No fundo, negro e rubro circundando, tochas tiritando, Cecília. Estendida, uma mão sobre o sexo. Branca, branca, no fogo. E ele, fraco, inane, a realidade em ondulações, diluindo-se. Adivinhou – morrera, morrera. Cecília estava morta. Por que ele vivia, por quê? Deixou-se tombar, manso, sem sentir, devagarinho como um velho. O fogo não minguara não. Se acrescentava, crescia em multiplicações, se torcia, se dobrava, arrancava forças de si, forças e forças de mais chamas e mais fogos, rubros, azuis, negros. Deixou-se ir. Desmaiou de dor, de desespero, de amor. Não viu, não soube, que cordas, que escadas, quem, trouxeram-no daquela borda íngreme e prestes a cair e levaram-no até o caramanchão, sobre o relvado. Só muito depois, viu, os olhos doloridos, sem poder lembrar-se bem de nada, entre nuvens de fumo que da casa saíam, rolos espessos de serpes contorcentes, borbotões de ferrugem, roxas folhagens de fogo. Um vulto perto dele no relvado gemia. A cara desfigurada. Um toco de braço enegrecido pendia à direita. Gemia. Olhou sem reconhecer. Aos poucos foi descobrindo — era Hipólito.

— Vi você caminhando, Isidoro — disse ele e depois caiu de lado, silenciando-se. Lá dentro era o inferno. Ruiu toda a parede rachada, sobre a escada, sepultando em fogo e caliça. Na sala grande gritos iam e vinham. A vitrola tocava lugubremente. Ironia essa música. Vultos vestidos de chama se moviam. No céu da noite um esplendor de chamas irrompia para o alto, iluminando ao longe, nas ruas, onde gente se amontoava e carros paravam. Nos vários recantos da casa o fogo ia chegando e invadindo tudo com seu pânico ardente. Na segunda sala da frente o incêndio lavrava com fúria roendo tudo e molhando tudo com sua água de fogo. Na penumbra das luzes apagadas onde o demônio não chegou ainda com suas línguas vermelhas, onde a sombra do fogo ulula em volta numa ameaça circundante, passam-se cenas humanas. O velho Afonso, agachado meio deitado sobre Rosa Angélica, desfalecida, no centro da sala, indiferente ao fogo. Uma parte do teto ruíra e outra ameaça ruir. Rosa, exânime, nas mãos um pé de sapato, que tirara com certeza para fugir. O velho no meio dos destroços e do fogo completava. Manava sangue ainda, e ele consumou a violência. Estava morta mas para ele estava viva. Não lhe abrira o decote com um puxão e sorvera e chupara e lambera aqueles seios tão belos que nem a morte lhes diminuíra a beleza, que Isidoro desprezava? Não lhe descera a calcinha de rendas negras e consumara o que tanto e tanto sonhara e ansiara com essa mulher? Que importava que fosse agora? O pouco caso que ela lhe fizera durante toda a vida em que se conheceram não lhe queria dizer nada. Dava por satisfeito gozá-la enquanto não a enterrassem. Agora pagava bem aquele pouco caso. Sua alma no céu devia estar gozando aquele amor que faziam no seu corpo de cabeça ensanguentada. E urgia apressar-se, antes que a outra parte do teto ruísse, matando como na verdade mataria o velho Afonso. Que importava que Carlos ali diante estivesse sentado, assistindo à cena? Parecia morto, nem se movia. Podia estar tranquilo agora para diante com a recordação desse gozo. O retrato de Dona Anúncia treme na parede, onde os clarões têm cintilações de ouro líquido e púrpura incandescente. O espelho imenso reflete o fogo. Dir-se-ia que vai de um instante para outro descer da moldura e pôr-se na frente do velho debochado. No fundo da sala, rodeado de fogo, assiste à cena calmamente, um vulto sem mover-se. É Carlos. Sentou-se ali misteriosamente à espera. De um momento para outro tudo ruirá. As paredes já rachadas silvam. No chão cadáveres num desmembramento e numa carnificina de arrepiar. Por toda parte horror. Ali o cadáver de Irene sob um bloco de cimento, os olhos vidrados, olhando para o teto. Além Eduardinho Verret, agonizante. Parecia uma visão de

Buchenwald ou do Inferno. Cadáveres. Um que outro meio agonizante inda encontra força em arrastar-se pelo soalho onde o fogo corre em rastilhos de chama. Nala, o Dr. Schneider, Telêmaco, o artista. Por toda parte gemidos, dores, gritos, uivos, dir-se-ia uma gaiola onde o fogo chegasse de repente por todas as partes encurralando-os adentro. A parte da escadaria está inteiramente ruída. Se há gente por aí não escapou. Os mortos expiraram com seus últimos gestos e esgares, como aqueles mortos encontrados mil anos depois em Pompéia e Herculaneum, quando da grande catástrofe do Vesúvio, em todas as posições, as derradeiras, com que ansiaram fugir ao socorro sobrenatural que não vinha e esperavam a todo transe vir, que ao contrário mais e mais amontoava impossibilidades de escapar ao assédio formidável. Na primeira sala inexplicavelmente o cadaver enegrecido, feito um chouriço, com partes da farda cáqui entremostrando-se entre a pele negra, do cabo Saturnino de Assunção, lá do Pasmoso. E Cirilo Serra, também lá do Pasmoso, que arrastava em agonia o corpo queimado. No jardim gente gritava amontoada em altos brados, soldados chegavam, gente desconhecida penetrava entre as folhagens, e as nuvens de fumo subiam em grandes espirais para o alto do céu picado de estrelas brilhando longinquamente.

XX

Simão Domingues, pai de Minira, chegara em frente à casa de Isidoro, era meia-noite e deparou com aquela gigantesca mole de fogo e fumo envolvendo-a toda, desde os alicerces. Gritos, gente fugindo e chegando, uma multidão se formara, expectante, olhando o espetáculo raro. Aquilo arrasar-se-ia e se consumiria inteiramente não fosse um reforço dos soldados do quartel que chegou num carro, com bombas de água, caminhão de água requisitado às pressas para a emergência e fosse regando pensosamente o fogaréu. Um cheiro de carne assada e de gorduras fritas invadia rançosamente o ar da noite. O pessoal trabalhava na extinção do incêndio, arduamente. As madeiras caíam uma após outra e havia grande perigo em penetrar dentro da casa, por isso tinham de contentar-se em lançar água do lado de fora. Nenhum outro socorro chegaria do Empíreo além daqueles bombeiros de última hora. Chegaram uns dois médicos alertados por telefonemas dos vizinhos que atendiam às vitimas, dispostas entre os jardins, entre as quais Isidoro e Rosa, muito graves. Simão viera em busca da filha e encontrava aquilo, aquele escarcéu dos diabos. Pensou que ela estaria a estas horas morta sob os escombros. Desde anteontem, a procuravam por todas as partes de Pasmoso e nada de achá-la. Era o patife de Jônatas, tinha a certeza. Se o encontrasse, lhe meteria uma bala entre os olhos, para não haver salvação. As buscas resultaram nulas, esses dois dias. Fora à Delegacia, onde o delegado agora era o cabo Saturnino, e este pusera em busca todo o destacamento. A notícia do desaparecimento de Minira se espalhara por Pasmoso e todos procuravam. Formou-se um grupo de gente que saía em busca nas imediações. Mas ninguém sabia de nada. Ameaçaram até linchar o irmão Lázaro uns mais exaltados, entre os quais o barbeiro. Varejaram o rancho e a venda. Farejaram o sítio em redor e nada. Ninguém na verdade podia explicar o que se passava. Lázaro não soube dizer de nada tampouco. Detiveram-no por medida de segurança, mas o cabo era algo meio amigo dele e além disso havia um certo receio da parte do cabo, de modo que foi posto logo em liberdade, mas obrigado a acompanhá-lo à cidade, onde o cabo resolveu levar o caso. Queriam veladamente que confessasse algo do irmão, mas ele nada tinha para dizer e enfim o deixaram. Conversa vai conversa vem, daqui e dali, trocam-se informações, o caso é que descobriram que Lázaro tinha primo e tio lá na cidade e resolveram ir para lá. Foram-se as gentes do Pasmoso para a capital em busca da menina. Lá chegando foi a surpresa. A fornalha que subia da casa ia a uns dez metros de alto com suas línguas e serpes de fogo. Nada puderam fazer. Auxiliavam e salvaram alguns do fogo, os que podiam, pois que nem eles estavam em segurança no fogaréu. O resto que não pôde salvar-se morreu queimado. Depois souberam como fora o negócio. Era plena festa na mansão. Dançavam, bebiam. Divertiam-se como sempre. Num dado momento repararam, não haviam dado conta, foi de repente, uma erupção de fogo subitâneo, isócrono. Súbito viram que estavam cercadas por um muro de chamas, uma coluna deitada de fogo, uma floresta de brasidos se avolumando como uma tempestade crescente, como um cerco vivo, uma cinta de incêndio em torno da casa.

Carlos delirava, urros eram seus pensamentos. Tinha de vir a morte geral para aquele mundo corrupto, o câncer que o corroía também. Seu pai e Rosa. Seu pai e sua vida. Rosa e Hipólito. Ele próprio e Sílvia. Sílvia, sua irmã. Isidoro e Cecília. Aquela gente que frequentava sua casa, aquela gente. Tudo lepra. Tudo agonizante. Urgia matar, urgia o toque de misericórdia. Decadência, decadência. Ele bem o sabia, não amava ninguém. Por maldade levara Sílvia àquela loucura? Sim, reconhecia, por maldade. Ele era como todos dali. Era um poro daquele câncer. Quem sabia? Deus? Deus era a dinamite com que ele rebentaria tudo aquilo. Não sobrasse nem pluma, nem pelo para contar.

Loucura, loucura? Sim, acreditava. No fundo todos eram tarados, loucos como ele, sua família era macutena em proliferação, macutena, macutena. Raiva, ódio do mundo. E o mundo era aquela casa cancerosa. Vingança, pois, vingança berrando nele como lobos assombrados. Seu sangue queimava no coração, seu pensamento erguia labaredas de ódio. Ódio do pai, ódio da irmã, ódio da família, ódio da casa, ódio do mundo, ódio de si mesmo. Ódio de todos. Caim também clamava nele. E a loucura cegou-lhe os olhos de sangue. Decidira. Disposto, resoluto, forte, rocha, bronze, pedra, vingança. Decidira.

Eu procurava um ser humano que fosse realmente um ser humano, que risse e que chorasse e que tivesse palavras comuns para dizer, mas só encontrei monstros cansados, tristes e tediosos, cujas palavras se haviam gelado ou queimado e cujas couraças haviam caído como asas de frágeis falenas, e que apodreciam no chão de sua miserável condição. Perguntei se era apenas o ódio ou o desprezo ou o orgulho que nutria as suas seivas mas minha voz perdeu-se num bosque de trevas e nunca ouvi a resposta. Cri na verdade. A verdade era aquilo: dor, eternamente dor, por justa ou injusta causa, pelo contato, pela verossimilhança, pela vizinhança, pela razão e pelo convívio com os lobos humanos, meus pais, o mundo, Sílvia, eu. Nosso dia chegará. Comum, geral.

Carlos, a uma hora em que só ele imaginara e escolhera, ninguém o vira, ninguém reparara nele, deixara os convidados e furtivo e sub-reptício como um pássaro ou uma víbora, fechara sorrateiramente todas as portas e janelas, e depois, tendo tudo previamente preparado, esvaziou latas de gasolina em círculos, ao redor das paredes da casa, na parte de baixo, junto ao solo, depois inda não contente deixara dinamite o suficiente para desmoronar tudo aquilo no caminho onde devia passar e correr os linguarões de fogo, depois riscara um fósforo e fora sentar-se calmamente no sofá ao fundo da sala onde o vira Afonso. Calmamente esperou, com um pacote de dinamite em cada mão. Depois foi aquela gritaria pedindo socorro inutilmente e as mortes consequentes. O fogo subindo pelas cortinas, invadindo os tetos, as paredes revestidas de madeira, devorando os tapetes, consumindo os móveis, encurralando as pessoas. Naquela espera, seu último e grande pensamento foi Sansão, o judeu, agarrado às duas colunas do templo dos filisteus e fazendo-as tremer desde as bases, para vingar-se dos seus inimigos. A princípio entraram portão adentro o grupo do Pasmoso, como a invadir, temerosos de algo, Simão, Cirilo, o cabo Saturnino, e seis soldados, o Grego, Lázaro, e uns vizinhos amigos de Simão, as filhas, todos algo amedrontados ante a surpresa do fogo, os feridos e mortos e a iminência de a moça estar também morta no interior da casa, entre os outros cadáveres. Não sabiam como fazer, para ajudar. Ali já se achavam os soldados do quartel da capital debelando o fogo. A proximidade do fogo era terrível. O calor sufocava, entrada em goles de quentura pulmões adentro calcinando a respiração. Nem na queimada das roças lá nos sertões de Pasmoso se vira uma tragédia dessas. Aquilo daria assunto para conversas à cadeira às portas de suas casas, quando voltassem para toda uma vida. Nunca haviam visto coisa mais pavorosa. Gente agonizando na relva do jardim. Os mais graves foram levados em ambulância para a Santa Casa. A massa de fogo era densa. Rodeou o grupinho meio embolado entre si, como gado assustado procurando uma abertura para entrar. Tinham de entrar lá dentro para ir buscar Minira. Agora não sabiam de que modo. O cabo Saturnino arrombou a machado uma das portas laterais, menos atacada pelo fogo, entrou na casa valentemente, atravessou uns quartos dos fundos, mas ao dar com o chamaral crescendo em cima dele teve de voltar, mas algo desabou matando-o ali perto da porta principal. O Cardeal rondando nas imediações do quarto de Jônatas escutou uns débeis chamados e rebentou a janela, libertando Minira que sufocava com o calor e o fumo. Daí a pouco uma banana explodiu na garagem e caiu parte da parede da casa sobre ela e alimentando inda mais o incêndio com dois tambores de gasolina e óleo guardados ali dentro. Cirilo Serra, que estava por perto, foi atingido. Uma viga se lhe caiu por cima. A cabeça esmigalhou-se com a violência do golpe e os miolos brancos se estilhaçaram salpicando o soalho. Já não se podia fazer mais nada. Uma multidão imensa se aglomera àquela hora da noite no jardim, arrastando os feridos e mortos, nada podendo fazer pelos que ficaram lá dentro. De vez em quando um cheiro de gordura e graxa flutuava lugubremente no ar. Coisas vagas ruíam e se moviam lá no interior da casa. Uma coluna de fogo se formava e subia no céu da noite. Carros paravam. A gente gritava histérica à vista dos cadáveres que retiravam das ruínas fumegantes.

Assim em pesadelo passou a noite. De manhã já nada restava a não ser o esqueleto negro da casa, de tetos e paredes comidas. Um montão de destroços e detritos negros de ferros retorcidos como úteros e pedaços de vigas que fumegavam ainda tenuemente. Começou a chuviscar e a água em vez de combater o fogo parecia atiçá-lo. Com mangueiras tentavam sufocar as labaredas que crepitavam aqui e ali como crateras ferventes. De madrugada acabara de ruir parte do arcabouço de sustentação do primeiro andar. À medida que ia se acalmando o fogo, iam vasculhando os destroços, procurando vítimas. No jardim, uma fila de cadáveres. O cadáver do velho Afonso, nu. Carlos, horrivelmente queimado, como um C, parecia que morrera sentado, Irene, o cabo Saturnino, com os olhos saltados fora das órbitas, gorduras amarelas espremendo-se da pele do corpo inchado. Nos andares de cima encontraram Basilissa e Jônatas, ambos nus na cama – estavam no ato – com o couro esfolado e negro saindo do corpo, como couro velho de sapo descascando-se e escorrendo com um óleo pegajoso e negro. A festa, o preciso momento de sua morte, fechados em quartos, amigos de farra de

Carlos. A eles Carlos lhes havia contado o que fizera com Sílvia e só eles sabiam da história, além de Cecília. Rosa e Isidoro se salvaram e foram enviados ao hospital, pela gravidade das queimaduras apresentadas. Afonso Cortaló, Mara Costa e o Dr. Polli escaparam com graves equimoses também, junto com mais alguns outros que conseguiram fugir pelas janelas ou escondendo-se no porão da casa, onde não chegara o fogo. Lázaro se abraçava com Minira tão forte que esta sufocava outra vez. Chorava tanto que parecia que ia morrer. O velho Simão nada disse. Já sabia de tudo. Apenas apertou a mão de Lázaro, enxugando uma lágrima. Depois disse que quem lhe contara sobre tudo aquilo explicando-lhe as coisas fora o Cardeal, homem bom estava ali, rematou ele, num gesto largo. Daí a pouco chegava à casa Marina, a irmã de Isidoro com o esposo, e Miriam e Pedro, os dois outros irmãos. Choravam como crianças à vista de tanto cadáver e tanta desgraça. De tudo o que Simão tirou do fogo foi o retrato semiqueimado da mãe de Isidoro, Dona Amância. Um pedaço de arame se pendurara num dos olhos e o outro olho tragicamente olhava fixo entre as chamas, nas mãos que o retiravam. Haviam coberto os cadáveres e começavam a levá-los para preparar-lhes enterro. Depois foi passando a manhã, que com tão negro saldo trouxera a madrugada. Já se avaliava a extensão da tragédia. Foram-se retirando. Mara Costa e Dr. Polli se salvaram mas o espanhol Cortaló morreu no hospital. Lázaro, Minira e as irmãs desta, com o Grego foram à casa de Dona Marina, convidados por esta já que em sua casa ia ser o velório coletivo do velho Afonso, D. Basilissa, Carlos, Jônatas e Irene. Cinco mortos. Cinco caixões. Trinta e cinco palmos. Simão e os outros do grupinho de volta para Pasmoso. Os soldados idem, cada qual tomou seu rumo. Já tinham aplacado sua sede de curiosidade, gulodice de cenas macabras, etc. Quanto aos outros mortos estranhos à família, cada família com seu velório. E na sala da casa de Dona Marina, se enfileiraram por todo aquele triste dia, em velório, os cinco corpos queimados que sairiam ao cair da tarde, rumo ao Cemitério da Piedade, no próprio dia consagrado aos mortos. Bem que não era o mesmo dia, mas se pode dizer que os três dias, o dia dois de novembro e os dois vizinhos são todos dias de finados. A cidade inteira levantou-se com a insolitez do assunto inusitado e inda mais se acenderam certas curiosidades a respeito de escabrosos assuntos, em vista da vida que levavam certas pessoas da família. Mesmo algumas raras circunstâncias de mortes que cercaram algumas delas as envolveram numa certa aura de escândalo, com o levantamento da vida pregressa. Contavam-se coisas pavorosas, que boatos iniciais haviam transformado e esticado até virar pura invenção. Sobre o tio Afonso então foi o diabo de estórias lendárias que andaram correndo pela boca da cidade boateira, em certo modo pior que o acusado, em malevosidade, perversidade de palavras e invenções abusivas. O câncer comia a pequena e petulante cidade encastoada entre o rio Cuiabá e o morro de Santo Antônio. A verdade é pequenina. Quando estica vira mentira. Cinco caixões na sala. Velas imensas derretendo cera e esquentando o ambiente. Marina Medrano já não tinha que chorar, os olhos inchados, os lábios roxos, o rosto vermelho. O marido, Máximo Medrano a consolava inutilmente. Haviam ido ao hospital ver Rosa Angélica e Isidoro, que estavam bem. O mais fora muito comentário, inventando que estavam graves, aos seus ouvidos. Segundo os médicos volveriam em poucos dias bons, Isidoro principalmente, com o milagre atribuído à sua cura repentina. Rosa inconsolável intimamente com a morte de Hipólito. Cada um num quarto. Pensando suas coisas. Remoendo suas coisas. Isidoro pensando em Cecília, remoendo Cecília. Dois guris gêmeos, filhos de Marina, Rafael e Gabriel, ao lado da mãe, com ar de susto nos olhinhos inocentes, não sabiam o que pensar de tantos caixões na casa, toda mudada, cortinados pesados de amarelo e roxo e negro, o cheiro enjoativo da estearina das velas invadindo, os magotes de pessoas desconhecidas que vinham ver os mortos, os pesados enfeites mortuários pendendo das paredes, tudo aquilo, não sabiam a que mistério atribuir. O olor dos mortos começava a empestear. Irritava toda aquela massa de olor correndo a casa, olor de gente viva mesclando-se a olor de gente morta, olor de cera derretendo-se, olor de morte vindo desde o fundo dos caixões gordurentos das gorduras dos mortos descompostos. Cadeiras por toda parte com gente sentada. No centro sobre três mesas ajuntadas, sob grandes lençóis brancos, os caixões dos mortos cheios de flores, na sala da frente. Dava a ligeira impressão de que aqueles mortos estavam a secar. O Grego como mudo, a barba negra, o olho brilhante, com rosto de impassível, olhava tudo aquilo, e assentado em sua cadeira ia estudando as feições dos mortos, dentro dos caixões. O corpo de Cecília não encontraram. Como uma morte gloriosa no meio do mar. Devia ter sido um daqueles tantos troncos roliços e negrejantes que boiavam virados carvão, encontrados sob os escombros ardentes.

Afonso diminuíra de tamanho, cor de carne seca, a cabeça descolada do corpo com um jeito de ex-voto, o talho do pescoço um poço negro, cascarento, de sangue ferruginoso, os bigodes de vassoura na cabeça separada, barba crescida, conservava a cara bestial com que morrera, orelhas e nariz com tufos de cabelos espinhando para fora, parecia um sátiro congelado. Basilissa, parte branca duma brancura de caracol, o nariz grego com o preto das narinas sob o relevo das asas áticas e parte invadido dum negror de carvão. Carlos, com uma gaze tapando-lhe a boca e os olhos queimados, conservada a vaga parecença também, como Isidoro na cara de Lord Byron, com a cabeça envolta em algodão, corpo em forma de C dentro do caixão, os tocos escuros dos braços sem mãos, para fora. Irene de boca aberta, parecida ao Byron algo sofrido de Carlos, uma massa preta dissimulada entre flores da boca para baixo até a cintura. Jônatas, com uma rara tranquilidade no rosto, queimado dum lado, sem as pernas. Nele se demorou mais Nicéforo a olhar. Não encontrava naquele rosto quase sem tensão, as terríveis paixões que sabia existir dentro dele no tempo em que era vivo. Em geral não se podia ler-lhes nas faces o que foram na vida. Mudos, interrogavam os outros, o que haviam feito para estarem ali sob aquela coisa-morte, tão terrível, tão muda, tão parada, para essa entrega terrível sem porquê, nem como ao Grande Sono haviam tão pacificamente solidificado naquelas aparências. Em redor entravam e saíam. Pedro e Miriam, irmãos de Rosa, consolavam a Marina. Tia Ângela, uma velhinha bondosa, conversava calmamente com Medrano. Falavam de Cecília, que não pertencia mais à família Soler. Os pais de Cecília estavam em viagem e já haviam sido informados da tragédia. Estariam na cidade em um dia. Pena que não alcançassem os enterros. Vinham do México, onde se haviam encontrado, depois de algumas tergivergências, o pai de um lado, na Europa, a velha, em Acapulco. Ninguém podia prever as reações deles. Ia ser terrível. Um abismo lhes mostraria tudo.

A expressão de Minira era a de alguém sob ação de algum soporífero. Lázaro ao lado do Grego, também em silêncio, com algo mais de raiva que de outra coisa trágica no rosto, nos cantos da boca repuxados. Parecia-se imenso com o irmão gêmeo, dentro do caixão. Pensava em que um dia fora o reverso – ele quase para ser enterrado, à beira da terra, e agora era aquele que o velara – doía-lhe ainda de vez em quando a facada – que ia ser enterrado, irremediavelmente, sem catalepsia, sem desmaio, sem nada, morte verdadeira, todas aquelas visões de vermes esfarinhando a carne, fervilhando num redemoinho implacável. Por que haviam nascido gêmeos? Parecia que daí dessa coisa tão besta, desse acontecimento tão natural e imprevisto que lhe vinham todas as origens dos sofrimentos. Amaldiçoava a fatalidade de terem nascido gêmeos. Não podiam ter nascido um longe do outro, bem longe, assim como Rubim havia nascido longe dele, diabos?

Tão gêmeos como um olho de outro olho numa cara qualquer. Seriam o mesmo, um refletido no outro, um entretanto agora, refletido na morte, outro sob a gravidade da vida, como sobre um fio. Por que um fio? Não sabia, era bastante saber que era por um fio. Sim, tudo isto pode estar por um fio, não sei por quê, nem quero saber. Minha vida por um fio. Mas eu quero ver esse fio de onde pende. O nó que me prende. O prumo, a reta que faz no espaço. O peso que o faz e transforma em ponto e linha no espaço.

De que fibra o fio da minha vida esticado no ar. Um na morte, outro na vida, mas o mesmo. Não era acaso o mesmo? O Grego lembrava a semelhança com o caso lá do Pasmoso – a catalepsia de Lázaro, sua iminência de ser enterrado vivo. Jônatas julgando-o morto, chorava. Ou fingia? Era bem cruel esse sujeito! Olhou o rosto de Lázaro. Fios de lágrimas desciam-lhe pelo rosto. Começou a chorar alto quando o Grego o olhou. Não suportava. A ira era dor. O Grego pondo-lhe a mão no ombro, tentava consolá-lo. Lázaro explodia. Depois subitamente caiu ajoelhado junto ao caixão do irmão, gritando seu nome em altos brados. O Cardeal levou-o dali. Não aguentava e chorava também alguma coisa lá dentro dele. Minira ficou olhando como que hipnotizada o rosto de Jônatas. Tudo aquilo não podia ser verdade. Não passava de uma horrível brincadeira. Se Deus permitia brincadeiras desse tipo, então não sabia mais o que pensar dele. Tudo o que aprendera na escola, todo o catecismo, toda a religião, era mentira. Na parede da sala, dentro de rica moldura o Cristo tirava do peito, toda bondade e ternura, o seu coração sangrando, envolto em chamas e coroado de espinhos e oferecia-o benignamente. O Cristo olhava nos olhos. Ela olhou-o e retirou dele os olhos – não aceitava seu coração. Sentia ainda a dor em que Jônatas lhe cortara e atravessara o corpo e com este toda a alma. E as sensações por que passara ao ouvir o pandemônio que se desenrolava, envolta em sua cela, os gritos, os ruídos, a fumaça de maldição que invadiu o quarto pelos vãos dos madeirames do teto. Milagre que aquela parte não fora imediatamente assaltada pelo fogo. Ruíra depois, quase das últimas a cair, um pouco depois dela dali sair. O terror ao homem, daquela noite, tinha-o grudado à ponta da língua como o ferrão de uma vespa.

Sabia do espesso veneno que lhe corria os labirintos do corpo, que aquele homem, agora morto em sua frente, lhe havia instilado densamente no sangue, como uma maldição. Rememorava a curta conversa do encontro com Lázaro.

– Não precisa dizer nada, meu amor. Eu sei de tudo. Não quero que fales nem lembres disso nunca nunca nunca. Se conservas teu amor por mim intacto, como eu o tenho inalterado com relação a ti, não me fales uma palavra sequer do que viste, ouviste ou pensaste ao lado do meu irmão. É um capítulo que vamos encerrar em mil caixas de bronze e atirar o invólucro ao mar, sem ver. Vamos viver felizes, casar-nos para sempre e criar esse filho que vai nascer, que se nascer mesmo, é também meu.

Tinha razão. Não se pode lembrar coisas assim. Mas toda uma vida em frente com essa lembrança, como um peso. Sim, mas, é seu sangue. Isso deve pesar no seu julgamento, deve ser atenuante de algum modo. E olhava o rosto indecifrável da Morte que se instalara no rosto belo e trágico do homem que primeiro a tomara por esposa antes do verdadeiro prometido. Pena essa semelhança com Lázaro. Ela, na verdade, nunca prestara muita atenção nisso. Um magnetismo banhava o rosto de Jônatas aos seus olhos e não podia desviar a vista dele. Dir-se-ia que mesmo morto ele buscava puxá-la com invisíveis laços lá para suas regiões de habitação dos momentos afundados de agora. O presente cavava um abismo de atração entre eles, havia um chamamento inaudível da parte dele, do mistério do seu corpo estendido dentro do caixão que ia levá-lo daí a pouco, do mistério de suas coisas escondidas, do mistério do seu olhar cerrado, e de sua boca muda, do mistério de sua alma que se fora.

O terror ao homem se abrandava numa ternura inesperada para o morto. O veneno dentro dela corria refrescando-lhe a beleza, que Lázaro sofria. Não podia tirar os olhos do seu rosto entre as flores. Procurava algo fugidio que evolava do corpo queimado de Jônatas. Havia um não sabia quê nele que ela procurava descobrir e não dava com o que pudesse ser. Devia ser algo. Mas não sabia o que. Soube de repente que tinham quase ódio daquela mulher cor de vela no outro lado, Basilissa. Contava-se dos dois encontrados na mesma cama. Uma onda violenta de amargor corria-lhe pela alma olhando a morta. Que encontrara Jônatas nela? Não atinava com o quê. Lhe parecia mentira tudo. Estava odiando a morta que Jônatas amara antes de morrer, estava odiando a mulher que dividira a morte com ele como se divide uma fruta.

Trouxeram um caixão fechado e o puseram com os outros. Segundo soube depois era um tronco inteiramente negro, um cadáver que não se pode identificar, tão queimado e danificado estava, que deram como sendo da desventurada Cecília. Em vista do seu aspecto o velaram encerrado no caixão. Mas na realidade não havia prova nenhuma de que aquele tronco carbonizado fosse o dela, a não ser que fora encontrado sob os escombros da escada no local narrado por Isidoro.

Um senhor bem vestido, desconhecido, de meia idade e de boa aparência se acercara do caixão e o fitava com ar de piedade e evocação enternecida, como se estivesse rezando profundamente. Seria um grande admirador. Era o doutor Nereu. Depois de algum tempo, abaixou-se e beijou a madeira da tampa e acercou-se do caixão de Irene olhando-a do mesmo modo. Tomou-lhe a mão branca como um lírio e beijou-a amorosamente. Olhou-a novamente como se quisesse gravar na memória seus traços e veio assentar-se numa das cadeiras em roda. Pôs-se a conversar com Medrano e Pedro. Disse que não suportaria se visse a ruína em que se fizera o corpo de Cecília e fizera toda aquela cena em intenção dela. Não importava que o corpo fosse de outra mulher, lhe bastava que as unisse entre elas o laço de família e de circunstância de morte, para associá-las em pensamento, que a intenção valeria por si mesma. Enfim achava Irene parecida a Cecília, apesar de que fossem cunhadas, e por isso se dava por satisfeito haver-lhe beijado a mão, já que não pudera consolar a pobre moça, que fora sua namorada, há muito tempo, sem consequências, antes de sua trágica morte. Conversaram sobre as circunstâncias da morte dela e cada um dava seus julgamentos. Posteriormente a responsabilidade de Carlos no incêndio fora posta em claro e descobriu-se na véspera do sinistro uma rusga feia que tivera com o pai, mas mui vaga para ser tida como a causa principal do seu odioso feito.

Lázaro estava sério, notava-se que havia chorado muito. O Grego lhe falava procurando modos de consolá-lo com suas palavras. Ao lado chorava sem parar Dona Marina e as crises se seguiam uma à outra. Os dois filhos a olhavam sem compreender. Máximo lhe passara o braço pelo ombro e não tinha mais argumentos. Deixava-se a olhá-la apenas, e que rolasse pois o mar de lágrimas represado. Haviam encontrado no bolso de Carlos uma carta de Sílvia, de Bruxelas, que contava muitas coisas fora do comum e terminava dizendo que se suicidaria, e logo ele receberia a confirmação de tal ameaça, mas guardaram-se entre os da família que dissimulassem esse detalhe e esconder essa notícia. Parecia uma ironia que essa carta dobrada fosse encontrada intacta em sua roupa quando o resto do corpo todo se havia destruído quase que completamente. O choque de posterior descoberta era demasiado forte. Acamou-se acometida duma forte crise nervosa. O Dr. Bráulio Soler e dona Flora Verga Soler estavam já a caminho de Cuiabá. Quiçá chegassem para as cerimônias fúnebres de sua filha, do sogro e dos dois cunhados. À tarde um padre chegou para benzer os corpos e encomendá-los à morada eterna. E ao cair da tarde, saíram em vários carros lentamente, seguidos de grande cortejo rumo à Igreja da Catedral para formalidades religiosas. Já vários outros enterros de outros mortos haviam saído de suas respectivas casas, haviam atravessado a cidade, rumo ao Cemitério. Os sinos dobravam continuamente.

Quando a noite caiu os seis caixões já se haviam integrado ao grande reino dos caixões sob a terra do olvido. Os enterros chegaram com a noite caindo e a chuva principiando a abater-se e, por um desarranjo qualquer muito comum, toda a cidade ficou sem luz elétrica. Acenderam lampiões, cuja luz dificilmente varava o breu da treva quase pegajosa que comprimia a atmosfera, e se apagavam continuamente com a chuva. Caminhavam penosamente entre as tumbas sacudidos de vago medo, como outros tantos mortos. Pareciam reunidos repentinamente ao mesmo destino de esquecimento dos que iam ser enterrados. Aumentava no céu turvo a tempestade e o vento zunia farfalhando as árvores e gemendo como agonias sobre suas cabeças. Uma poderosa opressão pesava no meio deles. Os mortos pareciam ter triplicado de peso. As alças dos caixões escorregavam. A madeira rangia. O velho Afonso parecia querer complicar as coisas mesmo depois de morto. Uma das pernas não queria entrar no caixão e levaram-no assim mesmo com a perna de fora. Um dos que o carregavam tropeçou na ponta de uma cruz, no escuro, naqueles caminhos salpicados de cruzes e caiu, derrubando o caixão, à beira do buraco que cavavam. O morto rolou fora caindo dentro da cova sobre os coveiros que se entreolharam, cuspindo pragas e esconjuros. Se apagara a lâmpada que os iluminava no fundo da cova. Um fedor muito forte se evolava dele. Tiveram de com a luz fraca e o vento que zunia e o chuvisco frio, enrolar as mãos nuns panos que lhes deram os trabalhadores, tornar a pô-lo, com muito trabalho no caixão.

Enfim, enterrados, se foram, como fugindo de algo, da opressão da treva, da sensação oprimente que os perseguia, do vento ululante, da chuva gelada que caía. Como que debandavam. Parecia que um vago navio negro como a noite, tocado por algum vento mau, adernava afundando-se na escuridão, e os que podiam saltavam às águas e nadavam para longe, na ilusão da fuga, para não sofrer a atração do sorvedouro imantado que a submersão formaria.

E a chuva caiu profunda por sobre tudo, com latidos de tigre, tauxiando os contornos com a ferrugem maligna da noite, mais pesada, mais densa, mais espessa, impenetrável, como um sangue. Os que puderam se salvaram.

XXI

Lázaro voltou ao rancho do Pasmoso depois do grande enterro. Inda voltou antes de partir, para olhar mais uma vez o casarao da tragédia. Fazia um grande sol e a ruína imensa, como a carcaça convulsionada de um dinossauro, cheio de sombras e reentrâncias negras, brilhava. Janelas e portas pareciam olhos vazados, abismados de negrores, uma vaga ideia de Coliseu abalado por um terremoto. As folhagens murchas, secas, marrons, queimadas, tristes da influência do fogo. Os gritos de agonia haviam silenciado, mas esse silêncio agora habitava a casa deserta e o vento morno que soprava sob o sol, sacolejava num farfalhar áspero as árvores enegrecidas, com um rumor de ossos ocos e dir-se-ia que estendia um vago e fúnebre convite.

Deu-lhe vontade de entrar e andar lá dentro mas não se resolveu e sem olhar para trás fugiu dali com uma impressão de que era seguido. Carros passavam – certamente baratas desparramadas, perseguidas por algum veneno. Transeuntes iam como condenados, cabeças baixas, passos lentos. As ruas eram tapetes e esperava uma súbita mão que os abalasse num puxão sísmico. As casas se inclinavam, com os centros de gravidade deslocados. Nos fios de luz corria a morte, não sabia que morte, mas a morte, a morte dos homens, a morte dos que sofrem e dos que não sofrem, a morte tão bela e geral, como um mapa das coisas, como a água azul, o diamante, um sapo sem olhos de barriga verde virada chamando a chuva, um filete de cor perdida, tanto podia ser corte de punhal, linha do horizonte, novelo de lã, arame no ar, horizontal retentiva no balanço dos mortos, fímbria das cordas da linha d'água, e Deus do outro lado, gritando sem boca, metade engolido, metade para fora, na boca da sucuri que chama a chuva pelos nomes de seus filhos líquidos e enrolava o silêncio do mundo.

 A rede balançava e rangia. Lázaro, no fundo pensava. Como uma pedra girando na ponta dum fio. Se a corda rompesse ele mergulharia de ponta cabeça até o limbo de Cirilo Serra. Os mortos recentes. Jônatas amava o perigo e o negror das noites. Cecília que se fora lendo poemas, que talvez soubesse adivinhar muitas coisas, que fugia aos abraços como uma mulher ensaboada. Irene que a vida ensinara poucas coisas, o bastante para ser dona de todo esse silêncio. Carlos que nunca soubera da luz das tragédias gregas que Nicéforo contava. Afonso que amava o vinho, o jogo e a mulher. Basilissa a que escondia um grande desconhecido, que levara às grandes regiões, a força do irmão, no último mistério ignorado. Todos eles lhe eram agora tão subitamente familiares! Por que justamente agora que se haviam ido? Que era deles no ventre da baleia, no velho cemitério da Piedade, sob as palmeiras farfalhando, o sol e a chuva, e a saudade e o esquecimento dos tempos? Não sabia de ninguém que num cair de tarde como esse, os recordasse folheando um álbum de fotografias, onde eles tivessem deixado uma prova bastante sólida de que pertenceram a esta vida. Cirilo Serra estava sendo enterrado no

Pasmoso. Sílvia, a prima parisiense que ele não conhecia, estava viajando de avião, para ser enterrada na Piedade. Isidoro iria com Rosa para a casa deixada pelo pai, no subúrbio, enquanto providenciava a remoção dos escombros da casa sinistrada e a reconstrução.

Lembrava as conversas no velório. Gente de língua de cobra. Nem aos mortos respeitavam. Mas a verdade é que o sangue do irmão crescia no ventre de Minira. Sentia na respiração dela como que um abafamento de sêmen saturado que vinha-lhe das fontes do seu existir. Eram outras essas narinas palpitantes que traziam outras ânsias do fundo dos pulmões exaustos, outras essas mãos endurecidas de dedos cerrados que pareciam rezar e que o tocavam com outro modo de tocar, outro esse aguardar diferente, com outras lembranças, outros gozos, outro suor perolando a testa e pregando à pele os cabelos, outro o olhar sorvendo ignorada vivência interior. Renascia nele o sangue de cobra da família. Tinha vontade de matar gente. Por que não arrancara do caixão o corpo do irmão e não o fizera em pedaços? Ou dormissem os dois no mesmo caixão? Uma raiva surda urrava como um mar estrangulado no seu coração ao pensar em certas coisas, sem parecença. Uma podridão de carniça estagnada se lhe dissolvia por dentro. Como quem entra num galpão fechado, cheiro de couros defumando-se. Cheiro de curtume. Preenchia todo este momento. Invadia-lhe e contagiava-lhe esperanças de futuro. Uma treva rasgada de soluços lhe cortinava os olhos fechados. Continuações e continuações e nada no meio, só uma cor sem cor, como um ser vivendo sem respirar, um útero pulsando no vácuo, uma ausência se impregnando, se impregnando, uma dor no silêncio, como uma estrela sozinha, abandonada no céu, ao desamparo da escuridão.

Via dois joelhos levantados e separados e na juntura deles uma cloaca negra de onde algo escorria borbotonando, como a secreção de uma vela, um azeite morno, uma placenta que se desfazia como uma água morta. Ouviu um tique-taque e não soube se eram dentes ou relógios. Viu lábios peludos abrindo e uma espécie obscena de língua que os lambia, vindo do vago interior de um útero alaranjado. Depois era como se o talho duma romã rachada entremostrasse gamboas feridas. O palpitar de um hímen rompido como um tambor furado. E a bainha escondida onde entre remansos nuvens de painas bebessem águas silvestres, vagamente abotoada num brilho ósseo de traqueias de um peixe morto de boca aberta. E um avesso sanguinolento de intestinos, uma paisagem de orelhas e conchas e aranhas caminhando, um gráfico de varizes, um chuchupar viscoso de germinações uterinas... Parecia que afogava. E as bolhas subindo, rebentavam como bexigas infladas. A barriga de Minira crescia, crescia, crescia cor de cogumelo despudoradamente no espaço. Engolir um pote, uma bruaca, um bombo, um globo do mundo e ficar com aquilo boiando no tempo, como a pança dum batelão dentro d'água, imenso, crescido, inchado, intumescido, maligno, elefantisíaco, monstruoso... Olhos fechados, no escuro do rancho, pequeninas veias vermelhas como raízes, cortavam-lhe o negro granuloso das pálpebras. Os parentes se foram, caminhando no fogo. Restava Rubim. Mas este estava na cadeia e de lá não ia sair fácil. Que ficasse pois até o fim da vida, diabos! Uma náusea mordia-lhe como um lambari a ponta da língua. Um vulto globuloso se lhe enchia o estômago como se houvesse comido muito. A recordação dos mortos veio numa espessura de onda, como um coro à boca quiúsa. A fadiga tomou-o e dormiu. Uma planície límpida como o céu desenrolou-se à frente dele. Um deserto de areias escaldantes, sob o sol o dardejava. Afundava os pes e não sabia aonde ir. Queria vagamente ir a algum lugar e encontrar rostos amigos, mas o areal se desdobrava, sob a nitidez do bochorno tórrido, árido, seco, inóspito, interminável. Cria-se prestes a cair e morrer. Não de exausto, mas de alguma outra coisa, não sabia o quê – uma ausência, um nada haver, um destempero, uma falta de tudo, até, de certa eternidade. Os membros, o corpo se lhe pareciam de gesso, que ao cair, se transformariam em farelo, em farinha. Tinha medo de uma metamorfose qualquer. Um grilo, um cachorro, um passarinho. E caminhava. O sol era uma tontura, infinita, uma vertigem sem nome. Nem um pensamento sequer se lhe chegava à mente, só a vaga e diluente e exasperante espera de alguém. Algo como um vidro sem ecos, sem contornos. Entretanto a nitidez era assombrosa. Uma redoma de bordas e superfícies uniformes, uma monotonia desesperada, um surdo bater enrolado em panos e um empurrar para frente, sempre adiante, alucinado, cego, iridescente, como um magnetismo formigante. O ar que respirava lhe queimava as cavernas do corpo e punha em brasa, como ferro vivo, as costelas metálicas, as pétreas vértebras e a espinha mineral. Conhecia um país, como um maldito Eldorado atrás das colunas de chamas e dos bosques de espinheiros, e nenhuma voz lhe sussurrava a verdade – mas ia para lá. As mãos de peles fervendo inventavam bordões e os pés chafurdando no movediço das dunas crepitantes se prolongavam transudando arrimos. Os infinitos dos horizontes que multiplicavam distâncias fumavam brumas e vapores. Uma nostalgia de cousa indefinida, como um paraíso morto, pairava. O rubro tinha cambiantes de violeta e laranja. Como se tivesse posto óculos deformantes, lentes de ígneas ópticas, independentes de todas as leis de sossego dos homens dormindo. Nunca chegava... E acaso aonde chegar? Houvera um desígnio anterior de chegar? Que lonjura sem esperança e sem fim... O deserto se prolongava em outros desertos prolongados, que se prolongavam, que se prolongavam, que se prolongavam, deserto, deserto, deserto, prolongado deserto, palavra deserto, palavra sol, palavra fogo, palavra morte... Tinha também ele prolongamentos que lhe cresciam como ectoplasmas e como membros fantasmas. Parecia que ia desmanchar-se, como um elefante de massa, e o mar de areia lhe engoliria as partes como a terra engole as carnes mortas e as sementes desprezadas. O sol era um exorcismo de câncer, uma estação central cancerosa que irradiava contagiando putrefação leprosa e cintilante aos quadrantes ardentes. As ausências eram efígies de cânceres, rosas de náuseas que se abriam e fechavam na roda viva. O deserto todo girava. Pedaços gigantescos de elefantes em brasa tombavam em baques surdos. Lázaro se dissolvia.

–... sossegue, menino... Sossegue... Assim você vai adoentar...

Despertou, a testa em brasa, latejava como uma forja incandescente, bagas de suor escorriam. O Grego lhe oferecia um copo d'água.

– Sossegue, rapaz. Você estava mal. Refresque-se um pouco. Que sonhava?

Esforçava-se por fixar-se. Os olhos lhe doíam, a cabeça estalava, o corpo ardia, estava febrento, o sonho lhe comunicara aquela febre. Sentou-se na rede e bebeu a água. Pareceu-lhe néctar.

– Deus me livre, se não acordasse, estava seguro da morte.

– Puxa, o que falou em sonho! Parecia que estava perseguido por mil demônios.

– Com tudo o que aconteceu ultimamente, não era para menos...

– Sim, é verdade. Que verdade pior que a verdade?

E se calaram. O Grego deitou-se na sua rede ao seu lado e ficou balançando, quieto, pensando, sem falar, os armadores rangendo, o cachimbo esfumaçando.

Lázaro foi lá fora, mijou e voltou. Estirou-se na rede e ficou, sem pensamentos, balançando. Só o ranger das redes era pensamento. Pareciam balançar-se entre dois infinitos, num pouso sem ar. A lembrança desses dias habitava a mesma coisa na cabeça dos dois. Seu pensamento ia e vinha, sem nada adentro. Depois o rosto de Minira. Os corpos estirados nos caixões. Minira com o filho de Jônatas crescendo dentro dela. Os mortos com a pele negra crivada de rachadinhos, nalguns lugares branca como toucinho, gordurenta, o fedor deles – Jônatas com os lábios inchados. Basilissa com os lábios inchados.

Daí a nove meses. Minira procurando um nome para o menino. Os mortos sem dedos, sem mãos, sem pés, as pernas em tocos, como árvores arrancadas sem raízes, encarvoados, engruvinhados. Minira, as valvas da alma, os gânglios do útero nevoento, os dédalos do corpo digerindo a germinação seminosa do morto. Jônatas, filho da puta da sua mãe, irmão seu, os vermes abrindo lentamente labirintos no seu corpo, térmitas da carne dos homens. Minira, os vômitos, os enjoos se formando, vindos do ritmo de embrião em migalhinha de gordurinha e cera que latejava dentro dela, pequenino, pequenino, mas esporra, sim, gordurinha sebosa, mexendo as pontas que seriam mãos e pernas nessa agonia de três dias, que se estavam passando. Jônatas, os tubérculos de esperma coalhada dentro dele, bem feito, as linfas em borras coagulada dentro das carnes amanhecidas, a pedra do sono caminhando, as águas tomando, levantando negror. Minira, o grãozinho de feijão vivo dentro dela, o grãozinho com sua pequenina forma. Jônatas, halo conservando o feitio, veste de carne ecoando através do casco daquele mundo de pulsações mortas. Minira, o leite madurando nos seios, coisas densas emigrando das raízes, das ancas, o mênstruo em flutuações, suspensas povoações de sonhos encarnados, o umbigo subindo, distanciando as horas de alguma coisa chegando. Jônatas, o sangue aglomerado em clamor de barro, na repleção da morte, neutro o mundo de passos caminhantes lá em cima na grande superfície, o sexo, madeira morta, sem ecos das guitarras e das chuvas. Minira, a vagina em transe, secretando humores quando se lembrava de Jônatas. Jônatas, o membro assombrando-se em vagos ímpetos varados na muda recordação dos mortos, ao correr por ele a recordação trepidante do corpo de Minira. Lázaro, os lábios sangrando de mordidas, o ruído ouvia dos dentes – triturando os próprios pensamentos.

 Quem esqueceria a própria morte? Quem olvidaria o instante do nascimento e a hora da morte? Conversara em casamento com ela, o pai estava concorde. Claro que a amava. Muito. Um amor em chaga viva. Um sopro e aquilo doeria como pegar em brasa. Mas um sentido de visualidade vária recortava aquela matéria de alto a baixo, como uma lâmina, deixando à mostra, como uma parede geológica, as superposições diversas de camadas dos estratos. Via todas as superfícies, os planos remontados.

O filho viria. Jônatas não era de enganar-se. Perfurava o crivo certo. O filho, viria, sim, mas isso não seria capital. Como, entretanto, pronunciar o nome do outro, mesmo assim, separado deles, por séculos e séculos sem medida, geológicos, numa sucessão de infinitos? O nome do irmão queimaria a boca como um hálito virulento, ácido e peçonhento, a boca sangraria como um espinheiro florescido, a mãe se moveria na tumba abrindo a boca desdentada para maldições e bênçãos, o coração se oprimiria como um fruto enterrado. Lá fora, na estrada, passou alguém cantando com bela e entoada voz Caboca Bunita. Ficaram escutando. Era uma canção triste e parecia inda mais triste com a tarde caindo. Ouvira-a da boca de Jônatas, que a cantava quando estava alegre, para amortecer a alegria. Quem poderia explicá-la, assim, esparramando melancolia, nas vibrações do ar, pelo caboclo ignorado que a cantava? Caboca bunita. Possuía um conteúdo que só para ele tinha significado. Os taquarais eram rumorejados pelo vento e as altas canas, o combaruzão, os imensos capinzeiros amarelos, os mamonais inúteis, o pé de macarujá que desabrochava flores violetas, pontilhadas de insetos, uns pés de abacaxis que abriam flores violentas... Como pensar nessa música? Não era Mozart, mas como pensá-la simplesmeme, como dizê-la, sem nada mais? Passava na boca do homem, levando-a, como um maço de fitas coloridas que voassem de seus lábios. Nem Minira, com seus gozos e suas dores, o saberia... Pobre moça. Por ele o menino se chamaria Jônatas, e pronto, Jônatas de Amarante. Estava tão longe, de vir, mas vinha. Com uma força de furacão. Uma semente de touro brabo despontando na barriga dela. Jônatas de Amarante, o menino, que mais? Palavra que explique o voo, o desenho, o algo, a coisa musical? Se nem o mais emérito maestro cheio de notas na cabeça, com o coração, a boca e as mãos que tem, as mãos acostumadas a acariciar no ar, como as curvas duma mulher, as ânforas do sonho e da melodia, podia jamais encontrar essa palavra – palavra que fugia como um enigma e como a origem volvia sempre – se nem o compositor em cujo cérebro povoado de ventos eólios, se aprofundam essas misteriosas grutas de ressonância, onde habitam os germes dos ecos e dos sons, se nem a própria mulher que a sonha e que é sua irmã em suavidade e em cuja ambiência se move como os anjos da poesia e da noite, se nem as cavernas do mar que a murmuram nos infinitos da lua, se nada a pode dizer nem pensar, se nada nela se perde nem se cria, e tudo evolui circunscrevendo começo e fim, como explicá-la? Tudo no mundo tem seu ritmo – desde o micróbio batendo tambor até os belos poemas e a forja do ferreiro ventando em áscuas de fogo, ritmo correndo e passando entre os anéis de Saturno e nos grandiosos crepúsculos de nossa terra – tudo tem seu ritmo. Só não tem o homem que prossegue coisas mal feitas. Uma borboleta de asas azuis voa. Anuncia dezembro. Uma flor voando. Descobriu poesia. Devia haver muita poesia lá fora, nos grandes campos gerais, nas vastidões do mundo de Deus. Muita gente alegre, muitas almas felizes. Gente vivendo. Vida.

    Pensou de novo nos mortos. Eles mereciam tudo. Até

essa alegria do mundo. Depois, mais tarde, o Grego mostrou-lhe uma carta. O tio na Grécia falecera e lhe deixara a fortuna. Olivais, vinhedos, terras, casas. Que outra coisa poderia fazer o Cardeal? Ia embora. Era triste. Se não queria ir com ele? Não, para quê? Preferia ficar ali mesmo onde nascera, criar os filhos, morrer ali e ser enterrado ali.

Conversaram longamente. Que diabo, o mundo não prestava. Doaria tudo a uma instituição de caridade e voltaria à vida monástica. Convidava-o a ele, Lázaro, a reunir-se a ele, fazer o mesmo, praticar a renúncia, a pobreza, os votos de Deus. Abandonar o mundo como um navio fazendo água em alto mar, era tudo o que o homem podia fazer. Nada mais. O resto estava podre. Irremediável. Uma casca de lepra avançando na laranjinha rochosa.

Ficou na rede, balançando, pensando. O Grego fumava o cachimbo soltando baforadas de azul, falando de coisas longínquas, do outro lado do mar. Pensaria lá por dentro na prima Pávlia, feita mulher madura, talvez casada, cheia de rebentos, a Pávlia de sua juventude feliz, de faces coradas ou Marigitza, que lhe quisera um dia ensinar o amor que tinha demais.

Depois o Grego amarrotou a carta fazendo uma bola e jogou-a pela janela. Uma melancolia sem nome invadiu de novo todo o coração de Lázaro. Teve forças para dizer:

— Nicéforo, você se quiser vá aonde queira. Entre em sua vida de padre ou de que seja e seja feliz. Eu fico aqui. Não posso. Não nasci para isso. Alguma vez na vida pensei muito em Deus, mas hoje, sinceramente, não penso mais em Deus nenhum. Não posso. Perdoe, mas não posso.

O Grego falava em outras coisas, sem escutar, muito

diferentes. No entrelaçado do que pensava, uma frase do Grego, entretanto, saltava como um peixe fora d'água, na areia:

–... tudo na vida, Lázaro, é demais de triste... demais... Somos todos uns Cains, outros Abéis... E no fim, creio, sim, que Deus existe.

Agarrou-se a uma reticência, como a um galho e disse, sempre pensando outra coisa:

– Sim, mas não sou nem Abel, nem Caim, sou Lázaro...

Alheado, o Grego continuava, como bêbado. Lázaro pensava matutando. O Grego falava... No fundo como uma obsessão:

–... uns Cains, outros Abéis...

Mas eles tinham sangue de cobra. Uma opressão pesava-lhe nas pálpebras, chumbava-lhe o cérebro. Cabeceava de sono ou de miséria humana. Sebo, o velho gato de três pernas, pulou e aninhou-se-lhe na barriga, no fofo, e ficou roncando. Acariciando-o, pensava no ventre de Minira, no cabaço de Minira, nas auréolas dos seios de Minira, no fluxo interrompido de Minira. Foi descendo, caindo no fundo de um sono, como de um poço. Negro, redondo, sem fim, como a morte. Sim, devia ser a morte. Nada mais ouvia, estava tudo longe, tão longe. Voltavam as imagens do deserto. Era a morte. Ou então seria assim a morte. Ia precisar do Grego para enterrá-lo de uma vez ou ressuscitá-lo de novo, a ele, Lázaro, com sua barba negra e seu jeito de Cristo esquálido e protetor, para explicar o que era a catalepsia. Sim, o Grego ali estava felizmente. Com sua barba de Cristo, seu gesto de Cristo. Ele, Lázaro, tinha ainda muitas mortes aguardando por ele.

O Grego ao seu lado, pensava e via nascer no mais fundo de si um pressentimento, como uma ave agourenta, pousada no ombro.

E passou-lhe pela retentiva o vasto silêncio do claustro, os longos corredores apaziguados, os murmúrios das orações contritas, uma cela com uma janela que dava para o mar azul. Viu-se lendo o breviário, rezando as vésperas e teve um estremecimento aquele instante. Viu-se por um momento olhando o mar, o queixo mais barbado ainda, os lábios tremendo de fervor, a sotaina negra caindo-lhe aos pés, sem saber se estava chorando ou rezando e sobressaltou-se descobrindo que nas memórias do tempo evoluíam e turbilhonavam grandes ondas como as do mar que ele vira na juventude e ele estava virando as páginas apressado, à procura das orações fúnebres do capítulo dos mortos. A vida eterna não podia ser invenção. O Empíreo existia. E o Espírito. E Deus. Assim como existiram Platão e Eurípides. O Profeta Eliseu um dia desceria do céu para buscar suas vestes. José da Silva contornava os páramos da estrela Andrômaca. Flash Gordon havia chegado a Plutão. Um pássaro cantava. De repente Lázaro acordou gritando. Chorava como uma criança desesperada, chamando em altas vozes o nome de Jônatas e pela mãe. Foi lá dentro buscar água. O passarinho cantava despedindo-se do dia:

— Chriiiiiiiu! Chriiii, chri, chriu!...

Sem querer, ao abaixar-se para o pote no canto da cozinha, enxergou, pela janela, Minira, que vinha, ao longe, pela estrada.

— Diabos! — rosnou, batendo-se, coçando-se e sacudindo as calças furiosamente. Havia pisado um carreiro de correições e as formigas subindo-lhe pelas canelas, enchiam-no de ferroadas.

– Merda, nem em casa a gente está em paz. Amanhã vou botar veneno nessas pestes. Vou hoje, agora mesmo.

E enquanto se coçava furiosamente, espiava pela janela Minira, que se aproximava. Olhou Lázaro, que gemia, meio desperto, meio sonhando, chamando com uma voz fraca: mamãe, mamãe... Pensou – eu fico aqui e pronto. Já resolvi. Ao diabo a Grécia, o monastério, não nasci também eu para essas coisas, não. De muito distante vinham os sons dos sinos da capital. Minira os estaria ouvindo. Ia chover. O pássaro continua cantando monotonamente, como um disco emperrado. Uma meia lua muito clara pairava no limpo do céu, dum lado sem nuvens. Andava no ar um cheiro leve, quase insensível, de adocicado e agreste. Era um odor doce e penetrante em sua finurinha de quase-quase, de figos maduros que saturavam o ar, comidos à noite de morcegos, misturados às exalações dos maracujazeiros. Vinha das flores de macarujá que se balouçavam à brisa, no esteio da varanda, lentas, imperceptíveis. A Lázaro, em sua semi-inconsciência, parecia sentir o cheiro da mãe morta, o cheiro de Jônatas, o fedor de todos os mortos exalando sua podridão eterna. O Grego observava-o a dormir e a murmurar e pensava: O segundo Prometeu virá algum dia, sim, virá. Este mundo não poderá continuar assim.

E pelos buracos onde se filtravam réstias de luz, adivinhava a lua clara, com seu corpo azulado, iluminando a tarde que murmurava sua anunciação. O passarinho continuava seu canto monótono: chiu, chriiiiiu...

Os figos recendiam forte. O trovão cortou o céu reboando pelas bandas do Oeste.

NOTA DO EDITOR: DICKE E SUA OBRA

Ricardo Guilherme Dicke nasceu em 16/10/1936, em Chapada dos Guimarães (Mato Grosso). Seu primeiro livro, *Caminhos de Sol e Lua*, foi escrito em uma fazenda, onde também pintou muitos quadros expostos em Cuiabá (1961). No Rio de Janeiro, licenciou-se em Filosofia, especializou-se em Merleau-Ponty e cursou mestrado em Filosofia da Arte (pela UFRJ). Estudou pintura e desenho com Frank Schaeffer e Ivan Serpa, e participou do XV Salão de Arte Moderna (Rio, 1966). Trabalhou como revisor, redator e tradutor. Foi repórter e pesquisador do 2º Caderno de *O Globo*. De volta a Cuiabá, trabalhou como professor e jornalista e fez diversas exposições de pintura.

Escreveu os seguintes livros: *Deus de Caim* (1968), *Como o Silêncio* (1968), *Caieira* (1978), *Madona dos Páramos* (1981), *Último Horizonte* (1988) *A Chave do Abismo* (1986), *Cerimônias do Esquecimento* (1995), *Rio Abaixo dos Vaqueiros* (2001), *Salário dos Poetas* (2001), *Conjunctio Oppositorum no Grande Sertão* (2002) e *Toada do Esquecimento & Sinfonia Equestre* (2006).

Considerado por muitos como um dos maiores escritores do Brasil, Ricardo Guilherme Dicke tornou-se um mito entre seus pares das letras nacionais. Recebeu a entusiástica aprovação de escritores e críticos do naipe de um João Guimarães Rosa, de um Jorge Amado, Antonio Olinto, Hilda Hilst, Léo Gilson Ribeiro, Nelly Novaes Coelho, Marcelo Rubens Paiva, Ronaldo Cagiano e outros – até mesmo o cineasta Glauber Rocha, impactado pela leitura de *Caieira* (1978), bradou aos quatro ventos que enfim havia descoberto "o maior escritor brasileiro".

Com estilo denso e labiríntico, e personagens atormentadas e amorais, sufocadas por uma Natureza insana, que expõem à luz do dia as horríveis mazelas da "humanidade brasileira", Ricardo Guilherme Dicke – que morreu em 2008, aos 72 anos de idade, em Cuiabá, onde há anos se recolhera – jamais parou de produzir, num ato de fé na Literatura e na Vida, deixando com a sua companheira de uma vida, Adélia Boskov Dicke, com quem se casou aos 26 anos, vários textos inéditos.

Em 1967, *Deus de Caim* foi um dos ganhadores do prestigioso Prêmio WALMAP, patrocinado por José Luís de Magalhães Lins e o Banco Nacional de Minas Gerais, entre 243 originais enviados de todas as partes do Brasil.

O júri – composto pelos escritores João Guimarães Rosa, Jorge Amado e Antonio Olinto – não poupou elogios a *Deus de Caim*. "Revelar um romancista como Dicke é, para um país, mais importante do que decênios de planificação", escreveu Antonio Olinto. "Aí está um romancista de tipo novo, um homem capaz de abalar a nossa ficção", avaliou João Guimarães Rosa.

O próprio Guimarães Rosa, duas décadas antes, no início de sua carreira de escritor, submetera o seu livro de contos *Sagarana* a um júri que tinha entre seus membros nada mais nada menos do que Graciliano Ramos. E não é por acaso a associação entre os dois episódios. É que, a despeito dos encômios dirigidos pelo júri a *Sagarana* – obra hoje considerada um clássico de nossa literatura – a láurea maior acabou destinada a outro livro, de cujo título e autor já ninguém se recorda. No WALMAP/1967 aconteceu coisa semelhante. *Jorge, um Brasileiro*, de Oswaldo França Júnior, qualificado por Antonio Olinto como um *nouveau roman* à brasileira, ganhou o primeiro lugar. Entretanto, trinta anos depois, clareadas as circunstâncias que justificaram a premiação, não há nenhuma dúvida de que, em que pese as qualidades do estilo de Oswaldo França Júnior, era *Deus de Caim* – assim como *Sagarana* em relação a João Guimarães Rosa – o livro capaz não apenas de ganhar o primeiro lugar do certame, como também de colocar seu autor, Ricardo Guilherme Dicke, no rol dos grandes ficcionistas brasileiros de todos os tempos.

Com a presente reedição, a Letra*S*elvagem tem o prazer de repor ao alcance das novas gerações de leitores, um livro e um autor fundamentais para a reconquista da independência filosófica e existencial da nação brasileira. Tal resgate fazia-se mais do que necessário. Pois ler Dicke é como que recuperar algo esquecido, não apenas por nós que já o conhecíamos, mas por toda uma geração ou por toda a civilização a que pertencemos. Deliberadamente afastado da cena mundana, numa radical transferência da ênfase do mundo externo para o mundo interno, do macrocosmo para o microcosmo, do desespero da terra devastada para a paz do reino sempiterno que está dentro de nós, Ricardo Guilherme Dicke, como um herói moderno, realizou uma jornada pelas regiões sombrias da psique, de onde retornou transfigurado, a fim de nos revelar, com a sua escritura demiúrgica, a lição de vida renovada que aprendeu.

Taubaté, 10 de janeiro de 2010.

N. S.

Esta obra foi impressa pela Gráfica EME, Av. Brig. Faria Lima, 1080, V. Fátima, Capivari-SP, para a Associação Cultural LetraSelvagem em janeiro de 2010